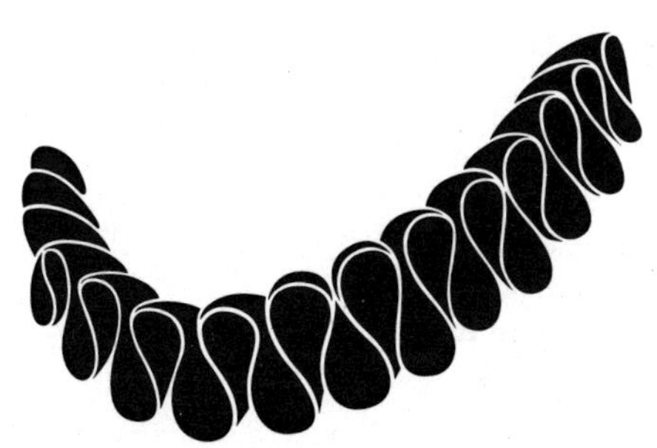

蒙田随笔全集 下卷

Michel de Montaigne Les Essais

[法国] 米歇尔·德·蒙田○著
陆秉慧 刘方○译

译林出版社

图书在版编目（CIP）数据

蒙田随笔全集．下卷 ／（法）米歇尔·德·蒙田著；陆秉慧，刘方译．—南京：译林出版社，2022.1（2022.4重印）
ISBN 978-7-5447-8585-3

Ⅰ.①蒙… Ⅱ.①米… ②陆… ③刘… Ⅲ.①随笔－作品集－法国－中世纪 Ⅳ.①I565.63

中国版本图书馆 CIP 数据核字（2021）第 024453 号

蒙田随笔全集（下卷）［法国］米歇尔·德·蒙田／著 陆秉慧 刘 方／译

责任编辑 唐洋洋
装帧设计 XXL Studio 彭怡轩
藏书票绘制 冯 雪
校 对 蒋 燕 孙玉兰
责任印制 董 虎

原文出版 Gallimard, 1965
出版发行 译林出版社
地 址 南京市湖南路 1 号 A 楼
邮 箱 yilin@yilin.com
网 址 www.yilin.com
市场热线 025-86633278
排 版 南京展望文化发展有限公司
印 刷 南京爱德印刷有限公司
开 本 787 毫米 × 1092 毫米 1/32
印 张 50.25（全三卷）
插 页 4
版 次 2022 年 1 月第 1 版
印 次 2022 年 4 月第 2 次印刷
书 号 ISBN 978-7-5447-8585-3
定 价 268.00 元（全三卷）

目录

本卷

第一章至第六章

陆秉慧　译

第七章至第十三章

刘　方　译

一

论功利与诚实

谁都免不了说些蠢话。可悲的是用心这样做。

> 此人费大力气，说大蠢话。[1]

此批评与我无干。我的蠢话都是不经意脱口而出的，这与它们的价值相符。这样很好。随说随忘，并未花什么力气。我只按话语的分量来买卖它们。当我把话语诉诸纸上时，犹如与初次见面者说话一样。这是真的，下面就是例证。

谁不痛恨背信弃义的行为呢！蒂拜尔便曾拒绝使用背信弃义的手段，因而蒙受极大的损失。有人从德国写信告诉他，若他认为合适，可用毒药为他除去阿米尼乌斯（阿米尼乌斯是罗马人的劲敌，曾于瓦鲁斯当政时卑鄙地虐待过罗马人，而且是阻挡蒂拜

1　出自古罗马喜剧诗人泰伦提乌斯的一部喜剧《自责者》。蒙田对原文稍稍做了改动。

尔在那一带扩大其统治的唯一障碍）。他回答说："罗马人向来以光明正大的方式，手持武器向敌人复仇，绝不用偷偷摸摸、欺诈蒙骗的办法。"[1]他放弃了功利主义而选择了光明磊落。也许你会说："此人是个伪君子。"这一点我也相信；在干他这一行的人身上，虚伪并不稀奇。仇恨德行者也可以满嘴仁义道德，因为真理迫使他们不得不讲德行，即使他心里不想接受，至少要用它作外衣装扮自己。但是德行的价值并不因此降低。

我们的机构，不管是社会还是家庭，都充满了缺陷。但自然界没有无用之物，甚至不存在所谓无用。宇宙万物无不各得其所。我们人类有根深蒂固的病态品性，诸如野心、嫉妒、羡慕、报复、迷信、绝望，它们寓于我们体内，并极其自然地控制着我们，以至于牲畜身上也能看到它们的影子；是的，还有残忍，这种极其违背自然的恶行；比如，我们在同情别人的时候，看到别人受苦，内心会感到一点难以言表的幸灾乐祸的复杂滋味，连孩子们也会体味到这种感情：

> 当狂风在茫茫大海上掀起波涛，
> 在陆地上看别人受颠簸多美妙。[2]

谁若消除人类身上这些病态品格的种子，他就破坏了人类生存的根本条件。同样，任何政府都有一些必要的机构，这些机构

1　引自塔西佗《编年史》第二卷第八十三章。

2　引自卢克莱修。

不仅卑鄙，而且腐败；恶行在那里得其所哉，并被用来维持这个社会，犹如毒药被用来维护我们的健康。虽说这些机构有了存在的理由——因为我们需要它们，而共同的必要性掩盖了它们真正的性质，但是这游戏应该让那些比较刚强、比较胆大的公民去玩。他们牺牲自己的诚实和良知，一如有些古人为保卫国家牺牲自己的生命；而我们这些比较脆弱的人，还是扮演一些比较轻松、风险比较小的角色吧。公众利益要求人背信弃义、撒谎、杀戮，让我们把这类差事让给那些更听话、更机灵的人去干吧。

的确，我常见一些司法官员通过诈唬和虚假地许诺给予宽大或赦免的办法引导犯人承认自己的犯罪事实，这种在办案中运用欺骗等无耻手段的做法常令我气愤。倘若有人给我提供别样的、比较符合我的性格的手段，那对司法，乃至对赞成上述那种做法的柏拉图会大有裨益。我认为那种不讲信义的司法对自身的伤害并不亚于别人对它的伤害。不久前，我曾说我不大可能为某个人而背弃君王，也不会为君王而背弃任何个人，否则我会万分悔恨。我不仅痛恨欺骗别人，也痛恨别人借助我而施行欺骗。即便只是为欺骗提供材料和机会，也为我所不齿。

我曾有几次机会在诸侯之间斡旋。[1] 在今日群雄割据，国家四分五裂的状况下，我竭力不让他们错识我，迷失于我的外表而误解我的意图。以谈判、斡旋为业者往往掩盖自己的见解，表现或假装得极其折中，似乎他们的看法与对方十分相近。而我则拿

---

1 蒙田的沉着、宽容和诚实使他成为理想的谈判者。一五七二年他参加吉斯公爵和纳瓦拉国王之间的谈判；一五八四年，他又斡旋于居耶纳的司法长官马蒂尼翁元帅与新教派重要人物迪泼莱西-莫尔内之间，以达到恢复和平的目的。

出旗帜鲜明的观点和我个人独特的行事方式。我这个稚嫩的谈判新手，宁可有负于使命，也不愿愧对自己的良心。然而至今一切进行得非常顺利（诚然，运气在其中起了主要作用），以至于在斡旋于诸侯之间的使者中，很少有比我更受到信赖和厚遇的。我有一种坦率的待人接物方式，使我很容易接近别人，并在初次交往后便取得信任。纯朴与真诚在任何时代都是合时宜的。而且，辛勤工作而毫不为私利者的心直口快不易遭人疑心和讨厌，他们用得上伊佩里德回应雅典人怪他说话粗暴尖锐时说的那句话："先生们，不要计较我的直言不讳，而应该看到，我这样做不是为获取钱财，也不是为提高自己的地位。"我的爽直言谈以其气势使别人从不怀疑我隐瞒了什么。该说的话，不管多么令人难以接受，多么尖锐辛辣，我都要说，当事人不在场，我也不会说得更难听。我的坦率爽直有一种自然而漫不经意的表现形式。我做一件事时只想那件事的结果，并不考虑长远的后果及计划：每个行动有其独立的作用，能有所成则我愿足矣！

此外，我对达官贵人没有过分的爱或憎，我的意志也不受个人恩怨的束缚。我仅以任何百姓应有的感情看待君王，这种感情不由个人利益激发和转移。这一点，我对自己颇为满意。对公众和正义的事业，我也只抱温和的态度，绝不头脑发热。我生性不轻易做过深的、影响到内心感情的介入；愤怒和仇恨超出了正当责任的范围，便是一种狂热，只对那些并非从理性上忠于其职责者有用；一切正当而合理的意图自然而然是平稳的，温和的，否则就嬗变为图谋不轨，离经叛道。这就是为什么我能抬着头，心地坦然地走遍天下。

说实话，而且我敢于承认，必要时我可以学那老妇人，将一支蜡烛献给圣徒米歇尔，将另一支蜡烛献给他的蛇。[1]我会跟随正义的党派赴汤蹈火——唯一条件是：假如我能。[2]如果必要，让蒙田庄园与公共房屋一起塌陷，化成一堆瓦砾也在所不惜，但是如果无此必要，那么我将感激命运让它幸免于难，而且我要在职责许可的范围内，尽一切可能来保全它。站在正义的但失败了的一派那边的阿提库斯[3]，在天下大乱之时，不是靠他的温和节制拯救了自己吗？

对于像他这样不担任公职的人而言，这比较容易做到，而且在这类事情上，我认为正可以不必自我推荐、主动参与。然而，在国家动乱、社会分裂的时候，若是摇摆不定、调和折中、感情木然、没有倾向性，我觉得此种行为既不光彩也不诚实。“这不是走中庸之道，而是不上道，就像有些人等待事情的结局，好站到幸运者一边。”[4]

这种做法在邻国的纠纷中可以允许。耶隆，叙拉古[5]的暴君，在野蛮人[6]反对希腊人的战争中便是暂不表态，他在德尔斐设立一个使团，带着大批礼物，以便观测幸运之神降临在哪一边，然后及时抓住时机与胜利者一方结盟。倘若在个人和家庭事务中奉

---

1 据一则民间故事说，一位老妇人把一支蜡烛献给圣徒米歇尔，同时把另一支献给他的敌人苍龙，意欲得到双方的支持。

2 民间表达方式，意思是：即便为“正义的党派”，蒙田也不会赴汤蹈火。

3 阿提库斯（前109—前32），罗马骑士，极富有，伊壁鸠鲁的门徒，西塞罗的好友，爱好文学，不愿参与政事。

4 引自李维《罗马史》第三十二卷。

5 古希腊人在西西里岛东部建立的重要殖民城邦。

6 古希腊人对一切非希腊人的称呼。

行此道，那便是一种背叛行为了；在这类事情上自然应当大胆、坚决地表明立场。不过，我认为，对既无公职又不负有特别使命的人而言，不介入的做法要比在对外战争中更可以原谅些（我本人并不希望利用这种原谅）。何况，即便是对外战争，按照法律，不愿参加者，也可以不参加。不管怎样，完全被卷进纠纷的人不妨有分寸、有节制地行事，那么风暴将在他们头顶上空刮过而不给他们留下灾难。当初我们希望奥尔良主教莫尔维利埃大人这样做，不是很有道理的吗？在当今勇于行动者之中，我认识一些人，其作风如此公正，如此温和，以至于不管上帝安排了怎样的政治风云和灾难，他们都能始终岿然不动。我坚持认为，帝王之间的仇怨是帝王们自己的事，我嘲笑那些乐于介入与其身份地位极不相称的是非之中的人，因为我们不可能和某位王侯之间有个人纠纷，需要我们为自己的荣誉或依据自己的责任而公开地、大胆地向他发动进攻；如果我们不喜欢某位大人物，我们应做得得体些，那就是尊重他。尤其是，自古以来，国家的法律和防卫一直规定，谁为了个人的意图而扰乱国家原有的秩序，那么国家的捍卫者就有理由进行打击，这甚至是他们的荣耀。

不应把个人利益和欲望所滋生的敌意和凶狠称作责任感（可我们每天都在这么做），也不应把背信弃义、阴险狡猾的行为称作勇敢。有些人把自己邪恶和凶暴的天性美其名曰热心，其实他们热心的不是事业，而是他们自己的利益；他们鼓动战争并非因为战争是正义的，而是为了战争而战争。

我们置身于敌对的人们之间并不妨碍我们恰如其分、光明正大地行事；在这种情况下，你处理问题即便不能做到完全一视同仁（因为感情上难免有厚薄之分），至少要有节制，讲分寸，这样你就不会过分依赖一方以至于对他有求必应；同时你应该只接受双方的适度恩惠，做到在浑水中游弋，却又不是浑水摸鱼。

另一种行事方式是竭尽全力地效忠一方和另一方，这样做既不能算是有良心，更不能算是谨慎。你为甲方而背弃乙方（而你在乙方受到和在甲方同等的礼遇），难道甲方不知道有朝一日你同样也会背弃他吗？于是他把你看成小人，而同时又捧着你，利用你，利用你的不光明正大来成就他的事，因为两面派的用处在于他们能带来点什么，但人们得提防他们，尽量不让他们带走什么。

我对一个人讲的话没有一句不能对另一个人讲——在适当的时候，仅仅是语气有点变化；我只转述无关紧要的，或众所周知的，再不就是对双方都有用的事。没有任何功利能使我为之说假话。别人因相信我会保密而向我吐露的事，我虔诚地藏在心底，不过我设法尽量少藏这样的秘密，因为保守王侯们的秘密是件麻烦事——对不需要这些秘密的人来说。我常常提出一种交易：请他们少给我吐露秘密，但要大胆相信我告诉他们的事。因而，我知道的总是比我想知道的多。

坦率的言谈能打开对方的话匣子，像酒和爱情一样把话引出来。

里齐玛克国王问菲力彼代斯："我的财产里，你要我给你什么？"菲力彼代斯明智地回答："随便你给什么，只要不是你的秘密。"我知道，假如人家用我们而又不告诉我们事情的底细，或向我们隐瞒他的秘密企图，我们每个人都会愤愤不平。至于我呢，我倒高兴人家不告诉我，不要我插手他的事。我不愿我知道的事超越和限制我的言谈。如果我必须被人当作欺骗的工具，那么至少不要危及我的良心。我不愿当那种热心、忠诚得可以为主人出卖别人的奴才。谁要是对自己不忠实，谁就可以对主人不忠实。

然而，君主们不接受半心半意的人，鄙弃有限度、有条件的效力。这是无法改变的。我开诚布公地向他们申明了我效力的限度：即使做奴隶，我也只应该做理性的奴隶，何况连这一点我也不能完全做到。而他们则不该要求一个自由人像他们生养的子女或买来的奴仆那样，或是像那种出于特别的原因把自己的命运与他们的命运明确地联系在一起的人那样，完全隶属于他们。社会法律为我消除了很大麻烦：它为我选择了服务对象，为我指定了主人，任何其他权威和义务必须以它为依据，并退居其次。但这并不是说，如果我的感情另有所向，我也会立刻动手去做，感情和意愿只向自己发命令，而行动则必须接受社会的命令。

我的这套行事方式有点和现在的规矩不一致，它可能不会产生很大的作用，也可能顶不住社会风气；再纯洁无瑕的人也无法做到在谈判中毫无矫饰，在讨价还价中毫无谎言。所以，公共事务绝不会合我的脾性。我的职业要求于我的，我尽力而为，并且尽量以自己的独特方式去做。我从小受这种思想的熏陶，而且效果明显；不过我很早就脱离社会事务了，从那以后，我常常避免去过问，很少接受，更从不主动请缨，因为我不是个好大喜功的人；然而我并非学划桨者的样以退为进，我没有卷入公务，与其归功于我的决心，不如归功于我的运气，因为世上也有与我的兴趣不太相悖而且较为符合我的能力的途径，如果过去命运召唤我通过这些途径去参与公共事务，去获得社会声誉，我想我可能会不顾理智的逻辑而听从命运的安排。

有些人对我的声明不以为然，他们说，我所谓的坦率、真诚和单纯其实是手段和策略，我所谓的善良其实是谨小慎微，我所谓的顺其自然其实是机灵乖巧，我所谓的幸运其实是合情合理，这些人并不能损伤我的荣誉，倒是把我估计得太高了。他们确实对我的聪慧和精明过奖了。然而，他们的学派中没有一条准则能体现如此合乎自然的运动，能在如此曲折复杂的道路上保持这种始终如一和不可改变的自由与宽容，而且他们运用全部精力与智力也到不了这种境界，这一点，谁若是在密切跟踪和观察我之后而依然不承认，我就算他赢了。实事求是的道路是唯一的、简单的；而追求个人利益、在承担的事务上投机取巧的道路却是双重的、不平坦的、布满不测的。我常看到有人装作潇洒随便的样子，然而往往徒劳无益，很像《伊索寓言》里的那头驴子，这驴子为了和狗争宠，竟然欢蹦着把两只前蹄搭在主人的肩上；结果，狗的讨好得到主人的抚爱，可怜的驴却挨了加倍的棍棒。“最自然的举止于我们最合适。”[1]我不想否认骗术在这个世界上的地位，否则就是不谙世事了。我知道骗术不止一次给人们帮过大忙，而且至今仍维持和支撑着人们大部分的职业。世上有些恶行是合法的，正如有些善良的或可以理解的行为却是不合法的。

自然界的、四海皆通的司法，与另一种司法——专门的、国

1 引自西塞罗《论责任》第一卷第三十一章。

家的、服从社会需要的司法——是不同的，而且前者比后者高尚；“我们并不掌握真正的法律和完美的司法准确、可靠的模式，我们使用的是它的影子和图像。”[1] 所以，先贤丹达米斯[2] 在听了苏格拉底、毕达哥拉斯、第欧根尼的生平故事后认为，他们在其他方面都是了不起的人物，但是他们过分屈从于对法律的尊重；为了支持法律，维护法律的权威，真正的道德不得不丢掉它原有的威力。好几桩不道德行为不仅得到他们的允许，而且是在他们的主持下才得以发生的。“有些罪行是经元老院批准和众议院法令通过的。”[3] 我跟从大众的说法，把功利与诚实区分开来，某些本能的行为不仅有用而且必要，但大众把它称为不光彩、肮脏的行为。

让我们继续谈有关背弃行为的事例。两个觊觎继承特拉斯王位的人你争我斗起来。皇帝禁止他们诉诸武力。其中一个借口要与对手达成友好协定，邀他来家会晤，并设宴款待，然后把他抓起来杀了。正义的呼声要求制裁这一滔天罪行以平罗马人之愤，但通过普通途径很难办到；于是，不依靠战争，不冒危险便不能合法解决的事，罗马人设法用暗算的手段解决了。用诚实正派的办法做不到的事，他们用功利的办法做到了。一个叫庞波尼乌斯·弗拉克乌斯的人正巧精于此道：他甜言蜜语加上许诺保证，把那人引入圈套，然后，不是兑现许给他的荣名和恩惠，而是把他五花大绑解送罗马。一个叛徒出卖另一个叛徒时往往不用常规

1　引自西塞罗《论责任》第三卷第十七章。
2　丹达米斯，古代印度哲人。
3　引自塞涅卡。

手段，因为这种人满腹疑虑，很难用他们惯用的伎俩让他们上钩。我们适才看到的令人心情沉重的故事就是明证。

谁愿意做庞波尼乌斯·弗拉克乌斯那样的人，尽管去做，可能愿意的人还相当多哩；至于我，我的诺言和信义，亦如其他，都是我整个人的组成部分；它们能发挥的最好作用，就是为公众服务，我把这一点视为前提。但是，倘若有人命我担负起法官和辩护律师的职责，我会回答说"我对此一窍不通"；或者，假如有人命我担任工兵队长，我会说"我的天职要我扮演更高贵的角色"；同样，谁若是想派我干撒谎和出卖别人的勾当，或要我为某件重要差事而违背自己的誓言，更不用说去谋杀或下毒，我会说："假如我偷了谁，窃了谁，不如罚我去干苦役。"

一个诚实人有权像拉栖第梦[1]人在被安提帕特罗斯打败后即将签订条约时那样说："你们可以命我们干任何繁重的，甚至有伤身体的活儿，但是，若要我们干可耻的、不光明正大的事，那是白费时间。"埃及历代国王都要求法官们郑重宣誓：绝不偏离自己的良心，不管国王本人对他们下了什么样的命令，我们每个人也应当对自己这样发誓。背信弃义是显然要招人唾骂，受人谴责的，让你干的人也会指控你，而且，那种事将成为你的心病，你的负担；政治事务愈是因你的"丰功伟绩"而大有进展，你的良心债就愈是沉重；你干得愈好，你自己的事情就愈糟。连命你干这勾当的人也会惩治你，这不是什么新鲜事，而且看上去还挺公正。背信弃义之举在一种情况下是可以原谅的，那就是，也仅

1　拉栖第梦，即斯巴达，古希腊城邦。

仅是，当它被用来惩罚背信弃义行为的时候。

有相当多的背叛行为受到本该从这种行为中得益的人的拒绝乃至惩罚。谁不知道法布利西乌斯对皮洛士的医生的制裁呢？[1]也有这样的事：某人命别人干不义之举，而后又以其人之道还治其人之身，因为他后悔给了那人过分的信任和权力，并厌恶如此死心塌地、如此奴颜婢膝的顺从。

俄罗斯大公爵雅罗佩尔克收买了一名匈牙利宫内侍从，要他叛卖波兰国王波列斯拉夫，将国王置于死地，或为俄国人提供重重伤害国王的机会。那个侍从官以高雅的姿态去了波兰王宫，一心效忠于国王，表现得出奇的热心殷勤，成了枢密院成员和国王的心腹之一。于是，他利用这些有利条件，选择了国王不在国内的机会，把波兰的一个富裕大城市维斯林查出卖给了俄国人，致使整座城被俄国人抢劫一空，烧毁殆尽，不仅居民不分男女老幼全部遭杀戮，而且被他有预谋地召集于该城的一大批贵族也死于非命。雅罗佩尔克痛快地报了仇，平息了心头之恨（他的仇恨不是无来由的：波列斯拉夫曾以同样的行为对他下过毒手），他从那个侍从官的叛卖行为中得到的成果使他心满意足，这时他突然意识到这种叛卖行为的赤裸裸的丑恶，他开始以清醒的目光，而不是被复仇之火烧模糊了的目光审视它，对这种行为感到那么悔恨，那么厌恶，以至于他命人挖了那叛徒的双眼，割了他的舌头和身上见不得人的部分。

1　皮洛士的医生向法布利西乌斯献计让自己毒死皮洛士，法布利西乌斯没有用这个昧良心的人，反而向皮洛士告发了他。

安提戈那说服了阿尔吉拉斯庇德的士兵们出卖他们的队长，他的仇敌尤梅尼斯，但是一旦他把被士兵们出卖的尤梅尼斯杀死后，他便当起了正义女神的“特派员”，要惩治这起令人发指的罪行。他把那些士兵交给省总督处理，特别命令他，不管用什么手段，一定要结果这帮叛徒，而且要他们不得好死。结果那一大批士兵中，无一人能再呼吸到马其顿的空气。他们的效劳愈是于他有利，他愈认为他们应该受制裁，而且是凶狠的制裁。

P. 苏尔皮基乌斯的一名奴隶告发了他主人的藏身之地，根据苏拉废除其奴隶契约的许诺，他得到了自由；但是，根据国家法律，他既成了自由人，就应对他的行为负责；于是他被从塔尔培雅悬岩[1]上推了下去。有时叛徒被吊死，脖子上还挂着放酬金的钱袋。这种做法，既符合民族特有的第二种司法，又符合普遍的第一种司法。

另一段穆罕默德二世想除掉自己的哥哥，因为妒忌其统治地位。按照他们种族的习惯做法，他雇用了他哥哥手下的一名军官，这名军官一下子灌了上司大量的水，使他窒息而死。事后，穆罕默德为了赎自己的罪，将谋杀犯交给亡兄的母亲（他们是同父异母兄弟）。这位母亲当着他的面，将谋害她儿子的人开了膛，用手在那热乎乎的胸腔里扒拉，从里面掏出心来，扔给狗吃。法兰克国王克洛维，在卡那克尔的三名仆人为他出卖了他们的主人以后便命人将他们吊死，而这三人是受了他的收买才这样干的。

1　塔尔培雅是罗马卡庇托利城堡总督之女，传说她把城堡出卖给了萨宾人，后反被萨宾人杀死，埋在卡庇托利山丘上，山上一块巨大岩石被称作塔尔培雅岩石，直到罗马帝国时期，犯了罪的人都被从这块岩石上推下去。

即便对那些一钱不值的小人而言，从一次恶行中得到好处后，能放心大胆地在这恶行外面涂上几笔善良和正义的色彩，也是一件舒心的事，仿佛这样可以补偿和平衡良心的不安。

加之，他们认为，受自己指使而执行了那些令人发指的罪恶使命的人在指责他们，所以千方百计置他们于死地以销毁证据杀人灭口。

倘若你运气好，为你的恶行得到犒赏，因为这一极端而又不得已的行为是出于社会的需要，那么命令你去干的人仍然视你为该诅咒的千夫所指之人——如果他自己不是这种人的话，而且他比被你背弃的人更诅咒你；因为他通过你的双手看到了你那颗邪恶的心，而你无法否认和反驳。然而他仍然用你，正如人们用无救之徒去执行极刑，这是一种不大光彩而又必要的差事。这种差事不仅卑贱，而且辱没良心。人们不能用罗马的某种刑法来处死塞亚努斯[1]的女儿，因为她还是个处女，于是为了实施法律，就令刽子手在勒死她之前先强暴了她；这个刽子手——不仅他的手而且他的灵魂——整个儿是服从社会需要的奴隶。

为了加重惩罚那些支持他的儿子杀父谋反的臣民，阿缪拉一世命令他们最亲近的人亲手处死他们。[2]其中有些人宁愿替别人担不公正的杀父罪名，也不愿为服从法律自己犯杀父之罪，我认为这些人是可敬可佩的。我年轻时见过，当某些要塞被攻破时，一些卑鄙小人为了保全自己的性命，答应吊死他们的朋友和伙

1　塞亚努斯（前 20—30），古罗马皇帝提比略的近卫军长官，多方设法篡夺政权。

2　引自卡尔科孔狄利斯《希腊帝国衰亡史》。

伴，我认为他们比被吊死的人更可悲。据说，从前立陶宛国王乌依托尔德制定了一条法律，规定被判处死刑的罪犯亲手对自己处以极刑，因为他觉得，要一个没有任何过失的第三者来担负杀人的任务是很奇怪的事。

当某个紧急情况，或某个意想不到的突发事件，严重影响了国家的局势，使君王不得不违背他的诺言和信义，或是使他离开了自己一贯的职责，君王应该把这种客观情势视为神的一记鞭笞；他抛弃了自己的理性去迁就一种更普遍、更强大的理性，这不是罪过，但这确实是一种不幸。因此，当有人问我："怎么补救？"我说："无法补救；如果他确实在做与不做之间进退维谷（他千万别寻找借口来粉饰自己违背诺言的行为[1]），那么他是不得已而为之；但如果他这样做时并不感到内疚，也不感到痛苦，这表明他的良心有问题。"

即使有这么一位君王，他的良心极其敏感脆弱，认为世上没有任何病值得用如此厉害的药去治疗，对这样的人我照样敬重。他若因此而死，也是死得其所，死得体面。我们不是万能的。因此，犹如航船抛下它最重的主锚，我们常常需要求助于上苍的保护和引导——上苍还有什么比这更重要、更紧急的事要做呢？这位君王既然把誓言和信义看得比自己的性命，甚至比民众的安危更珍贵，那么，在他眼里还有什么比要他违背誓言和不顾信义去做的事更不能做的呢？当他双手交叉胸前，虔诚地呼唤上帝来帮助他，他不是有理由期望，仁慈的上帝不会拒绝向一个纯洁、正

1　引自西塞罗《论责任》。

直的人伸出它无所不能的手吗？

以上列举的都是一些危险的事例，是我们人类自然法则中罕见而病态的例外。遇到这种例外我们不得不让步，但让步时必须十分谨慎而适度；任何个人的功利都不值得我们为之强迫自己的良知；为了社会的功利，那是可以的，但只有当这种功利是十分明显、十分重要的时候。

蒂莫莱翁流着眼泪为自己非同寻常的行为[1]辩护，他回忆说，他是怀着手足之情杀死暴君的。他不得不牺牲他固有的光明磊落来换取公众的利益，这正是他最痛心的事。他铲除了暴君功不可没，然而这一功勋又有如此相反、如此沉重的两面性，以至于连元老院——多亏了蒂莫莱翁的行动，它才得以摆脱暴君的奴役——也无法圆满地评断。就在这时，叙拉古人民请求科林斯人的保护，要求给他们派一名能征善战的将领，帮助他们恢复城市的自由和尊严，把压迫西西里的几个暴君清除出西西里。元老院派去蒂莫莱翁，同时声明，元老们将根据他此番完成使命的好坏，确定对他的裁决：或是作为国家的解放者予以宽恕，或是作为杀害亲兄弟的凶手严厉惩处。这个决定是古怪的，然而鉴于处理这类矛盾事例的危险性和重要性，这一决定情有可原。元老们巧妙地避免了就事论事的裁决，而是以其他事件和第三者的评论作为判决的依据。蒂莫莱翁在这次出征中表现得十分英勇，十分高尚，这就使他的官司很快明朗化了；而且他顺利地克服了这

1　蒂莫莱翁（前 410—前 337），古希腊军事家和政治家，曾协助科林斯人杀死暴君——他的兄弟，后率军解放叙拉古和保卫西西里。

一光荣任务中的一切艰难险阻，仿佛神明站在他一边，有心为他辩护，为他扬起了幸运之帆。

假如有什么功利目的可以原谅不正当的手段的话，那么蒂莫莱翁为除掉暴君而杀死自己的兄弟是可以原谅的。但是，罗马元老院以增加国家收入为由而做的不公正决定——我下面将叙述——其功利目的的重要性却不足以原谅不合理性。事情是这样的：某些城邦花了钱并得到元老院的命令和准许后，从苏拉手中赎回了自己的自由。后来元老院又重新审议此事，判决这些城邦必须像以往一样缴纳人头税，这样，这些城邦为赎回自由而付出的钱就算白付了。内战常常产生这类不光彩的事，比如我们在立场改变后就惩罚那些曾经相信过我们的人；同一位法官朝令夕改，却让无能为力的人去承受苦痛；师傅鞭打弟子，因为他听从了他的话；带路人鞭打盲人，因为他跟着他走。多么可怕的“公正”形象！

哲学里有些准则既错误又软弱无力。有人给我们举了下面这个例子，说明个人功利应高于信义，但这例子并未因他们添加的情节而具有足够的说服力：强盗逮住了你，让你发誓交出一笔钱后又把你放了。有人说，一个正人君子不用付钱也算了结了自己的诺言，因为他已经逃脱了强盗的手掌。这种看法不对，事情并非如此。你因恐惧而许诺的东西，在恐惧不存在时，仍必须被视为你的许诺。即便你在恐惧的逼迫下做了口头上的许诺，心里并不情愿，你也应当严格兑现自己说的话。至于我，有时我失之轻率，在考虑好之前做了许诺，可是出于良心上的考虑我并未反悔。不这样做的话，我们就会一步步推倒别人要求我们兑现诺言和誓言的正当权利。“守信者何需别人强按头。”[1]只有当我们许诺的事情本身是丑恶的和极不公正的，我们的个人利益才有权原谅我们的失言，因为道德的权利压倒责任的权利。

过去我曾把伊巴密浓达排在杰出人物之首，现在也仍然这样认为。他把重视个人的职责提到怎样的高度啊！他从不杀死手下败将，即便在解救自己的国家这样无比伟大的事业里，要他不经过法律程序便处死暴君及其同伙，他也会犹豫不安；他认为，一个人，不管是多好的城邦居民，如果在打仗时对敌人营垒中的朋友和客人毫不留情，就只能算个凶狠之徒。伊巴密浓达真是个感情丰富的英雄！他把人世间最严酷、最暴力的行动与善良、人道乃至哲学学派中最细腻的人情味结合起来了。这个在痛苦、死亡、贫穷面前具有如此粗犷、豪迈、不屈不挠的勇气的人，是天性还是修养使他在性格上达到如此的温柔和宽厚呢？他在铁与血中令人生畏，他所向披靡，击溃了对除他以外所有的人来说是不可战胜的城邦[2]，但在这样一场鏖战中，他碰上自己的朋友和客人时却避而让之！他在战争最激烈、最残酷的时候，用宽容和温厚的原则控制住杀戮，这才是真正善于指挥战争的将领，正如在一匹马浑身发热、口吐狂怒的白沫、四蹄暴躁地蹬踹时，给它套上嚼子的人才是最优秀的骑手。能在战争这种杀伤行为里显示正义的形象，真是一种奇迹；但必须具有伊巴密浓达的坚强有力才能做到如此温良、随和而又纯

1　引自西塞罗《论责任》。

2　指斯巴达，古希腊领土最广、数百年间力量最强的一个城邦。

真。有个人[1]对马麦丁人[2]说，既定的法律在手执武器的人身上是行不通的；另一个人[3]对护民官说，司法的时代与战争时代是两码事；第三个人[4]说，兵器的撞击声使他听不见法律的声音；而伊巴密浓达在战争中却依然能听见纯净的文明和礼貌之声。他不是曾仿效敌人的规矩，出征前必先祭供缪斯，以便让缪斯女神的温柔和快乐软化战神的狂暴和无情吗？

有如此伟大的师训在先，我们不妨大胆认为，即便是对付敌人的做法，也可能有不符合道德和法律的地方；公共利益不应要求所有的人为它牺牲任何个人利益；“即使在社会的动乱中，仍应记得个人的权利”[5]；“任何权势都不能允许侵犯友情的权益”[6]。对一个正派人而言，即便为了效忠国王、大众事业和法律，也并非可以无所不为；“对祖国的义务并不排斥其他义务，而且公民们对父母恪尽孝道亦符合国家利益”[7]。这是适合时代的训言。无须让刀剑把我们的心肠磨砺得铁石般硬，我们的肩膀强壮坚实就足够了；我们的笔蘸着墨水写就够了，不要去蘸血。虽然为了公共利益和服从国家权力而置友情、亲情、个人义务和诺言于不顾也是一种大无畏的气概和难能可贵的美德，但是——虽然我们可以谅解——这种气魄绝不能与伊巴密浓达的气魄相提并论。

---

1 指庞培。
2 公元前三世纪意大利的雇佣兵。
3 指恺撒。
4 指马略。
5 引自李维《罗马史》。
6 引自奥维德。
7 引自西塞罗。

一个狂妄之徒曾用如下丧失人性的语言激励他的士兵们，使我十分憎恶：

> 在刀光剑影的时刻，
> 别让任何景象触动你们的孝心，
> 哪怕在敌人的队伍里，看见了你们的父亲，
> 你们要举起剑，劈向那些可敬的脸。[1]

别听那些天性凶恶、嗜血成性、六亲不认之辈宣扬这种所谓的理智，抛开那种违背自然的、过度的“公正”，我们要取法最有人情味的行为。多少事因时而异，因人而异啊！在庞培与西纳的内战期间，一次双方交战，庞培手下的一名士兵无心杀死了为敌方作战的亲兄弟，当即羞愧悔恨而自刎；数年后，在同一个民族的另一次内战中，一名士兵却为杀了自己的兄弟而向其长官邀功请赏。

人们很难根据一个行为的功利性来证明它是正当的、高尚的；也很难下结论说，只要一个行为是有用的，它便是每个人都可以接受的，也是每个人都必须去做的。

> 并非所有的事都适合所有的人。[2]

倘若要我们选出人类社会最必需和最有用的行为，那应该是

1 引自卢卡努的长诗《法萨罗之战》第七诗章，是恺撒在出征前对士兵的演说。

2 引自普罗佩提乌斯《哀歌》第三卷。

结婚；然而，圣徒们却觉得不结婚更高尚，并且把从事人类最可敬的职业的人从婚姻中排除出去，就像我们把品种次一点的马匹留给种马场。[1]

1　很多思想家对天主教会规定的“教士独身”持异议。在蒙田那个时代，种马场不是为改良马的品种而设。

二

论后悔

其他作家教育人，我却描述人，而且专门描绘他们中的一个；此人教育得很不成功，倘若我能重新塑造他，一定把他塑造成另一个样子。不过现在木已成舟。我描绘的形象虽然变化无穷，一人千面，却真实无误。地球不过是一个永远动荡着的秋千，世上万物都在不停地摇晃。大地、高加索的山岩、埃及的金字塔也不例外。万物不仅因整个地球的摇晃而摇晃，而且各自本身也在摇晃。所谓恒定不过是一种较为缓慢无力的晃动而已。我固定不住我描绘的对象。他浑浑噩噩、踉踉跄跄地往前走，如同一个永不清醒的醉汉。我只能抓住此时此地我所关注的他进行如实描绘。我不静态地描绘他的一生，我静态地描绘他的变化：不是从一个年龄段到另一个年龄段——或者如常言所说，从这七年到下一个七年——的变化，而是从这一天到下一天，从这一分钟到下一分钟的变化。必须把我描述的事与时间结合起来，因为我可能很快就变，不仅境遇在变，而且意图也在变。我在这里审视着各色各样变化多端的事件，以及种种游移不定乃至互相矛盾的思想；或是因为我自己已成了另一个我，或是因为我通过另一种环境，用另一种眼光看待我描绘的客体。总之，我常常会反驳自己，但是，事实，正如德马德斯所说，我绝不违背事实。倘若我的思想能固定下来，我就不探索自己，而是总结自己了；然而我的思想始终处于学习和试验的阶段。

我呈献于此的是普通而且缺乏光辉的一生，但这又何妨：道德哲学既适用于显贵们丰富辉煌的人生，也适用于平常人普普通通的人生；每个人都是人类状况和人性的缩影。

作家们往往通过展示自己的独特之处让公众认识他们，我是第一个向公众展示包罗万象的自我全貌的人；我是作为米歇尔·德·蒙田，而不是作为文学研究者、诗人或法学家与他们交流。倘若世人抱怨我过多地谈论自己，我则要抱怨他们竟然不思考自己。

但是，一个过着远离公众的生活喜欢我行我素的人，却想要让大家了解自己，这合乎情理吗？在这个极其崇尚形式和技巧的世界上，我却要奉献给大家一种朴素天然、不加文饰，且出自一个天性柔弱的人之手的作品，这合乎情理吗？在人们心目中，构建一部作品而不讲求手法和技巧，不是无异于造一堵高墙而不用石头，或诸如此类的材料吗？音乐作品的创作要靠艺术规则的引导，我写书却是兴之所至。然而我至少有几点是符合文学创作规则的：首先，至少还没有人像我这样对自己描写的对象有如此透彻的认识和理解，就此而言，我是在世的最有学问的人；其次，从未有一个作家对其写作题材钻研得如此深入，对题材的各部分剖析得如此细致；也没有人能比我更准确、更完全地达到作者为自己的作品定下的目标。为了使作品臻于完善，我只需赋予它忠实；而它的确是忠实的，是世上最为真诚而纯粹的忠实。书中都是真话，虽然并非是我想说的一切，却是我敢说的一切；而我年事愈高，敢说的也愈多了，因为，按风俗习惯，人到老年似乎就可以更自由地说长道短，更无顾忌地谈论自己了。这里不会发生我常看见发生的事，即作者与其作品互相矛盾：一个谈吐如此高雅的人何以写出这等愚蠢的文章？或者，如此博大精深的文章难道出自一个言谈如此贫乏者之手？其言谈如此平庸，而其文字却如此超凡脱俗，这就意味着他的才华是从哪里借来的，而非他自己所拥有的。一个知识渊博者不可能事事都懂，而一个有才华者却能处处显露其才华，甚至在他不懂的事情上。

我的书和我本人互相吻合，风格一致。在别处，人们可能撇开作者而推崇或指责他的作品；在我这里却不可能：触及我的书即触及我本人。谁若评价我的书而不了解其作者，则他的损失要比我的损失大；谁理解了我的书，也便使我本人得到最大的满足。倘若公众承认，我让聪明人感到我善于利用知识——如果我确有知识的话，并承认我应该得到记忆力更多的帮助，那么我的欣喜便超过我的功德应带给我的了。

请原谅我常说下面这些话：我的良心对自己颇为满意，当然不是像天使或马那样心安理得，而是作为人所能感到的心安理得；同时我还要加上另一段常弹的老调（不是出于客套，而是出于我对上帝纯真而与生俱来的遵从），即我说话时自己也心中无数，也在疑问和探求，至于答案，我只希望从大家共同的、正当的信仰中获得。所以我绝不教导人，我只是叙述。

罪恶，真正的罪恶没有不伤害人，不受到公正评论的指责的；罪恶是那么明显地丑陋和可憎，所以那些认为罪恶主要来源于愚蠢和蒙昧的人可能是有道理的，因为很难想象有人明知道是罪恶而不憎恨它。坏情绪分泌出毒液，并且吸收自身分泌的毒液而中毒；罪恶在心灵上留下悔恨，这悔恨如同身体里的一块溃疡，不断绽破和流血。理智能化解其他的烦愁和痛苦，但却生出悔恨的痛苦，悔恨的痛苦比其他烦愁和痛苦更沉重，因为它来自我们内心，正如人在发烧时感觉的冷和热要比外界天气的冷和热更难受。我认为的罪恶（每个人都有自己衡量善恶的标准）不仅是理性和自然所谴责的，还包括公众舆论造成的，因为即使舆论是没有根据和谬误的，但只要得到法律和习俗的公允，受舆论谴责的行为便成了罪恶。

同样，没有一种善行不使高尚的人感到高兴。当然，我们做好事时自己内心也会感到一种难以描述的快乐，问心无愧时会感到一种圣洁的自豪。邪恶而毫无忌惮的灵魂也许能感到有恃无恐，但是那种自我满意的怡然感觉，它是永远体验不到的。能认为自己可以不受腐败的世风的传染，能对自己说："即便一直审视到我的灵魂深处，也不会发现我有什么可以自责的地方，我从未造成任何人的败落和破产，没有报复心和仇恨，不曾触犯过法律，从未煽动过变革[1]和骚乱，从不食言，而且，虽则当今世风放纵甚或教唆人们胡作非为，我却从不侵占别人的家产和钱

1　此处蒙田是说他没有像新教徒所做的那样，搞宗教革新造成社会动乱。

财，而是一向自食其力，不管是在战乱时期，还是在太平时期，我也从未使用别人的劳动而不付报酬。”那该是一件非同小可的乐事，而这种淳朴的快乐是对善行最大的，也是唯一最稳当的报偿。

把别人的赞许作为酬报善行的根据，这种根据太不可靠、太不明确了。尤其在当今这个腐败和愚昧的时代，被民众赏识并不是一种荣幸，你能根据谁的话来判别好坏呢？每个人都把自己描写成好人以炫耀自己，这类描写我每天都能看到。愿上帝保佑我，不做那种好人。“昔日的罪恶今天成了风气。”[1] 我的某些朋友有时也坦率地批评我、责备我，他们或是主动这样做，或是在我的鼓励下这样做，我把这看成朋友的帮助；对一个教养有素的人来说，这种帮助无论其裨益和包含的情谊，都超过朋友的其他帮助。我总是彬彬有礼、满怀感激地聆听。不过现在来平心而论，我常觉得他们的责备和褒扬中有不少错误的标准；我若按他们的要求去做，也许会成事不足，败事有余。我们这种大部分时间离群索居，很少出头露面的人，内心应该有一个样板，以这个样板检查我们的行为，决定该自得，还是该自责。我有我的法律和法庭来审判自己，我经常求助于它们，而很少问别人。诚然，我也以别人的看法来制约自己的行为，但是我只按我的方式去理解这些看法。你是否懦弱、残忍，或是否正直、虔敬，只有你自己知道；别人识不透你，他们只能通过毫无把握的臆测来揣度你；他们看到的是你的外表而不是你的本质。因此，不要在意他们的判

---

1 引自塞涅卡《书简》。

决，要坚持你自己的判决。“应当运用你自己的判断”[1]，“个人的善恶意识举足轻重：丢掉这种意识，则一切皆垮”[2]。

有人说，悔恨紧跟着罪过，这话似乎不适用于那种在我们心灵里长驻，仿佛已在那儿安家似的顽恶。我们能痛悔和改正因一时措手不及或感情冲动而犯下的罪过，但是，那种年深日久、根深蒂固，而且扎根在意志坚定者身上的邪恶是不容易扭转的。后悔乃是否定我们的初衷，反对我们原来的想法，叫我们四处乱投，无所适从。你看，后悔甚至使此人否定自己过去的美德：

为何我现今的思想与孩提时不一样？
为何长大成人便失去丰润的面庞？[3]

连独处时个人生活也保持井然有序，这是鲜见的美妙生活。每个人都可以当众演戏，在人生舞台上扮演一个正人君子，但是在私下，在内心，在可以无所不为，什么也不会被人看见的时候，依然奉公守法循规蹈矩，这便是道德的极致了。在自己家里和日常行为中能做到这样也接近极致，因为在家里是无须检点、无须做作的，日常行为是无须向别人解释的。比亚斯就曾这样描绘一个理想家庭的可喜景象：“一家之主在社会上慑于法律和人言时怎样行事，在家里也怎样行事。”尤利乌斯·德吕絮斯对工匠讲的话亦堪称金玉良言；工匠提出，他若付三千埃居，他们便

1 引自西塞罗。
2 同上。
3 引自贺拉斯。

可将他的住宅造得叫邻居什么也窥不见，他回工匠说："我付你们六千埃居，请将房子造得让每个人不管从什么地方都能把屋里看得一清二楚。"人们怀着崇敬评论阿热齐拉斯的习惯，他在旅途中总是投宿教堂，为的是将自己的一举一动置于民众和神明的目光下。某人在社会上被公众认为很了不起，而在家里他的妻子和听差却看不出他有什么出色之处。受到自己的仆役钦佩的人为数不多。

史书的记载告诉我们：谁也不会被家人和本乡人视为先知。小事上亦复如此。下面这个平常事例可以让我们由小及大。在我的家乡加斯科尼，人们看到我的文章印成了书都觉得奇怪。离我的家愈远，我的名气愈大，声望愈高。在居耶纳，我花钱请印刷商印我的书稿；在别处，印刷商花钱买我的书稿。有人便根据这种社会特点行事：他们活着却隐身匿名，让人以为他们已不在，于是声名大振。我宁可少点荣誉。我在世间印发我的作品，只为现在得到的那份声誉；一旦我离开这个世界，我便不劳它再给我什么荣名。

民众从一个公共仪式上把一位官员送到他的家门口，他到家脱下官袍不是官了，于是，他原先升得有多高，现在就跌得有多低：在他家里，一切都杂乱无章，品位低下，即便在其日常平凡的活动中存在什么秩序，也得有极其敏锐、不同一般的判断力才能看出来，何况秩序本来就是一种单调沉闷的东西。攻占一个要塞，率领一个使团，管理一个国家，这是威风显赫的事。持家教子，银钱往来，交朋结友，表达爱憎，是不引人注意的平常事，然而能在这些平常事上做到公正平和，认真不懈，表里如一，却是更难能可贵的。因此不管社会成见如何，在我看来，过归隐生活的人比之其他人肩负着同等的，甚至更加艰辛的责任。亚里士多德说，平民百姓弘扬道德要比居官者难，功劳也更高。我们准备去完成丰功伟绩，往往是出于功名心，而非出于良心。其实，获得荣誉的最好办法倒是本着良心做你为功名而做的事。所以我认为，亚历山大大帝在他那宏大辉煌的舞台上表现的品德不及苏格拉底在平凡的默默无闻的活动中表现的品德那么伟大。我不难设想苏格拉底处在亚历山大大帝的地位上会是什么样，但亚历山大大帝处在苏格拉底的地位上会是什么样，却无法设想。若问前者，他能干什么，他会回答“征服世界”；若问后者他能干什么，他会说“按照人的自然状态过人的生活”，而后者倒是一门更具普遍意义、更合情理、更艰深的学问。精神的价值不在于爬得高，而在于行得正。精神的伟大不表现为心高气盛，而表现为有节制，有分寸。

有的人从我们的内在品质来评断我们，这种人不看重我们在公共活动中闪耀的光华，认为那不过是从淤泥厚积的河底溅出来的晶莹水花；有些人以外表来判断人，视我们的外表断定我们有什么样的内在气质，他们无法把我们身上那些普通的、他们也有的官能与另一些令他们赞叹的、他们难以企及的本领联系起来。我们不也认为魔鬼必定长得奇形怪状吗？谁又不把帖木儿想成两眉倒竖、鼻孔圆张、面目狰狞，并且根据他的响亮名声想象他必定身材出奇高大呢？若是过去我能见到伊拉斯谟[1]，那么我很可能

1 伊拉斯谟（1466—1536），荷兰人文主义学者、道德家、讽刺作家，著有《格言集》。

以为，他对妻子和仆人讲话也都用格言和警句。根据一个手艺人的穿着和他妻子的表现来想象这个手艺人的生活比较容易，而从一个高级法院院长令人敬畏的举止和才能来想象这个院长的生活却要难得多，因为这些人似乎不可能从高高的宝座上走下来过日常的生活。

心灵邪恶的人有时受某种外界的激励能做好事。同样，心灵高尚的人有时受了某种外界的刺激会干出坏事。所以应当在一个人处于稳定的状态时评价他，如果不行就把他放在家庭生活的环境中来评价他，或者至少在他处于最接近平静、自然的状态时评价他。天生的性格倾向能通过教育得到增长和加强，却几乎不会被改变和克服。我年轻时见过不少人通过与他们的天性相悖的教育，向好的或坏的方向发展：

当野兽长期离开森林关在笼中，
它们变得驯服失去往日的凶猛，
但只要些许血滴入它们的血盆大口，
唤醒野性和狂暴一发不可收拾，
它们尝到血腥味喉头鼓胀浑身发热，
可怜驯兽人在劫难逃吓得发抖。[1]

我们不可能把本性连根拔掉，只能遮盖它，隐藏它。拉丁语可以算作我的母语，我对它比对法语更精通。虽有四十年没用拉

1　引自卢卡努。

丁文说和写了，但在感情极端冲动时（这种情况我一生中遇到过两三次，其中一次是当我看到父亲好端端地突然仰面朝天跌倒在我身上，并晕了过去），我从肺腑里喊出的头几句话总是拉丁文；本性就是这样突破习惯的樊篱，猛冲而出。这类例子，我们可以举出很多。

那些试图用新观点来改良当今社会风气的人，充其量只能改造社会的表面弊病，而其本质上的罪恶，却让它原封不动，甚至还可能使之扩大和增加。担心罪恶会扩大和增加是有理由的，因为人们停留于外表的、随意的改良，便往往放弃其他益举；而这类改良可收事半功倍之效；这样，人们就放过了那些本质性的、内在的罪恶。请看一看我们的经验：每个人——如果他审视自己——都会发现自己身上有一种固有的、占主导地位的存在方式，这种存在方式在和教育及与它相抵触的激情风暴做斗争。至于我，我很少感到自己受阵阵骚动的干扰，我几乎总是处于一种惯常的状态，正像那些笨重的物体。即使我魂不守舍，也总游荡在很近的地方。我的放纵不会把我带得很远。因此，在我身上不会发生极端和怪异的举动，却会有猛烈而有益的思想变化。

真正该谴责的——而且是当代人们行动中常见的——是人们的闭门思过也往往充满堕落和污秽：改邪归正的思想被他们糟蹋和歪曲了，惩罚的方式是病态的、罪恶的，与犯罪相差无几。有些人，或者因为本性上与罪恶相连，或者因为罪恶成了积年的习惯，他们已感觉不到它的丑陋可憎。另一些人（本人属于这一类）为自己的罪过负疚，但负疚感被乐趣或其他东西抵消，于是他们容忍罪过，并且乐意付出一定的代价去品尝罪恶的乐趣，然而内心知道是罪恶的、可耻的。不过，我们也许可以设想一种极端的观点，即认为从罪恶中得到的乐趣可作为犯罪的正当理由，正为我们在谈论功利时所说的；不仅像顺手牵羊这类偶尔为之、不构成罪恶的行为是如此，而且像眠花宿柳这样真正称得上罪过的行为也是如此。因为诱惑十分强烈，而且，据说，有时是无法抗拒的。

那天我在阿马尼亚克一位亲戚的领地里见到一个农夫，人人唤他“小偷”。他是这么讲述他的身世的：他从小就以乞讨为生，他感到靠双手劳动挣面包怎么也抵御不了贫穷，于是想到当小偷。他在偷窃中度过了青年时期，仗着身强力壮，一直平安无事：他收获别人地里的谷物和果子，但因他行窃之地离他家很远，偷的量又大，人们很难想象一个人一夜间能用肩膀挑回那么多东西；而且他注意分散和平摊他造成的损害，使每个人的损失不致太大。现在他年纪大了，作为一个农民，他算得上是富翁了，就是靠过去的偷窃勾当富起来的，这一点，他公开坦白承认。为了和上帝和解，他说现在他每天忙于为被他偷过的人的后代做好事，倘若他做不完（在他的有生之年，是不可能做完的），就让他的继承人去完成，按他给每个人造成的损失（这只有他一个人知道）进行赔偿。他的描述不管是真是假，说明他视偷窃为不正当行为，并且痛恨它（当然不及痛恨贫穷的程度那么深）；他的悔过形式简单朴实，他的过错被抵消和补偿后，他便不后悔了。不像那种把我们整个人（连同我们的知性）和邪恶结为一体的坏习惯，也不像那种不时扰乱和迷蒙我们的心灵，把我们一下子刮进罪恶的激流中的阵阵狂风。

我一向我行我素，保持完整的自我；我的行动几乎没有一桩需要隐瞒和躲避理智，我每做一件事几乎都得到身心各个部分的赞同，没有内部的分裂和骚乱。我自己的判断力决定对与错、褒与贬，而且一旦它认定是错的，便一直坚持。从我有判断能力开始，便始终如此：同样的倾向，同样的道路，同样的力量。在对一些普遍问题的看法方面，我从小就站到了应该站的立场上。

有些罪来势迅猛，让人猝不及防，我们且撇开它们不谈。但另一些罪是经过多次内心斗争而又多次重犯的，或者是性格造成的，甚至已变成了职业和营生；这种罪在一个人的心里植根如此之久，怎么可能不得到他的理智和良心的允许和赞同呢？因此他所宣称的在某个确定时刻感到的悔恨，实在令人难以想象。毕达哥拉斯学派认为："人走近神的塑像领受谕示时，便有了一副新的灵魂。"对这种看法我不能苟同，除非这句话的意思是：人在领受神示时，他的灵魂必须与他固有的不一样，必须是新的，是为这一特定时刻而准备的，因为他原有的灵魂太不纯洁，太不干净，不适合这一神圣的仪式。

斯多葛主义训诫我们要改正我们在自己身上发现的不足和恶习，但不要为此感到懊恼和郁郁不乐。那些自夸有悔恨感的人的行为却与这些训诫完全相反：他们让我们相信，他们对自身的不足和罪过深感内疚和悔恨，但我们丝毫看不出他们有改过自新，与过去决裂的决心。然而不除掉病根，就不算痊愈。假如把悔恨与罪过放在天平的秤盘上，悔恨重于罪过，那么它就能战胜罪过。我认为对神的虔信是最容易假装的——如果不按神的训示去规范自己的言行和生活的话。虔信的实质是深奥的、隐秘的，而其外在表现是容易的、夸张的。

至于我，我可能在总体上希望自己是另一个样子，可能对自己整个人不满意，并且祈求上帝将我脱胎换骨地重造，祈求它改变我软弱的天性。然而这种心情似乎不能称为后悔；同样，遗憾自己生来不是天使，不是卡图，也不能叫作后悔。我的行为有其准则，并符合我这个人和我的身份地位。我已尽我所能，而对无能为力的事谈不上后悔和内疚，那是遗憾。我想，天分比我高、身体机能比我好的人不计其数，然而我无法因此而改善我的天分和身体机能，正如我的肢体和精神不会因为想象他人的强健而变得更强健一样。倘若想象和渴望一种更高贵的行为方式会导致对自己的行为方式的悔恨，那么我们连自己那些最纯洁的举动也该后悔，因为我们明知，比我们优秀的人会把它们做得更完美、更得体，而我们想做得一样好。当我用老年的眼光检查我年轻时的行为时，我觉得它们都端正而有序，我做了我的能力范围内的事。我可以毫不自夸地说，只要情况不变，我会一如既往。这不是一个污点，而是我为人的基本色彩。我不知那种肤浅的、平庸的、做给人看的悔恨为何物，我认为的悔恨必须触动我的整个身心，使我撕心裂肺般痛苦，犹如上帝注视着我一样。

说到经商，由于管理不当，我失掉过多次成功的机会。然而我的决定是正确的，是根据彼时彼地的情况而采取的。我拿主意总是遵循便捷、稳妥的原则。我认为，我过去的决断和做法是明智的，即便一千年后，遇到同样情况，我还会这样做。我不看现在事情是什么样，而看我研究它的时候是什么样。

任何决策的力量都寓于时间。环境和事物本身都在不停地运转和变化。我一生中有过几次沉重的、对我至关重要的失误，并非因为缺乏好主意，而是因为缺乏机遇。我们的商务经营中都有其神秘、不可预测的部分，尤其在牵涉到人性因素的时候。那种不露声色的、看不见的，连主有者本人也不了解的东西在突发的情况下显露、苏醒。如果我的明智与审慎未能洞察和预见那些神秘的东西，我丝毫不加以责怪，因为它的职能限制在一定的范围内，如果事情的结果证明我错了，而被我否定的主意是对的，那也没办法，我不抱怨自己；我怪命运，而不怪我的工作；这不叫后悔。

福基翁[1]曾给雅典人出过一个主意，未被采纳，而事情发展得很好，与他的想法相背。于是有人问他："那么，福基翁，事情进展得这么顺利，你高兴吗？""我很高兴，但我并不后悔我提了那样的劝告。"当我的朋友们来向我讨主意，我总是坦率地明确相告，而不像几乎所有人那样，絮絮地说事情有风险，可能与我的想法背道而驰，朋友们会因此而埋怨我提的建议。我不考虑这些。因为责怪我是他们的错，我却不能拒绝帮忙。

我若是有了过失或遭了失败，只能怨自己，不能怨别人。因为事实上，除了出于礼节性的谦让，除了我需要向别人了解一件事或一个技术问题，我很少向别人征求意见。在那些只需运用自己的判断力的事情上，别人的道理能给我提供依据，却很少能使我改变初衷。我赞许地、礼貌地倾听别人陈述道理，但就我记忆所及，迄今为止，我只相信自己的道理。依我之见，别人的看法

1　福基翁（前 402—前 318），雅典政治家和军人。

如同在我眼前飞舞的苍蝇和灰尘，只会扰乱我的思想。我不太赏识自己的意见，但我也不赏识别人的意见。命运之神给了我应得的报偿。我不接受劝告，更少给别人劝告。请教我的人不多，听我的建议的人更少；我不知道有哪件公共事务或个人事务是因为听了我的意见而有了起色或回到正确的路上的。甚至那些由于机缘巧合来求教我的人也似乎更愿意受其他人的大脑支配。由于我是个既珍惜自己的职权，又珍惜自己的安宁权的人，我认为这样更好；不来问我，让我安宁，这是按我公开声明的行为原则办事的：我曾声明要安排自己，要完完全全回归自我。我很乐意不管别人的事，并从保护别人的义务中解脱出来。

当事情已经过去，不管做得怎么样，我很少追悔。因为，想象它们该当如此，我便不会烦恼。过去了的事已进入宇宙的流程，进入斯多葛思想的因果连环，你的愿望、想象不能变动其分毫；万物的整个秩序，以及过去和未来，都不会因你的愿望和想象而打乱或颠倒。

再说，我憎恨那种年龄带来的而非出自人内心的后悔。古代有个人说，他多谢年龄的增长使他摆脱了情欲的骚扰。这种看法与我的大相径庭；我永远不会感激无能带给我的好处。“上帝不会如此仇视自己创造的作品，以至于把软弱无能列入最美好的事物。”[1] 人到老年，欲望少了，而且事后会感到一种深深的餍足。然而这与自觉性没有任何关系；老年的抑郁寡合与羸弱无力给我们打上了懦弱和病态的印记。我们不应当过分受身体自然衰退的

1　引自昆体良。

影响，让判断力也跟着退化。过去，青春和欢乐并未妨碍我在情欲里看到罪恶的影子，同样，现在随老年而来的性欲减退也未妨碍我在罪恶里看到情欲的影子。如今我虽身在其外，恰如过去身在其中一样看待情欲。当我猛力地、用心地摆脱它时，我发现，我现在的理智并不比我在最放荡的年代更坚强，甚至，随着年事增高，它可能还有所弱化；如果说，现在，为了我的肉体健康，理智不让我卷入寻欢作乐，那么为了我的精神健康，它的干预不会超过以前。我并不因为理智已退出搏斗，就认为它更骁勇。我受到的诱惑已极其无力，不值得理智去抵御，只需伸出双手我便能将诱惑驱除。倘若让我现在的理智面对我过去的情欲，只怕它已没有过去的那股力量与之抗衡。我不见它判断别的任何东西，除了判断它自己；也不见它有什么新的领悟。因此，如果说它还算健康，那也只是一种受过损伤的健康。

靠生病求得健康，这是何等可悲的治疗方法！不应当靠我们的不幸去承担这项任务，而应当依靠我们健全的判断力。用打击和伤害达不到让我干任何事的目的，只会叫我诅咒这种手段。这种手段只能对付那种需要鞭打才会觉醒的人。我的理智在幸福的环境中运筹得更自如，而需要它理解和接受痛苦时，它却容易偏离正常的轨道而变得混乱迷惘。天朗气清时我看得更清楚，宁静时我的思维更清晰。健康比疾病更能轻松愉快地，因而也更有效地提醒我保养身体。病后，当我知道我还能享受健康时，便更努力地恢复身体和调整生活。倘若人们喜欢年老体弱、多灾多难时的我胜过喜欢精力充沛、思维敏捷、身体健康的年轻时的我，那么我会感到惭愧和气恼；倘若人们不看我曾经是怎样，而只看我如今风华不再，并以此来评价我，那么我同样会感到惭愧和气恼。依我之见，人的极乐是幸福地活着，而并非如安提西尼[1]所说，是幸福地死去。我从不企图将一个哲学家的尾巴拴在一个已经完结的人的身体上，也不希望让这瘦弱的尾巴否定我生命中最美好、最健全，也是最长的那段时光。我希望让人看到一个统一的我。如果有来生再世，我还会以原来的方式再活一遍；我不怨叹过去，也不害怕未来。我对自己并不失望，而且表里都是如此。我最该感激命运的就是，在我的肉体发育成长的各个阶段，每样东西都来得适逢其时。我经历了生命的青苗，开花、结果，现在面临生命的干涸，这很好，因为这顺乎自然。我心平气和地承受着病痛，因为它们来得是时候，也因为它们使我更愉快地回忆起逝去的、长长的、无限幸福的生活。我的智慧的高低在老年与青年时期不相上下，但年轻时更有建树、更有活力，也更风雅、更活泼、更自然，而现在则有些迂腐、滞涩、好责怪人。所以我放弃对它做顺应老年的，而且痛苦的改造。

我们的心灵需要上帝的触摸，我们的良知需要通过加强理智而非减弱欲望的办法做自觉的改善。情欲本身既不苍白，也不黯淡，不会因为我们用糊满眼眵的浑浊眼睛去看它而改变。我们赞成节欲，是这一品德本身的价值，也出于对上帝要求我们节欲的遵从；倘若我因为患重伤风或腹泻不得已而节欲和保持贞洁，那不叫克制和贞洁。倘若我们不知情欲为何物，也未体验过它的滋味、力量和迷人的魅力，我们便没有资格自夸能鄙视和战胜情

1　安提西尼（约前 444—前 365），古希腊犬儒学派哲学家。

欲。而我了解它，所以我能这样说。同样，我了解人的青年时期和老年时期，所以我可以谈论，我认为，人至垂暮，精神易于染上的毛病和缺点比年轻时更顽固、更令人讨厌。我年轻时就这么认为，结果被严厉训斥为“黄口小儿”；现在，我须发灰白，有了声望，也还是这么认为。我们常把脾气乖戾、对现实事物厌烦不满称为睿智。其实，我们并没有摆脱恶习，而是换了恶习，而且，我认为，是换上了更坏的恶习。除了愚蠢和无用的傲气、令人生厌的喋喋不休、易怒、难以与人相处、迷信、对钱财锱铢必较却又吝而不用这些毛病外，我觉得比之年轻人，老年人身上有更多的妒羡、不公正和恶意。老年在我们思想上刻下的皱纹要比在脸上刻下的皱纹多；衰老时不发出酸味和霉味的人世上没有，或很罕见。人的肉体和精神是一齐成长和衰退的。

看看苏格拉底老年的箴言和他被判死刑前的几次审判情况，我敢说，他本人多少帮助了那些指控他的人，因为，年届七十的他，原本灵活的思维有些迟钝了，素来明晰的头脑有些糊涂了。

每天，我在熟识的几个人身上，目睹着思维在起多大的变化啊！这是一种难以抵御的病，它自然而然地、不知不觉地潜入我们的身心。必须进行大量的学习，倾注十二分的小心，才能避免它给我们带来的缺陷，或者至少减缓这些缺陷的恶化。我感到，尽管我步步设防，它仍然向我步步进逼。我竭力支撑着，但我不知道它最终会把我逼到怎样的境地。不管如何，倘若人们知道我是从哪里跌落下来的，我便心满意足了。

三

论三种交往

人不可过分将自己囿于自身的喜好和性格。人的主要本领便是能适应各种工作。将自己拴在单一的生活方式上，且是出于不得已，这不能叫生活，只能叫生存。多才多艺、灵活应变的人才是最有修养的人。

这儿引证一段关于大加图的真实可信的描述：“他的聪明才智富有灵活性，十分善于适应一切，不管他干什么，都像是专门为干这一行而生的。”[1]

倘若让我按我的方法培养自己，那么我不愿固定在任何一种生活方式上，不管这种方式有多么好，为的是不让自己依赖于它。生活是一种不均衡、不规则、形式多样的运动。一味迁就自己，被自己的喜好牢牢束缚，到了不能偏离、不能扭转的地步，这不是做自我的朋友，更不是做自我的主人，而是做自我的奴

1　引自李维。

隶。我现在这么说是因为我已经很难摆脱性格的羁绊。比如，我的头脑通常闲不住，除非它强制自己；我用脑时神经总是绷得很紧，整个儿投入。不管给它一个多小的题目，我的头脑总是把这个题目扩大、伸展到需要它全力以赴的程度。因此，不动脑筋对于我是一种折磨，会损害我的健康。大多数人的头脑需要自身以外的东西使它活动起来，运转起来，“通过活动驱除无所事事的恶习”[1]，我的头脑需要自身以外的东西则是为了使它平静下来，做短暂的休憩，因为我的头脑最主要、最辛勤的工作便是研究自己。对于我，读书是一种把我从对自身的研究中转移出来的活动。一有思想闪现，我的头脑便忙碌起来，表现出它在各方面的活力，有时运用它的力量，有时运用它的条理性或灵活性，它或是赞同他人，或是自我节制，或是固守己见。它拥有足够的材料来激发自己的机能。造物主赋予它——一如赋予所有人的头脑——足够的智力供它使用，并给它足够的课题让它施展创造力和判断力。

对善于探索自我、开发自我的人而言，思考自我是一种强度大、内涵丰富的研究。我喜欢磨砺我的头脑，而不是把它填满。与自己的思想交谈，是一种最不费劲的事又是一种最费劲的事，这要看我们的思想状态。历来伟人们都把这事作为每日的功课，对于他们，“生活即思想”[2]。而且，我们的思想活动有一种得天独厚的优越性，那就是：没有一种活动能像思想活动进行得那么长

1　引自塞涅卡。
2　引自西塞罗。

久，那么经常，那么方便。亚里士多德说："思考是天神的需要，神的至福和我们的至福都来自思考。"读书对我的用处主要是通过书中的各种话题启迪我的思想，运用我的判断，而不是充塞我的记忆。

无精打采、平淡乏味的交谈很难让我继续下去。品位高雅、妙趣横生的交谈与严肃深刻的讨论（可能前者更甚于后者）都能占据我的整个思想。在其他交谈中，我往往处于一种迷糊状态，而且只给予表面的注意，所以，做那种意趣索然、了无生气的应酬式的聊天时，我常会说出一些梦呓般的或孩童也不如的蠢话，十分可笑，有时则固执地缄口不语，那就显得更加愚蠢，而且不礼貌。我的迷惘神态将我幽闭在自我之中，加之对好些一般的事物又表现出幼稚和严重的无知，这两种"优点"给我的好处是：人们可以毫不夸张地讲出有关我的五六则趣话，而且无论哪一则都傻得可笑。

平心而论，这种性格使我难以与人们交往（我必须对他们精心挑选），也使我不适合参与共同行动。我们与民众生活在一起，并与他们打交道；倘若我们讨厌他们的谈吐，不屑于去适应平民大众，而平民大众往往和最精细的人一样有他们的规矩（"不能适应大众之蒙昧的哲理是枯燥乏味的哲理"[1]），那么我们就无法再管理自己的事，也不应当再去插手别人的事了，因为公共事务及个人事务都免不了与那些人牵扯在一起。人最美好的行为方式正是那种最放松、最自然的行为方式；最好的工作是最不勉强

1　引自塞涅卡。

的工作。上帝啊，那条规劝人们，愿望必须与能力相符的箴言对我们是多么有用啊！没有比这更有益的哲理了。“量力而行”是苏格拉底最喜欢也最经常重复的话，是一句内涵丰富的话。应当将自己的愿望引向那些最容易得到，并且与自己的能力最接近的东西。确实，假如我不去和千百个与我的命运息息相关，并且是我不能缺少的人融洽相处，却要去高攀我的交往能力达不到的一两个人，或者异想天开地追求那些我无法得到的东西，这不是一种愚蠢的任性吗？我生性温和疏懒，任何形式的尖刻和粗暴都与我的性情相悖，这就使我免受妒忌和敌意的困扰和威胁；受人爱戴，我不敢说；但我敢说从来没有人比我更有理由不被人仇恨。不过我的疏于言谈使我失去了好些人对我的美意，这是公正的，他们有理由对我的冷淡做一种更坏的解释。

我很善于获得世间少有的甘霖般的友谊，并能将它一直保持下去。我如饥似渴地寻求志趣相投的朋友，十分贪婪地投入这种交往，所以自己禁不住眷恋这种友情，同时也给和我交往的人留下深刻印象。我已多次体验过这样的幸运。但对一般的泛泛之交，我却有点疏远冷淡，因为我的言谈举止如果不能像张满的风帆充分展开就会不自然。何况还在我年轻时，命运已让我习惯于品味那独一无二、完美无缺的友谊，因此我便有些厌恶别样的交情。而且古人那句“友谊是知己间的相伴，而非一伙人的厮混”包含的思想对我的影响太深了。所以我自然很难做到“逢人只说三分话”和“看人说话，见风使舵”。我也很难遵从人们的一条训诫，说什么在和那许多不完美的朋友交谈时，要小心谨慎，多存戒备；眼下我们听到的主要训诫是：谈论世事只会带来危险，或只能说假话。

我却很清楚地知道，谁若像我一样，把享受生活的恩惠（我指的是本质上的恩惠）作为生活的目的，就应当像躲避瘟疫一样避开性情的乖戾和挑剔。我赞赏多层面性格的人，这种人既能张也能弛，既能上也能下；不管命运把他摆在哪里，他都能随遇而安；他能同邻里聊他的房子、他的行猎情况，乃至他和别人的纠纷，也能兴致勃勃地和一个木匠或花匠谈天；我羡慕有些人，他们能让最末等的仆役感到可亲可近，还能以适合下人的方式与他们谈话。

柏拉图劝诫我们，要用主子的语言对仆人讲话，不管是对男仆还是女仆，不可玩笑，不可随便。我则深不以为然。因为，撇开我的天性不谈，我认为如此炫耀命运赐予的某种特权是不合人情的，也是不公正的；而主仆间的差异不那么悬殊的文明社会在我看来倒是极公平的。

别人琢磨如何使自己的思想显得空灵和高深，我却努力使自己的思想浅近平实。拔高和夸大是有害的。

君大谈阿亚科斯[1]天神家族
和神圣特洛伊城下的鏖战，
却只字不提
一坛基奥[2]酒价值几何，

1　阿亚科斯，希腊英雄，宙斯之子。
2　爱琴海东边一希腊岛屿，盛产葡萄酒。

谁为我备水沐浴，
何时何地，谁家屋宇
为我遮蔽佩里涅的奇寒。[1]

斯巴达勇士在战争中用柔和悠扬的笛声来缓解和克制他们的鲁莽和狂暴，而其他民族惯用尖厉响亮的呐喊竭力鼓动和激发士兵的勇气。同样，与一般的看法相反，我认为，在运用我们的思想时，我们大部分人更需要的是踏实、沉稳，而不是奔放、昂扬；更需要冷静和安详，而不是热情和激动。依我看，在不懂的人中间充内行，说话像煞有介事，favellar in punta di forchetta[2]，是十足的愚蠢。应当把自己降到周围人的水准，有时不妨装不懂；收起你的雄辩和精深，在一般的交际中，保留思想的条理性就够了。另外还要使自己平易通俗，假如你周围的人喜欢这样。

学究们往往在这一点上栽跟斗。他们总爱炫耀自己的权威，四处散发自己的作品。如今他们的声名充斥了贵妇们的闺房和耳朵，以至于即便她们不懂学者们的思想实质，也要摆出一副学者的样子；谈及任何话题时，不管这话题如何实际和通俗，她们都采用一种新的、学究式的口气或笔调，

恐惧、愤怒、欢乐、忧愁，乃至内心的秘密，
她们都用学究的风格来表达；

1 引自贺拉斯。
2 意大利语，意为“站在叉尖上讲话”，即说话装腔作势。

怎么说呢？连床上的谈话，她们都旁征博引。[1]

任何人都能充当证人的事，她们也要援引柏拉图和圣徒托马斯的言论。学说和理论没能进入她们的头脑，于是便停留在她们的嘴上。

倘若禀赋良好的夫人们愿意相信我的话，她们只需开发自身的天然财富就够了。然而她们却让外来的美遮盖了自身的美。抑制着自己的光华却靠借来的光彩发亮，这是多么幼稚。她们被梳妆打扮遮盖、埋没了。“她们仿佛从香粉盒里走出来。”[2]这是因为她们还不够了解自己。其实，世上没有比她们更美的造物了，是她们给艺术增了光，给脂粉添了彩。除了生活在别人的爱慕和崇拜之中，她们还需要什么呢？何况她们太有条件，也太懂得让别人爱慕和崇拜了。她们只需稍稍唤醒和激发自身固有的本领，便能达到这个目的。当我看到她们热衷于修辞学、法学、逻辑学，以及诸如此类她们并不需要的空泛之物时，我不禁担心，那些建议她们学这些玩意儿的男人之所以这样做，正是为了想办法支配她们，不然还能找到什么解释呢？其实她们用不着我们男人的帮助，只要善于运用自己那双眼睛的魅力来表达愉快、严肃和温柔，再佐以少许的严厉、怀疑或恩惠就够了，而千万不可在别人为诱惑她们而写的长篇大论里寻找代言人；有了这种本领，她们便能随意地指挥和控制那些学者和

1　引自尤维纳利斯。

2　引自塞涅卡《书简》，这篇书简针是对当时的贵妇人而作。

学派。倘若她们不愿在任何方面比男人逊色，倘若她们出于好奇也想涉足书苑，那么读诗写诗是最适合她们的消遣；因为诗是一种活泼轻巧而又微妙精细的艺术，是语言和装饰的艺术，它充满了乐趣和自我的展现，如同女人本身。她们也可从历史中汲取多种教益。在哲学中，尤其是人生哲学那部分，有些论说可指导她们判断我们男人的脾性和行事作风，保护自己不受男人的背叛伤害，指导她们调节和控制自己的欲望，爱惜自己的自由，延长生活的乐趣，达观地承受仆人的不忠，丈夫的粗暴，岁月的侵蚀，皱纹的出现，以及诸如此类的烦扰。这就是我给她们指定的学问的最大范围。

有的人本性孤僻、内向、不合群。我性格的主要方面是适于交际和表达；我感情外露，使人对我一目了然，我生性合群乐于交友。我喜爱并鼓吹的独处其实不过是归拢一下我的情感和思想，不是为了限制和紧缩我的步伐，而是为了限制和紧缩我的欲望和烦恼，为了摈弃外来的诱惑，躲避束缚和强制，同时也躲避一大堆事务，而并非躲避人群。说真的，局部的独处反倒更能把我朝外部世界扩展；我常常在独处时，考虑国家大事，关注世界。在卢浮宫[1]或在一大堆人面前，我把自己挤压和约束在躯壳里，人群把我推向我自己，而在肃穆、拘谨的场所，我的言谈却特别轻松、随便、富有特色。人们的荒唐言行并不使我觉得可笑，倒是那些“哲理”让我好笑。我天性并不厌恶学堂里的喧闹，我也曾在那里度过人生的一段时光，而且总是愉快地加入大

1　卢浮宫当时是王宫。

伙的聚会，只要这种聚会是间或为之，并且是在对我合适的时间。然而，我曾提到过的性格上的疏懒注定使我留恋清静；甚至在我的居所，在我那人口众多、来客频繁的家里也是如此。我常在家中会见很多来访者，但很少是那些我乐意与之倾心交谈的人。我在家中为自己，也为别人保留一份别处少有的自由。一切客套、繁文缛节以及陪客、送客等诸多社会礼节（唉！奴性的、讨厌的习俗！）在这儿都被免除，各人按自己的方式行事，想什么就说什么；我则少言寡语，自顾沉思默想，但这并不得罪我的客人。

我一直寻求与之相处和亲近的人，是那种被称作正派而又聪敏的人。见到这样的人就使我不想见其他的人。说到底，这类人在社会上凤毛麟角，而且他们的正派聪敏主要是天性使然。和他们交往仅仅是为了亲密相处，常相往来，谈天说地；为了思想和心灵的交流，不为别的。我们交谈时，话题无关紧要；说的话也许并无分量和深度，但总是意趣盎然优雅得体，充满了成熟而坚实的判断，糅合着善意、坦率、轻松、友好。我们的思想并非只在讨论替代继承或王朝事务等重大话题时才表现出它的力和美；在私人交谈中同样能表现。我甚至能从手下人的缄默和微笑中了解他们，有时在餐桌上也许比在会议厅里更能洞察他们。伊波马居斯就曾说，他仅仅根据一个人在街上行走的步态，便能看出此人是不是一名好角斗士。如果一时兴起，谈话涉及学术，那也无不可；不过此时学术本身也一反通常的威严、不容置辩和令人厌烦的面貌，而变得温和谦恭了。谈论学术于我们只不过是一种消遣的方式，该受教育或听说教的时候，我们自会去学术的王国，而眼下只好请它屈尊迁就我们了。因为，学说不管多么有用，多么受欢迎，我个人以为必要时仍可抛开它，可以没有学说而办我们的事。禀赋良好，并在与人的交际中得到磨炼的心灵自然而然会使人愉快。艺术不是别的，正是这类心灵表现的归纳和汇集。

与美丽而正派的女子交往也是一件令我怡然陶然的事。“因为，我们也有一双行家的慧眼。”[1]虽说和女人交往时精神上的享受不及在第一种交往中那样强烈，但是感官的享受——在这种交往中感官参与得更多——使它几乎和第一种一样令人愉悦，尽管二者无法等同。不过和女人交往时我们必须有所戒备，那些易受肉体冲动影响的人（比如我）更应如此。我年轻时吃过肉体冲动的苦头，据诗人们说，这种冲动会发生在那些放任自流、不善约束、不善判断的人身上。年轻时的事如一记鞭笞，从此成了我的教训。

亚哥斯[2]船队在卡法雷触礁，
幸免于难者从此胆战心惊；
每当驶近优卑亚[3]岛，
便忙不迭转舵逃避。[4]

在男欢女爱上倾注全部思想，以毫无顾忌的激情投身于其

1　引自西塞罗。
2　古希腊城邦。
3　希腊爱琴海一岛屿。
4　引自奥维德。

中，这是一种荒唐之举。但另一方面，如果缺乏爱情和意愿，只是逢场作戏，迫于年龄和习俗的要求，扮演一次大家都演过的角色，除了空口白话，不投入自己的感情，这样做虽然确实安全保险，却是一种懦夫行径，犹如一个人因害怕危险而放弃自己的荣誉、利益或欢乐；可以肯定，和女人建立这种交往的人，绝不能希望从中得到任何使一个高尚的心灵感动和满足的结果。你想实实在在享受的东西，应该是你真心实意渴望的东西。命运可能不公正地成全上述那种把爱情当戏演的人，因为这是常有的事，因为没有一个女人——不管她长得多丑——是不想讨人喜欢的；没有一个女人不想显示她的长处，或是她的年轻，或是她的笑靥，或是她的身姿步态；因为无一长处的丑女正如无一缺点的美女，是不存在的。婆罗门种姓有个习俗，凡是没有其他出色之处可炫耀的姑娘，都到一个广场上，向被召集在那里的人们展示自己女性的部位，看看她们是否有资格找到一个丈夫。

因此，一听到男人发誓对她忠贞不渝，没有一个女人不轻易相信的。而当今男人的背叛已是平常的、司空见惯的行为，这就必然导致生活正向我们展现的这一情况：那就是女人们封闭在自己的世界里，自我依托，或互相依托，为的是躲避我们；或者她们也学我们的样，在这出闹剧中扮演她们的角色，没有激情，没有兴趣，没有爱，只是应付。“既然她们已不受自己的感情和别人的感情的束缚”[1]，她们便像柏拉图笔下的利齐娅那样认为，我们愈是不真心爱她们，她们愈可以为了利益和其他好处委身于

1 引自塔西佗。

我们。

就像演戏一样：台下的观众得到的乐趣和台上的演员一样多，甚至更多。

至于我，我认为没有丘比特就没有维纳斯，一如没有孩子就没有母爱，二者的本质是互相归属互相依存的。同样，欺骗行为的恶果必将由欺骗者自己吞食，没付出努力和代价的人必得不到任何有价值的回报。把维纳斯敬为女神者，认为维纳斯的美主要不是肉体的美，而是精神的美；但是我前面提到的那种人寻求的爱不是人类的爱，甚至也不是动物的爱。动物的爱并不像人们以为的那么粗野、低下！我们看到，想象和欲望如何使动物兴奋，如何在肉体之先刺激它们；我们看到，不管是雄性还是雌性的动物，都会在群体中挑选自己喜欢的对象，而且它们之间能保持长期的恩爱。那些因年老而体力不济的动物，还能因爱情而浑身颤动或发出嘶鸣。我们见过动物在交配前充满希望和热情，在肉体完成其职能后互相爱抚，因为甜蜜的回味使它们无比欢愉。我们还见过有些动物交配后骄傲地昂首阔步，或发出快乐和得意的鸣叫，仿佛在说它们疲乏了，也心满意足了。若只是为了释放肉体的本能需要，又何须烦劳他人做如此费心的铺垫！所以爱情不是为饥不择食、狼吞虎咽的饿汉们准备的食物。

我是个不要人们把我看得比真实的我更好的人，所以我才讲述我年轻时的过失。我不大去光顾烟花女，不仅是因为眠花宿柳危害健康（这方面我曾因为不够谨慎，得过两次病，不过是轻微的、初期的），也是因为对这种行为的鄙视；我喜欢让困难、欲望，以及某种胜利的荣耀把爱情的欢愉刺激得更强烈；我欣赏提比略的做派，他在爱情上表现出谦恭、高尚和其他美德；我也欣赏交际花弗洛拉的任性脾气，她从不委身给地位低于独裁官、执政官、监查官的人，而且她拿情人的高官显位来消遣，当然也从那些珍珠、罗缎、封号和奢华的排场中得到乐趣。我非常看重女人的心灵，但她的肉体也必须令人赏心悦目。因为，平心而论，如果心灵的美与肉体的美二者必须舍其一，那么我可能宁愿舍弃前者；心灵可以在更重大的事情上派用场，而在爱情这件与视觉和触觉特别有关的事上，没有美好的心灵还可以有所为，没有美好的肉体却绝对不行。所以姣好的容貌实在是女子的优势。她们的美是那么独特，以至于我们男人的美虽然要求另一些特征，但只有与她们的美有了共同之处——孩童式的、光滑无须的——才算美到极致。传说，在土耳其皇帝的后宫，不计其数的以美色侍奉皇帝的人，最多到二十二岁就被赶走。

善于思考、冷静明智、忠于友情则是男人的特色，所以他们掌管国家大事。

上述两种交往都有偶然性，并取决于别人。第一种因其寡见鲜有而很难获得；第二种随着岁月增长而日渐凋零；故而它们不可能满足我一生的需要。与书本的交往，即我要谈的第三种交往，要可靠得多，并更多地取决于我们自己。这种交往也许没有前面两种的诸多优点，但稳定和方便却是它独有的长处。与书本的交往伴随着我的一生，并处处给我以帮助。它是我的老境和孤独中的安慰。它解除我的闲愁和烦闷，并随时帮我摆脱令人生厌的伙伴。它能磨钝疼痛的芒刺，如果这疼痛不是达到极点和压倒一切的话。为了排遣一个挥之不去的念头，唯一的办法是求助于书籍，书很快将我吸引过去，帮我躲开了那个念头。然而书籍丝毫不因为我只在得不到其他更实在、更鲜活、更自然的享受时才去找它们而气恼，它们总是以始终如一的可亲面容接待我。

俗话说：有马牵在手，步行心不慌。那不勒斯和西西里国王雅克是个年轻、英俊、健壮的人，他常让人将他抬在担架上巡游四方，头下垫只蹩脚的羽枕，身穿灰不溜秋的粗布袍，戴顶同样质料的睡帽，后面却跟着豪华威武的王室随从队，各色驮轿和骏马，众多侍从和卫士，表现出一种还相当稚嫩且尚未稳固的威严。痊愈之券在握的病人无须同情。这一警句很对。我从书籍中得到的收获全在于对这一警句的体会和运用。事实上，我使用书本几乎并不比那些不知书为何物的人更多。我享受书，犹如守财奴享受他的财宝，因为我知道什么时候我乐意，就随时可以享受；这种拥有权使我的心感到惬意满足。不管在太平时期还是在战乱年代，我每次出游从不曾不带书。然而我可能数天，甚至数月不用它们。我对自己说："待会儿再读，或者明天，或者等我想读的时候。"时间一天天过去，但我并不悲伤。因为我想书籍就在我身边，它们赋予我的时日几许乐趣。我无法说清这一想法使我何等心安理得，也无法总结书籍给我生活带来多大的帮助。总之，它是我人生旅途中最好的食粮，我非常可怜那些缺乏这种食粮的聪明人。不过出游中我更愿接受其他的消遣方式，不管它多么微不足道，因为我知道，读书的乐趣我是从来不会缺少的。

在家中，我躲进书房的时间要多些。我就在书房指挥家中一切事务。我站在书房门口，可将花园、饲养场、庭院及庄园的大部分地方尽收眼中。我在书房一会儿翻翻这本书，一会儿翻翻那本书，并无先后次序，也无一定的目的，完全是随心所欲，兴之所至。我有时堕入沉思，有时一边踱来踱去，一边将我的想法记录下来或口授他人，即如现在这样。

我的书房在塔楼的第三层。一楼是小礼拜堂，二楼是一间卧室和它的套间，为图一个人清静，我常睡在那里。卧房的上面原是个很大的藏衣室，过去那是我家最无用的处所。改成书房后，我在那里度过我一生中的大部分时日和一天中的大部分光阴，但我从不在那儿过夜。与书房相连的是一间布置得相当舒适的工作室，冬天可以生火，采光的窗户开得很别致。要不是我怕麻烦又怕花费（这怕麻烦的心理使我什么都干不成），我便不难在书房两侧各接一条百步长、十二步宽、与书房地面相平的游廊，因为墙是现成的，原为派其他用处，高度正好符合我的需要。任何僻静的处所都要有个散步的地方。我若坐着不动，思想便处于沉睡状态，必须两腿走动，思绪才活跃起来。所有不靠书本做学问的人，都是这种情况。

我的书房呈圆形，只有一点平直的地方，刚好安放我的书桌和椅子；我所有的书分五层排列在四周，围了一圈，弧形的墙壁好似弓着腰把它们全部呈献在我面前。书房的三扇窗户为我打开三幅多彩而舒展的远景。屋子的空间直径为十六步。冬天我连续待在那里的时间比较少，因为，顾名思义，我的房子高踞于一座小山丘上[1]，而书房又是所有屋子中最通风的一间。我喜欢它的偏僻和难以靠近，这对工作效果和远离人群的喧闹都有利。这里是

1　庄园的名字是 Montaigne（蒙田），这个词在古法语中是“山”的意思。

我的王国。我竭力把它置于我个人的绝对统治之下，竭力使这唯一的角落不为妻子、儿女、亲朋所共有。在别处，我的权威只停留在口头上，实际上不大确定。有的人连在家中都没有一个属于自己的、可以在那儿享受清静和避不见人的地方，依我看，这种人真可怜！野心家必得抛头露面，如同广场上的雕像，这是他们必须付出的代价。“有高官厚禄则无自由”[1]，他们连个僻静的退身之处都没有！我在某个修道院看到，修士们有条规矩：必须始终待在一起，不管干什么，须当着很多人的面；我认为修士们过的苦修生活中，没有什么比这更难受的了。我觉得，终身独处要比从不能独处好受得多。

倘若有人对我说，把文学艺术仅仅当作一种游戏和消遣，是对缪斯的亵渎，那是因为他不像我那样知道，娱乐、游戏和消遣是多么有意思！我差点儿要说，其他任何目的都是可笑的。我过一天是一天，而且，说句大不敬的话，只为自己而活：我生活的目的止于此。我年轻时读书是为了炫耀，后来多少为了明理，现在则为了自娱，从来不为得利。过去我把书籍作为一种摆设，远不止是用来满足自我的需要，而更多是用来做门面，装饰自己；这种耗费精力的虚荣心，早已被我抛得远远的了。

读书有诸多好处，只要善于选择书籍；但是不花力气就没有收获。读书的乐趣跟其他乐趣一样，并不是绝对的、纯粹的，也会带来麻烦，而且很严重；读书时头脑在工作，身体却静止不动，从而衰弱、委顿，而我并没忘了注意身体，对暮年的我来

1　引自塞涅卡。

说，过分沉湎于书本是最有害健康、最需要避免的事。

以上便是我最喜爱的三种个人交往，至于因职责的需要而进行的社会、公众的交往，这里就不谈了。

四

论转移注意力

过去我曾受命去劝慰一位真正悲伤的夫人，说“真正”，是因为女人的悲伤大部分是装出来的，而且是俗套的：

> 女人总备有大量泪水，
> 它们像士兵严阵以待，
> 只等主人吩咐以何种方式流出来。[1]

阻挠这种好哭之癖不是好办法，只会刺激她们，使她们陷入更深的忧伤，正如喜欢争辩会把事情弄糟。常有这样的情况：我们不经意说出的话如果遭到反对，我们就会竭力坚持这句话，甚于坚持一件对我们至关重要的事。而且这样做，会给你着手的事一个艰难的开端。医生初次接待他的病人，应当显得和蔼、轻

1　引自尤维纳利斯。

松、令人愉快；从未见一个面目可憎、满脸愠色的医生能马到成功。所以，一开始，应当帮助和鼓励你的病人倾诉痛苦，并表示一点赞同和谅解。通过这种理解，你能得到信任，走得更远；然后你轻松地，不知不觉地将话锋一转，进入有关治疗的重要话题。

当时我想做的只是转移那位正注视着我的夫人的思绪，临时包扎一下她的伤处。凭经验我感觉自己不善于此道，要说服她我可能不会成功。要么我会把道理说得太尖锐、太严峻，要么我的说话方式会太生硬，或太软弱无力。我专心听她诉说了一会儿她的苦恼，并不试图用慷慨激昂的大道理来治疗她，因为我找不到大道理，或是因为我想用另外的办法收到更好的效果；我也没在哲学学派开的各种劝慰药方里挑选一种，比如像克利安提斯[1]那样说："你抱怨的事其实不是坏。"或像逍遥学派那样说："此乃小事一桩。"或像克里西波斯那样说："怨天尤人的行为既不公正，也不值得称道。"我也未采用伊壁鸠鲁的做法——尽管他的风格与我更相近——把人的思想从不愉快的事情转移到有趣的事情上；我甚至也未仿效西塞罗，把上述这一大堆办法汇集起来，见机施用；我悠然地把我们的谈话引到相近的话题上，然后又岔到稍远的话题，全看她被我说动的程度而定；就这样，不知不觉地，我引她离开了她的忧思，使她的心情好起来，使她感到完全平静下来——当我在那儿的时候。我用的就是转移注意力的

1　克利安提斯（前331—前232）与下文的克里西波斯（约前280—前206）皆为斯多葛派哲学家。

办法。在我之后继续干同样差事的人并没能让她的状况有任何改善，因为我并没有砍掉病根。

可能我在别处也谈到过几种转移注意力的方法，军事上运用此法把敌兵逐出国土的事例在历史上更是屡见不鲜。伯里克利[1]在伯罗奔尼撒战争中就采用过，还有千百个其他例子。

这是一种巧妙的拖延方法，当年安贝库就用此法救了自己和其他一些人。那时勃艮第公爵包围了列日城，把安贝库困在城里，要他履行他答应的投降协议。夜里集合在一起的勃艮第公爵一方的人突然不满意已定的协议，对在他们武力控制之下的谈判对手发动了多次冲击。安贝库呢，在那些人第一次骤雨般地拥过来时，突然放出两名列日居民（有些居民和他守在一起），向勃艮第一方提出几条更优惠的新建议，那是他为形势的需要当场想出来的。这两人的出现使第一场暴风雨戛然而止，他们把那群狂怒的人带回城堡听他们带来的口信，并在那儿进行协商。协商不多时，第二场暴雨倾泻而来，与第一场同样猛烈；而安贝库又派另外四名列日居民前去应付；调解人向勃艮第公爵声言，这次要宣布更优厚的条件，定能使他称心满意，于是勃艮第公爵的人退到教皇选举会会场。就这样，安贝库通过拖延时间的办法，引开了对方的怒火，让它散耗在毫无结果的讨价还价之中，最后，他麻痹了敌人，赢得了时间，而这正是他要达到的主要目的。

还有一个有关转移注意力的故事。阿塔朗特是个容貌美丽、天资聪颖的姑娘，追求她、向她求婚的男子数以千计。为了摆脱

1　伯里克利（约前 495—前 429），雅典政治家。

这群人的纠缠，她宣布了如下条件：举行一次赛跑，跑得和她一样快的人方能娶她为妻，跑不过她的人则要丧命。相当多的追求者认为，为这样的赌博付出这样的代价很值得，愿意在这场残酷的交易中冒性命危险。伊波梅纳是最后一个参赛者。他向主宰爱情的女神祈祷求助，爱神满足了他的要求，赐他三只金苹果，并指点了它们的用处。赛跑开始了，当伊波梅纳感觉到他钟情的姑娘已逼近他时，便让一个金苹果滚落下来，好像不当心似的。姑娘果然被苹果的美丽所吸引，回身去捡：

> 姑娘大吃一惊，想拥有这闪光的果子，
> 停下步回转身，捡起滚在脚边的金子。[1]

如此这般，伊波梅纳在恰当的时刻又丢下了第二只和第三只苹果，最后，将姑娘引入歧途的计策使他成了赛跑的优胜者。

医生无法清除卡他性炎症时，便设法使它转移到人体不太致命的部位。我发现这也是医治心病最常用的药方。“应当把病人的思想引向其他爱好，其他关注目标、其他操心事、其他活动；总之，正像对待久不康复的病人一样，必须用改换地方的办法进行治疗。”[2] 这是劝我们不要径直向心灵的病痛进攻，劝我们既不要隐忍也不要遏制它的攻击，而是将它转移。

另一种教导则太艰深了，只适用于那些出类拔萃的人：它要

1　引自奥维德。
2　引自西塞罗。

求人们直截了当地对待事情，正视它，判断它。只有苏格拉底这样的哲人能以一副平常的面容去赴死亡的约会，视死如归，毫不在乎。他不希图在别处寻找安慰；死，在他看来是一件顺乎自然而又无所谓的事；他直面死亡，坚定地向它走去，目不旁视。而赫格西亚斯[1]的弟子们（他们在老师的精彩演讲激励下，绝食而死，且人数如此之众，使国王托勒密不得不下令禁止赫格西亚斯继续在其学派中发表这类弑杀人命的演讲）却不思考死亡本身，也不对死亡做评价；他们的思想不停止在死亡问题上，他们匆匆前行，奔向新的人生。有些可怜的人被送上断头台后依然满心虔诚，竭力不让自己的五官闲着：耳朵倾听着祭司给他们的训示，两眼和两手举向上苍，嘴里一直激动地高声祈祷；这种表现无疑值得嘉许，而且也与当时紧张的情势相符。从宗教角度来说，他们应当受到赞扬，但要论勇敢，他们却不值得称道，因为他们在逃避斗争，不敢正视死亡，好比医生要给孩子开刀时先逗他乐。他们中有的人有时垂下头，看到周围那些令人毛骨悚然的死刑刑具时，吓得身体发僵，惊慌地把头转向别处。正如人们让经过骇人深渊的人蒙上眼睛或把眼睛转向别处。

絮布里乌斯・弗拉维乌斯要被处死了，是尼禄下的命令，由尼日执行，这两人皆为军事将领。他被押到刑场，看见尼日已命人挖好了准备盛放他的尸体的土坑，坑挖得很不平整，不成样子，他转过身对在场的士兵们说："连洞都挖得不合军规。"又对命他把头摆正的尼日说："但愿你砍头时也能砍得正！"他料得

1　赫格西亚斯，古希腊昔兰尼派哲学家。

很准，果然，尼日的手臂发抖，砍了好几斧才把他的头砍下。看来，这位弗拉维乌斯确实做到了直面死亡，毫不回避。

手拿武器在混战中丧命的人，来不及研究和考虑死亡，也感觉不到死亡，因为，战斗的激情压倒了一切。我认识一位体面人，他在一次决斗中撞上障碍栅跌倒了，被仇人用短剑刺了九十下，观斗者叫喊着要他想想自己的良心。他后来告诉我，这些声音虽然传到他的耳朵里，却丝毫未触动他的心，因为他想的是击退敌人，是报仇，最后，他就在那场决斗中把仇人杀死了。

有人通知 L. 西拉尼斯，他将被处以极刑，西拉尼斯回答说，他早已准备好去死，不过不能死在小人的手里。那人听了这话率手下士兵向他扑去，欲强迫他服刑。赤手空拳的他拳打脚踢，顽强自卫，最后在搏斗中被那人打死。这对他来说倒是好事：原先想到自己逃不过死亡的噩运而感到的悲哀，在这阵愤怒的旋风中消散了。

在死亡将至时，我们总想着死亡以外的事：或是希望在冥间有一种更好的生活，或是希望子女大有出息，或是梦想身后荣名不朽，或是希图避开人世的苦难，或是想如何报复置我们于死地的人；这一切支撑着我们，阻碍我们去考虑死亡。

> 我希望——假如公正的神明能做主，
> 你在坎坷中受尽人世所有的苦难，
> 口中不断呼喊着狄多[1]的名字……

1　狄多是希腊传说中的一位公主，其夫被其兄杀害后，她逃亡到非洲海岸，建立了迦太基城。后盖图里国王要娶她为妻，她不从，遂在柴堆上自焚，她死后被迦太基人尊为女神。

我会知道这一切，纵然在地狱深处。[1]

色诺芬头戴花冠正进行祭典，有人来报告，他的儿子格里吕斯在芒蒂内大战中阵亡。他听到这噩耗后的第一个反应是将花冠甩在地上，但是随后，听说他儿子死得很英勇，他又拾起花冠重新戴在头上。

连伊壁鸠鲁也不例外。他在死亡将至时，想着自己的著述将永世留传，有益后人，并以此自慰。“只要伴随着荣誉和名望，一切考验皆可忍受。”[2]色诺芬说，同样的伤势，同样的困苦，对一名将军和一名普通士兵而言，难以忍受的程度却不同。伊巴密浓达得悉战争的胜利在他一边后，便能以轻松得多的心情看待死亡了。“这是在巨大痛苦中得到的最好的安慰，最大的鼓舞。”[3]还有其他一些情况能把我们的注意力和思想从死亡本身转移开去。

即便是哲学论述，也每每避免直截了当地谈死亡这一话题，而只是肤浅地触及。统领其他学派的第一个哲学学派奠基人，伟大的芝诺曾这样论说死亡：“任何痛苦都不体面，而死亡却是体面的，所以死亡不是痛苦。”他又这样论说醉酒：“谁也不把自己的秘密告诉醉鬼，而是把它告诉智者，所以智者不会成为醉鬼。”这能说是一语中的吗？我不愿意看到这些举足轻重的思想家脱离人类共同关心的问题。不管他们多么完美，他们毕竟还是这个尘世的凡人。

1　引自维吉尔。

2　引自西塞罗。

3　同上。

复仇是一种令人痛快的激情，惊心动魄而又顺乎自然，这一点我很清楚，尽管我从未亲身体验过。最近为了打消一位年轻王子的复仇之念，我并没有向他宣扬：谁打了你的左颊，你应以慈悲为怀，把你的右颊也送上去；我也没有向他叙述史诗中描绘的复仇引发的种种悲惨事件。我将复仇一事搁在一边不谈，而是兴致盎然地让他欣赏另一种相反的美好图景，即宽厚和善良能为他赢得的荣誉、善报和人们对他的好感。我引导他由复仇的野心转向未来的宏图大志。这就是我的方法。

倘使你的情欲太强烈，应当将它分散，哲人这样说，而且他们说得对，因为，这办法我曾屡试不爽。把情欲化成多种其他欲念，其中的一种可以起主导和支配作用；但是为了不让它责罚你、折磨你，还得不时用分解和转移的办法削弱它：

> 当你被强烈的情欲扰得心神不安……[1]

> 请把体内积聚的烈酒倒进任何一个杯中。[2]

而且要及早着手，免得一旦被这种欲望攫住，备受其苦。

> 假如没有新伤口来转移老伤口的疼痛，
> 假如你没有邂逅一位美人，

1 引自佩尔斯。
2 引自卢克莱修。

让她医治你还很新鲜的伤口。[1]

过去，一次重大的不幸[2]曾给我沉重的打击。按我的性格来说，“沉重”这个词还不够。假如我只依靠自己的力量，我可能会在那次不幸中沉沦。当时需要一件很有分量的事将我从中拔出来，于是我想办法，用巧计——当然年纪轻也帮了我的忙——使自己坠入情网。爱情减轻了我的痛苦，爱情把我从失掉好友的灾难中拯救出来。其他事情也一样：当一个不快的念头纠缠着我时，我觉得改变它比驾驭它见效更快。倘若找不到与之相反的念头，至少可以用一个不同的想法替代它。变换花样总能减轻、化解或驱散烦愁。倘若不能战胜它，我便躲开它。为躲避它，我使用计谋，转移目标，诸如换换地方，换换手头的事务，或换换伙伴，躲进不同的活动和思绪之中，叫烦愁失去我的踪迹，找不到我。

为此，造化赐予我们“易变”这一恩典，还给我们派来一位法力无边的、能治愈一切激情的医生——时间。而时间的疗效主要在于：通过给我们的思想提供种种其他事务来逐渐厘清或销蚀先前的感受，不管这感受原先如何强烈。一位哲人在二十五年后几乎仍像当年一样清晰地看到朋友去世时的情景，按伊壁鸠鲁的说法，这情景与当年丝毫不差，因为他认为，悲哀的减弱并不是因为我们早有思想准备，也不是因为悲哀老化。而是因为，这期

1 引自卢克莱修。

2 指他的好友拉博埃西之死。

间，脑海中已穿过那么多其他思绪，最后它懈怠了，疲惫了。

为了转移有关他的流言蜚语的关注目标，阿尔西巴德割掉了他那只漂亮狗的耳朵和尾巴，把它赶到广场上，让它成为人们闲话的主题，自己便能清静地进行其他活动。我还见过，有些女人为了引开公众的议论和猜测，蒙蔽那些爱说三道四的人，便用假装的恋情来掩盖真实的恋情。有一位竟弄假成真，抛开了原先真正的恋人，而投入假恋人的怀抱。后来她对我说，那些自认为在爱情中的地位牢靠便认可这种伪装之事的人实在是傻瓜。因为公开的接待和交谈既然留给了那个特意设置的效劳者，那么如果他最终不将你取而代之，他就不是个精明人，而是不折不扣地为他人作嫁衣裳。

区区小事便足以分散、引开我们的注意力，因为区区小事便足以抓住我们的注意力。我们很少考虑事情的整体和本身；吸引我们的往往是细小而表面的特点或图景，还有主体的一些皮毛。

如同蝉在夏天蜕下的薄壳。[1]

贤哲如普鲁塔克，他对女儿的怀念也每每是想到她儿时的机灵乖巧引起的。对一次告别、一个动作、一点特别的恩惠、一句最后的叮咛的回忆，会使我们悲恸。恺撒大帝穿过的长袍曾比他的死更深地震撼了整个罗马。在我们耳边回响的呼唤声如“我可怜的主人！”，或“我的好朋友！”“唉！我亲爱的父亲！”，或

1　引自卢克莱修。

"我的好女儿！"，会使我们揪心，其实当我将它们仔细品味，我发现，它们不过是一种词语和声音构成的呻吟。有时，我被说话者使用的字眼和语气触动，而并未掂量出或并未透彻理解其话语的真正意义，正如布道者的激昂声调往往比他讲的道理更能鼓动听众，也如被人屠宰以供食用的牲口发出的哀叫会使我们心怵一样。

在这些声音刺激下，悲痛油然而生。[1]

这就是我们哀伤的根源。

我的结石顽症（尤其是阴茎部位的结石）有时阻碍我排尿达三四天之久，而且如此严重地危及我的生命，以至于我认为，要想逃脱死亡简直是做梦。我甚至企盼死神降临，因为这种状况带来的痛苦太残酷难忍了。噢，那位把罪犯的阴茎扎起来，叫他们因无法排尿而毙命的仁慈君王真是一位精通折磨人的技艺的大师！于是，我想，在我身上，对生命的留恋是靠多么轻飘的原因和目的维系着的啊！而离开人世这一沉重而令人难以接受的概念在我心灵中又是由多少微尘般细小的东西组成的啊！在生死这样重大的事情上，我们让一些多么微不足道的思想占据了一席之地啊！一只狗，一匹马，一本书，一只杯子——还有很多其他东西，都是我在死亡将至时留恋不舍的。也许对于其他人，重要的是功名、财产、学识，但这一切在我看来并不见得更有意义。当

1　引自卢卡努。

我从总体上看待死亡，亦即把它视为生命的终结时，我抱无所谓的态度，我能轻松地接受它；但当我从细节上想象死亡时，则又心潮难平。仆人的眼泪，我的遗物的分送，一只熟悉的手的触摸，一句极平常的安慰话，想到这些我便心里酸楚和感动起来。

因此，神话传说中有关死亡的哀叹能扣动我们的心弦；维吉尔和卡图鲁斯所写的狄多[1]和亚里安临死前的咏叹，使那些并不相信这两个人物的故事的人也为之心动。不为所动者必是硬心肠的人，如像人们传为奇谈的波雷蒙；还有，另一个人，他的小腿肚被疯狗咬掉一块肉，他的脸都没发白。没有一种睿智可以只凭思考，无须通过形象的帮助，就能理解这种强烈而且执着的忧伤的原因，而眼睛和耳朵这两种最易受无关紧要的细节刺激的感官给我们提供了形象。

是否正因为如此，人类天性中的这种愚蠢和虚弱就成了文学艺术大加利用和开发的题材了呢？辩术认为，演说家在创作辩论词时会被自己的声音和假装的激昂手势所感动，以至于当真陷入他模拟的那种激情。他通过他模仿和假装的悲伤，而感到了真实的、真正的悲伤，又把这种感情传达给那些不易动心的审判官：好比葬礼上那些被雇来增加丧事气氛的人，这些人称斤计两地出卖自己的眼泪和哀哭，尽管他们的悲痛是做出来的，但为要让自己的姿态和面容符合这种感情，久而久之他们不免会身心全部投入，而且感受到一种真实的悲痛。我曾与德·格拉蒙先生的

1　维吉尔根据希腊传说中狄多的故事写了长诗《埃内》，对传说做了很大的改动：埃内在迦太基登岸见到女王狄多，狄多深深爱上了他，但埃内弃她而去意大利征战。绝望的狄多在柴堆上用匕首自杀。

几位生前好友一起，把他的遗体从他战死的地方——被包围的拉费尔城——护送到苏瓦松。我们所经之处，民众一片唏嘘号啕，只因为看到灵柩护送队的那种排场，其实他们连死者是谁都不知道。

昆体良说，他曾见一些演员，因过于沉浸在自己扮演的悲剧角色之中，回到家里还在为剧中人哭泣；他也说到自己，有时由于要在别人心中激发起悲伤，自己也分担了这种悲伤，以致发现自己不仅情不自禁地流泪，而且脸色苍白，一副被悲伤压垮的样子。

在我国一个山区，妇女同时充当神甫和侍童的角色。当她们失掉丈夫时，她们一面回忆丈夫生前种种讨人喜欢的好处以增强自己对丈夫的怀念，一面又当众数落他在世时的种种缺点，仿佛为了得到某种平衡，并由悲悯转为轻蔑；这种做派比我们真诚多了；我们一得悉某个认识的人过世，便忙不迭给他很多新的、虚假的赞扬。我们再也看不见他了，就把他夸得与我们往日见到的他判若两人；仿佛惋惜之情具有教育作用，或是我们的理性通过眼泪的冲洗变得明晰清醒了。所以，有朝一日，倘若不是因为我配得上，而是因为我死了，人们便给我许多溢美之词，我现在就声明绝不接受。

倘若有人问一个攻城者：“你为何围攻这座城池？”他可能说：“为了杀一儆百，为了让大家都服从我们的君主。我个人不想得什么好处；至于荣名，我知道这与我这样的普通人关系不大；我在这里没有个人的恩怨。”可是第二天你再看，他完全变了，他冲在进攻的队列里，怒火使他面红耳赤、热血沸腾；这是因为刀光剑影、纷飞的炮火、隆隆的炮声和鼓声往他的血管里注入了他原先没有的残酷和仇恨。你会说：“多么微不足道的原因！”原因是什么？要使我们的心灵激动起来根本不需要什么原因！一个不着边际的胡思乱想就能主宰它，使它骚动不安。倘若我的头脑在建造一些空中楼阁，那么它必定为这些空中楼阁构思出种种魅力和乐趣，使我真心为它心驰神往。有多少次，为一些子虚乌有的东西，我们的神智被怒火或忧伤扰得糊里糊涂！有多少次为一些捕风捉影的事，我们卷入荒诞的激情，以致心灵和肉体都变了样！沉思默想会使你的脸上露出惊讶、大喜或令人捉摸不透的表情，甚至使你手舞足蹈或叫出声来！某个人孤僻成性，难道不可能是因为他对与他打交道的人们有了错误的看法，或是因为他内心有什么鬼怪在折磨他吗？你是否研究过这些变化的原因在哪里？是否问过自己：大千世界里，除了我们人，有什么东西是靠虚无滋养，受虚无支配的呢？

冈比西斯[1]因为梦见他的兄弟将成为波斯国王，便将他——他一直喜欢，一直信任的兄弟——处死了！墨塞尼之王阿里斯托德缪斯，不知听见他的狗发出了什么吠声，认为那是不祥之兆，因而自杀。米达斯王也一样，为一个不愉快的梦境而心烦意乱、怒火中烧。因为一个梦而抛弃自己的生命，这正说明自己的生命一钱不值。

然而，也要看到我们的心灵怎样战胜肉体的痛苦和软弱，怎样在它受到的一切侮辱和扭曲中搏斗和挣扎；真的，它有理由谈

1　冈比西斯，波斯国王，公元前五世纪在位。

谈这些。

啊！不幸的泥身，普罗米修斯先塑了你！
天神创造自己的作品时太欠考虑，
只顾揉捏人的躯体，忘了灵魂的重要，
他本该先塑人的灵魂，再造人的肉体！[1]

1　引自普罗佩提乌斯。

五

论维吉尔的诗

随着有益的思考愈来愈充实和坚稳，它们也愈来愈成为精神的羁绊和沉重的负担。罪恶、死亡、贫穷、疾病是一些重大而又使人痛苦的主题。必须具有一副既知道如何承受和战胜这些苦难，又知道如何享受生活、坚守信仰的心灵才能面对它们，还必须常常启迪和锻炼心灵去研究它们；但对一个普通人而言，则只能轻松而有节制地去思考这些问题，倘若始终处于紧张状态，心灵便会疲惫。

我年轻时需要别人提醒和激励才能安于公务；因为据说年轻人活泼的性情和充满活力的身体与严肃而富有哲理性的思考不太协调。现在的我则处于另一种心态。人至迟暮，身体条件给我提出太多的警告和劝诫，使我愈来愈清醒和理智。我从过分活泼堕入过分庄重，而后者比前者更令人不快。故而眼下我有心让自己稍稍放纵些，有时任精神在年轻人的顽皮想法中游逛，使它得到休憩。如今，我是太沉着、太稳重、太成熟了。年岁每天都在教训我要冷静，要节制。这年老之躯对任何越轨行为惶惶然避之犹恐不及。现在轮到躯体来改造精神，统治精神了，而且其方式更粗暴，更专横。不管我是睡着还是醒着，它无时无刻不让我想到死亡、忍耐、忏悔。现在我防止自己一味节制，一如过去防止自己一味追求快意。因为节制总在拖我的后腿，简直使我到了迟钝麻木的地步。而我，在各个方面要做自我的主人。明智也会过分，而且也像狂热一样需要适度。为了不让自己干涸，不让自己过分谨小慎微，"不让精神总被肉体的病痛缠绕"[1]，我常在病痛留给我的间隙中，缓缓把目光从我面前那浓云密布、孕育着暴风雨的天空移开：这天空，谢天谢地，我注视它时毫无惊恐，但却并非毫不费力，毫不专注。我兴致盎然地徜徉在对逝去的青春的回忆中。

心灵渴念那失去的东西
整个沉浸于往昔的情景[2]

童年朝前看，老年朝后看，这不就是雅努斯[3]的两张面孔的含义吗？岁月可以挟我而去，但是我却要它倒着流！只要我的眼睛还能辨认那逝去的美好花季，我便要不时地将目光转向那段时光。虽则青春已从我的血液和血管中逃遁，但至少我不愿把它的形象从我的记忆中抹去。

1　引自奥维德。
2　引自佩特罗尼乌斯。
3　雅努斯是罗马之神，长着两张相背的面孔。

回忆过去的生活

无异于再活一次。[1]

柏拉图要求老人们观看年轻人操练、舞蹈和游戏，以便从别人身上再一次享受自己的肢体已失去的灵活和健美，并在回忆中重温那灿烂年华的潇洒韵致和种种优越。他还要求老人们把胜利的荣誉颁给最能使他们中的大多数得到愉悦的年轻人。

过去我把那些沉重的、阴晦的日子作为不平常的日子记下来，但它们很快便成了我的平常日子；而那些美好的、清朗的日子倒成了不平常的日子。倘若哪一天我的身体没有任何一部分使我难受，我便会像得到一种恩惠似的高兴得跳起来。不久，即便我胳肢我自己，怕也不能从我这衰弱之躯引出可怜的一笑了。我只能在幻想和梦境中愉悦自己，用计谋转移老境的忧烦。当然，应该寻求梦幻之外的良药，因为那是对抗自然规律的一种人为的无力斗争。延长老年的种种不适或让他们提早到来，是最愚笨的行为，可惜几乎每个人都在这样做；我宁愿老年期短些，而不愿未老先衰。哪怕遇到最微不足道的娱乐机会，我都紧紧抓住。我听说过几种既谨慎正派又强烈痛快的娱乐方式，但是人言对我的作用不大，不足以引起我对它们的兴趣。我不要求娱乐方式如何崇高、豪华、盛大，倒更喜欢它们温馨、简便、随手可得。“我们远离大自然而投身于人群，但人群从来不

1　引自马提雅尔。

是个好向导。”[1]

我的哲学是行动的哲学，是遵从自然习惯和现实习惯的哲学，而很少是幻想的哲学。即便我喜欢玩榛子和转陀螺，那又何妨！

为拯救国家社稷，他不把街谈巷议放心上！[2]

快乐是一种容易满足的美好感觉，它本身已经够丰富的了，无须再加上名声的光彩，它倒更喜欢默默无闻。一个年轻人若是把兴趣放在挑选酒和调料的口味上，便该挨鞭笞。过去我最不精于此道，也最不屑于学此道。然而如今我也在学了。我为此感到十分羞惭，可是有什么办法呢？更叫我羞惭和恼怒的是促使我学习此道的客观原因。现在该我们老年人幻想和闲荡了，而年轻人则要去追求名望和成功。青年人正走向社会，走向荣誉，而老年人已是过来人。“让年轻人去玩刀剑、骏马、标枪、狼牙棒、网球、游泳和赛跑吧，把他们弃之不要的骰子和骨牌留给我们老人！”[3]自然规律本身把我们赶进屋里。由于年事已高，体弱多病，我只能给自己找些玩物和消遣，就像对待孩子一样，无怪人们说老年人重新变成了孩子。明智和疯狂须得煞费苦心轮流为我服务，才能支撑和帮助我度过这多灾多难的暮年：

1　引自塞涅卡。

2　引自恩尼乌斯。

3　引自西塞罗。

在明智中加入少许疯狂。[1]

同样，我也躲避哪怕是最轻微的打击，从前只会伤及我的表皮的事，如今可能刺穿我的心，尽管我已十分心甘情愿地开始让自己的脾气适应各种伤害！但“对于脆弱之躯，任何打击都会造成损伤”[2]。

有病的心灵经受不住任何痛苦。[3]

我一向是个对疼痛十分敏感的人，如今变得更娇嫩，同时却又处处易受伤害。

有裂痕的东西在最轻微的撞击下也会破碎。[4]

我的理智阻止我埋怨和抗拒造化要我承受的烦恼，但并不能阻止我感受这些烦恼。我愿走遍天涯海角寻找一个地方，在那儿过一年饶有趣味、充满快乐的安静日子，因为我的人生目的就是要惬意舒畅地生活。那种阴沉、麻木的安静，我并不缺少，但它使我困倦昏昏欲睡；我不满足于这种清静。倘若有某个人或有雅兴的一伙，不管他们是在乡村还是在城市，不管是在法国还是在

1 引自贺拉斯。
2 引自西塞罗。
3 引自奥维德。
4 同上。

异国他乡，不管他们喜欢深居简出还是喜欢游历四方，只要我的性情与他们相投，他们的脾气和爱好对我合适，那么他们只需用手指打个呼哨，我定会前去向他们奉上一个有血有肉的、《随笔集》中的我。

人们常说思想有其得天独厚之处，即能在老年重放光彩，既然如此，我希望它充分显示这一特点；如果它能，就让它发绿、开花吧，如同死树上的槲寄生。但只怕它会背弃我，因为它与躯体兄弟般紧密相连，每每抛下我去追随可怜的躯体。我有心讨好它，设法争取它，都是枉然。我试图把它从它与躯体的联盟中解脱出来，并向它展示塞涅卡和卡图鲁斯、贵妇和宫廷舞蹈，然而这一切全是徒劳；倘若它的伙伴患腹泻，似乎它也患腹泻。连它所独有和特有的活动也不能激起它的活力，它显得迟钝麻木，像个冻僵了的人。是啊，没有轻松活泼的躯体，就没有轻松活泼的精神产品。

古代思想家在探索精神出奇激奋的原因时，只把它归功于神力、爱情、鏖战、诗歌或酒力，而未给健康的体魄——一种热血沸腾、生机勃勃、精力饱满、自由自在的体魄，正如青春和安全曾赐给我的那种健康体魄——一个应有的地位，他们未免失之偏颇。旺盛的血气使思想迸发出强烈而明亮的火花，这些思想火花超出我们天生的智力，是一种最有灵感，甚至是最狂热的激情。而健康状况不佳则会使我们精神沮丧、呆滞，产生相反的效果，这是毫不足怪的：

精神不振作起来做点工作，

却与躯体一同委顿。[1]

而它还要我对它感恩，因为，据它说，它对躯体所做的让步比一般要少！不过至少，趁我们还有喘息之机，让我们把苦恼和纠葛从我们与别人的交往中驱除出去：

“趁自己还有可能，老年人要舒展愁眉”[2]；“用戏言谑语把忧愁转为快乐”[3]。我喜爱一种活泼平实的睿智，我躲避那种尖酸冷峻的性格，任何可憎的面目都使我觉得可疑：

愠怒的面孔阴森逼人。[4]

道貌岸然者之中不乏放荡淫邪之辈。[5]

柏拉图说脾气的随和或乖戾昭示着心灵的善良或歹恶，我对此言心悦诚服。苏格拉底的脸始终如一，总是明朗的，笑盈盈的；老克拉苏的脸也始终如一，就是从来不笑。

德行应是令人喜欢、令人愉快的品质。

我知道，有些人会对我这些文字的大胆表示不满，但是他们中少有人会对这些文字表达的大胆思想表示不满。我顺应了他们的勇气，却冒犯了他们的眼睛。

---

1 引自拉丁诗人加吕斯（前69—前26）。

2 引自贺拉斯。

3 引自阿波利奈尔。

4 引自布坎南。

5 引自马提雅尔。

批评柏拉图的文章，而不提他和费东、狄翁、斯特拉、阿盖纳萨之间的所谓“关系”，好一种符合逻辑的思维方式！“不要羞于道出我们敢于想的事。”[1]

我憎恶那种总是满腹牢骚、愁眉苦脸的人，他们对生活中的乐趣只字不提，却牢牢抓住生活中的不幸，从哀叹不幸中得到满足，好似苍蝇，在光洁平滑的物体上待不住，必须停在粗糙不平的地方；也好似血吸虫，专找不洁的血吮吸。

再者，我要求自己，敢做的事就敢说，不能公之于众的事便不要去想。我最坏的行为和思想也没丑陋到不能告人的地步。人们在忏悔时都很谨慎，若是在行动中那样谨慎该多好！然而犯过错时的胆量丝毫不受忏悔时的胆量抑制。谁若是要求自己说出所做的一切，他就会要求自己不做任何不得不缄口不谈的事。但愿我的过分大胆能带动人们超越自身弱点产生的怯懦和虚伪，从而走向自由；但愿我的这些毫无顾忌的文字能把世人引向真正的理性！应当正视自己的毛病，研究它，为的是批评它。向别人隐瞒自己毛病的人，通常也不敢把它向自己坦露。倘若他的毛病被人看到了，便怪自己没遮盖好；这种人对自己的良心文过饰非。“为什么人不愿承认自己的毛病呢？那是因为他仍然是自身毛病的奴隶。人们只在醒了以后才述说自己做过的梦。”[2]肉体的病越严重便越明朗化，于是我们发现，自己以为的感冒或韧带扭伤原来是痛风病。而心灵的病越是加剧便越变得模糊不清。病得愈重

1　引自西塞罗。
2　引自冈比西斯。

的人愈是感觉不出自己的病。所以要经常以无情的手将它们抖搂在光天化日之下，把它们打开来，把它们从我们的心灵深处挖出来。坏事也和好事一样，有时只要把它说出来，心里便会无比舒畅。难道有什么过失，因其丑恶我们就可以不坦白出来吗？

我不能忍受用作假来为他人保守秘密，因为我不喜欢隐瞒我知道的事。我知道的事我可以不说，但要否认我知道，我必定会很为难，很痛苦。保守秘密，应该是出于自觉，而不是出于义务。为效忠君王而必须严守秘密，这并非难事，倘若不要求我同时还说谎。有个人求教于米勒的塔勒斯[1]，是否该郑重其事地否认自己有过猥亵行为。倘若那人来问我，我会回答说，他不应当否认，因为我觉得撒谎比猥亵行为更坏。塔勒斯给他的完全是另一种劝告，劝他发誓没干，说得越少越保险。塔勒斯的劝告并非是让那人在两种恶行中做选择，而是让那人的恶行由一种变成两种。

说到这里，顺便提一句，假如有谁向一个正直的人提出，用艰难困苦来抵消恶行，那么这一定很容易成交；但假如逼这个正直的人在两种罪恶之间做选择，那就叫他进退维谷，左右为难了；从前有人给奥利金[2]介绍了一个卑鄙的埃塞俄比亚贵族，然后向他提出：要么像供奉神灵一样供奉此人，要么给此人当肉体上的玩物。奥利金接受了前一个条件，而且，据说他选择错了。按这种错误的观点来看，那些宣称宁愿为勾引过十个男人而良心

1 塔勒斯，活跃于公元前七世纪，传说是古希腊哲学的奠基人。

2 奥利金（约185—约254），早期基督教会的学者，第一个完整地解释基督教信条的基督教神学家。

不安，却不愿为误了一台弥撒而良心不安的女人，也许不算是没有头脑、格调不高的人了。

虽然把自己的过失如此公之于世有些冒昧，但无须担心这会成为榜样被后人仿效，或成为惯例被后人依循，因为如亚里斯通所说，人们最怕的风是能吹走他们的蔽体之物的风。所以还得找回那块愚蠢的遮盖世风的破布。有些人将自己的良心送进了窑子，却保持一副正人君子的姿态。连背信弃义者和谋杀犯也赞成冠冕堂皇的法律，声言遵守法律是他们的义务。不管如何，总不该由不公正来控告不文明，也不该由狡诈来责怪鲁莽。令人遗憾的是，坏人并不同时又是傻瓜，他可以用体面来掩饰自己的罪恶。然而这些美丽的饰物本该镶嵌在光洁无瑕的白壁上，这样的墙壁才值得保养或粉刷。

胡格诺分子指责我们的忏悔在私下里进行，而且只能耳闻；有鉴于此，我的忏悔便面向公众，虔诚而坦荡。奥古斯丁、奥利金和希波克拉底曾公布过他们言论中的错误；我呢，还公布我品行中的过失。我如饥似渴地要让世人了解我，了解的人有多少，于我倒无关紧要，只要他们是真实地了解；或者，说得更确切些，我不渴望什么，只是非常担心被那些有机会知道我的名字的人把我当成另一个人。

有的人为荣誉和功名竭尽全力，他们戴着面具在社会舞台上表演，把真实的自我掩藏起来不让公众了解，这种人究竟想得到什么呢？夸奖一个驼背说他身材好，他会认为这是侮辱。倘若你是个胆小鬼，而人们尊你为勇夫骁将，难道人家说的是你吗？人家把你当成另一个人了。某人见别人对他频频敬礼致意便喜不自胜，其实是因为人家把他这个最无足轻重的人当成一群人的头领了。马其顿国王阿盖拉于斯一天在街上走时被人泼了一身水，随从们都说国王应该惩办那人。他说："是的，不过，他并没把水倒在我身上，而是倒在他以为我是的那个人身上。"某人警告苏格拉底有人在诽谤他，苏格拉底回答说："他诽谤的不是我，因为他讲的那些东西在我身上丝毫不存在。"拿我来说，谁若称赞我是个优秀的船只驾驶员，夸我很谦虚，或很洁身自好，我是不会领他的情向他道谢的。同样，谁若骂我是背信弃义者，是窃贼或醉鬼，我也不会自认为受到冒犯。缺乏自知之明者才会为虚假的称赞而陶醉。我不会，因为我看得清自己，我研究自己直到最深处，我知道什么属于我，什么不属于我。我宁愿少受些赞扬，只要能被世人正确地认识。人们可能认为我在某件事中表现明智，而我也许恰恰认为那是愚蠢。

我的《随笔集》只是贵妇们的一件普通的摆设，而且是客厅里的摆设，我为此颇为烦恼；但是这一章可能把我引进她们的内室。我喜欢与她们做亲密一些的个别交往，因为公众场合的交往是无好处也无趣味的。我们在告别将要抛开的东西时，往往过分夸大我们对它的情意。我现在正与社交界的游戏做永远的告别。这是我与它们的最后拥抱。不过还是回到我们的本题吧。

生殖行为是极其自然、极其必要、极其合理的，但它究竟对人类干下了什么，使得人们不敢坦然谈它，并把它逐出严肃、正经的话题呢？我们可以大胆地说"杀""偷""叛卖"，为什么碰到"生殖"这个词，就只敢在齿缝里嗫嚅呢？是否意味着我们嘴里愈是少吐出这个词，就愈有权利在头脑里扩大它的位置呢？

那些使用得最少、写得最少、说得最少的词，倒是人们知道得最清楚、了解得最广泛的词，这真是有趣的事。无论哪个年龄的人，也无论哪种风俗习惯的人，没人不知道生殖行为这个词，正如没有人不知道面包。它刻印在每个人的心里，只是未被用声音和形象表达出来。同样有趣的是，生殖行为被我们用沉默包裹着保护起来，因而把它从沉默中拉出来——哪怕是为了谴责和审判——就成了罪过。另一方面我们也只敢以代用语或绘画的形式来鞭笞它。一个罪犯十恶不赦到司法不愿碰他也不愿看见他的程度，这倒是对他极大的恩惠；惩治的严厉反使他自由了，获救了。书籍不也如此吗？因为被禁，反变得更为家喻户晓，更为畅销了。至于我，我要抓住亚里士多德的一句话，他说，谨慎持重，对青年人是赞美之词，而对老年人却是指责之词。

下面这些诗句常在古代哲学学派中传诵（我信奉古代哲学学派远胜于信奉现代哲学学派，因为依我之见，前者优点多，缺点很少）：

过分躲避爱神的人
与过分追随爱神的人一样错。[1]

是你，女神，一手支配着造物，
没有你，神圣的天边将一片空漠，
没有你，便没有愉悦和欢乐。[2]

1　引自普鲁塔克。
2　引自卢克莱修。

我不知道是谁曾在帕拉斯[1]、缪斯与维纳斯之间制造不和，说她们冷落爱神。而我则认为，她们应该是最能和睦相处，最能相得益彰的几位天神。缪斯若没有了爱的遐思，便不可能有动听的言谈，她们的作品也失去了最高尚的素材；爱神若缺少了诗神的亲切拜访和帮助，便失去了最有效的武器，变得软弱无力；那样做会让友谊与爱情之神和保护人性与正义的女神背上忘恩负义、不识好歹的恶名。

我从爱神的仆役名单上除名时间还不算太长，还没有长到使我忘记这位天神的威力和重要作用：

> 我能认出往昔爱情之火留下的痕迹。[2]

在我身上还残留着一点狂热过后的激动和温馨，

> 但愿我永葆这股热情，
> 即使在我生命的冬天。[3]

不管我变得如何干枯和沉重，我依然感觉到一点昔日热情的余温：

> 如同爱琴海，当朔风或南风

1　帕拉斯，亦名雅典娜，聪慧与睿智之女神。
2　引自维吉尔。
3　引自勒塞贡。

将它颠荡翻腾后已停止吹刮，
它在暴风过后不能立即平静，
依然波翻浪涌，涛声喧天。[1]

但是，据我所知，诗歌所描绘的爱神的威力和作用要比爱神实际上具有的威力和作用更强大，更活跃；所谓

诗有神奇的手指。[2]

诗歌所表现的爱也比爱情本身更温柔。裸体的维纳斯不及维吉尔在下面这些诗句中描写的那样美丽、热烈、娇喘吁吁：

她不再说话，见他犹豫不决，
女神将雪白的手臂围住他的颈脖，
用温柔的亲吻鼓起他的勇气，
伏尔甘[3]顿然恢复了平素火热的激情，
一股熟悉的热流暖透他的骨髓，
传遍他颤动的身体。于是，雷声响处，
一道火光划破天空，穿过被照亮的云层……
说完这些话，他给维纳斯最热烈的吻，
然后，他枕着妻子的酥胸，享受恬静的睡梦。

---

1 引自塔斯。
2 引自尤维纳利斯。
3 伏尔甘是希腊神话中的火神。

在这些诗句中，我认为需要考虑的是，诗人把一个已婚的维纳斯描写得有点过于冲动了。婚姻是一种明智的交易，在婚姻里，情欲已不那么癫狂，而是较为平淡，也有所减弱。爱情不愿意男女双方不靠它而靠别的东西维系在一起，当它混在以其他名义——比如婚姻——建立和维持的关系中，它就变得无精打采，因为在婚姻中，联亲、财产的分量与风韵、容貌同等重，甚至更重。这也不无道理。不管人们口头怎么讲，实际上人们不是为自己结婚，而主要是为传宗接代，为家族而结婚。婚姻的用处和好处关系到我们的世系，远甚于关系到我们本人。故而，我认为这事由第三者来操办比自己亲手操办更好，按别人的意思办比按自己的意思办更合适。这一切与爱情的常规真是大相径庭！所以，正如我在别处说过，把爱情关系中的放肆、荒唐用到神圣可敬的婚姻关系中，乃是一种乱伦性质的行为。亚里士多德说，触摸你的妻子时应当小心、庄重，以免猥亵的抚摩激起的肉欲使她冲出理智的轨道。他从良知的角度说的这番话，医生们从健康的角度也说过：过于热烈、过于追求快感、过于频繁的性欲会损害精子的质量，妨碍受孕；他们还说，为了给萎靡不振的两性关系——夫妻间的两性关系往往是这样——注入正当的有利生育的热力，就应该遵循物以稀为贵的原则，隔很长时间才惠顾你的妻子，这样，

她将贪婪地抓住维纳斯的馈赠，

把它深深地埋藏在自己的体内。[1]

依我之见，建立在容貌和情欲上的婚姻是最容易失败或发生变故的。婚姻的基础应当更牢固、更恒久，而且在上面行走需得小心谨慎。热血沸腾、肆无忌惮之举于婚姻毫无益处。

有些人以为把婚姻与爱情连在一起，就能为婚姻增加光彩，我觉得，他们的做法与那些为要抬高德行的身价便认为高贵身份即是美德的人毫无二致。婚姻与爱情，德行与高贵之间有某种相似，但却有很多不同；没有必要搅乱它们的名字和称号，把它们混为一谈对两者都不好。出身高贵是一种长处，合理地利用这种长处是对的；但这种长处取决于他人，而且可能落在一个品质恶劣、毫无能力的人身上，故而它远不及美德受人敬重。如果要说它是一种美德，那么它是一种人为的、表面的美德；它取决于时间和命运，并随国家的不同而变换形式；它有活力，但并非不朽；它来自出身，正如尼罗河来自发源地；它属于整个家族谱系，代代相传，因而为某些人所共有；它有连续性，又有相似性；它重要，又不很重要。博学、强健、善良、美貌、富有等长处都能进入人们的交往，惠及他人，而高贵的出身只能自己受用，对他人毫无用处。有人给国王举荐两名想得到同一职位的人，请国王挑选：一个是贵族，另一个不是。国王下命令，不要考虑是不是贵族，要挑最有能力的人；但倘若两人在能力方面旗鼓相当，则必须尊重贵族身份，这便是所谓名正言顺。一个陌生

1　引自维吉尔。

青年向安提戈诺斯要求，让他接替父亲的职务，他父亲是位很有才华的人，刚刚去世。安提戈诺斯回答说：“朋友，在赐予这种恩惠时，我要看手下的人是否勇敢，而不看他们是否贵族出身。”

的确，不应该像斯巴达国王的官员们那样做：号手、乐师、厨师等各个职位均由他们的孩子继承，哪怕他们对此一窍不通，也在精通这些行业的人之前被录用。卡里居特[1]的人把贵族视为居于众人之上的一种人，不准结婚，不准从事其他职业，只能在军队供职。姘妇，他们可以要多少有多少，这些女人全都生活放荡，互相之间并不妒忌，但是假如他们与贵族以外的任何女人姘居，就犯了不可饶恕的死罪。若在路上行走时被平民百姓碰了碰，他们便认为自己的身子被弄脏，自己的贵族身份受到极大的侮辱和玷污，所以对那些仅仅过于靠近他们的人都一律格杀勿论，以至于贱民们行走时必须发出叫喊（如同威尼斯轻舟的船夫在河道拐弯处必须叫喊，以免与别的船只相撞），贵族命令贱民闪到一边，这样贵族可免于被弄脏（他们认为，一旦被弄脏，终身洗不净），而贱民们则可免于一死。任何平民百姓，不管他奋斗多长时间，不管他受到过国王的什么恩宠，不管他担任什么职务，不管他具备什么德才，也不管他拥有多大家产，都永远不能跻身于贵族；而不同职业间的男女不得通婚这一习俗更扩大了社会隔阂，比如鞋匠的女儿不能嫁给木匠；父母有责任培养自己的孩子继承父辈的职业，而且只能是父辈的职业，不能是别的职业。人们的命运也就这样持

1　即现在的科泽科德，印度西部的一个重要城市和港口。卡里居特是其古代的法文名称。

续下去，恒久不变。

好的婚姻——如果世上存在好婚姻的话——拒绝接受爱情的伴随和爱情的生活方式，而是力图模仿友谊的生活方式。婚姻是一种温馨的共同生活，充满忠贞、信赖，以及无数有益而实在的相互间的帮助和责任。“任何女人一旦品尝了这种婚姻的滋味，任何女人一旦由婚姻之烛把她和她愿嫁的男子结合在一起”[1]，便不再愿意做丈夫的情人或女伴。当她作为妻子在这个男人的感情上占据一定地位，那么她的地位是体面的、稳固的。倘若她的丈夫为别的女人动了心，向别的女人献殷勤，又假如当时有人问他，在他的妻子和情妇之间，他不怕谁丢面子，谁的不幸更会使他伤心，他希望谁得到更多的荣华富贵，那么，在一宗健全的婚姻里，这些问题的答案是可以想见、无须怀疑的。美好的婚姻那么罕见，正说明它的宝贵和它的价值。假如好好缔造，好好对待，婚姻实在是我们社会再好不过的构件。我们少了它不行，然而我们又贬低它，践踏它。如同鸟笼一样：笼外的鸟儿拼命想进去，笼内的鸟儿拼命想出来。苏格拉底被问及什么更有利，是娶妻还是不娶妻，他回答说：“不管娶妻或不娶妻，都会后悔的。”婚姻是一种契约，与其相应的还有所谓“人之于人，不是上帝，便是豺狼”的说法。要缔造美好的婚姻，需要汇集很多良好的品德。当今世下，婚姻更适合头脑单纯者与平民大众，因为他们的心灵没有被享乐、好奇和无所事事的生活搅乱。生性放荡如我，又憎恶任何形式的羁绊和义务，是不适合结婚的：

1　引自卡图的诗剧《贝雷尼斯的头发》。

颈上不套这具枷锁，我会过得更加快活。[1]

就我本人的意愿而言，即便智慧和贤德的化身看中了我，我也不愿娶她。但是说也枉然，我们敌不过社会生活的规矩和习俗。我的大部分行为皆出于仿效，而非出于选择。故而，结婚也并非我真正自愿，是被家人牵着鼻子干的，而且是迫于一些与我无关的客观情势。须知，不独那些令人不快的事能变得可以接受，甚至连极其丑恶不道德，且又可以避免的事，也无一不因某种形势和突然情况而变得可以接受，因为人的处境太虚妄了。我当时心理上的无准备和情绪上的敌对肯定甚于体验过婚姻后的今天。然而，尽管别人认为我是个狂放不羁的人，事实上，我对婚姻法规的遵守比我原先许诺的和人们希望的要更严格。既然让人套上了桎梏，反抗就为时太晚了。要小心卫护自己的自由，而一旦屈从于责任，就必须坚守夫妻双方共同义务的种种条规，至少要尽力做到。有些人进行了婚姻交易，而后又怀着仇恨和蔑视对待它，这种做法是不公正的、有害的；同样，妻子们之间互相传播、奉若神示的一条"精彩"的行为准则：

侍奉丈夫如同侍奉主子，
提防丈夫如同提防叛徒，

（意思是说：你要怀着一种被迫的、敌意的、戒备的敬意对待夫

1　引自加吕斯。

君）也是侮辱性的、难以被丈夫接受的，它不啻是一声挑衅的呐喊、开战的呐喊。我的性格太温和，对付不了如此复杂的用心。说真的，我还没狡猾和玩世不恭到混淆公正与不公正的地步，也不至于嘲笑一切不合我的口味的秩序和规范。我不会因为憎恶迷信而立刻走到反宗教信仰的极端。即便不能始终如一地履行义务，至少应该尊重和承认那些义务。缔结婚姻而又不身心相许，也是一种背叛。让我们进一步谈谈这个话题。

我们的诗人维吉尔描绘了一宗婚姻，这宗婚姻可谓两相情愿，门当户对，然而缺少男女之间的忠诚。也许诗人想说，屈服于爱情的力量，而同时又保留对婚姻的某种义务，这并非不可能的事？抑或是想说我们可以伤害婚姻而又不让它完全破裂，正如一个仆人揩主人的油却并不恨主人？由于容貌的吸引、机缘和命运的撮合（不可否认，命运有时确也插上一手，诗云：

> 衣服遮盖下的器官自有其天数
> 倘若命运之神将你抛弃
> 你纵有奇长的阳具也枉然）。[1]

一个女人恋上了一个外人，但并未完全死心塌地，还能与丈夫保持一定的关系。爱情与婚姻是两个目的，各有其不同的路线，互不融合。一个女子可能委身于某个男人而又绝不肯嫁给他，我不愿说是因为财产地位，而是因为男人本身的条件。很少

1　引自尤维纳利斯。

有男人娶了原来的女伴而不后悔的。甚至在神的世界也不例外。朱庇特与他原先爱慕和占有的女人结成了多么糟糕的一对夫妻啊！这便是俗话所说：在篮子里拉屎，然后又把篮子扣在头上。

我年轻时见过某个大家族里有人以结婚来忘却爱情，这是不光彩的、怯懦的行为；婚姻和爱情的含义太不一样了。我们可以毫无妨碍地喜欢两样不同的，甚至互相抵触的东西。伊索克拉底说，雅典城令人赏心悦目，如同男人出于爱慕而追求的一位贵妇；人人喜欢来这儿散步，消磨时光，但没有一个爱她是为了娶她，就是说，在那儿扎根和定居。令我气愤的是，某些丈夫讨厌他们的妻子仅仅因为他们另有所爱；其实，我们不该因自己的过失而减少对妻子的爱；至少，出于惭愧和同情，我们也应该更疼爱她们。

伊索克拉底还说，爱情和婚姻的目的各异，但可以在某种方式下互容。婚姻的好处在于它的功利性、合法性、体面性和稳定性，它给予的欢乐是平淡的，但却更无所不包。爱情仅仅建筑在男欢女爱的基础上，它给予的乐趣确实更销魂，更强烈，更刻骨铭心，而且因难于得手而变得更炽热。爱情需要刺激，需要烹调。没有箭和火的爱情就不再是爱情了。婚后的女人给予得太慷慨，以致夫妻间的感情和欲望磨得迟钝了。为了避免这消极的一面，请看里库古斯[1]和柏拉图怎样呕心沥血制定有关的法律。

女人拒绝接受一些社会生活准则，这并不完全是她们的过错，因为这些准则是男人制定的，她们没有参与。她们和我们之

1　里库古斯（约前 390—前 324），古代雅典演说家和政治家。

间便自然存在一些明争暗斗。即如男女间最密切的关系——婚姻，也是多变故、多风波的。依维吉尔之见，在有一点上，我们对待她们的态度是不合逻辑的：我们已经知道，她们在爱的能力和热烈程度上无可比拟地高于我们，古代那位时而是男人，时而是女人的教士即证实了这一点，

他了解男性的爱，
也了解女性的爱；[1]

此外，我们还从过去不同时代的一位罗马将领和一位罗马皇后——这是两位臭名昭著的荒淫大师——在这方面的表现得到证明（他一夜曾使十名被他掳来的萨尔马特少女失掉童贞；而她呢，一夜竟曾二十五次与男人交欢，按自己的需要和兴趣变换伙伴，

张开的蚌壳因快意而炙热，
交欢后的她疲惫地离去，却并未餍足）。[2]

再者，发生在加泰罗尼亚[3]的一桩夫妻间的争端也能说明一二：妻子抱怨丈夫的要求过于频繁，据我看，并不完全因为她对此感到厌烦（我只相信宗教的奇迹），而是她想借作为婚姻根本的夫

1　引自奥维德。
2　引自尤维纳利斯。
3　西班牙一地区。

妻行为来削弱和制约丈夫对妻子的权威，也为了表明女人的怨愤和报复心已超出了婚床的范围，而且已不把维纳斯的恩赐和爱的乐趣放在眼里。对妻子的诉词，丈夫——一个十足兽性和变态的男人——是这样回答的，他说，即便在斋戒禁食的日子，他也不能少于十次。阿拉贡王后仲裁法庭深思熟虑的讨论后，下达了著名的决定。这位可敬的王后，为了给后人提供一个正常婚姻应有的节制和谦恭的准则与规范，规定：合法而必需的界限为每天六次。这个数目对女性的需要和欲望而言是大大降低、相去甚远的，王后说，这是为了建立一种便于执行，从而也是永久不变的法律形式。可是医生们惊呼了：既然这个数字是女人的理智、自制力和贤淑规定的尺度，可见她们的淫欲该有多么强！再看对男人性欲的估计，司法学派的主帅索隆把夫妻间的接触定为每月三次。我们在相信和宣扬了上述这一切以后，竟要求她们克制这种与生俱来的欲望，这无异于要她们忍受极端的痛苦。

没有比性欲更急切的欲念了，而我们要求她们单独抵抗这种欲念，而且并非作为一般的毛病，而是作为一种比不信教和杀父之罪更令人憎恶、令人诅咒的罪恶去抵抗。然而我们自己却向这种欲念投降而并不知罪，并不自责。我们中间有些人曾试图战胜它，但他们承认，即便有药物的帮助，要驯服、削弱、冷却肉体的欲望是何等困难，甚而不可能。相反，我们要求女人身体健康，朝气勃勃，发育得好，营养好，而同时又要求她们守身如玉，也就是说既要她们热血沸腾，又要她们冷若冰霜；要知道，既然我们认为婚姻的职能是阻止她们的欲火燃烧，那么根据社会习俗，这种婚姻便很难解除她们的焦渴。假如她们嫁给了一个血气方刚的男子，这男子却会把自己的活力倾注到其他地方，并以此为荣：

> 你若不知羞，我们去法庭；
> 我高价买下了你的阳具，
> 它不再属于你，它已卖给了我。[1]

哲人波莱蒙就曾被妻子义正词严地告到法庭，说他常常将本该用来传宗接代的种子撒到贫瘠的荒地里。倘若女人嫁的是老而无用者，则她们的处境还不如处女和寡妇。我们满以为她们给养充足，是因为身边有个男人（正如罗马人认定贞女克洛蒂雅·莱塔被玷污了，因为卡里古拉[2]近过她的身，尽管后来事实证明他只是近过她的身而已），其实这反倒会不断刺激她们的需求，因为，男人——不管是什么样的男人——的陪伴和接触，唤醒了她们的欲念，而在独处时这欲念要平静安分得多。正是出于这种考虑，波兰王子莱博斯拉斯和他的妻子金姬，为了使他们俩的贞洁显得更难能可贵，经国王同意，在新婚之夜，同床共枕之时，发愿禁欲，而且一直坚持下去，尽管莱博斯拉斯享有丈夫的种种方便。

在女人还是孩子时，我们便培养她们具有各种取悦男人的本领：她们在举止风度、打扮、知识、言谈方面受的训练，乃至全

1　引自马提雅尔。
2　应为卡拉卡拉，此事载于狄翁·卡修斯《卡拉卡拉的生平》。

部教育无不以此为目的。她们的家庭教师所做的事便是在她们头脑中印下爱情的形象，哪怕是通过反复描绘使她们对爱情产生厌恶。我的女儿（我只有这一个孩子）已到了一定的年龄，在这个年龄，早熟的女孩已经可以合法结婚。[1] 但她成熟得晚，又长得纤细柔弱，加之一直被她母亲养在深闺，根据她的脾性施行个别教育，所以她不过才开始脱掉孩童的稚气。一天她在我面前读一本法文书，碰到 fouteau 这个字，这是一种人所共知的树的名字，她的家庭教师立刻有点粗声粗气地止住她，叫她跳过这令人尴尬的一段，我在一旁不加干预，以免破坏她们的规矩，因为她的管教丝毫没让我不放心过。女人自有其神秘的管教方式，应当由她们去。但是，我敢说，即使我的女儿与二十个男仆厮混六个月，这个字的可恶发音，对这一发音的理解、运用以及它可能引起的一切联想也不会在这孩子的头脑里留下任何印象，而这位可敬的老妇人的呵斥和禁止倒会适得其反。[2]

早熟的童贞女
喜学爱奥尼亚舞[3]，
直跳得精疲力也尽。
当她还在稚嫩的幼年，
已梦想着放荡的爱情。[4]

1 蒙田的女儿时年十五岁。

2 Fouteau 的发音与 Foutre 相近。Foutre 是个很粗俗的字，来自拉丁文 Futuese，最初的意思是“与女人发生关系”。到十八世纪才引申为“做”，但仍只在俚语中使用。

3 爱奥尼亚，在小亚细亚。

4 引自贺拉斯。

倘若免掉她们一些礼节上的繁文缛节，让她们自由思考，自由言谈，那么在爱情这门学问上，我们与她们相比只是些不知事的孩子。请听听她们描述男人求爱的手段和言辞，她们会让你明白，你讲的一切，她们早已无师自通。难道真如柏拉图所说，女人前世是放浪形骸的少年？一天，在某个地方，我不经意听到了她们之间进行的不提防旁人的谈话。我真想说："圣母啊！在这种时候我们还读《阿玛迪》[1]的章句和薄伽丘、阿雷蒂诺[2]的故事集，想做乖巧人，真是把时间用在了该用的地方！"她们知道的爱情言辞、事例、手段没有一样不比书里写的还要精彩；她们血液里生来就有这门学问，

维纳斯亲自启迪了她们，[3]

同时天性、青春、健康的身体，就像最好的教师，不断往她们心灵里灌注这门学问；她们甚至根本不用学，这门学问就是她们创造的。

一只雪白的鸽子，喙儿频频轻啄伙伴，
宛如情意绵绵的女人，采撷贪婪的吻。[4]

1 指《高卢的阿玛迪》，这是一部创作于十四世纪的西班牙骑士小说。
2 阿雷蒂诺（1492—1556），意大利作家。
3 引自维吉尔。
4 引自卡图鲁斯。

她们这种强烈的欲望是与生俱来的，倘若不用恐惧和名誉感来稍稍控制住它，我们的名声将受到损害。人世的全部活动归结为男欢女爱：它是无处不在的主题，是一切事情归至的中心。我们至今还能看到古老而睿智的罗马留下的为爱情效劳的药方，以及苏格拉底教训烟花女的箴言，

> 散落在她们的丝绸坐垫上的小册子，
> 常常是斯多葛哲学家们的杰作。

芝诺制定的法律中就包括处理奸污处女罪的条文。再说，哲学家斯特拉同的著作《论肉体的结合》是什么意思呢？提奥弗拉斯特在一本题为《情人》，另一本题为《论爱情》的书里论述的是什么呢？亚里斯提卜在他那本《谈古代的享乐》里又谈些什么呢？柏拉图的作品里对他那个时代的大胆爱情所做的如此广泛而生动的描述是为了什么呢？还有德梅特里乌斯·法雷鲁斯的《论恋人》，埃哈克里代斯·彭蒂尼斯的《克里尼亚斯》或《违心的情人》，安提西尼的《论生儿育女》或《论新婚》以及另一本《论主人》或《论情人》，阿里斯顿的《论爱情活动》，克雷昂特的《论爱情》和《论爱的艺术》，斯弗吕斯的《爱情对话录》以及克里西波斯的那本无耻得不堪卒读的神话故事《朱庇特与朱诺》和他的五十篇极其色情的《诗体书简》，所有这些书都写了些什么呢？这里我们还未把追随伊壁鸠鲁学派的哲学家们的大作包括在内。五十位天神曾被用来为爱情服务；而且世上竟然有那

么一个国家[1]，其教堂里长年养着一些少男和少女，供那些信徒享用，以满足他们的淫欲，而且在去行祭礼之前先寻欢作乐一番竟成了一种仪式。这倒应了一位不知名的古人的话："显然，为禁欲必先纵欲；火灾须用火来灭。"

在世界上很多地方，我们身体的这一部分被神圣化了。在同一个省份，有些男子剥下自己性器官的皮献一块给神明作为祭品；另一些人则拿自己的精液祭神。在另一个省份，青年男子当众穿透自己的生殖器，他们在皮肉之间开几处口子，将几根铁扦从这些口子穿过，铁扦的粗和长达到他们所能忍受的最大限度；然后将这几根铁扦放在火上烧，作为给神的祭品；倘若受不了这种残酷的疼痛，便会被认为缺乏男子气和不够贞洁。还有的地方是根据身体的这一部位来决定谁能被承认和推崇为最了不起的官员，而且在多种仪式上，人们堂而皇之地高举着男性器官的雕塑，表示对诸神的敬意。

埃及妇女庆祝酒神节时，颈脖上都要挂一个木制的男性器官，制作得非常精美，大小和重量不一，根据佩戴者的体力而定；此外酒神雕像的这一部分也做得特别大，远远超过身体的其余部位。

在离此地不远的地方，已婚妇女把帽子做成那种形状，朝前戴是炫耀自己可以享用这一器官，万一成了寡妇，便把它朝后压下去，埋在一大堆头饰里。

在罗马，德高望重的已婚并生育过的妇女有资格向普里阿波

1　指巴比伦。

斯[1]献花和花冠，而处女在婚礼期间则可以坐在普里阿波斯的不那么尊贵的部位上。我不知道我年轻时是否见过类似的虔诚表示。对了，我们的父辈短裤上那个可笑的开裆（今天还能在瑞士人身上见到）是什么意思？我们现时男短裤上那种形状的开裆又是为了显示什么？而且，更糟的是，出于虚伪和欺骗，它往往做得比真实的东西更大。

我很愿意相信，这类服饰是在世风良好、人心坦正的时代发明出来的，是为了让每个人把这部分大方、潇洒地公之于众，而不是对别人遮遮掩掩（比较纯朴的民族还保留着这种比较符合真实情况的服饰），那时人们甚至请高明的匠人来量它的尺寸，如同量手臂和脚的尺寸一样。

我年轻时，有位大贤人因为怕有伤风化，把他管辖下的那座大城市里许多古代美丽的雕像阉割了，他这样做是根据另一位古代大贤人的主张，那人认为：

让裸体暴露于公众面前是伤风败俗的根源；[2]

（他也不让《美哉！女神》这出神秘剧中出现任何男性表征）其实他应该想到，若不命人把天下的驴子、马，乃至整个大自然也都阉割了，那么阉割雕像是无济于事的：

1　普里阿波斯，古希腊司生育之神。

2　引自恩尼乌斯。

大地上的一切生灵，
人、兽、水族、畜群和羽毛斑斓的禽鸟，
无不疯狂地扑向爱情之火任它焚烧。[1]

柏拉图说，神给了我们男人这样一个桀骜不驯、唯我独尊的器官，它犹如一头性情狂躁而且胃口极大的猛兽，要让一切都服从于它。女人也一样，她们体内好像有一头贪婪、饕餮的动物，倘若到了一定的时候不给它食物，它便发狂，迫不及待，把怒火喷向全身，堵住血管，切断呼吸，造成三灾六难，直到它吞下共同渴求的果实，得到满足。

不过，那位阉割雕像的法律制定者还应该考虑到，及早让她们见识活生生的东西，与任她们凭自己狂热奔放的想象力去臆测相比，也许前一种做法更贞洁，效果更好些。否则，她们就会按自己的欲念和希望，想象出比真实夸大几倍的东西来取代真实。我认识一个人，他堕落了，就因为他在不能够让他身体的那些部位行使其正当功能的地方袒露了它们。

年轻侍从们一面走一面在过道和楼梯的墙上留下巨大的人像，这给那些富丽堂皇的房子造成多大的损害呀！从这里就产生了女人们对我们男人的天然功能的强烈蔑视。当初，柏拉图继其他一些法制健全的共和国之后规定，公民们不分男女老幼，操练时一律裸体相向，谁能说他不正是考虑到这一点呢？印第安男人总是一丝不挂，女人们对此司空见惯，感官上的刺激便淡了。在

1　引自维吉尔。

强大的王国培巨[1]，女人们腰部以下仅用一块布遮住，这块布前面开一条缝，而且很窄，所以不管她们如何注意保持体统，她们每走一步，就被人一览无余。女人们说，发明这种服饰是为了吸引男子，吸引那些完全统治着这个民族的男子。其实，可以说，穿上这种服饰，她们失去的要比得到的多，因为完全的饥饿要比至少能饱眼福更难熬。李维说，在一个正经女人眼里，赤身裸体的男人只不过是一尊塑像。斯巴达的已婚女子比我们社会未婚的姑娘还贞洁，她们每天看城邦的青年男子光着身体操练，自己也露着大腿走来走去，因为，正如柏拉图所说，她们认为无须穿衣裙，贤良品德就是遮体的衣衫。但奥古斯丁证实，有些人担心，女人们来世是否还会投身为女人，而不投身为男人，以便用她们的迷人体态诱惑我们，这些人将裸体的诱惑作用看得太神奇了。[2]

总之，我们千方百计诱骗女人，挑逗女人，我们不断煽动和刺激她们的想象，而后我们又大呼：淫荡！老实说，我们男人中，几乎没有一个不是害怕妻子行为不轨给他带来耻辱甚于怕自己道德败坏而丢脸的；没有一个不是关心妻子的良心甚于关心自己的良心的；没有一个不是宁愿自己是小偷、渎圣者，或妻子是杀人犯、异教徒，也不愿妻子的贞洁程度稍逊于自己。

而女人呢，宁愿丈夫去法院挣钱，或赴战场显威扬名，也不愿他在闲适和安乐中艰难地看管妻子。因为她们看到的是，无论

1　培巨，十六世纪缅甸国的首都。

2　引自奥古斯丁《上帝之城》。

商人、检察官，还是士兵，没有一个不是一放下手中的事儿便去看守自己的妻子的，连脚夫、匠人也不例外，虽然他们为糊口已劳作得疲惫不堪。

波斯王阿谢梅纳斯的全部财产，
富饶的弗里吉亚之王米格东的金山银山，
阿拉伯金碧辉煌的宫殿，
在你眼里怎抵丽西尼的一根头发？
啊！丽西尼！
当她低垂粉颈接受你热辣的吻，
或佯作推却将脸儿别转，
心底却怀着让你偷香的渴望，
甚而主动将她的清芬留在你脸上……[1]

人们对坏事的评断真是极不公平！比如，男人和女人都会干很多比淫荡更有害、更违反人类天性的败坏道德的事，然而我们衡量这些行为不是根据其性质，而是根据我们的利益，从我们的利益出发将它们分等分类。法令对淫欲的严厉惩治激起女人更贪婪、更反常的欲望，而且导致的后果比行为的动机更糟。一个在我们时代的养育方式下长大，受当今社会思想和交往的影响，被如许违背贞洁的“榜样”挑拨的年轻美貌女子，要在男人们的穷追不舍中守身如玉是艰难的，很难说恺撒大帝和亚历山大一世的

1　引自贺拉斯。

赫赫战功比这女人的决心更了不起。这种“不干”比任何“干”更难，更体现出一种积极精神。我认为一辈子身披盔甲要比一辈子保持童贞容易，坚守童贞的誓愿是最高贵的誓愿，因为它最难做到。所以圣吉罗姆说：“魔鬼的威力系在它的睾丸上。”

的确，我们把世上最艰辛、最沉重的义务交给了妇女，也把承担这种义务的光荣白给了她们。这对她们大概是一种极大的刺激，刺激她们坚守贞操；而且也是她们挑战男人，把男人自认为在勇气和道德上高她们一筹的大话踩在脚下的好理由。假使她们留心的话，她们就会发现，自己不仅因此格外受到敬重，而且格外受到钟爱。一个风流雅士不会因为遭到女人的拒绝而放弃对她的追求，如果她的拒绝是为了守住贞洁而不是因为看不上他。我们虽然嘴上诅咒、威胁、抱怨，心里却只会因此而更爱这样的女人：庄重端方，而又不生硬阴沉，这样的女子最使人着迷。对蔑视和敌视你的女人穷追不放，这是愚蠢的小人之举；对贤德、坚贞，而又心怀感激的女人锲而不舍，这是高尚宽厚的君子之风。在一定分寸内献殷勤，女人能认可，并会坦白地让你感到，她并不鄙视你。

假如女人遵循的信条是：我们钟情于她们，她们便讨厌我们，我们爱她们，她们便憎恶我们，那么这一信条是残酷的，至少，它不近人情。只要我们的求爱和我们的要求是在一定的分寸之内，为什么不听听？人们会不会猜想，她们内心激荡着某种更开放的意识呢？当代一位王后说得妙：不让男人接近是软弱的表现，是自己容易让人得手的证明；没有受过诱惑的女人便不能炫耀自己如何贞洁。

名誉的界定并非斩钉截铁似的明确干脆，它可以容许一定的自由而又不受到丝毫损害。在名誉的边缘有一片中性的、无关紧要的地带可让人自由回旋。谁若是把它逼到它的防御堡垒的一隅还不满足，那么此人是个蠢夫。胜利的价值大小要看获取胜利的难易程度。你想知道你的耿耿忠心和才德在你倾慕的女人心中留下了什么印象吗？请根据她的行为来估计。有的女人可以给予得更多，但她不轻易给予。恩惠完全取决于施与者的意愿。其他客观情况都是不重要，都是偶然的。她所给的这一点点，比她的女伴所给的全部还要珍贵。在这方面正用得上“物以稀为贵”的标准；别只看到她给予的是多么少，要看到能得到这一点的人是多么少。钱币面值的大小随着制币的模子和制币作坊的印记而不同。

不管有些人因恼恨和冒失会说出什么样的话来表示其不满，贤德和事实真相终究会占上风。我认识几个女人，她们的名誉曾长期被人糟践，但她们不放在心上，也不耍什么手段，只是坚守贞洁，最后得到男子的普遍赞赏，人人都感到悔恨，不再相信过去那些流言蜚语；做姑娘时，人们对她们有过飞短流长，如今她们跻身于最体面、最受尊敬的贵妇人之中而毫无愧色。某人告诉柏拉图：“大家都在讲你的坏话。”柏拉图说：“随他们说吧，我的为人会让他们改变说法。”女人洁身自好不仅是由于她们惧怕上帝和希冀难能可贵的荣誉，同时也是时代的腐败使她们不得不如此；我若处在她们的地位，也会宁愿牺牲一切，而不愿让自己的名誉掌握在那么危险的人手里。我年轻时，人们只对唯一的最忠实的朋友讲述自己的风流韵事（讲述这种事的乐趣几乎和享受它时一样甜蜜）；而今，男人聚会时的话题和茶余饭后的谈资，不外乎炫耀女人对自己的爱情表示和与她私下的亲近行为。说实在的，听任那些轻浮、粗鲁的负心男人如此糟践、蹂躏女人的温情和垂爱，真是太卑鄙、太低下了。

我们对淫欲这种道德败坏之事怀有的过激而且不公正的愤恨，源于危害人类心灵的一种最虚妄而又最严重的毛病，这毛病就是嫉妒，其实：

> 你能阻止别人借你的火把点燃他的火把吗？
> 女人不断奉献她的爱而心中爱的资源不减。[1]

嫉妒及其孪生姐妹羡慕，是所有缺点中最消极无能的两种。对后一种，我没有多少话可说；虽然人们把它描写得如何强大有力，如何不可遏制，它在我身上却占不到一点地盘。至于前一种，嫉妒，我倒略知一二，至少亲眼见过。连动物都有这种感情：牧羊人克拉提十分爱一只母羊，公羊出于嫉妒，在他熟睡时用自己的角猛撞他的头，致使他脑浆迸裂。[2]我们曾以某些野蛮民族中发生的事为例，指出狂热的嫉妒会导致怎样极端的暴力，最文明的民族也受到了这种激情的影响（这是可以理解的），但还未到不能自制的程度：

1　引自奥维德。

2　这则逸事引自埃利安诺（意大利作家，生活在公元 2—3 世纪）的作品《动物的故事》，在十六世纪广为流传。

未曾有丈夫的剑，
用奸夫淫妇的血
染红斯提克斯河的水。[1]

卢库卢斯、恺撒、庞培、安东尼乌斯、卡图以及其他一些正人君子都戴过绿帽子，但他们知道后并未声张。[2]那个时代，唯有莱庇德这个傻瓜，因被妻子欺骗，忧郁而死。

唉！
可怜的人，厄运的牺牲品，
人们将把你的尸体拖出去，
扔到河里喂鲻鱼，或埋在地里肥芜菁。[3]

诗人笔下的天神[4]，在发现他的妻子和他的一个伙伴[5]在一起时，也只是羞辱了他们一顿，

有位不太庄重的天神
希望受到这样的羞辱；[6]

---

1 引自约翰·瑟孔（1511—1536）《哀歌》。斯提克斯河传说是环绕地狱的河。
2 这些例子取自普鲁塔克所著《卢库卢斯传》《恺撒传》《庞培传》《安东尼乌斯传》《卡图传》。
3 引自卡图鲁斯。
4 指火神伏尔甘。
5 指战神。
6 引自奥维德。

事后他的妻子温柔地爱抚他时，他照旧热血沸腾，仅仅抱怨妻子不该因此怀疑他对她的温情：

为何寻找如许转弯抹角的理由？
难道我已失掉你对我的信任？[1]

妻子甚至还为她的一个私生子向他提出要求：

我，孩子的母亲，请求给我儿子发兵器。[2]

她的请求被欣然应允，火神伏尔甘公道地说：

我们应为骁勇的武士锻造兵器。[3]

确实，神比人更有人情味！我承认，这种超常的善良只有天神才具备，因为：

人与神怎能相提并论。[4]

至于孩子的混同问题，最严肃的立法者也规定可以混同，并

1　引自维吉尔。
2　同上。
3　同上。
4　引自卡图鲁斯。

在他们的共和国里实行，这个问题并不能成为女人嫉妒的原因。不知为什么，在女人身上，嫉妒似乎找到了它的最佳驻留地：

> 连最威严的女神朱诺天后，
> 也常因为夫君每天的不端行为嫉妒得大发雷霆。[1]

嫉妒攫住那些毫无抵御能力的脆弱灵魂后，残酷地折磨她们，虐待她们，真是可怜至极；嫉妒以友情的名义潜入这些心灵，心灵一旦被它控制，原先相爱的理由就成了仇恨的依据。这是一种心灵的疾病，滋生这种疾病的养料要比治愈这种疾病的良药多。丈夫的美德、健康、才能、名望都成了点燃妒火和怒火的柴薪：

> 爱情激起的怒火最无情。[2]

妒火扭曲和毒化了女人身上一切最美好、最善良的东西；一个妒心很重的女人，不管她多么贞洁，多么善于持家，她的一言一行无不酸气冲天，令人讨厌。这是一种疯狂的激情，它能把人推向与其动机完全相悖的极端。罗马一个叫奥克塔维乌斯的男子便是如此。他与蓬提娅·波斯莱米亚有过一夜欢情后，越发爱她，坚持要娶她，但无法让她接受这个要求；于是极度的爱把他推向了最残忍、最致命的仇恨行为：他把她杀了。同样，爱情

1　引自卡图鲁斯。
2　引自普罗佩提乌斯。

病——妒忌——的常见症候也表现为敌意、要阴谋、使诡计。而我们知道：

> 一个妒火中烧的女人将无所不能，[1]

而且这股怒气特别折磨人，因为它不得不以爱为理由来为自己辩解。

再说贞洁。“保持贞洁”的意义很广。我们是要女人抑制她们的本能愿望吗？愿望是一种极其灵活而且活跃的东西，它来势迅猛，无法遏制。而且又怎么遏制呢？既然她们有时在梦幻中陷得那么深，深得难以自拔？不论是她们，还是贞洁本身（既然“贞洁”是阴性名词）都不会有抵御淫欲的愿望。如果我们只关心她们的愿望，我们会处于何种境地呢？请想象一下会有多少被割掉舌头，剜掉眼睛，头上插满羽毛的男人，被抬到愿意要他们的女人那里去。

据说西特族女人挖掉奴隶和战俘的眼睛，以便更随心所欲、更隐蔽地让他们为自己效劳。[2]

噢，时机真是一个了不起的有利因素！谁若问我，爱情的第一要素是什么，我会回答：善于等待时机；第二要素仍然是善于等待时机；第三要素还是善于等待时机。这个办法是万能的。我往往缺少机会，但有时也缺乏主动性。愿上帝保佑至今还能为此

---

1 引自维吉尔。

2 西特族是公元前七世纪到公元前二世纪生活在里海北边草原上的民族。据希腊历史学家赫罗多特记述，西特族女人挖掉奴隶和战俘的眼睛是为了叫他们挤羊奶。

自嘲的人！当今世下，爱情似乎需要更大的胆子：年轻人以热情为借口原谅自己的胆大妄为，但是如果他们仔细考虑就会发现，这种胆大妄为其实来源于蔑视。我呢，莫名地害怕伤害对方，而愿尊重我所爱的人，因为在感情交往上，谁缺乏尊重，谁就使交往失去光泽。我喜欢人们在这方面表现出一点稚气、腼腆和骑士精神。不只是在爱情方面，在其他方面，我也有点普鲁塔克说过的那种傻气和害羞，而且一生中为此受过多方伤害和连累，这一点与我总的为人颇不一致。这么看来自我叛离和易变也是我们本质的一部分呢。我遭到拒绝或拒绝别人时目光温柔，我会因为给别人造成痛苦而自己痛苦万分，所以当责任迫使我在一件微妙的、令某人难受的事上使某人为难时，我总是敷衍了之，而且是违心地去做。假如是为私事（虽然荷马确曾说过，对于有需求的人，害羞是一种愚蠢的品德），我通常委托第三者代劳，让他代我脸红。但谁要托我办这类棘手的事，我会回绝；不过有时想回绝，又没有那份勇气。

我说过，试图遏制女人身上这种如此自然又如此强烈的欲望是不理智的行为。当我听到她们夸耀自己的欲望如何纯洁，如何冷淡，我就暗暗笑她们：她们过分向后退缩了。假如说这话的是个掉了牙的、身体衰弱的老太婆，或是个得了肺痨的干瘪年轻女子，那么这话虽然不可完全相信，至少她们的外表能说明问题。但是那些活蹦乱跳的女子说这话，便会弄糟自己的事，因为冒冒失失的辩解会被人用作指控词。我的一位乡绅邻居，被怀疑患了阳痿症，他为了替自己辩解，在婚后三四天当众大言不惭地说，前一夜他交欢二十次。从此，人们便用他的话来证明他的无知，并说服他离了婚。说空话是无用的，如果未曾做过抗拒诱惑的努力，就谈不上禁欲和贤德。

“确实，我经受着诱惑，可是我不准备屈服。”连圣徒也会这样说。有些女人真心夸耀自己的冷淡和漠然，并认真地希望别人相信她们，这是可以理解的。有些女人这样自夸时脸上表情造作，眼睛明明在否定嘴巴，而且那一口行话也起着相反的作用，我听着觉得有趣。我很欣赏天真和自由随便，这已无可救药；但是如果自由随便完全失去了单纯或孩子气，那么它对女人和男女交往是不合适的，它很容易变成厚颜无耻。她们的伪装和表象只能欺骗傻瓜。她们的诳话在脸上昭然若揭，它如同一条蹊径，把我们从旁门引到事情的真相。

既然不能控制她们的思想，那么我们要她们怎样呢？要实际行动吗？有很多行为是不可能向别人讲的，因为它们败坏贞洁，

> 她常做必须背着人做的事。[1]

而且我们最不担心的事可能正是我们最应该担心的事：隐秘的罪恶往往是最可怕的：

> 我更喜欢烟花女的直截了当。[2]

1　引自马提雅尔。

2　同上。

有的行为可能使她们失掉贞洁而并不丧失廉耻，甚至她们自己也毫不知情。"有时，或是出于居心不良，或是出于无知或运气不佳，助产婆在用手检查一个姑娘是不是处女时，伤害了她的处女膜。"[1]有的姑娘在嬉戏玩耍时失掉了童贞。

我们无法明确划出一个范围，规定她们不准做哪些事。编写法律只能用泛泛的、概括性的言辞。她们的贞洁靠我们铸造，这一思想本身就是可笑的。在我知道的贞洁女子的极端典型中，有一个是法蒂娅，福尼斯的妻子，她自结婚后，便再也不愿见任何别的男子；另一个是伊埃隆的妻子，她意识不到丈夫身上发出臭味，以为那是所有男子共同的特点。看来，她们须变得感觉迟钝或不愿见人才能使我们满意。

然而，我们应当坦白承认，评判这个问题的关键主要在于意愿。有的丈夫忍受了妻子的失贞，非但不责备、辱骂她，反而特别感激和推崇她的贤德。有个女子珍视名誉甚于生命，但为了救丈夫的性命，她把贞操卖给了丈夫的死敌——一个好色之徒。她为丈夫做了她绝不会为自己做的事。不过此刻不是陈述这类事例的时候：它们的境界太高，内涵太丰富了，不适合从贞洁这一角度描述，还是留在更高尚的地方讨论吧。

至于比较平常的例子，不是每天都有妻子为了丈夫的功名利禄而献身，并且是由丈夫从中安排和撮合的吗？古代有个福吕斯为了谋取高官显职，把自己的妻子献给国王菲利普；还有那个名叫加尔巴的人，出于礼节拱手把妻子让给了朋友：他请迈克那

1　引自奥古斯丁《上帝之城》。

斯[1]到家里吃晚饭，席终看到妻子和迈克那斯眉来眼去互相有意，便装作瞌睡极了的样子，倒在靠椅上，以成全他们的私情，还心甘情愿地坦白自己的意图，因为在节骨眼上，一个仆人斗胆进屋去取桌上的花瓶，他对仆人嚷道："坏小子，你没看见我是为了迈克那斯才睡觉的吗？"

有的女人生活放荡，但心地却比一些表面上行为规矩的女人善良。有的女人埋怨自己还未到懂事的年龄就注定一辈子要守贞操；也有的女人抱怨，自己还未到懂事的年龄就注定一辈子要过荒淫的生活。也许由于父母之过，也许为生计所迫，贫穷常常是个坏参谋。在东印度，人们特别推崇恪守妇道的女子，即便如此，社会习俗还能容许已婚妇女委身于能赠送她一头大象的男人，而且女人为自己有如此高的身价感到荣耀。

哲学家费东是个机灵人，他的家乡埃利德[2]被占领后，他为了谋生，趁自己年轻英俊之时，以出卖色相为业。据说，希腊的梭伦第一个以法律的形式规定，妇女可以为生计牺牲自己的贞操；希罗多德说，早在梭伦之前，这种风气已在好几个国家通行。

再说，忌妒产生的痛苦和担心对人有什么益处呢？因为，不管崇尚贞洁是多么有道理，还应当看看它是否能产生什么效果。有谁认为可以用计谋将女人锁起来的吗？

插上门闩！将她关在屋里！

---

1 迈克那斯（前 69—8），罗马外交官，鼓励和保护文学艺术，但同时也是个酒色之徒。

2 古希腊的一个地区。

可是谁能看住那些看守？

你聪明的妻子会从他们身上下手。[1]

在这博学的时代，什么办法她们不能利用？

好奇心一向是个缺点，而用在这种事情上尤其有害。对这种病，任何药都只会使它变坏、加重；妒忌会使我们更感羞耻，并会把事情张扬开去；报复行为治不好我们的创伤，倒会伤害我们的孩子，所以要把这种事弄个一清二楚是不理智的想法；你要把它查个水落石出吗？你会耗干精力，甚至断送性命。我年轻时看到有人确实把事情查清了，然而他们达到目的时是多么狼狈！假如揭发丑事者不同时提供良药和帮助，那么他的揭发无异于一种侮辱，比否认此事更该挨刀剐！人们嘲笑蒙在鼓里或佯作不知的丈夫，但也未见得不嘲笑弄清了事情而又没有对策的丈夫！戴绿帽子这种污点是磨灭不掉的：一旦沾上了，永远留在身上。惩罚比过失本身更说明问题。把个人的不幸从疑团和暗影里拉出来，拿到悲剧舞台上宣扬，这有什么好看呢？何况，这种不幸通过传播更叫人伤心。所谓好妻子、好家庭，不是指真实的好妻子、好家庭，而是指不被人们谈论的妻子和家庭。必须巧妙地避免知道这宗事，因为知道了既麻烦又于事无补。古代罗马男子有个习惯，外出归来时，派人先回家通知妻子，以免她们措手不及，当场被拿住。[2]某个民族有这样一种习惯：新婚那天教士走在前面

1　引自尤维纳利斯。

2　普鲁塔克在《罗马风情问答》中所言。

为新娘开道，以消除丈夫的怀疑，免得他好奇地追究，新娘到他家时是处女还是已在和别人的恋情中破了身。[1]

“然而，你会说，人言可畏。”我认识上百个正人君子，他们戴了绿帽子而仍不失为正人君子，也没有太丢面子。一个高尚文雅的人会因此得到人们的同情，却不会因此失掉人们的尊敬。你要做到让你的美德盖掉你的不幸，让善良的人们诅咒造成你不幸的那个人，让伤害你的人一想到此事就害怕得发抖。再说，在这种事情上，从一介草民到达官贵人，谁不被人议论呢？

> ……一个统率百万大军的将领，
> 一个在各方面比你强百倍的人被你伤害！[2]

你看，这声指责牵连了多少正派人！你想，你在别处也免不了被别人议论。“可是连贵妇人都会议论这事的！”可是当今世界，贵妇人最爱嘲笑的不正是那种结合得美满、风平浪静的婚姻吗？你们中的每个人都曾让某个男人戴过绿帽子，而大千世界充满了以其人之道还治其人之身的事，充满了报复清算以及命运的变化。这种事件因经常发生已变得不太苦涩。不久它也许会进入我们的习俗。

它还有一个可悲之处，便是不能向别人诉说：

> 命运甚至不让我们遇到

1　根据戈马拉在《印度历史概况》中的记述。
2　引自卢克莱修。

能倾听我们诉苦的耳朵。[1]

你敢向哪位朋友倾诉你的不幸呢？他不是为此讪笑你，就是利用他知道的这事的来龙去脉和实情，从中捞到一份好处。

所以，哲人向来将婚姻的甜酸苦辣秘而不宣。对我这样健谈的人而言，婚姻这种事的诸多麻烦中，最令人苦恼的就是不能谈论。因为社会习俗证明，把自己知道的或感受到的告诉任何人都是不慎重的、有害的。

劝说女人摒弃妒忌是白白浪费时间；怀疑、幼稚和好奇浸透了她们的天性，根本不能指望通过正常途径治好她们的毛病。她们常常因妒忌而变得精力异常充沛，那副健康的样子比生病更叫人担心。

正像有些魔法驱除病痛仅仅是把病痛转移到另一个人身上，女人也常把妒忌转移到她们的丈夫身上来甩掉自己的妒忌。不论如何，说真的，我不知道女人身上还有什么比妒忌更叫人难以忍受；妒忌是女人性格特征中最危险的成分，一如头脑是她们身体上最危险的部分。皮塔库斯说，每个人的生活都有缺陷，而他生活中的缺陷就是他妻子那危险的头脑，若没有这一桩，他便可以认为自己各方面都很幸福了。看来这确是个严重的麻烦，皮塔库斯这样公正、明智、勇敢的人尚且感到自己的生活因此被败坏，我们这些凡夫俗子又能怎样呢？

某人要求马赛元老院准许他结束自己的生命，以免继续忍受

1　引自卡图鲁斯。

妻子的大吵大闹。马赛元老院很明智，批准了他的要求，因为这种痛苦只能和整个生命一起结束，而且我们除了躲避和忍受没有其他有效的解决办法，虽说这两种办法都很难做到。

有人说，美满的婚姻要由瞎子女人和聋子男人缔成，我觉得此人对婚姻的了解可谓透彻。

我们应当注意，别因为我们给她们规定的任务艰巨而导致两种与我们的目的相悖的结果：一是刺激了追求者，二是使女人更轻易屈服。第一点如同攻打要塞，要塞的价值愈高，占领要塞的欲望和价值也愈高。难道不正是维纳斯自己通过为金钱献身的规定[1]巧妙地提高了她的商品的身价吗？因为她知道，如果一种享乐不以其新奇和稀有来显示其价值，便是一种愚蠢的享乐。归根结底，正如设宴款待弗拉米尼乌斯的主人所说：那多种多样的菜肴全以猪肉为原料，只是不同的作料使它们味道各异罢了。丘比特是个朝三暮四的天神，他以与虔诚和公正对抗为乐；他的威力冲击着其他一切权威，其他一切法则都在他的法则面前让步，这是他的荣耀，

他寻求屈服的机会。[2]

至于第二点，我认为，假如我们不那么害怕被妻子欺骗，也许我们就可能少被欺骗，因为，根据女人的性格，禁止只会刺激

1 据希腊神话，居住在神庙中的爱神的女祭司用肉体换钱为女神服务。为金钱而献身最初是一种宗教行为，它在爱神庙中举行，所得的钱最初都归神庙财库。

2 引自奥维德。

和引诱她们的欲望：

你想要？她们拒绝；
你不要？她们想要。
她们不愿按规定的路线走。[1]

有什么更好的解释能说明梅萨琳[2]的行为呢？开始她暗地里欺骗丈夫，正像通常女人所做的那样；但是，因为丈夫不闻不问，她偷情极其方便，于是她不愿再偷偷摸摸，而是在所有人的眼皮底下与男人调情，公开承认谁是她的情人，并且供养他们，恩宠他们。她希望丈夫有所反应。这畜生对这一切依然置若罔闻，皇后的行为仿佛得到他的允许和认可似的。过分的方便易行使皇后觉得她的寻欢作乐变得疲软无力、单调乏味了。怎么办呢？梅萨琳，一个活着的而且健康的皇帝的妻子，在罗马，在社会舞台上，在光天化日之下，一天，她趁丈夫不在罗马城，竟与她长期占有的西利乌斯结了婚，还举行了庆典仪式。这是否意味着，由于丈夫的冷淡她逐步走向贞洁，或者她另找一个丈夫是希望他的妒忌能刺激她的情欲？然而，她遇到的第一个困难也就是最后一个困难：雄狮终于猛醒，而麻木不仁者一旦警醒便更难对付。我凭经验知道，当这种痛苦达到极点而终于释放，便会产生严酷的报复行为；愤懑和怒气日渐积压如同一堆火药，一旦点燃

1　引自泰伦提乌斯。
2　梅萨琳（？—48），罗马皇后，以生活淫乱著名。

便轰然爆炸，吞噬一切。

他任怒火狂烧。[1]

他派人杀了她，以及一大批与她通奸的人，包括那个被她用皮带抽打着无可奈何地上她床的男人。

维吉尔对维纳斯和伏尔甘的欢情的描写，在卢克莱修的诗里也能看到，那是关于维纳斯与战神玛尔斯的一次偷情，而且描写得更贴切：

统领残酷战事的玛尔斯，
带着永恒的爱情创伤
常在你的怀抱中躲避；
他把眼睛抬向你，啊，女神，
渴求的目光饱含爱意，
他注视着你的双唇
于是，啊，女神，你用四肢缠住他的身体，
温柔的话语从你嘴里流淌，甘甜似蜜。

当我反复咀嚼回味诗中的一些词语，不禁对后来作家们笔下那些微妙的刻薄话和文字游戏不屑一顾。维吉尔、卢克莱修这样的诗人不需要这些纤巧微妙和文字游戏，他们的语言充满了一种

1　引自维吉尔。

自然的、经久不衰的活力，他们整个儿人从头到脚，直到内心就是一首粗犷有力的讽刺短诗。他们的诗章没有一点勉强或拖沓的地方，而是一气呵成，“他们的论述交织着阳刚之美，他们不在风花雪月上浪费时间”[1]。他们的辩才不是软弱无力、没有攻击性的，而是刚劲有力、牢固坚实的，它也许不那么讨人喜欢，但却使人感到充实，并撼人心魄，尤其震撼思想不受约束者的心魄。当我读到他们那种强烈、深刻的表达思想的方式，我并不认为那是表达得好，而认为是思想本身精辟。思想健康有力，语言才会丰满高昂。“勇敢使人雄辩。”[2] 然而，当今的人把语言看成观点，把思想的精辟看成语言的精彩。

描绘的精彩不是因为我们有高超的手法，而是因为描绘的对象在我们头脑里有一幅清晰生动的画面。加吕斯说话简洁，因为他思想简洁。贺拉斯从不满足于肤浅的表达方式，因为这不能传达他的思想。他观察事物清楚、深刻；为了描述事物，他的思想打开和翻遍词语和修辞方法的宝库；而且他需要新颖独特的词语和修辞法，因为他的想法新颖独特。普鲁塔克说，他通过事物学拉丁语；在这首诗里也一样：意义产生和阐明话语，所以话语不是空洞无物的，而是有血有肉的。话语的含义比它表达出来的更丰富。我在意大利时，在一般的言谈中，能用当地的语言表达我想讲的话；可是谈到严肃的话题，我就不敢依靠意大利语，因为我尚未驾驭它，也未能掌握其一般用法以外的东西。我必须用我

1　引自塞涅卡。
2　引自昆体良。

自己的语言。这种情景大概连傻瓜也能体会。

天才人物在语言的运用中提高和丰富语言，主要不是通过更新，而是通过给语言注入更多的活力和更多样的用法来扩展它，驾驭它。他们并不生造词语，但他们丰富自己的词汇，并通过加强和加深词语的含义和用法来丰富词语，从而使语言有了不寻常的发展；不过，他们做得很谨慎，很巧妙。而且远不是所有的人都能做到，我们从当今很多法国作家的风格就可看到这一点。这些作家相当大胆、倨傲，不愿步别人的后尘；但是缺乏创意和不谨慎贻误了他们。在他们的作品中只看到矫揉造作的标新立异，还有蹩脚或荒唐的修饰，这样的语言形式不仅不能提高思想内容，反而降低了思想内容。他们一味追求新奇，毫不顾及效果；他们抓住一个新词不放，而抛开常用词，殊不知常用词往往更醇厚、更有力。

我认为我们的语言有相当丰富的语汇，但表达方式稍显欠缺：几乎没有什么成语不是来自狩猎和战争用语，狩猎和战争用语成了我们借用词语的宽广领域；而表达方式如同草卉，经过移植能得到改良，变得健壮。我觉得法语相当丰富，但不够灵活、有力。往往在需要表达一个凝练强烈的概念时，承担不了这个任务。当你字斟句酌，你会感到它在你的笔下发软、弯曲，需要拉丁语来帮助它、代替它，或有时用希腊语。我刚刚筛选了一些字，我们现在颇难感到这些字的力量，因为习惯和经常的使用多少降低和俗化了它们的魅力，正如在我们的日常言谈里不乏精彩的熟语和隐喻，但因为经常使用，日子一长，它们的美便褪色了，它们的色彩黯淡了。然而这并不会使那些敏感而有鉴赏力的人失掉对它们的兴趣，也不能损伤那些首先把它们引入日常生活的古代作家的荣誉。

科学将一些事物论述得太精深玄妙，与事物的本来面目相去甚远。我的书童正在谈恋爱，并且颇在行。但假如你给他读莱翁·埃布勒和费森[1]的作品，书中谈的就是他，是他的思想和他的行为，而他却一点也听不懂。同样，在亚里士多德的作品里，我也认不出我常有的思想活动，因为作者为适应课堂的需要，将这些思想披上了另一种外衣。愿上帝助他们做得更好！倘若我干这一行，我会将艺术自然化，正如他们将自然艺术化。这里我们且不谈邦波[2]和埃基科拉[3]。

我写作时手边不需要书本，也无须回忆书本里的内容，生怕我的思维形式被打乱。而且，说实话，与优秀作家对比会贬低我自己，打消我的勇气。我喜欢采用那位画家的策略，此人多次画鸡失败，便禁止听差让任何一只活生生的鸡走进他的画室。

为了给自己增加光彩，我很需要学乐师昂蒂诺尼岱想出来的办法：每当他要演奏时，必设法安排听众在听他之前和之后听蹩脚乐师的演奏。

但是要我抛开普鲁塔克的作品却不大容易。他的著作是那么丰富，那么包罗万象，以至于不管你选取的话题有多么奇特，他无时无刻不介入你的写作，你能从他的作品那取之不尽的财富和

---

1 埃布勒和费森是文艺复兴时期柏拉图文学的两位著名代表。前者著有《爱情对话三则》，后者主要翻译和评论柏拉图的作品。

2 邦波（1470—1547），意大利的红衣主教、诗人，著有《爱情对话》。

3 埃基科拉（1460—1539），意大利神学家、哲学家，著有《论爱情的性质》。

美不胜收的魅力中得到帮助。我气恼自己那么容易犯他的读者常犯的毛病：抄袭他的思想和语句。我只要接触一点他的作品，就免不了从中取一个鸡腿或一个鸡翅。

因此，为我自己考虑，我除了在自己家里写作，有时还在偏僻的乡野写作，那里没人帮助我，或给我指出错误，那里我通常遇不到懂拉丁语——即使是祷告词中的拉丁语——的人，懂法语的人更少。在别处我也许能写得更好些，但是那样的作品就不完全是我自己的了；而我的主要目的，我追求的完美境界却是要写地地道道自己的作品。我可以纠正某个偶然的错误——出于粗心，我会犯一大堆这样的错，但是我自身固有的、经常存在的不足之处，如果去掉它们，就是一种欺骗。当有人对我说，或者我自己对自己说："你的文章里，形象化的手法用得太多。这个词是加斯科尼省的土语。这句话不能这么讲（我不排斥任何法国市井通用的熟语，那些想用语法规则来反对语言习惯的人是没有道理的）。这个推理很天真。这一论证有矛盾。那个论证又太荒唐。你常常开玩笑；人家会把你的戏言当真。""是的，"我说，"但是，我只改正因疏忽大意而犯的错误，不改正我的习惯。我平时不就是这样讲话的吗？我生动地表现出了我自己，是吗？这就够了！这正是我想做的事：让世人通过我的书了解我本人，通过我本人了解我的书。"

然而，我天性喜欢学样和模仿：当我冒昧写诗时（而且我只用拉丁语写诗），我的诗必然显出我刚读过的诗人的影子；我的头一批随笔中，有几篇散发出别人的气味。在巴黎，我的语言便多少与在蒙田庄园不一样。不管是谁，我只要注意地观察了他，他就能在我身上留下一点他的痕迹。我观察过的东西，就会被我据为己有，尤其是毛病与陋习，诸如某种傻相，某个不讨人喜欢的怪脸，某种可笑的说话方式，等等，正因为这些毛病刺我的心，它们便沾在我身上，不使劲甩是摆脱不掉的。人们常听见我诅咒发誓，那更多地是出于学样，而不是出于我的本性。

这种模仿性可能造成伤害，甚至带来致命的结果：亚历山大大帝在印度某个地区遇到的一种身体和力气都大得可怕的猴子就遭到过这样的命运。这种猴子用别的办法很难对付。正是它们那种看见别人做什么就模仿什么的天性为人类提供了制服它们的办法。熟知这种天性的猎人在它们面前穿上结很多带子的鞋，往头上戴怪异的有很多绳结的网帽，并且假装往眼皮上涂粘胶。于是，那些可怜的动物被自己的模仿天性坑害了：它们把自己缠起来、捆起来、粘起来了。我的另一种本领是故意模仿别人的动作和说话，表演得惟妙惟肖，常给大家带来欢笑，得到大家的赞赏；我身上这种本领并没有什么家族渊源。我从来只指上帝诅咒发誓，这是最直接的方式。据说苏格拉底是指狗发誓，芝诺指山柑树发誓，现在的意大利人也用这种方式，而毕达哥拉斯则指水和空气发誓。

我非常容易不知不觉地接受表面的影响，倘若连续三天我嘴里讲的是“老爷”或“殿下”，那么一个星期后，在该说“阁下”或“大人”的时候，“老爷”或“殿下”仍会脱口而出。前一天出于模仿或玩笑说的话，第二天我可能一本正经地说出来。故而我写作时违心地采用一些已被人驳倒的论点，以免有剽窃他人之嫌。所有话题对于我都是丰富的话题，随手拈来皆可做文章——

但上帝有知，我此刻正写着的话题可不是随随便便拈来的——而且我总是从我喜欢的题材开始，因为各种题材是互相联系、互相交织的。

然而我的头脑有一个特点颇令我苦闷：我的一些最深邃、最荒唐无稽、最使我自得的思想一般都在我并不刻意寻求的时候突然冒出来；而往往因为我手边没有纸张，不能把它们立刻记下来，它们又倏忽消逝：可能当时我正骑在马上，或正在用餐，或已就寝，但更多的是骑在马上：我在马上思路最广，和自己的交谈最多。假如我本心不想谈话，那么我说话时会近乎苛刻地要求对方专注和安静。谁若打断我，我便停下不讲了。出游时，行路妨碍讲话，而且旅途中我往往没有适合连续交谈的伙伴，故而我有全部时间与自己交谈。这时我便如同在梦境中一样。我做梦时叮嘱自己要记住梦（我梦中会想：我在做梦），可是第二天虽然还能回想起梦的色彩，忧伤的，愉快的，或是怪诞的，但究竟梦见了什么，却记不起来，愈是费劲地搜索，愈是遗忘得深。所以我偶得的一些想法，在记忆中只剩下一个虚无缥缈的印象，虽虚无缥缈但又足以让我为徒劳无益地寻找它而苦恼和气恨。

且把书搁在一边，回到我们的话题。具体而简单地说，我认为，归根结底，爱情只不过是对自己喜欢的肉欲对象的一种渴望，是一种排空体内积物时的愉悦，失度和失体就变得有害。苏格拉底认为，爱情是美介入下的繁殖欲望。我多次思考过爱的愉悦引起的那种可笑的搔痒感觉，芝诺和克拉蒂普在这种欢乐刺激下做出的失魂落魄的动作，那种毫无顾忌的狂热，在欢乐达到高潮时那张被疯狂和残忍烧红的脸，以及在做如此荒唐的行为时显出的一副高傲、严肃、庄重、陶醉的神态；我也多次思考过，我们的欢愉和污秽是怎样杂乱地混合在一起，极度的快感又多么像巨大的痛苦，使人浑身僵麻，发出呻吟。于是我想，柏拉图说得真对，人是神的玩物，

> 神捉弄人何其残酷！[1]

造物主赋予我们人类这一最共同而又最暧昧的行为，使愚者和智者、人和动物同等，这真是极大的玩笑。最爱沉思、最谨慎不过的人，如果在做这件事时还摆出沉思和谨慎的样子，那么我认为他是个伪君子，好比孔雀的脚爪压下了它自己的傲气。

> 是什么阻止我们
> 在玩笑中道出真理？[2]

有些人不能接受玩笑中的严肃思想，犹如有的人不敢膜拜裸体的神像。

我们像动物一样要吃要喝，但这并不妨碍我们有精神活动。精神活动是我们高于动物之所在；性行为却把其他思想置于它的控制之下，并以其专横的权力扰乱了柏拉图头脑中有关这一主题的全部神学和哲学，然而柏拉图并不抱怨。在其他任何场合，你

1　引自克劳狄乌斯。

2　引自贺拉斯。

可以保持一点分寸和体统；其他一切活动都必须接受一定的规矩，而性行为在我们想象中只能是淫荡的、可笑的。不信，你倒找出一种明智的、合乎体统的方式来看看？亚历山大大帝曾说，他正是从性行为和睡眠这两件事上认识到自己也是个凡人：睡眠时我们的精神活动受到抑制，甚至停止了；同样，性行为中，我们的精神活动也被淹没，甚至消失了。确实，这不仅表明了人原始的腐败，也表明了人的空虚和变形。

一方面，造物把我们推向这种行为，因为它是一切行为中最重要、最有用、最令人愉悦的；另一方面，造物又让我们把它看作一种无耻的、不光彩的行为而谴责它，逃避它，为它感到害臊，并主张戒欲。

我们把造出我们人类的行为称作兽行，难道不是很愚蠢吗？

世界各民族在宗教方面有诸多不谋而合的共同之处，如祭典、照明、焚香、斋戒、奉献仪式，其中也包括对性行为的谴责。各种思想在这一点上都趋于一致。此外还有那种流传很广的切割包皮的习俗，它被看成对性行为的一种惩罚。

我们责备自己造出人这样蠢的动物，我们把繁殖行为称作见不得人的行为，把专司这一行为的部位称作见不得人的部位（眼下鄙人这些部位倒实实在在是见不得人，惨不忍睹的），这也许是对的。老普林尼谈到的苦行派教徒[1]，在长达几个世纪中他们没有哺乳的妇女，没有襁褓中的婴儿，他们的延续靠外来人的加入，

1　犹太教的一个教派，活跃于公元前十一世纪到公元前一世纪。其主要教规是苦修、清净祭、独身等。

不断有一些赞赏并愿遵循他们的教规的外来人加入他们的队伍。这派人宁愿冒灭种的危险，也不去亲近女人，宁愿绝后也不肯要孩子。有人说，芝诺一生中只惠顾过女人一次，还是出于礼貌，以免有顽固地轻视女人之嫌。人们见生孩子便躲避，见有人死便去看。毁人时选择宽敞明亮的露天场地，造人时躲在低洼阴暗的洞穴里。生孩子要躲着干，并感到羞耻，这被视为义务；而善于杀人是光荣，多种美德由此而来；叫你生是侮辱，叫你死是恩典，因为亚里士多德说，成全某人就是将某人杀死，这是他家乡的一种说法。

雅典人为了表示对生死两种行为一视同仁，也为了净化提洛岛[1]，并在阿波罗神面前证明自己无罪，便一概禁止在岛内发生任何生育和丧葬之事。

> 我们为自己的存在感到羞愧。
> 我们认为我们的本质是罪恶的。[2]

有些民族进食时将自己遮掩起来。我认识一位夫人，且是一位极尊贵的夫人，她认为，咀嚼是一种很不雅观的动作，有损女人的风度和容貌，她从不当众表现出食欲旺盛的样子。我还认识一个男子，他不愿看见别人用餐的形象，也不愿让别人看见自己用餐的形象，他进食时忌讳有人在场，如同排泄时一样，甚而忌

1 提洛是希腊在爱琴海上的二十四个岛屿中最小的一个。

2 引自泰伦提乌斯。

讳更深。

在土耳其帝国，很多男子为了显得高人一等，用餐时从不让别人瞧见，他们中有的人每星期只进一餐；有的人弄残自己的面部和四肢，有的人从不跟任何人讲话；他们都是些宗教狂，以扭曲自己的本性来抬高自己，以自我蔑视来自我赏识，以糟践自己来完善自己。

那种自惭形秽、为自己的欢乐而良心不安、死死守住不幸的人是一种多么可怕的动物啊！

有些人甚至隐匿自己的存在：

> 抛下亲爱的家园流亡他乡。[1]

他们躲避别人的眼光，躲避健康和快乐，仿佛健康、快乐是与自己敌对的、有害于生命的品质。某些教派，甚至某些民族诅咒自己来到人世，祈求早日归天。有的地方人们憎恨太阳，崇尚黑暗。

我们折磨起自己来真是手段高明，把身体做了精神——危险而失控的工具——的牺牲品！

> 啊！视欢乐为罪孽的可怜虫！[2]

“哎，可怜的人，不可避免的烦恼已经够多，何必再增加和

1　引自维吉尔。

2　引自加吕斯。

自找？命运安排的处境已经够惨，何必再人为地加剧？你与生俱来的真实丑恶已经不少，何必再虚构和臆造？难道你觉得，倘若你的喜悦不变为忧伤，你便活得过分自在？难道你觉得，在完成造物要求于你的所有职责后，倘若不给自己强加一些辛劳，便是天性懒惰，游手好闲？你不怕违背普遍存在、无可置疑的自然法则，却固守你自己的荒唐规定，而且它们愈是特殊、易变、遭到反对，你愈是顽固坚持。你关心和为之忙碌的是你个人制定的规则，而你所在之地，上帝和普天下的规则你却毫不关心。看一看列举的这些事例吧，这就是你的整个生活。”

我引用的两位诗人[1]论说色情的诗句含蓄而谨慎，我反而觉得他们把它揭示和阐述得仔细、明了。妇人们用花边网遮掩她们的乳胸，教士们把一些圣器遮盖起来，画家在作品上抹上阴影，使画面更具光彩；据说阳光通过反射比直射更强烈，风经过回旋比直吹更猛劲。某人问一个埃及人：“你大氅下面藏的是什么？”埃及人明智地回答说：“我把它藏在大氅下面正是为了不让你知道这是什么。”但也有些东西，隐藏它是为了炫耀它。请听这句诗，说得多露骨：

我把她赤裸的胴体紧贴在我身上。[2]

读着这句诗，我有一种被阉割的感觉。马提雅尔即便随意撩起维纳斯的裙衫，也不可能让她如此完全裸露。写得淋漓尽致固

1　指维吉尔和卢克莱修。
2　引自奥维德。

然让人陶醉，但也令人腻烦；而表达得含蓄却引导人去想那尽在不言中的东西。这种留有余地的手法似乎有点不忠于真实，然而却给我们的想象力开辟了宽广的道路。所以爱情方面的实际行为和诗歌中的描写都应当像偷来的吻那样让人回味无穷。

我喜欢西班牙人和意大利人表达爱情的方式，比较恭敬和腼腆，也比较迂回和隐蔽。不知哪位古人说过，他的喉咙如能像鹭鸶的颈子那样又弯又长该多好，这样就可以有更多的时间品味他吞咽的食物。这个愿望用在急速得到满足的情欲上尤其合适，比如像我这样素性急风暴雨似的人便是如此。为了不让欢情迅速流逝，为了延长欢情的前奏，情人之间运用一切手法表示好感和报答：一个眼色，一个手势，一句话，一颔首。谁若是能用烤肉的香味充当晚餐[1]，不是最妙的节省吗？爱情这东西是由少量坚实物质加上大量虚妄而热烈的幻想构成的，就应当以这样的方式给予和品尝。我们要教女人们懂得让别人看重自己和懂得自重，懂得娱乐我们和诱导我们。我们法国男人一开始便完成最后的任务，总有一种法国式的急躁。如果我们让爱情细水长流，并玩味它的每个细节，我们每个人，直到可怜的老年，都能根据本身的资本和长处，在其中找到自己的一份欢乐。谁若只能在占有中得到享受，谁若要得到一切才算赢，谁若打猎只为获取猎物，他就没有权利加入我们这一派。攀登的台阶和梯级愈多，到达的最终目的地就愈高，也愈荣耀。我们应当乐于朝这样的目的地攀登，正如走过千回百转、多彩多姿的柱廊、通道，漫长而怡人的游廊，到

1　影射拉伯雷的名篇《疯子的裁判》，其中讲到一个脚夫就着烤肉的香味啃自己的干面包。

达壮丽辉煌的宫殿一样。这种行事方法于我们有利；我们可以在其间流连得更长久，爱得更长久。没有了期待，没有了欲望，没有了过程，爱情就会寡然无味。女人有理由害怕整个儿被我们控制和占有，倘若她们完全相信和依赖我们的诚实和忠贞，她们未免太冒险，因为诚实和忠贞是鲜有的、难能可贵的品德。一旦她们属于我们,我们便不再属于她们：

> 强烈的情欲既已得到满足，
> 他们不再想到承诺，不再顾及誓言。[1]

年轻的希腊人特拉左尼德太珍惜爱情了，所以他在征服了情人的心之后，不愿占有她的肉体，唯恐完全的享有会使他为之自豪和赖以生活的不知满足的热情有所消减、疲惫和腻烦。

珍馐成美味。苏格拉底曾说，接吻是一种令人销魂、夺人心魄的事，但我们法国人特有的问候方式把它变得稀松平常，使它失去了魅力。这是一种令人不愉快的习俗，对贵妇人来说是一种侮辱，因为她们必须向任何身后跟着三个随从的男人伸出嘴唇，不管这个男人多么不讨人喜欢。

> 那张脸上长着一只狗鼻子，
> 鼻子下面挂着灰色冰柱
> 和冻得梆硬的胡须，

1　引自卡图鲁斯。

与其亲这张脸，

我宁愿亲屁股。[1]

我们男人也得不到什么好处：世上总是好坏美丑兼而有之，所以往往要亲五十张丑脸，才能吻到三个漂亮脸蛋，而像我这样年纪的人胃口又特别娇嫩，一个不愉快的吻留下的厌恶往往超过一个美好的吻带来的愉悦。

在意大利，男人即便在烟花女面前也是殷勤备至、诚惶诚恐的追求者；他们是这样为自己辩解的：“占有女人的程度深浅不等，只有殷勤追求才能得到她的全部。烟花女只出卖身体，不出卖心灵，因为心是自由的，完全属于自己的。”他们说他们追求的正是女人的心，这话说得对。确实，应该得到她们的心，并与心交往。我不能想象占有一个对我毫无感情的女人的身体，那是一种失去理智的行为，就像那个出于爱欲而去玷污普拉克西特勒斯[2]塑造的维纳斯美丽雕像的青年；或者像那个丧心病狂的埃及人，他在给一个刚死去的女人的身体涂上香料、裹上尸布时竟兴奋冲动起来；自此以后，埃及便立了一条法律，规定年轻美丽的女人和名门望族的夫人小姐的遗体必须守护三天，然后再交给负责丧葬的人。培里安德尔做的事更可怕，他的妻子梅丽莎死了，他还在她身上继续着原本是规矩、正当的夫妻之情。

这不像月神的古怪脾气吗？月神因用其他办法得不到心上人

1　引自马提雅尔。

2　普拉克西特勒斯是公元前四世纪最有名的希腊雕塑家之一。

昂狄米翁，便施催眠术让他睡上几个月，以便尽情地享用这个只在梦中活动的小伙子。

我认为，爱一个没有默契、没有欲望的肉体无异于爱一个没有灵魂、没有感觉的躯壳。占有并不全都一样，有的占有是道德的，或缠绵的；但女人委身于男人除了好感还有其他多种原因，并不一定都是温情的表示，也可能是出于欺骗，如同在别的方面一样；有时她们只是勉强服从。

> 她毫无表情，仿佛在准备祭祀，
> 她心不在焉，或冷漠如石头人。[1]

甚至有的女人宁肯出借自己的身体也不出借自己的马车，也有的女人只在肉体上与男人交往。所以我们应当观察，女人喜欢与你做伴是否还有别的原因，还是只为这个目的，如同对待粗鲁的马房小厮；你在她心目中占据怎样的地位，有什么样的价值。

> 她是否只委身于你一人，
> 是否用白石将那一天做了标记。[2]

她是否以思念别人为作料，吃着你的面包？

---

1 引自马提雅尔。
2 引自卡图鲁斯。

怀里搂的是你，心却在为另一个人叹息。[1]

怎么？难道没看见当今有人利用性行为进行残忍的报复，毒害和杀死了一个正派女子吗？

了解意大利的人就不会惊异，在爱情这一话题上，我为什么不在别处找例子；因为在这方面，意大利民族可以自诩为世界其他民族的教师。一般来说，这个国家的漂亮女人比我们多，丑女人比我们少；但要论绝色天姿，我想与我们拥有的不相上下。人才方面亦然，他们一般的才子远比我们多，但若论旷世奇才和杰出人物，我们丝毫不比他们逊色。另外，有一点很明显，那里的粗暴无礼之辈极少，我们难以与之相比。倘若要把这种类比扩大开来，我似乎还可以说，骁勇这一美德在我们法兰西民族身上更为普遍，更为天然；但是意大利人有时却把它表现得更充分，更强烈，超过我们所有顶天立地的骁勇楷模。这个国家的婚姻制度有缺陷：习俗给妇女定的规矩极其严酷，极具束缚性——一种对待奴隶的法规，已婚妇女如与家庭以外的男人有来往，不管来往稀疏还是密切，都必然导致严重后果。这条规矩导致的结果是：与女人的任何接近都变成实质性的。既然一切都归于同样的结果，她们的选择倒容易了。一旦冲破这道樊篱，她们便如干柴着火："淫欲如一头猛兽，挣脱激怒它的锁链，格外疯狂地向前奔。"应当给她们松一松缰绳：

1　引自提布卢斯。

我见过一匹马桀骜不驯，

用嘴将缰绳咬断，风驰电掣般狂奔。[1]

给它一点自由，欲望反会减弱。

我们法国人冒着大致同样的危险：意大利人是极端地约束，我们则是极端地自由。我们民族有个好习惯，把孩子寄养在好人家，他们在那里像在贵族学校一样长大，并被培养成宫廷侍从。据说，拒绝接受一个宫廷侍从的孩子，便是一种失礼和侮辱。我发现（因为不同的人家有不同的家风和教育方式），那些想用更严厉的规矩管束后代子女的夫人们并未取得更好的成效。凡事应当适度，孩子的大部分行为应当由他们自己的意愿来掌握，因为，不论如何，没有一种规矩能在各方面控制他们。但可以肯定的是，在自由教育下完好成长的女子要比从监狱般森严的学校里白璧无瑕地走出来的女子有更多的自信。

我们的父辈教育女儿要懂得害臊和畏惧（过去人们把勇气和欲望等同起来），我们对这种教育方式一窍不通；我们教育孩子要自信。萨尔马特女人身上就有这种自信。她们有条规矩：从未在战争中亲手杀死过一个男人的女人没有权利与男人睡觉。[2]我呢，身上只有耳朵还有权利关心爱情，女人们如能看在我年纪大的分上记住我的劝告，这对我就足够了。我劝她们——也劝我们男人——要节欲；倘若当今时代太反对节欲，那么我劝她们至少要谨慎、适度。

---

1 引自奥维德。

2 萨尔马特为古代印伊人种游牧民族，公元前三世纪由中亚侵入西特族占领的顿河与里海之间的地区。蒙田讲的萨尔马特女人的故事载于希罗多德的《历史》第三卷。

亚里斯提卜[1]的故事讲的也是这个道理。一天，几个年轻人见他走进一个烟花女的家都脸红起来，亚里斯提卜对他们说："进去并不是坏事，进去了不再出来才是坏事。"不愿顾忌良心的人，至少应顾忌名声；假如本质已无可救药，至少要保住面子。

在女人如何表示她们的青睐方面，我赞赏那种循序渐进、细水长流的方式。柏拉图指出，不管哪类爱情，被追求者轻易而迅速地投降总是大忌。不顾一切地轻率委身投降是贪欲的表现，女人应当想尽办法掩盖这种贪欲。倘若她们在爱情上能有序而适度地行事，她们就能更好地引出我们的欲念而藏起自己的欲念。她们应当躲避我们，即使是那些准备让我们抓住的女人：躲避我们就能更好地战胜我们，就像斯基泰人[2]躲避敌兵是为了打败敌兵。确实，自然规律注定，主动表达意愿和欲念不是她们的事，她们的角色是忍受、服从、同意；因此，造物主赋予她们一种永久的能力；而赋予我们的能力却是难得的、不稳定的；女人总是无可无不可，这样她们就能随时适应我们。"她们生就被动。"[3]造物主让我们男人以隆起的形式显示和宣告我们的欲望，而她们的欲望则是隐匿的，藏在体内的，而且造物主给她们的器官也不适于炫示，只适于防守。

只有自由放荡的阿玛祖[4]女人才会做出下述的事。亚历山大大帝路过伊尔卡尼时，阿玛祖族女王塔莱斯特里带着三百名骑

1　亚里斯提卜（约前 435—前 366），希腊哲学家，苏格拉底的学生，享乐哲学学派的奠基人。

2　斯基泰人是古代伊朗的一个民族，生活在黑海北边的草原上。

3　引自塞涅卡。

4　阿玛祖是希腊神话中的女战士，生活在高加索一带（亦说在小亚细亚），精骑术、善狩猎，凶悍好战，为了便于射箭和使长矛，她们将一侧的乳房烧平。

着马、全副武装的女战士来找他，其余大部队则留在不远的山外；女王当着众人的面高声对亚历山大大帝说，久闻他战功赫赫、英勇非凡，故而慕名来见，愿为他的事业提供财力和武力上的帮助；又说，她觉得亚历山大大帝是个年轻、英俊、朝气勃勃的男子，而她自己也是个完美无缺的女人，所以她建议与他同床共寝，以期从世上最勇敢的男人和女人的结合中产生一个未来的旷世英才。亚历山大大帝婉言谢绝了女王的帮助，但愿意接受她的后一个建议；为了有充分时间实现这个建议，他在那里逗留了十三天，在这十三天里，他为遇到这么一位勇敢的女王每日盛宴欢庆。

男人几乎在一切方面对女人都是不公正的审判官，女人对男人亦复如此。我承认这一事实，不管它对我有利还是不利。一种精神上的紊乱使女人不管在什么问题上都摇摆多变，感情不稳定，也不专一。我们从传说中那个朝三暮四、有一大群男伴的女神[1]身上可见一斑；然而，爱情若不暴烈便不符合爱情的本质，而爱情若始终如一便不可能暴烈，这是千真万确的道理。有些男人对此感到奇怪、惊讶，将它视为女人身上一种变态的、令人难以置信的病，并探究其原因。这些人为什么看不到，他们自己也常得这种病，却并不感到惊恐、奇怪呢！倘若这种病在她们身上消失，那倒可能是件怪事了；淫欲不只是一种肉体的强烈需要；既然吝啬和野心没有终止之时，淫欲也没有了结之日，即便在满足之后，它还继续存在，不可能命令它永远满足，永远结束，它

1　显然是指爱神维纳斯。

总是得此望彼。然而，女人的感情不专一比之男人也许稍稍情有可原些。

首先，她们可以提出和我们一样的理由：追求多样，喜新厌旧是人之共性；其次，她们还可以提出我们没有的理由：她们是“闭着眼睛买货”[1]（那不勒斯女王冉娜，命人用她亲手拿金丝银线织成的窗网将她的第一个丈夫昂德雷奥斯勒死，理由是她在婚床上发现，他的阳具和他的力气并不符合他高大的身材、英俊的面孔和他的年轻、才干使她产生的期望，她被他的外表欺骗了[2]）；再次，她们还可以提出：男人既是主动者，就要比被动者付出更多的力气。因此，对她们来说，力气总是够用的，而对男人来说，情况可能不同。为此，柏拉图明智地以法律形式规定，为了裁定一宗婚姻是否合适，法官须看看应婚的男女双方，这时小伙子必须从头光到脚，姑娘则只需裸至腰部。经过尝试，她们也许认为我们不配被她们选中。良好的愿望不能替代一切。羸弱和无能可以造成合法婚姻破裂：

> 必须另寻更强壮的夫君
> 能解开她处女的衣裙。[3]

为什么不呢？而且她们可以根据自己的标准，找个更风流、更主

---

1 这是一句法国俗语。从字面上译是“买一只装在口袋里的猫”，这里的意思是女人结婚时对丈夫毫不了解。

2 这件事取自拉瓦尔丹的《斯坎德贝伊的一生》。

3 引自卡图鲁斯。

动的情人，

倘若丈夫不能尽那甜蜜的责任。[1]

而我们，在一件本该取悦对方、给对方留下美好印象的事情上暴露我们的缺陷和弱点，不是很可羞吗？我就不愿为自己现在的那点需要去惹一个值得我敬畏的女人讨厌。对一个年过五旬的男人，

唉，你没有什么可害怕。[2]

造物主应该知足了：这个年岁的人已经够可怜，不能再让他们可笑了。我讨厌看到他们因为有那点少得可怜的、每周使他们冲动三次的精力便迫不及待，蠢蠢欲动，好像腹中有股雄壮的、势不可挡的力量似的：其实是一簇十足的废麻火，热烈、活跃，但持续不了多久，一会儿便熄灭了，冷却了。欲望只该属于风华正茂的年轻人。不信你试试看，若是你追随身上那股不知疲倦的、饱满的、高尚的热情，它准会把你抛在半路上！若是你大胆把自己的欲念引向某个柔嫩的、不知世事的、在戒尺下还会发抖，面对男人还会脸红的少女，

1　引自维吉尔。
2　引自贺拉斯。

如同染成绯色的印度象牙，
如同红玫瑰辉映下的百合花。[1]

第二天，当你迎着那双美丽眼睛中的轻蔑表情——这双眼睛见证了你的无能，你能不羞死吗？

她的目光在对你做无声的责备，[2]

你夜间的殷勤和活跃使这双眼睛围上黑圈，失掉光泽，你怎能为此感到骄傲和扬扬自得呢？当我发现女人对我厌倦，我绝不立即责怪她轻浮，而是思忖我是否更应该责怪造物。确实，造物对待我有欠公平，给我造成极大的损失；

造物未赋予我良好的条件，
女人有理由蔑视羸弱的男人。[3]

我身体的各个部分组成了我这个人，这一部分也不例外。而且它是使我成为男人的最重要的那部分。我应该展示给公众的是一幅完整的自我画像。我的经验的哲理是真实的、直言不讳的、实际的，它从自己真正的责任出发，蔑视那些人为的、成规的、局部的规则，而崇尚自然的、稳定的、普遍的规律（习俗和礼仪

1 引自维吉尔。
2 引自奥维德。
3 引自普里阿佩斯。

产生于后者，但又是两者的混合）。我们只有克服了本质上的缺点才能克服外表上的缺点。我们要先进攻本质上的毛病，而后，如有必要，再对付外表上的毛病；臆造一些新的责任，用以原谅自己对天然责任的轻忽，并用以混淆这两种责任，那是危险的。下面的例子可以证明这一点：我们看到，在有些地方错误就是罪恶，罪恶只是错误；我们还看到，在社会礼仪和规矩较少、较宽松的国家，原始的、共同的法则遵守得比较好，因为数不尽的清规戒律、繁文缛节会压制我们的注意力，使它疲惫、分散。对小事过分专注必会使我们离开紧迫的大事。噢，与我们相比，那些浅薄者选择了一条多么轻松、多么容易被接受的道路！人们以社会礼仪掩盖自己，并使别人满意；可是终究做不到，相反只会在面对伟大的审判者时感到更大的愧疚，他会撩起我们的遮羞布，将我们一览无余，一直看到我们隐藏在最深处的污秽。倘若处女般的羞耻心能阻止上帝发现这一切，那么这种羞耻心也许是有用的。

谁若能把人们从语言禁忌中解脱出来，我想他绝不会给这世界造成重大损失。我们的生活半是疯狂，半是小心谨慎。谁若是恭恭敬敬、循规蹈矩地写生活，他便只能写出生活的一小部分。我不为自己辩解，我对我所写的东西负完全的责任，但我要向某些与我观点不同的人做解释，他们的人数比我这一派的人多。考虑到这些人，我要说（因为我希望令所有的人满意，虽然“要一个人适应习性、言谈、意图各异的众人”[1]是很难办到的事）：他

1 引自西塞罗。

们不该因为我写出了若干世纪来得到人们承认和赞同的权威们说的话而责怪我，他们没有理由因为我写的不是诗就不准许我说某些话，而这些话，连当今的教士，甚至地位很高的教士都能说。[1]

我喜欢含蓄，而我之所以选择了这种引起别人反感的直言不讳的方式，并不是出于一种观点和考虑：这是天性为我做出的选择。我并不称赞这种方式，同样我也不称赞任何违背习惯的方式；但是我要为它辩解，并且要提出种种特殊的和普遍的情况以减轻人们对它的指责。

还是继续我们的话题吧。是什么原因使你在那些牺牲自己而对你表示垂爱的女人面前不正当地享有至高无上的权力呢？

> 假如她在暗夜里，
> 给你几许爱的表示。[2]

为什么你因此立即摆出丈夫的权利、冷漠和威严呢？爱情是你们之间的自由契约，既然你希望女人遵守它，为什么你自己不遵守呢？要知道在两相情愿的事情上是无所谓硬性规定的。

我的做法也许不合常规；不过当年我确实在爱情的性质许可的范围内，像我做其他事那样认真地对待男女之间的事，而且看上去还比较公正。我只对女人表示我真正怀有的感情，而且我的

1　影射梅林·德·圣热莱，宫廷诗人，弗朗索瓦一世及亨利二世的指导神甫，以其露骨的色情诗而名噪一时。

2　引自卡图鲁斯。

感情的产生、发展、减弱、阵发性加强和休眠，全都在她们面前天真坦白地表露无遗。人们谈情说爱的方式并不都一样。我轻易不许诺，所以我想，我实践的要比我承诺和欠下的多。女人能感觉到我的忠实，以致这种忠实助长了她们对我的不忠：我是指已向我承认的、有时是反复多次的不忠。只要我对她们还有一丝一缕的眷恋之情，我从不和她们决裂；而且不管她们的行为给我提供了怎样的理由，我从未决绝到蔑视她们或仇恨她们的地步；因为她们给予我的温存——即使是通过不光彩的协约得到的——使我不能不对她们留有一点好感。在她们要诡计、找遁词、和我争辩的时候，我有时也发火，或有点粗暴地不耐烦，因为我生性容易突然激动，虽然程度不重，时间不长，却往往于事有害。

有时她们想试一试我的思想开放大胆的程度，我当然少不得给她们提一些友爱而又尖锐的意见，并且触到她们的痛处。如果说有时我让她们有理由埋怨我，那是因为我爱得太认真，与现代的世俗比较，是认真得有点傻气。我始终信守诺言，即便在有些事情上我很可以不必那样做；因此她们有时投降而仍能保全名节，而且投降的条件被胜利者违反了，她们也能忍受。为了她们的名声，我曾不止一次在欢乐达到顶点时让欢乐让步；甚至在理智的强烈驱使下，给她们武器抵御我自己，因此，只要她们坦诚地信赖我，那么她们按照我的规矩行事比按她们自己的规矩行事更严格更可靠。

和女人幽会时，我总是尽可能一个人承担风险，不让她们担惊受怕；我把我们快乐的爱情聚会，安排在最艰难、最意想不到的情况下进行。这样可以不太引起怀疑，而且，在我看来，也最容易办到。情人们往往在他们自以为最保险的地方被人们发现。最不令人担心的事也最不被人注意和防范；所以，人们不认为你敢做的事便可以更大胆地去做。

在两性的接触中从来没有男人比我更文明、礼貌。一方面我的爱的方式更符合爱情的性质；不过它在世人的眼里是多么可笑，多么不现实，这一点有谁比我更清楚呢？可是我不会后悔，因为我在这方面已没有什么可失掉的了：

在威力无边的海神庙
挂着我的许愿牌，
向众人昭示我的祭品：
海难后湿淋淋的衣衫。[1]

现在是公开说出来的时候了。正像对别人一样，我也许会对自己说："我的朋友，你在做梦；在这个时代，爱情与信义和正直没有多大关系。"

想给爱情定下明确的规矩，
无异于想头脑清醒地胡言乱语。[2]

但是，相反，倘若让我重新开始，我无疑仍会选择同样的方

1　引自贺拉斯。
2　引自泰伦提乌斯。

式，同样的进程，不管这对我会多么不利。在不值得称道的事情上，表现得无能和愚蠢是值得称道的。在这方面我愈是与别人的性格相去得远，便愈符合我自己的性格。

此外，在男女的事情上我不让自己全身心投入；我从中得到乐趣，但并不忘乎所以，而是完全保留着造物赋予我的那点理智和谨慎，这既是为了与我交往的女人，也是为我自己；我会表现出些许激动，但绝不会疯狂。我也投入自我，乃至有时到了放荡不羁的地步，但却从未有过负心、背弃、歹毒、残忍的行为；我不会不惜一切代价去换取那罪过的乐趣，而只肯付出它本身的价值，因为“任何罪恶绝不止于其本身”[1]。我不喜欢无所事事、死水一潭的生活，也几乎同样不喜欢艰辛劳苦的生活；前者使我昏沉麻木，后者使我身心交瘁；我既愿品味轻创，也愿品味重伤，既愿经受尖锐的打击，也愿经受表面的挫伤。当我还比较适合爱情的交往时，我找到了这两种极端情况的合理折中。爱情应是一种清醒、轻松、令人愉快的活动；我既不被其烦扰，也不为之痛苦，我只是感到兴奋和饥渴：应该到此为止，为它疯狂便有害了。

一个年轻人问哲学家帕奈提乌斯[2]，圣贤坠入情网是否合适，他回答说：“别管圣贤的事，只谈不是圣贤的你和我吧；我们自己不要卷入这种令人过分激动的事，它会把我们变成他人的奴隶，还会使我们自轻自贱。”哲人的话有道理，谁若没有足够的

1　引自塞涅卡。

2　帕奈提乌斯（约前185—前109），斯多葛派哲学家。

勇气承受爱情的冲击，谁若不能用事实驳倒阿格西劳斯那句“理智与爱情不能并行不悖”的名言，那么他就别去体验爱情这种急风暴雨似的东西。诚然，男欢女爱是有伤体统、令人害羞、不登大雅之堂的行为；但是我认为，若按我的主张的有节制方式对待，它会有益于健康，能活跃滞重的身心；倘若我是医生，我会乐意把它作为一种药方，推荐给像我这样的性格和状况的人，以便激活和保持他们的精力，推迟老年的影响。趁我们只是刚刚迈进老年的门槛，趁我们的脉搏还在跳动，

趁头上刚刚出现最初几根白发，
趁老年仅仅开始，腰板依然挺直，
趁命运之神拉刻西斯还有线可纺[1]，
趁我还能靠两腿支撑，无须用拐杖，[2]

我们需要爱情这样带刺激性的活动来撩拨我们，愉悦我们。你看，爱情使哲人阿那克里翁[3]重又变得多么年轻，多么快活，多么朝气蓬勃！苏格拉底在比我年纪还大的时候这样描述一次爱情的感受：“我把肩倚着她的肩，头靠近她的头，和她同读一本书，我突然感到——真的，毫无谎言——肩部一刺，仿佛是什么动物咬了一下，引起一种麻酥酥的感觉，这种感觉持续了五天，同时

1　拉刻西斯是希腊神话中掌握每个人的生命之线的三女神之一，她负责转动纺锤，绕生命之线。
2　引自尤维纳利斯。
3　阿那克里翁是生活在公元前六世纪的古希腊抒情诗人。

心头也一直痒痒的。”你看，一次偶然的肩部的接触，竟使一个年老体弱、热情已冷的人激动起来，于是这世间在哲理方面最伟大的心灵恢复了青春！为什么不呢！苏格拉底也是人，而且不愿做，也不想做别的东西。

哲学并不反对肉体的享乐，只是要有节制；它主张适度享乐，并不主张逃避；它竭力抵制的是那种不正常的、违背自然的、古怪的享乐。哲学认为，精神不应当助长肉体的欲望，并巧妙地告诫我们，切不可用极欲纵乐的办法来唤起饥渴；只应把肚子填饱，而不应把它塞满，要避免任何使我们愈吃愈感到饥饿，愈饮愈感到焦渴的东西；同样，在爱情方面，哲理教导我们选择这样一个对象，它仅仅满足我们的肉体需要，却不会扰乱我们的心灵，因为爱情不是心灵的事，心灵只需无条件地跟随和帮助肉体。但是，在我看来，这些训诫有点过分苛刻，它们只适用于能很好地完成其功能的肉体，而一个衰弱的身体则需要想办法去温热和支撑，需要通过想象激发它的欲望，恢复它的轻快，因为它本身已不再轻快，正如疲沓的胃需要设法刺激它的食欲一样；这是可以谅解、可以允许的，不是吗？

可以说，当我们还活在人世的时候，我们身上没有任何东西是纯肉体的，也没有任何东西是纯精神的，我们把人活生生地分裂为肉体和精神两部分是不合理的；我们既然乐意去寻求痛苦，那么我们有理由至少同样乐意地去寻求欢乐。比如，圣徒为达到灵魂的完善进行苦修赎罪，他们承受的痛苦酷烈至极，这时肉体自然也连带着受一份苦，虽然它与受苦的原因没有多大关系；不仅如此，圣徒并不满足于让肉体跟随和帮助苦难的灵魂，而是让肉体本身也受残酷的、专门用来折磨它的种种苦难，这样，肉体和灵魂竞相把人浸在痛苦之中，痛苦愈深重，愈能拯救人的灵魂。

如此看来，在肉体的享受中要求精神保持冷淡，像应付某种义务和无可奈何的需要似的被动服从，这不是不公正的吗？其实，倒是应该由精神来酝酿和煽起肉体的欢乐，参与并分享这种欢乐，因为起支配作用的应该是精神；同样，我主张精神在享受它特有的乐趣时，也应该把它的激动传布到整个肉体，并努力使精神乐趣对于肉体同样是美好和有益的。因为，既然如哲人所说——而且他们说得正确、有理，肉体不应迁就自己的欲望而有损于精神，那么为什么不能认为，精神也不应迁就自己的欲望而有损于肉体呢？

我没有其他令我牵肠挂肚的爱好。有些和我一样没有确定的工作的人，他们从贪婪、野心、论战、诉讼中得到的东西，我可以从爱情中更轻松愉快地得到：爱情会使我恢复机敏和节制、优雅的风度和仪表的修饰；爱情会使我的容颜不被老年人那些可怜而难看的怪相损害；爱情会促使我重新进行有益于身心的学习研究，从而使我得到人们加倍的敬爱，并驱除我精神上的自暴自弃，让它重新振奋起来；爱情会把我从年老无为、体弱多病带来的千种烦恼、万般忧伤中解脱出来；它会使我的血重新发热，至少在想象中；它会支撑起我的脑袋，拉长一点我的肌肉，使我这个正在迅速衰败的可怜人能稍稍延长精神上的活力与轻快。

然而我很明白，爱的能力是难以恢复的。由于身体弱而阅历深，我们的口味变得娇嫩、精细了；我们要求的愈来愈多，而我们能给予的愈来愈少；我们的选择变得愈来愈挑剔，而我们自己愈来愈不易被人接受；正因为了解自己，我们变得胆怯、多疑；我们没有丝毫把握能得到女人的爱，因为我们熟悉自己，也熟悉她们。我置身于生气勃勃、热情炽烈的年轻人之中时往往自惭形秽，

他们比山上的小树更挺拔。[1]

那么又何苦把我们的凄惨呈现于他们的眼前呢？难道是为了

让血气方刚的青年
瞧着火炬化成灰烬
幸灾乐祸？[2]

青年人身体健壮，头脑清楚，我们让位给他们吧！这是无法抗拒的规律。

而且那美丽的嫩苗不愿让僵硬的手抚摸，也不愿被纯粹物质的手段吸引。因为，正如一位古代哲学家在回答某人讥笑他未能得到他追求的年轻姑娘的青睐时说："我的朋友，钓鱼钩不用如此新鲜的奶酪。"

爱情是一种需要互相交换、互相配合的交往；我们得到的其

1　引自贺拉斯。
2　同上。

他欢乐可以用不同性质的酬报表示感谢，而爱情的欢乐只能用同一性质的东西来回报。其实，在爱情上，我给予的欢愉要比我自己感受到的欢愉更令我神怡。只接受欢乐而不给人欢乐者绝不是高尚的人；事事欠别人的情，而自己只用空话来回报与自己交往的人，这是卑鄙的。一个正人君子绝不愿以这样的代价接受任何美人的爱的表示，不管这种表示多么甜蜜。如果女人只是出于怜悯才善待我们，那么我宁愿死也不愿靠施舍过日子。但是，我希望有权利按照我在意大利看到的募捐方式向她们提要求："为了您自己，对我行点善吧！"或者像居鲁士激励他的士兵那样说："自爱者随我来！"

也许有人会对我说："去找和你年龄相当的女子吧！命运相同的人容易做伴。"——噢，愚蠢而乏味的组合！

> 我不愿意
> 从死狮子头上拔胡须。[1]

色诺芬指责美诺时使用的论据便是，美诺在爱情方面总是找过了华年的女人。我认为，美丽的少男少女间的结合才是最合情合理、最赏心悦目的，我即便只是看着他们，或只在头脑中想象他们，也能感到莫大的快意，远甚于我自己在那种令人黯然的丑陋结合中充当配角。我宁愿把那种古怪的嗜好让给伽尔巴大帝，

1　引自马提雅尔。

他专爱又老又硬的肉体[1]；或给这个可怜虫，他说：

啊！愿上帝让我看到现在的你，
愿我能亲吻你的白发，
拥抱你干瘦的躯体。[2]

我把那种非自然的、造作的美算在一等的丑陋里。希俄斯[3]有个叫埃莫内的小伙子，企图通过打扮获得被自然剥夺的美。一日他登门求教哲人阿尔克西劳，问他圣贤能否钟情，哲人答道："当然能，只要不是钟情于像你这样人造的虚假的美色。"在我看来，一个又老又丑还拼命涂脂抹粉，磨光打滑的人，比一个又老又丑却顺其自然的人更老更丑。

我甚至要说——只要没人为此掐我的脖子——唯有刚步出童年的少男少女间的爱情才是真正合乎自然、正当时令的，

一个少年柔发飘飘五官清秀
混在一群妙龄少女之中，
连最明察秋毫的眼睛
也会把他看成姑娘。[4]

1　此事引自苏埃托尼乌斯所著《伽尔巴传记》。但书中写的是伽尔巴偏爱身体强壮、肌肉结实的成熟男子。

2　引自奥维德。

3　希俄斯是位于爱琴海东北部的一个岛屿。

4　引自贺拉斯。

美色亦复如此。

荷马把爱情的季节延长到下巴开始长胡须的时期，但柏拉图认为，在这个年龄，爱情已是奇葩了。这就是为什么诡辩派哲学家狄翁把阿里斯托吉顿和哈莫狄奥斯[1]戏称为初生的胡须。壮年已不是谈情说爱的时候，老年更不是，

爱情之鸟不在光秃秃的橡树上栖息。[2]

纳瓦拉王后玛格丽特把女人的盛期延续得更长些，她命令，女人到了三十岁，一律把"美人"的称号换成"善人"。

我们的生活让爱情主宰的时间愈短，我们的生命就愈有价值。看看被爱情主宰的人们的行径吧：完全像黄口小儿那样幼稚。谁不知道，受制于爱情的人行事是多么违背条理和秩序？在学业、训练和实践方面都变得无能了。爱情是受没有生活经验者统辖的天地。"它无规无矩。"诚然，充满意外和混乱的爱情更令人神魂颠倒，连其中的过失和事与愿违的结果也是奇妙的，令人回味无穷的。只要爱得强烈，爱得如饥似渴，理智和谨慎都无关紧要了。你看爱情像醉鬼般摇摇晃晃、跌跌绊绊、疯疯癫癫；谁若用明智和巧计引导它，便是给它戴上镣铐；谁若要它听从老年人的教诲，便是限制它神圣的自由。

我常听见女人们把爱情描绘为纯精神的融洽，似乎不屑于考

1　根据普鲁塔克在《论爱情》第三十六章中的论述，阿里斯托吉顿和哈莫狄奥斯这两个少年之所以出名，不仅因为他们合谋杀死了希腊城邦的暴君希帕库斯，还因为他们两人相爱。

2　引自贺拉斯。

虑感官应有的享受。但我可以说，我常见男人为了她们肉体的美丽而原谅她们精神上的脆弱；而且我还从未见女人因看重一个男人精神上的睿智和成熟而愿意向他稍显衰败的身体伸出自己的手。为什么那群自称彻头彻尾苏格拉底派的贵族中，没有哪个女人想做一笔苏格拉底式的用肉体换精神的高尚交易：用自己的大腿换取一种结合，从而换得一批有才智、明哲理的后代呢？这可是她们的大腿能达到的最高价值呀！柏拉图在他制定的法律中规定，任何一个立下了出色战功的男人，即便他老或丑，他要的女人不得拒绝给予他亲吻或其他爱的表示。柏拉图找到的如此公正的犒赏军功的办法，是否也可以用来表彰其他方面的才华呢？为什么没有哪个女人想获得这份贞洁爱情的荣耀呢？我用“贞洁”这个字，因为

> 当人们打起仗来，
> 爱情如一蓬稻草点燃的火，
> 蔓延得广，但不会持久。[1]

遏制在思想中的罪过不是最糟的罪过。

我滔滔不绝地唠叨——有时一发不可收，而且产生不良后果——不知不觉便唠叨出上面的长篇大论，

> 如同情人偷偷赠送的苹果，

1　引自维吉尔。

不小心从少女怀中滑落，
可怜的姑娘忘了苹果藏在长袍里，
见母亲走来她倏地起立，
苹果掉下来了，滚在她脚前，
姑娘脸羞红了，如绯霞一片。[1]

在结束这篇宏论的时候，我要说，男人和女人都是在一个模子里铸出来的，除了所受教育、生活习惯和社会阅历的差异，他们之间没有很大区别。

柏拉图号召他的共和国的公民不分男女一起参加所有的学习、所有的操练、所有的工作，以及战时及和平时期的所有活动[2]；哲学家安提西尼则要求男人和女人有同样的品德。

指责异性要比原谅异性容易得多。这就是俗话说的“火钩子嘲笑铲子”[3]。

1　引自卡图鲁斯。

2　柏拉图在《理想国》中，这样描述他的理想城邦。

3　两样都是拨火工具，被火烧得同样黑。

六

论马车

有一件事不难证实：伟大的作家在描述某件事的原因时，不仅写出他认为是真实的原因，而且写出他并不相信的原因，只要这么写有点新意，给人美感。假如他说得巧妙，便是真实的、有效的。当我们不能确定什么是主要原因时，往往罗列出好几种，看看那主要原因是否恰好在其中：

> 仅仅指出一个原因是不够的，必须举出好几个，
> 尽管其中只有一个是真正的原因。[1]

比如，你问我，打喷嚏的人受到祝福，这习惯是从哪里来的呢？我说，人体排放出三种气，下面排出的气太脏；嘴里呼出的气会招来责备，说你贪馋；第三种气便是喷嚏。因它来自头部，

1 引自卢克莱修。

而且不会招来责难，我们才给予它如此尊贵的接待。你别嘲笑这个解释太玄妙，据说它出自亚里士多德。

我好像曾在普鲁塔克（在我知道的所有作家之中，他是把艺术和自然、判断和认知结合得最好的一个）的著作中读到，他解释海上旅行者呕吐的原因时说，那是由于害怕，而且找到了证明害怕会引起呕吐的理由。我是很容易犯恶心的，但我知道——而且不是从理论上，而是通过必不可少的亲身体验知道，上述原因与我无关。另外，有人告诉我，牲畜也常有在海上呕吐的情况，尤其是猪，但猪可绝不会意识到危险；我的一个熟人亲口对我说，他在海上很容易犯恶心，但有两三次大风暴吓得他透不过气来，想吐的感觉倒消失了。又有位古人说："我被晕船的痛苦折磨得太厉害，便顾不得危险了。"[1]我在海上，或在其他地方，从未恐惧得慌了手脚，失了理智。然而，合理的恐惧，我感受过多次，如果对死亡的恐惧是合理的话。恐惧既源于缺乏勇气，有时也源于缺乏判断力。我经历过很多危险，但每次面临危险，我都能睁着眼正视它，保持独立、健全的思考能力。何况，恐惧也需要一点勇气。勇气和判断力帮了我的忙——对其他人也一样，使我在逃难时也井然有序，虽不能说毫不害怕，但至少没有吓得呆头呆脑；虽然心里怦怦跳，但没有晕头转向、不知所措。

伟人们做得更好，他们撤退时不仅表现得平静、坚强，而且有一股豪气。请看阿尔西巴德如何讲述他的战友苏格拉底的撤退："我们的军队溃败后，我在最后几个撤退者中看到了他和拉

1　塞涅卡的话。他亲口说，有一次在海上泛舟，因晕船晕得厉害，他宁愿跳下海游到岸边。

雪斯；我可以方便而安全地观察他，因为我骑着一匹好马，而他在步行，作战时也是如此。我注意到，与拉雪斯相比，他的神情多么镇定、果断，他的步态豪迈，与平时毫无两样，他的目光坚定、沉稳，时而看看我方，时而看看敌方，这种目光对自己人是一种鼓舞，对敌人则仿佛在说：谁要想夺去他的生命，必将付出惨重的代价；他们逃脱了，因为敌人往往不进攻他们这样镇定、勇敢的人，而是去追赶胆小鬼。”以上是一位伟大将领的目击记录，它告诉我们——我们也经常体验到——慌不择路地想逃离危险反而最可能置我们于危险的境地。“一般地说，愈不害怕，愈不会有危险。”[1] 当某人说他想到死亡，预见到死亡，人们就说他怕死，这是没有道理的。不管我们可能遇到的是好事还是坏事，具有预见性都同样于我们有益。考虑危险并做出判断，绝不是惊慌的表现，而是恰恰相反。

我的性格不够坚强，承受不了恐惧以及其他激烈感情的猛力冲击。倘若我陡然被这类感情征服和压垮，便再也不可能完好地重新站立起来。我的精神一旦惊慌失措，便再也不能恢复到正常的平衡状态。我过于深刻地、使劲地触动和探索自己的心灵，以致穿透心灵的伤口无法得到弥合。所幸至今任何创伤和疾病都还未能使它崩溃。每当遇到外来冲击，我抖擞起全副精神去抵挡，因此，倘若头一个冲击浪便将我打倒，那么我就会从此一蹶不振，不能重整旗鼓；不管洪水从哪一方决开我的精神堤岸，都能从决口长驱直入将我整个淹没，无可挽回。伊壁鸠鲁说，智者永

1　引自李维《罗马史》。

远不会落到相反的状态，我却有一个与此警句相反的看法：谁有过一次非常的疯狂，便再也不可能非常地明智。

上帝视人们的蔽体之衣而降下寒冷，同样，他根据我的承受能力而给我降下激情和痛苦。造物主一方面袒露了我，又从另一方面庇护了我；他既然没赋予我力量，便赐予我麻木迟钝的感觉作为披身的铠甲。

但我不能长时间乘坐马车、轿子和船（年轻时忍受力更差），不管在乡村还是城市，除了骑马，其他交通工具都令我反感，尤其是轿子。出于同样的原因，我比较容易忍受水上的剧烈颠簸——虽然会产生恐惧——而难以忍受风平浪静时的摇晃。当桨儿划动，船身轻轻摇荡，仿佛要从我们身下滑走，这时不知怎的，我会感到脑袋里和胃里一片乱糟糟。同样，我也不能忍受身下座椅的抖动。当船在风帆或水流推动下，或在马匹的牵引下前行，那均衡的摇摆一点不使我难受；令我不舒服的是那种时断时续的颠动，尤其是颠动得有气无力的时候——我无法用别的字眼来描绘。医生曾嘱咐我，在这种情况下用毛巾紧紧捆住下腹，我没尝试过，因为我一向只与自身存在的缺点做斗争，并用自己的力量去克服它们。

倘若我的记忆力好，我会不惜花费时间在这里讲述一下史书上介绍的马车在战时的用处；随着民族的不同和时代的不同，这种运输工具的用途可谓多种多样、变化无穷，而且依我看，效率很高，不可或缺，而我们现在对此竟然一无所知，真是令人奇怪。我只说这么一件事：在不很久远的过去，也就是在我们父辈的年代，匈牙利有效地使用了马车抗击土耳其人：每辆马车上配备一名手执圆盾的士兵、一名火枪手和很多支排列整齐、装好火药、随时备用的火枪，再将车身整个儿用一排大盾掩护，看上去像一艘荷兰圆头帆船。打仗时匈牙利人将三千辆如是装备的战车排成一条阵线，先打一阵炮，接着战车便往前挺进，就是说，先让敌人吃一排炮弹，再让他们尝别的滋味，这“别的滋味”却非同小可；战车冲进敌人的骑兵队，把他们冲散，打开缺口；此外，当军队行进在旷野和危险地段，便用这些战车保护队伍的侧翼，或用作驻地的掩护物和防御工事。我年轻时听说，边境地区有位绅士身体十分肥胖，没有一匹马能载得起他的重量，遇有冲突争斗他就乘着这样的马车到处跑，觉得十分方便。好，且把战车搁在一边，就说我们祖先那年代，国王是乘坐用四头牛拉的四轮车巡游各地的。

马克·安东尼[1]是第一个坐着由几头雄狮拉的车去罗马的，还有一位年轻女乐师陪伴。后来赫利奥加巴卢斯[2]也仿效他，并自称是众神之母西贝拉，他还学酒神巴克科斯的样，让老虎拉车；有时在车上套上两只鹿，或四只狗；有一次他命四个赤身裸体的姑娘为他拉车，他自己也一丝不挂，气派非凡。腓米斯皇帝则用奇大无比的鸵鸟来拉车，以至于他的车简直不是在滚动，而像是在飞。依我之见，这些奇怪的标新立异的做法乃是君王的一种庸俗，表明他们感到身为君王还不够，还要千方百计，不惜挥霍铺张来炫示自己的权力。倘若是在国外，这种举动犹情有可

1　马克·安东尼（前 82—前 30），罗马三执政之一。

2　赫利奥加巴卢斯（约 203—222），古罗马皇帝。

原；但在自己的臣民中间大可不必如此，因为在臣民面前他们已经无所不能，他们已经能从自己尊贵的地位中得到至高无上的荣耀。贵族也一样，我认为一个贵族在家常生活中没有必要打扮得衣冠楚楚，他的府邸、随从、膳食等足以显示其地位了。

伊索克拉底给国王提的劝告看来不是没有道理的。他说："国王可花钱置办精美的家具、器皿，因为这些物件可长期使用，并可传给子孙后代；但应避免任何过眼云烟的奢华。"

我年轻时颇喜欢穿着打扮（因为我没有其他装饰），而且穿着很得体；有的人，漂亮衣服穿在他们身上就像一张哭丧的脸。我们知道一些有关国王如何俭朴、如何有才干的故事，那是些品德好、威望高、卓有成就的伟大国王。雅典城邦有一条法律，规定将公共钱财用于举行盛大的娱乐和庆典活动，德摩斯梯尼[1]为反对这条法令进行了殊死的斗争；他认为，国王的伟大应表现在拥有大批装备精良的船只，以及给养充足、勇敢善战的军队。

狄奥夫拉斯特在他的《论财富》一书中提出相反的主张，坚持认为，雅典规定的那种花钱方式是真正享用财富。他的主张遭到了谴责，那么谴责是否对呢？亚里士多德说："游戏、节庆等娱乐只适合最下层的民众，而一旦他们得到满足便将其抛诸脑后，任何贤达庄重之士都不会赏识这类娱乐。"我以为，公共钱财应用来建造大小港口、防御工事、城墙、宏伟的房屋、教堂、医院、学校，以及用来修桥补路，这样用钱更有气派，也更有

1 德摩斯梯尼（前384—前322），雅典政治家、雄辩家。

益，更正确，更经久。在这方面，罗马教皇格列高利十三世[1]值得称颂，而我们的凯瑟琳王后倘若拥有与其意愿相符的财力，也会表现出她天性中的大气和豪爽。至于我，命运使我不得不中断我们城市那座漂亮的新桥[2]的建造工程，而且在我有生之年也无希望看到它投入使用，真是一大憾事。

再者，在观看凯旋庆典的臣民们眼里，朝廷炫耀的是民众的财富，而且挥霍民众的钱财大吃大喝。民众往往像我们评价自己的仆人那样评价国王，认为他们应当多多地为我们准备好我们所需的一切，却绝不应从中拿取任何东西。因此伽尔巴皇帝[3]在一次晚餐上请乐师为他演奏助兴之后，命人拿来他的钱匣子，从里面抓了一把钱币给乐师，一面说："这不是国家的钱，是我自己的。"尽管如此，有理的往往还是民众，因为，民众用来饱肚子的钱被人用来饱耳福了。连慷慨大方这种美德到了君王手里也失掉了光彩。百姓才有权利慷慨大方，因为，严格地说，国王没有任何东西是他自己的，连他做国王也得归功于别人。

审判机构不是为审判者设立的，而是为被审判者设立的。同样，设一个上级不是为他本人有朝一日可以从中得利，而是为他的下属，一如要医生是为了病人，而不是为他自己，一切官职如同一切艺术，其目的都在自身以外："没有一种艺术可以自我封闭。"[4]王子们年幼时，有些太傅要他们铭记慷慨是美德，要他们

---

1 格列高利十三世（1502—1585），罗马教皇，曾于一五八〇年接见蒙田，《随笔集》的作者在他的《游记》中描述这位教皇喜欢大兴土木，为罗马城留下了很多宏伟建筑。

2 新桥是巴黎西岱岛西端的一座桥，于一六〇八年竣工，而蒙田卒于一五九二年。

3 伽尔巴（约前3—69），古罗马皇帝。

4 引自西塞罗。

学会从不拒绝别人，把施惠于人视为最好的行为（我年轻时，这类训导还很有影响），这些太傅为此扬扬自得；其实他们要么关心自己的利益甚于关心主人的利益，要么是不懂自己在跟谁讲话。要那些有能力想给多少就给多少的人学会慷慨，而且是慷他人之慨，真是太容易了。然而，人们评价施与往往不按礼物的轻重，而是根据施与者能力的大小；君王的权力如此之大，故而他们的施与会显得微不足道。而且他们在学会慷慨恩赐之前，往往先已学会挥金如土。因此，这种“美德”与君主应有的其他美德相比，实在不值得提倡；而且，正如古希腊僭主狄奥尼修斯[1]所说，慷慨大方是唯一适合暴君的美德。我倒更愿意让他们听听那位古代农夫的话：要想得到丰收，应当用手撒种子，别整口袋往地里倒种子。君王若要恩赐谁，或者更恰当地说，按臣民的效力给予酬劳和回报，那么他应当做得公正而谨慎。不加区别、没有分寸的慷慨还不如吝啬些好。

对君王而言，最重要的品德在于公正，尤其是施与方面的公正，因为君王们把这种公正留给了自己，而其他方面的公正，则常常通过别人之手去执行。靠无节制的恩赐获得拥戴是一种无能的办法；因为这种办法使君主失去的拥戴者要比它使君主得到的拥戴者多，何况“愈做愈不能做，使自己无法再做自己乐意做的事，还有什么比这更荒谬的呢”[2]？倘若施与不是论功行赏，那么这会让受赏的人觉得羞惭，而非感激。有些暴君最后死于民众的

---

1 狄奥尼修斯（前367—前344），叙拉古暴君，但很慷慨。

2 引自西塞罗。

怒火，恰恰是那些得到过君王不公正恩宠的人一手造成的，他们这样做无非想表示自己蔑视和仇恨赐给他们财产的人，并站在公众舆论一边，以保住本不该得到的财产。

君王赏赐无度，臣民便会贪得无厌；他们分配时不看是否合理，而是学君王的样。当然，臣民该为自己的贪婪脸红；当酬劳与我们出的力相等时，按理讲这酬劳已经过高了，因为，为君王效劳难道不是我们的天然义务吗？倘若君王承担我们的花费，那么他做得过分了；适当帮助已经足够；那多余的部分称为恩惠，我们不能向别人要恩惠，因为慷慨本身就有自由的含义。[1] 按我们的行事方式，这永远没有完结的时候：已收到的东西便不算数了，我们心里总喜欢那将要得到的，所以，君王给得愈多，他的朋友就愈少。

事实上，他怎么能满足贪得无厌的人呢？一心想获取的人，从不想他已经获取了什么。贪欲本身的特性便是忘恩负义。居鲁士大帝[2] 的榜样颇可以作为当今君主们的试金石，用来检验他们的赠予是否恰当，也让他们看看这位古代皇帝远比他们善于恩赐。如今的君王常落到向臣民借贷的地步，而且往往是向那些曾受过他伤害的人，而不是向那些曾得到过恩宠的人，而这些臣民给他的帮助却没有一样是真正无偿的，除了空话。克雷居斯[3] 责备居鲁士二世太大方，而且算给他看，假如他的手稍稍紧一些，

1　法语 libéralité（慷慨）与 liberté（自由）是同根词。

2　居鲁士大帝，指居鲁士二世，约公元前五五九至公元前五三〇年在位，古代波斯帝国缔造者。

3　克雷居斯，古代小亚细亚利底国的国王，后被居鲁士大帝打败，并成了他的忠实朋友。

他的财富会增加到多少。居鲁士大帝为了向克雷居斯证明自己慷慨得法，遂派人通告帝国各地受到过特别恩惠的大领主，说他需要钱，请他们每人按自己的财力助他一把，并以申报单号的形式告诉他，自己能出多少钱。当所有的申报单送到他手中后，他发现钱的总数大大超过了克雷居斯计算出来的财富；原来，他的每一个朋友们都认为，仅仅将自己曾经从他手中得到的赠予回报给他还不够，每个人都额外添进了很多钱。居鲁士大帝就此事对克雷居斯说了下面这番话："我和别的君王一样喜欢财富，不过我不像他们那样滥用财富。您看，我花钱不多，却从那么多朋友手里得到无法估量的财宝；他们对我比那些不记恩惠、不讲情谊、用钱买来的人不知要忠诚多少倍。我的钱存在他们那儿要比放在钱箱里更可靠，因为钱箱会招来别的君主的嫉恨和蔑视。"

罗马皇帝为他们过分花钱在游乐和公共演出上找到解释，说是因为他们的权力取决于（至少在表面上）罗马民众的拥戴，而罗马民众自古以来就习惯于别人以盛大的排场和狂欢来取悦他们。然而，以丰富的食物、精彩的演出酬谢乡亲朋友，这是民间形成的习俗，是个人行为，而且是自己掏腰包；当君主也来模仿这种习俗，情趣就大不一样了。

"把钱财从它合法的拥有者手里转移到不相干的人手里，这种做法不能叫作慷慨。"[1]腓力的儿子试图用馈赠取得马其顿人的好感，腓力为此修书责备儿子："怎么？你想要你的臣民把你看成他们的司库而不是一国之君？你想争取民众吗？那就发挥你的

1　引自西塞罗《论责任》。

德行的作用，而不是发挥你的钱箱的作用。”

诚然，命人把大量粗壮的树木抬到竞技场，种在四周，那些树木枝叶繁茂，郁郁葱葱，望去如同一座浓荫覆盖、疏密有致的大森林；第一天，在这片林子里投进一千只鸵鸟、一千只斑鹿、一千头野猪，还有一千只黄鹿，让民众狩猎；第二天又在民众面前杀翻一百只雄狮、一百只豹子和三百只熊；第三天则命六百名角斗士捉对儿拼死厮杀（普罗布斯[1]便这样做过），这毕竟是极为壮观的。同样壮观的是，把宽敞的阶梯剧场外侧嵌上大理石，饰以雕刻和塑像；内侧则镶上各种稀世珍宝，金碧辉煌，

> 剧场的腰线饰以宝石，柱廊铺上金子。[2]

剧场内的空间从低到高砌六十或八十排环形阶梯，也是大理石的，并铺上坐垫，

> 这是骑士的专座，他说，
> 那个不懂规矩的人，
> 请他离开座位，
> 假如他还顾点脸面。[3]

剧场里可舒舒服服坐十万人；剧场尽头，也就是表演的地方，首

1 普罗布斯（232—282），罗马皇帝。
2 引自尤维纳利斯。
3 同上。

先巧妙地凿出一些豁口，形同兽穴，演出用的野兽就从那里赫然奔出来；然后再将那里灌满水，宛如一个深深的海，水流冲来很多海怪，水上布满战船，这是用来表演海战的；接着把水抽干，把地整平，又开始一场武士的角斗；最后，在地面铺上朱砂和苏合香脂（而不是沙砾），为不计其数的人摆下隆重而丰盛的宴席，这也是一天最后的一幕，

有多少次我们看见，
竞技场的一角下陷、张开，
从半开的洞穴冲出虎豹豺狼，
或长出一片金色树木，树皮橘黄！
我不仅看到了森林猛兽，
还观赏了海狮与海象、海马的恶斗！[1]

有时一座高山在舞台上拔地而起，山上长满葱茏的果树，从山巅泻下一股溪流，仿佛从某个活泉眼流出来的清泉。有时舞台上出现一条大船，船身会自行打开，吐出四五百只斗兽，然后又自行合拢，自行消失。有时，人们还让舞台底下冒出一根根芽条，或向空中喷出一条条水线，然后那幽香的水从望不见的高处洒落在观众身上。为了遮挡日晒雨淋，君王命人在巨大的阶梯剧场上方张起针绗的紫红天幕，或各种彩色绸子，有时拉开，有时收拢，全凭他们一时高兴：

1　引自罗马诗人卡尔普尼乌斯。

虽然骄阳似火，烧灼着剧场，

人们却收起顶篷：埃尔莫仁出场了！[1]

拦在观众前面以防斗兽伤害的那圈网也是金丝编成的：

金丝织就的保护网闪闪发光。[2]

如果这种穷奢极侈有什么可以原谅的地方，那绝不在其花费之大，而在其令人赞叹的创意和新奇。

甚至从这些炫耀虚荣的娱乐中我们也能发现，古代富有聪明才智之人为当今所不能及，大自然的其他产品亦复如此。这并不是说大自然的潜力已经穷尽，而是我们逡巡不前，打转兜圈，原地徘徊。我担心我们的认知能力在各方面都很薄弱：我们几乎既不往前看，也不往后瞧，因此我们掌握得少，经历得少，我们的知识涉及的年代太短，涵盖的面太窄：

阿伽门农之前的英雄何止百千，

谁曾得到你们一掬同情之泪，

他们已深深埋进历史的长夜。[3]

在特洛伊战争把这座城化为废墟之前，

---

1 引自马提雅尔。埃尔莫仁是个闻名遐迩的小偷。

2 引自卡尔普尼乌斯。

3 引自贺拉斯。

多少诗人已咏唱过别的丰功伟绩。[1]

梭伦讲述过他从埃及祭司口中得知的埃及漫长的历史以及埃及人学习和保存别国历史的方式，我认为他的讲述并不与这一看法相悖。“倘若我们能静观无限的时间和空间，让我们的思想在其间尽情遨游不受任何界限约束，那么我们将发现无数事物。”

即使我们知道的历史记载都是真的，其数量与未被知晓的事相比，真是微乎其微。而有关我们生活在其中的这个世界的面貌，我们——包括求知欲最旺的人——的认识又是多么贫乏和简单！且不说那些经造化之手变成千古传颂或警戒的个人与事件，就连那些伟大的文明和伟大的民族的情况，我们未能知道的也比我们知道的多百倍！我们对自己发明的大炮和印刷叹为观止；殊不知，其他民族，远在世界另一边的中国，一千年前便已使用。倘若我们看到的与我们看不到的东西一样多，那么，可以相信，我们会发现层出不穷、变化万千的事物。鉴于大自然的无限，或者鉴于我们的知识的有限——而这有限的知识是我们制定法规的可怜根据，它常使我们对事物产生错误的看法——可以说，世界上没有独一无二的东西，也没有不可能存在的东西。因了我们自身的衰弱和堕落便推而论之，断言世界在没落，在衰败，这是荒谬的：

当代人失去了古人的活力，

1　引自卢克莱修。

大地也失去了昔日的丰饶。[1]

同样，一位诗人看到他那个时代的精英们充满活力、不断创新、多才多艺，便推断这个世界还是个新生儿，或者正值青春年少，这也是荒谬的：

不，这世界的一切全是新的，
宇宙万物都刚刚诞生，
无怪技艺在进步，在完善，
如同航船增添着新装备。[2]

我们这个大陆刚刚发现了另一个大陆[3]（谁能保证它是我们兄弟中的最后一个呢，既然在此之前，不论是精灵、女预言家，还是我们自己都不知道这个兄弟的存在？）。它和我们的大陆一样大，一样充实，一样“四肢健壮”，然而却又如此新，如此稚嫩，需要有人教它学 abc；五十年前，它还不知道何谓字母、度量衡、衣服、麦子、葡萄园，它还光溜溜地睡在大自然母亲的大腿上，靠大自然母亲的乳汁成长。假如我们断定我们在走向末日，一如那位诗人断定他那个时代正当青春，也就是说，我们这个大陆如日薄西山，而那个新大陆如旭日东升；假如这是正确的断定，那么这个世界将要瘫痪，因为它的一条腿已不能动，而另

1　引自卢克莱修。
2　同上。
3　指美洲新大陆。

一条腿却生机勃勃。

我担心，由于我们的传染，那个新大陆会过早衰败和毁灭，我担心它会为接受了我们的思想和技术而付出很高的代价。倘若我们发现那个大陆时，它还是个天真单纯的孩子，然而并没有能用我们在兵力、财力和自然力量上的优势使它服从我们的教育和教化，我们的公道、好意、宽宏大量没有吸引它，征服它。从与那些人的谈判及他们的回答来看，大部分都证明，他们在思维的明晰和正确方面都毫不比我们逊色。库斯科城[1]和墨西哥城惊人地繁华，那位国王的花园，园中的树木、果子、花草都按它们在一般花园中的大小比例用金子做成，陈列馆中展示的他的王国和海洋中出产的所有动物也是用金子做的；还有精美的宝石、羽毛、棉花制品及绘画，这一切都表明，他们的灵巧也不在我们之下。论及虔诚、守法、善良、慷慨、正直、坦率，我们不如他们，这于我们倒是好事，因为正是这些优良品德断送了他们，可以说他们是被自己出卖和背叛的。

至于大胆和勇敢、坚毅和忠贞，以及战胜痛苦、饥饿和死亡的决心，我相信能在他们身上找到表现这些美德的事例，而且它们足以与我们这个大陆载入史册的这类事例相媲美。那些征服了他们的人使用了诡计和花招欺骗他们，并利用了他们的惊愕和崇拜之情。确实，新大陆的民族看到从如此遥远的、他们想象不到会有人居住的地方突然来了这么些满脸胡须，有着与他们不同的语言、宗教信仰、面孔和举止的人，这些人骑在不知为何物的高

1　库斯科城，在秘鲁南部，十六世纪，哥伦布发现美洲新大陆之前，是印加帝国的首都。

大怪兽身上，而他们呢，却不仅从未见过马，也从未见过任何牲口被驯养来驮人或载物，这些外来人披着发亮而坚硬的皮，装备着锐利而闪光的武器，而他们，却会用一大堆金银珠宝去换取一面神奇的会反光的镜子或一把神奇的亮闪闪的小刀，而且他们并未掌握能抵御这些武器的知识和手段；再者，我们还有会发出电闪雷鸣的大炮和火枪，连恺撒大帝也会为之震惊，假如他没见识过这种武器并遭到突然进攻的话，而我们现在却用它来对付一些连衣服都没有的民族（有的地方会造点棉布），他们的武器最多是些弓箭、石头、木棍和木盾，除此以外没有别的武器；他们看到那些外来的、从未见过的东西十分好奇，于是被披着友谊和真诚外衣的人迅速征服了，所以我说，倘若他们的征服者不是使用了什么诡计和花招，倘若他们对这些外来人的一切不是那么好奇和崇拜，倘若两种人之间没有如此悬殊的差异，那么征服者绝不可能取得如此巨大的胜利。

为了保护他们的信仰和自由，成千上万的男人、女人、孩子以多么倔强的热情一次又一次面对不可避免的危险啊！他们以多么高尚的执着，宁愿忍受一切困难和绝境，乃至死亡，而不愿屈服于那些可耻地欺骗了他们的外来者的统治啊！有些人被抓住后，宁肯饥饿而死，也不愿从卑鄙的胜利者手中接受食物，看到这些悲壮的情景，我不能不断言，谁若与他们平等作战，即双方武器相当，经验相当，人数相当，那么他将遇到与在其他战争中一样危险，甚至更危险的敌手。

一场如此壮阔的征服战，一场关系到如此众多的帝国和民族的重大变化为什么不发生在亚历山大时代，或古希腊和古罗马时代呢！古希腊和古罗马人会以他们温良的手，使蛮荒变得开化和文明，会让造化在那些民族身上播下的优良种子生根、发芽，不仅会将这里的技艺与那边的土地耕作和城市美化结合起来（如果那里需要），而且会将希腊罗马人的美德与当地人原有的美德结合起来！这对整个世界该是一种怎样的革新和改良啊！我们的先人们的模范行为会唤起那里的民族对美德的崇尚和效仿，会在他们和我们之间建立起兄弟般的关系和理解！而且，这些人是如此未经世故，有着如饥似渴的求知欲，他们中大部分人具备如此良好的天性，使他们成为有用之才本该是多么容易的事！

然而，相反，我们利用了他们的无知和缺乏经验，要他们以我们的道德观念为标准，以我们的品行为榜样，要他们屈服于背信弃义、淫欲、贪婪以及种种残忍和不人道的行为。谁曾为通商、交易付出过如此高昂的代价？多少城市被夷为平地，多少种族被灭绝，多少万人遭杀戮！就因为我们要珠宝和胡椒，世界上那块最丰饶、最美丽的土地被搅得一片混乱！这是多么野蛮、卑鄙的胜利！有史以来，征服者的野心，国家或民族间的仇恨还从未驱使人们进行如此可怕的战争，造成如此悲惨的灾难。

当西班牙人沿着新大陆的海岸寻找他们需要的矿藏时，他们中的一部分人在一个土地肥沃、风景宜人、居民众多的地区登陆了，并以他们惯用的言辞向那里的人民宣称，他们是些温和的人，远渡重洋来到这里，是卡斯蒂利亚王国的国王派他们来的，这位国王是一切有生灵居住的地方最伟大的君主；教皇——上帝在尘世的代表，将印第安人的管辖权交给了他，如果印第安人愿意归属卡斯蒂利亚王治下，那么他们将受到十分和善的对待。西班牙人向他们要粮食，要金子，才换给他们一点药品，此外还向他们炫示对唯一的神——上帝——的信仰以及这一宗教的真谛，并带着几分威胁劝他们接受这种宗教。[1]

印第安人的回答是这样的："你们说自己是温和的人，即便真是，看上去可不像；你们的国王既然向别人讨东西，想必他很穷；那个把这块地方分配给你们国王的人是个唯恐天下不乱的人，他把不属于自己的东西拿去给第三者，引得此人与此物原先的主人发生争执；粮食嘛，我们可以供给你们；至于金子，我们有，但不多，而且我们对这东西根本不看重，它对我们的生活毫无用处，我们关心的仅仅是生活得幸福和平静；因此，你们找到的金子，除了我们用来装饰众神的，你们尽管大胆地拿走；关于唯一的上帝，那番话挺中听，但是我们不想改变自己的宗教，因为这么长时间以来，它对我们一直很有用；另外，我们只有听朋友和熟人劝告的习惯；至于威胁，不了解对方的性格和能力而威胁对方，这是缺乏判断力的表现。请你们快快离开这块土地，我们不可能把一帮带武器的陌生人的告诫和殷勤往好里想；如若你们不离开这里，我们就要像对付这些人一样对付你们。"说着印第安人指给他们看城周围一些被处死的人的首级。这就是这个还处在"童年时期"的民族牙牙学语的例子。但是，不管是在那里，还是在其他一些地方，西班牙人只要没找到他们寻找的东西，他们就绝不肯善罢甘休，尽管他们得到了其他好处。我的

1　这段话是蒙田根据西班牙历史学家戈马拉的记载，对昂西斯科博士一五〇八年登上新大陆向聚集在那儿的印第安人发表的讲话的概括。

《论食人部落》可做证。[1]

新大陆有两个最强大的君主（如果放在我们老大陆，他们可能也是最强大的），其中一个，堪称王中之王，是秘鲁的国君，是西班牙人赶走的最后几个国王之一。在一次战争中他被抓获，必须付令人难以相信的巨额赎金才能获释。赎金如数交付，而且国王的谈吐也表明他是一个勇敢、宽厚、坚贞、很有头脑的人；然而征服者得寸进尺，在从他身上得到一百三十二万五千五百枚金币以及价值与此相当的银子和其他财宝后（他们富得用大块金子钉马掌），他们想看看，这位国王还剩多少财宝，并且想用不光彩的手段享有他的库存。于是他们编造了莫须有的罪名和证据，指控国王企图煽动各省为解救君主而起来造反。据此，就由那些陷害他的人做出判决，对他处以绞刑，当众执行；这还是他答应在服刑时接受洗礼换来的待遇，否则他会被判处活活烧死。国王面不改色，也不改口，以真正王者的庄严和气度承受了这一闻所未闻的可怕极刑。征服者为了安抚惊呆的民众，假装对国王的死很感悲痛，命令为他举行盛大葬礼。

另一位是墨西哥国王。他的城市被敌人围困，在长期的保卫战中，他表现了国王和民众所能表现的最大的坚韧。不幸，敌人将他生擒，但仍以国王的礼遇相待，他在牢中的表现亦未曾有丝毫辱没自己身份的地方；敌人胜利后，到处翻遍，没找见他们以为能得到的全部金子；于是他们对手中的俘虏施用了他们所能想到的最残酷的折磨，想从俘虏口中得到有关的情报。但这一着也

1　见上卷第三十一章。

未奏效，人们的勇气胜过酷刑。他们狂怒极了，竟不顾自己的信仰和俘虏的人权，判处国王本人和他朝中的一位重臣面对面受刑。大臣被围在红热的炭火之中，烧得疼痛难当，临了，他可怜地把目光转向国王，似乎求他宽恕，表示他再也受不了了。国王骄傲而威严地注视着他，表示对他的胆怯和懦弱的责备，并以坚定严厉的声音对他说了两句话："我呢，难道我在沐浴吗？我不是和你一样难受吗？"不一会儿，那位大臣就在原地疼痛而死。国王也已烤得半焦，敌人把他带走了，并非出于怜悯（那种听到一个不确实的报告，说有个金瓶可以抢到手，便能眼看着把一个人——而且是一个地位和德才都如此伟大的国王——活活烧烤的人怎么可能有怜悯心呢？），而是因为他的坚贞不屈使他们的残酷显得更加可耻。后来他们把他吊死了，在此之前，国王曾勇敢地设法用武力把自己从长期的监禁和束缚中解救出来。他死时表现了一个君王应有的高贵气概。

还有一次，他们一下子在同一堆火上烧死四百六十个活蹦乱跳的汉子，其中四百人是普通百姓，六十人是一个省的领主，只是在战争中被俘而已。这些事，我们是从征服者自己口中听来的，因为他们不仅坦白承认这些事实，而且大加夸耀和宣扬。是为了表明他们做得对？或是为了表现对宗教的热忱？然而，他们的行径无疑是与宗教的神圣目的相悖的。倘若他们是想推广我们的宗教信仰，他们就该考虑到，宗教信仰的扩大不是靠占有土地，而是靠占有人心，他们就会觉得，战争带来的不可避免的伤亡已经太多，而不会在刺刀和枪炮火力能达到的一切地方，不分青红皂白地大肆屠杀，像对付牲口一般。事实上，他们只留下他们所需的人数，这些人成了悲惨的奴隶，为他们干活、开矿。他们的行为如此之凶残，几乎没有一个不被当地人蔑视和憎恨，以致卡斯蒂利亚国王也理所当然地发怒了，在他的命令下，好几个军队首领被就地处死。上帝是公正的，它让那些抢劫得来的大量财物在海运中沉入海底，或散失在强盗们自相残杀的内战之中，这些人大部分都葬身在被他们征服的地方，而未从他们的胜利中获得任何利益。

至于战利品，即使是一位如此节省、如此谨慎的君主当政，征服者得到的金子也远远没有在前几位君主当政时希望得到的那么多，也远远达不到他们刚登上新大陆时看到的那些财富（尽管他们已经得到很多，但与他们原来期望得到的相比终究算不了什么）；这是因为，那里的人还完全不懂得使用钱币，国王们聚敛金子不做他用，只用来展示和炫耀，金子作为一种动产，在势力强大的王族中世代相传。国王命人不停地开采金矿，造出一大堆金瓶、金塑像，用来装饰宫殿、寺庙；而在我们这里，金子是货币，是商品，可以买卖。我们把金子分割得很小，把它变成千百种样式，到处散播，到处流通。想象一下，倘若我们的历代国王把几百年来能得到的金子全部聚集起来，留着不动，那会是什么结果。

墨西哥王国的君主和居民明显地比新大陆其他国家的君主和居民开化些，在科学和技术方面也进步些。所以他们和我们一样认为世界已接近末日，并且把我们带去的灾难当成世界末日的征兆。他们相信，世界的存在分为五个时期，先后由五个太阳照耀，前面四个已经消亡，现在照耀着他们的是第五个太阳。第一个太阳是在整个世界被洪水淹没时与所有造物一起陨灭的；第二个太阳是在天穹掉下来，一切生灵都窒息而死时消逝的，他们把巨人的存在归在那个时期，还让西班牙人看巨人遗下的骨骼，按其比例来算，那些人的身高相当于二十个手掌的长度；第三个太阳亡于焚毁了一切的烈火；第四个太阳的陨落则是因为空气激荡、狂风劲吹，连好几座大山都被掀塌，人类倒没灭绝，但他们变成了猴子（人类软弱的信仰是多么容易受影响呵！）；第四个太阳陨落后，世界沉入一片黑暗，长达二十五年之久，在第十五个年头，产生了一个男人和一个女人，两人重造了人类。十年后的某一天，一个崭新的太阳出现了，年代的计算便从那一日开始。新太阳出现后的第三天，原先的众神纷纷谢世，而一夜之间诞生了一批新神。由此推断，新大陆的人认为，最后一个太阳也将灭亡，而我们对此却一无所悉。然而，从这第四次乾坤巨变开始的年代计算是和宇宙星辰相合一致的。据星相学家之见，这次星辰相合在八百多年前引起世界多种巨大变化，产生了不少新奇事物。

至于我开篇谈到的排场和富丽，在这方面，希腊、罗马、埃及没有一样工程能与秘鲁历代国王建造的大道相比，不管是在其公益价值上，还是在工程的难度或雄伟程度上。那条大道从基多城[1]一直通达库斯科，长三百法里，笔直、平整，宽二十五步，块石铺面，路两边砌起高大壮观的石壁，沿着石壁内侧，有两条沟渠，渠水长流不断，渠边种着他们称作“魔草”的美丽树木。筑路时他们遇山则削平，遇坑则用石块和石灰填满。在每个

1 基多城现为厄瓜多尔的首都。

路段的尽头，建有华丽的房屋，这些房屋里装满粮食、衣物和兵器，用以供应过往的旅人和军队。我估计，修筑这条大道的难度是非同寻常的，尤其在那个地区。他们建筑全用不小于十法尺见方的石块，而搬运这些石块，他们没有其他工具，只靠两条胳臂的力量慢慢拖。他们也不懂得用搭脚手架的办法，只会在建筑物的四周垒起泥土，房子往上造，泥土也随之垒高，而后再把泥土搬走。

回到我们的马车。那里的人没有马车，也没有其他任何交通工具。他们是让人抬在肩上走的。前面讲到的秘鲁最后那位国王，他被擒时正是这样坐在一把金椅子上，由人用一副金担架抬着在他的作战部队中间前行。敌人杀死一个个抬担架的人，想让国王跌下来（他们想生擒活捉他），然而立刻就有其他人争先恐后地接替死者的位置，所以，不管有多少被杀死，国王始终未跌倒在地，直到一个西班牙骑兵上前一把挟住他，将他摔在地上。

七

论显赫之令人不快

我们既然对显赫可望而不可即，那么就让我们对之进行诽谤加以报复吧。不过，找出某件事情的不足之处并非通盘进行诽谤：一切事物，无论多么美好多么令人想望，都有其不足之处。一般来说，显赫具有这样的优越性：它喜欢降低自己就可以降低自己，它几乎可以选择是否适合降低自己的条件，因为人不会从任何一种高处直摔下来，还有更多的高度可以使人下来而又不致摔倒。我认为我们似乎过分弘扬显赫，也过分赞扬我们所见所闻的那些蔑视显赫或自动辞去显赫高位之人的决心了。[1] 显赫的实质并非理所当然令人愉快，更非天经地义到不出奇迹便无法拒之门外的地步。我感到自己做再大的努力也难以忍受疾病的痛苦，然而满足差强人意的境遇以及逃避显赫于我却绝非难事。依我

1　指古代与蒙田同时代的一些放弃政权的大人物，如罗马皇帝戴克里先（284—305 在位）于公元三〇五年自动让位；又如神圣罗马帝国皇帝查理五世（1500—1558）于公元一五五六年让位。

看，这似乎只是十分重视伴随拒绝显赫而来的荣耀，他们对拒绝举动的名利欲必要时要超过他们对渴望显赫享受显赫的名利欲，因为实现这种名利欲靠自己从不如靠走邪路、靠非同寻常的途径有效，那么这种人又该如何行动？

我坚忍，从而磨砺心气；我随心所欲，从而削弱心气。我与别人有同样多的愿望，并赋予愿望同样多的自由和鲁莽，然而我却从不希求皇位、王位，也从不想望福星高照、飞黄腾达。[1]我的追求不在这方面，我太自爱了。我寻求自我发展时，那已经是在降低我的人格，因为对我个人来说，那是在决心、智慧、健康、美，还有财富方面的一种勉强而又怯懦的发展。高声望与大权威会挫伤我的想象力。而且与另一位所说的恰恰相反[2]，我也许宁愿在佩里格屈居第二、第三，也不愿在巴黎称霸，或者不骗人，至少宁可在巴黎居第三，也不愿在差事中位居首位。我既不愿像一个陌生的可怜虫那样同掌门官争吵，也不愿在我经过的地方推开众人，让他们以崇敬的目光看着我走过去。我习惯于身居中层，这是我的命运，也是由我的兴趣决定的。我一生的行为和事业显示出，我主要致力于避免跨越我出生时上帝给我安排的命运之度。一切自然天成的东西都同样合理而自如。

我生性如此怯懦，所以我并不以好运的高度为标准来衡量好运，而以它的容易程度为标准加以衡量。

如果说我心气不够高远，作为补偿，我却心地坦率，我的

1　蒙田在本书下卷第十三章《论经验》里曾再度强调蔑视高位。
2　指恺撒的一句名言。普鲁塔克在《恺撒传》中曾援引这句话。

心命我大胆披露它自己的弱点。如果有人让我比较L. 托利乌斯·巴尔布斯的一生和阿提利乌斯·列古鲁斯的一生[1]，我会说巴尔布斯是一位文雅、高贵、英俊、博学、健康、干练的人；他善于享受各种各样的舒适和快乐，生活恬静而又富于个人特色；他做好充分的精神准备以抗击死亡、迷信，以及人类需求引出的痛苦和别种困扰，最终手握武器为保卫祖国而战死沙场。列古鲁斯是一位闻名遐迩的伟人，显赫、高傲，死得令人赞叹。一位终生默默无闻，也不居高位；另一位堪称典范，集荣耀于一身。倘若我有西塞罗的口才，我一定会像他一样谈论这两位。[2]如果我必须把他们的一生与我的一生相比，我也一定会说，对巴尔布斯的一生，我可望可即，有如我自己适应自己能及的范围；而另一位的一生却远远在我之上，我谈及他只是出于崇敬，谈及巴尔布斯却自然而然出于习惯。

还是回到我们的出发点，即世俗的显赫这个话题吧。

我对人控制人十分厌恶，无论是控制人抑或被人控制。七贤之一的奥塔内斯[3]虽和其余六贤一样有权觊觎波斯王位，他却做出了我在此情况下也甘愿做出的决定：把靠选举或靠运气获得政权的权利让给他的伙伴，条件是他和他的家人在帝国的生活必须不受古代律法以外的一切约束和控制，而且他和他的家人应拥有全部自由，只要这种自由不损害古代律法。他既不能容忍自己指

1　L. 托利乌斯·巴尔布斯（公元前1世纪），罗马执政官，西塞罗的朋友。西塞罗曾为他发表著名的辩护词。阿提利乌斯·列古鲁斯曾于公元前二六七年及公元前二五六年任罗马执政官，是一位以忠诚和牺牲精神著称于世的罗马将军。

2　西塞罗曾在他所著《论责任》第二卷第二十章里将这两位做过对比。

3　根据希罗多德著《历史》第三卷第八十三章。

挥别人，也不能忍受别人指挥自己。

依我之见，世上最辛苦最艰难的行当莫过于当好合格的国王。考虑到他们那份差事加诸他们的可怕的重负——让我不寒而栗的重负，我比一般人更常原谅他们的过错。掌握那样无边无际的权力是很难把握分寸的。禀性不够优秀的人被安排在一个你做任何一件好事都会受到重视，都会载入史册的位置，在这样的位置上，你做最微小的好事都牵涉到众多的人，你的狡诈，有如传教士的狡诈，首先针对人民，而且出于狡诈你可能做出不精确的判断，也容易受骗，容易自满自足，这种安排对禀性欠佳的人乃是一种特殊的鼓励，鼓励他修身养性。我们能诚心诚意做出判断的事情很少，因为，可以说，与我们无特殊关系的事实在寥寥无几。高人一等，低人一等，控制和受控制都不能不引起一种天然的欲望，引起抗争；它们之间必然永远相互诽谤。我不相信伴随其中任何一方而产生的东西会拥有什么权利；在我们有可能解决问题的时候，我们最好让理性站出来说话，理性是铁面无私不屈不挠的。不到一个月之前，我翻阅了两本苏格兰出的书，两本书都就此问题展开了争论；站在人民一边的人把国王的地位贬得比赶大车的还低，拥护君主制度的人则把国王的权势和绝对统治权抬得比上帝还高若干尺。[1]

有些情况提醒了我，使我注意到并在此章谈论到显赫之令人不快，上述君权主义者的看法正印证了这种不快。在人际关系

1　第一本书指布沙南著的政治对话，于一五七九年出版。布沙南把王权置于法律权威之下。第二本书的作者叫布拉克伍德，他从维护国王的绝对权威出发反驳了布沙南的观点。布沙南曾在居耶纳（波尔多）中学任教；布拉克伍德是布瓦提叶的法律顾问。

中，也许没有什么比我们做的这个试验更有趣了：一些人为争荣誉争自身价值而在体力或脑力活动中互相对立，而这些活动与王权的显赫毫不相干。我往往感到，对王公万分崇敬，事实上是在蔑视他们，不公正对待他们。在我童年时，使我感到无比恼火的是，与我一道锻炼的人们总是省着力气，不肯自觉卖力练，他们认为不值得努力来真正反对我，这正是王公们天天遇到的情况：人人都认为不值得为反对他们而做出努力。倘若有人意识到他们对胜利多少有些感情，那就没有人不愿意做出努力把胜利让给他们，甚至宁愿背叛自己的荣誉也不损害他们的荣誉：因为那些人只做出维护王公的名誉所需的那份努力。那么，在人人都为他们而战的冲突中，他们自己又做了什么？我仿佛看见昔日的游侠正携长枪骑马出现在比武场上，身上带着施了魔法的武器。布里松跑到亚历山大皇帝身边，装出比武的样子，亚历山大训斥了他，但他本该吃鞭子。[1] 考虑及此，卡涅阿德斯[2] 说，王公的子孙能直接学到手的只有操纵马匹，因为在其他各种训练里人人都得在他们面前屈服并让他们当赢家；而马既不讨好，也不阿谀逢迎，它把国王的儿子摔到地上，有如把脚夫的儿子摔到地上。荷马被迫同意[3] 让维纳斯在特洛伊战争里受伤，而维纳斯却是那样一位温柔的圣女[4]，那么高尚，让她受伤是为了赋予她勇气和果敢精

1　引自普鲁塔克《论心灵的安宁》第十二章。

2　卡涅阿德斯（约前 215—约前 129），希腊哲学家，著名雄辩家。此段根据普鲁塔克《如何区分讨好者和朋友》第十五章。

3　指维纳斯在荷马的《伊利亚特》歌五里受伤一事。普鲁塔克在《把酒畅谈》第九卷里曾谈及此事。

4　称维纳斯为圣女，这在《奥秘》里屡见不鲜。有人还以“圣女维纳斯”的名义起誓。

神，而不遭遇危险的人是不可能具有这些优点的。令一些神明愤怒、恐惧，让他们逃跑、嫉妒、痛苦、狂热，只为使他们享有德操高尚的荣誉，因为我们的德操是靠我们的上述这些缺陷建造起来的。

谁不分担艰难与风险，谁就别想得到随风险行为而来的荣誉和快乐。人的权力大到可以让一切都向他让步，这才叫可怜。你这种幸运会把与你交往的人和同伴们抛得老远，会把你固定在过分远离大家的地方。轻而易举压倒一切乃是所有快乐之大敌；那是在滑，不是在走；那是在睡觉，不是在生活。你如设想出一个享有绝对权力的万能之人，你就是在毁掉这个人；必须让他恳求你施舍给他一些阻挠和抵制，因为他的本性和他的利益都欠缺许多东西。

权贵们的优点已经消失，已经毁损，因为优点只有在比较中才能显露出来，而别人却让他们的优点游离于比较之外；他们被连绵不断、异口同声的赞同打倒了，对真正的赞扬却知之甚少。哪怕他们与臣民中之最愚蠢者打交道，他们也没有任何办法优胜于他，这蠢人一说“那是因为他是我的国王”，这似乎就足以说明他是有意让自己当输家的。这个特征压制并消耗了国王们其他真正的基本素质：这些素质已被淹没在王权的深处；而且这个特征只让他们重视与王权本身直接有关的行动和服务于王权的行动，也就是他们的差事给他们规定的职责。当国王竟当到只有当国王他才存在的地步！这种来自外部的强光包围着他，遮住了他，使大家看不到他，大家的视线一到他那里就折断了，消散了，因为他的强烈光线覆盖并遮挡了大家的视线。元老院决定向提比略颁发口才奖，提比略却拒不接受，他认为，这样的决定既然并非无拘无束做出的，即使此奖名副其实，他也不可能为此感到高兴。[1]

正因为人人都将各种荣誉和好处让给君主们，所以大家都在帮助君主们为自己固有的缺点和恶习找借口，并加重他们的缺点和恶习，不仅以赞同的方式，而且以模仿的方式。亚历山大的随员个个都偏着头[2]；阿谀逢迎狄奥尼修斯[3]的人在他面前互相冲撞，并把脚下碰到的东西乱踢一通使其翻倒，以此表示他们和他一样近视。残疾有时也被利用来推荐自己获得恩宠。我就见过假装聋子的人；还有，因为主上憎恶他的妻子，普鲁塔克就见一些热爱妻子的廷臣也离弃自己的妻子。更有甚者，为此缘故，放荡竟变得信誉卓著，各式各样的腐化亦复如是；正如不忠实、亵渎神明、残酷；正如异端邪说；正如迷信、不信宗教、怠惰；更糟的也屡见不鲜，之所以更糟，是因为它们提供的先例比米特拉达梯的谄媚者提供的先例更加危险：得知国王羡慕医生的殊荣时，阿谀逢迎他的人们便向国王献出自己的肢体供他切割和烧灼；前者更危险，因为受切割之苦的不是他们的肢体而是他们的灵魂——这是更敏感更稀罕的部分。

不过，我还得完成我开始时的话题。哈德良皇帝就某个词的解释问题同哲人法沃利努斯辩论，法沃利努斯连忙把胜利让给了他。哲人后来受到朋友们的抱怨，他回答说："你们这是在开玩

1　参见塔西佗著《编年史》第二卷第八十四章。

2　根据普鲁塔克《如何区分讨好者和朋友》第八章。

3　可能指老狄奥尼修斯。此插曲引自普鲁塔克著《如何区分讨好者和朋友》。

笑！难道你们愿意看到像他这样一位统帅三十个军团的人还不如我博学？”奥古斯都写诗攻击阿西尼乌斯·波利奥[1]。波利奥说：“我呢，我保持沉默。在写作上同一位可以签署放逐令的人竞争是不明智的。”[2]这两位都有道理。因为，狄奥尼修斯由于自己的诗才不如费罗克斯努斯[3]，文才不如柏拉图，便判前者去采石场服苦役，并命人将后者卖到埃伊纳岛做奴隶。[4]

1　波利奥（前76—4），古罗马演说家、诗人，维吉尔和贺拉斯的朋友。

2　此两段小故事引自贝特律斯·克利尼图斯的著作。

3　费罗克斯努斯（前435—前380），希腊诗人，曾在叙拉古宫廷任职。

4　根据普鲁塔克《论心灵的安宁》第十章。

八

论交谈艺术

杀一儆百是我们司法上的惯例。

正如柏拉图所说[1]，人一犯了错误就定罪，那是愚蠢之举。因为，做过的事已不能改正；惩罚是为了不再犯同样的错误，或者说不重蹈覆辙。

不能纠正已被绞死的人，只能通过已绞死者的先例纠正别人。我亦如此。我的错误几近于习惯，不可改正；不过，诚实人要别人仿效自己所为是利民，我之利民在于让别人避免重犯自己的错误：

君不见阿尔比尤斯之子多拮据，
巴路斯过得多么不宽裕？
意味深长的典范，

1　参见柏拉图《法律篇》和《普罗塔哥拉篇》。此思想经常得到古人的发挥。

可不能丢掉这遗产。[1]

我公开非难我的不足之处，有的人便能学会惧怕那些缺点。在我身上我最引以为荣的是非难自己而不是推荐自己。这说明为什么我更经常否定自己，说得也更详尽。不过，归根到底，人老谈自己没有不招致损失的：自我谴责永远被人添油加醋，自我褒扬则从不会被人夸大。

可能有些人与我的气质相同，我这个人向来从对立中比从仿效中，从回避中比从跟随中得到的教益更多。此种类型的训练曾得到大加图的赏识，大加图曾说圣贤得愚人之教超过愚人得圣贤之教。[2] 帕萨尼亚斯 [3] 谈及一位古希腊竖琴演奏者时，说他习惯于强迫他的门徒去聆听住在他家对面的一个蹩脚音乐家的演奏，从那里大家可以学会憎恶走调以及不合节奏的音乐。厌恶残忍从侧面促使我更趋向于宽厚，连宽厚的主保圣人都不可能吸引我走得更远。精于骑术的优秀骑手纠正我的骑马姿势就不如骑在马上的检察官和威尼斯人纠正我的效果好；以错误的语言方式改正我的语言比正确的语言方式更具效力。别人的愚蠢举止日复一日地提醒着我，告诫着我。使人痛苦的东西比令人愉快的东西更触痛人，更使人警觉。时间只有向后倒退才能使我们得到改善；通过不协调比通过协调，通过差异比通过相似更促使人进步。优秀范

1　引自贺拉斯。

2　参见普鲁塔克《监察官加图生平》第四章。

3　帕萨尼亚斯系十一世纪希腊地理历史学家，曾著《希腊游记》，至今一些希腊考古学家还依据此作进行考古。

例给我的教诲很少，我运用的是坏典型，坏典型的惩戒作用更为普遍。我曾做出努力，让自己看见别人让人讨厌到什么程度，自己就让人喜欢到什么程度；看见别人多软弱，自己就多坚强；看见别人多粗暴，自己就多温和。我为此做出的努力可谓不屈不挠。

依我看，训练思想最有效最合乎情理的办法是与人交谈。我认为交谈是比生活中任何别种行为都更令人愉快的习惯，因此，我如在此刻被迫做出选择，我相信我会同意失去视力而不同意失去听力或语言能力。雅典人，还有罗马人，在他们的柏拉图学园里就曾以保留语言练习课为荣。在当代，意大利人还保留了这方面的某些痕迹，以我们的智力同他们的智力相比较，就可以看出他们的做法对他们十分有利。[1]研学书本，那是一种毫无生气的、有气无力的活动，绝不会使人兴奋，而交谈却能使人同时学到东西，得到锻炼。因此，我一旦和一位厉害的对手，一位强硬的辩论者交谈，他会紧逼我的两侧，会用马刺从左边和右边强刺我，他的想象力会激励我的想象力。敌对感、光荣感、斗争性会推动我，提高我，使我超越自己，而在交谈中意见一致则绝对令人厌恶。

同精力充沛思维有规律的人交往可以振奋精神，而同思想低下性格病态的人持续不断的往来则会贬低人的思想并使思想衰退到难以言喻的程度。任何一种传染病都不像后面那种情况迅速蔓

1　蒙田在此可能想起了他在意大利小住的情景。此外，此种看法也曾展示在斯特法诺·加佐的著作《世俗交谈》里。

延。对此，我的经验足以使我明白其中的严重程度。我喜欢争论，喜欢与人交谈，但只限于少数的人，而且只为自己获得教益而争论和交谈，原因在于我认为无论是做此表演以引起贵人注意，还是争先恐后卖弄自己的才智和饶舌，这都与一个体面的人极不相称。

说蠢话在本质上是坏事，然而不能忍受蠢话，为蠢话而气恼而受折磨（我就有这种情况），这是另一种毛病，这毛病在令人厌恶方面不下于蠢话，因此，现在我愿意非难自己。

我很容易与人交谈与人争论，而且交谈争论都很随便，因为任何意见在我身上都难找到一处适合穿透并深深扎根成长的地盘。任何建议都不会让我感到吃惊或难堪，任何信仰都不会使我感到不快，无论这类信仰与我的信仰多么背道而驰。我认为，再无聊再荒谬的思想似乎都能配合人类精神产品的产生。我们这些人可以判断事情但无权做出判决，所以我们看待不同的意见是从容不迫的；如果说我们还不能判断那些意见，我们却能宽容地听取那些意见。如果天平的一端秤盘上空无一物[1]，我就任另一端摇摇晃晃，像迷信的老太太们一样盯着空秤盘浮想联翩。如果说我更喜欢单数，喜欢星期四而不喜欢星期五，我在饭桌上愿坐第十二或第十四个座位而不愿坐第十三个座位；如果说在我旅行时希望看见野兔从我旁边跑过去而不要横穿我走的路，我穿鞋时先穿左脚后穿右脚，我认为这些似乎都可以得到原谅。我们周围的人所做的对自己有利的这类遐想起码都值得我们一听。我认为

1　蒙田曾把两端平衡的天平当作标记。

那些遐想只不过比子虚乌有稍重一些，但它们却会使天平的一端倾斜。不过，没有根据的普通意见既然存在，就比子虚乌有更有分量。不去附和那些意见的人即使无迷信之嫌，也可能犯顽固的毛病。

因此，反对意见既不冒犯我，对我也无损害；它们只会使我得到启发，得到锻炼。我们爱躲避别人的矫正，其实应当主动迎上去并参与矫正，尤其在这种矫正以交谈的形式而不以教师上课的形式出现的时候。反对意见一来，有人不看意见本身正确与否，不管三七二十一只一味考虑如何摆脱那些意见。我们对反对意见不伸开臂膀，却张开爪子。我可以容忍朋友的粗暴冲撞："你是个蠢人，你胡说八道。"在常相聚会的人们之间，我也愿意大家表达思想开诚布公，说话推心置腹。必须增强听话外之音的能力，并加以磨砺，以抵御对别人话语中客套浮夸之声的偏爱。我喜欢人与人之间的亲密交往牢固而大气，我喜欢友谊能以朋友交往中出现尖锐猛烈碰撞而自豪，有如爱情中总会出现互相攻击和带血的轻微抓痕。

交谈如无争吵而只彬彬有礼客客气气，交谈如惧怕冲撞而且缩手缩脚，这种交谈便不够强劲不够丰满。

没有矛盾就没有争论。[1]

有人与我对立时，他会引起我的注意而不会惹我愤怒；谁反

---

1 引自西塞罗。

驳我，谁教育我，我就向谁走过去。寻求真理应是双方的共同动因。他会回答些什么？愤怒的偏颇情绪已袭击了他的判断力，昏昧已先于理性攫住了他。这些办法或许都有用：大家用抵押品当赌注以解决争端，或以双方损失的物质作为供争论双方考虑，从而使我的仆役能对我说："去年，您因无知和固执已有二十次损失一百埃居了。"

我在无论何人手里寻到真理都会举手欢迎，并表示亲近，而且会轻轻松松向真理投降；当我远远看见真理向我走过来时，我会扑过去向它奉上战败者的武器。只要不是以过分专横过分盛气凌人的嘴脸申斥我的作品，对所有的申斥我都欣然接受。我对作品经常进行修改往往缘于客气而非缘于改进作品，因为我喜欢以轻易让步的方式奖励和培养无拘无束提醒我的人，哪怕这种方式有损于我。然而吸引我的同代人提醒我又着实困难；那些人没有勇气纠正别人，因为他们没有勇气忍受别人纠正自己，他们当面说话总是遮遮掩掩。我如此喜欢被人评判被人了解，因此可以说，究竟是被评判或被了解，这于我都无关紧要。我自己在思想上就经常反对自己，谴责自己，所以让别人也这样做，那于我是一回事：我的主要考虑是，我只给评判者以我愿意给予的分量。然而我与高高在上的人却水火不容，比如，我认识一个人，如果别人对此人的意见不以为然，他便十分懊恼，而且认为别人拒不接受意见对他是一种侮辱。苏格拉底总是笑眯眯采纳别人对他的演讲提出的对立意见，对此，有人可能会说，他如此豁达的根源在于他的力量：既然优势必定在他这边，他接受意见便有如接受新的荣誉。然而，与此相反，我们却见到这样的情况：最易使我们对反面意见变得敏感而挑剔的，莫过于我们对自己优越性的认知和我们对对方的轻蔑；推而论之，心甘情愿接受反对意见以纠正自己、改善自己的多为弱者。事实上，我最希望经常探访我的人是严厉责备我的人，而不是惧怕我的人。同欣赏我们的人，同给我们让座的人们打交道必定索然寡味而且有害。安提西尼命他的儿女们永远别感激夸奖他们的人。在论战激烈处，我让自己屈服于对方论断的力量，这时，我为战胜自我获得的胜利，远比我为瞅准对方弱点而击败他从而获得的胜利更感自豪。

总之，我接受并认可各种不同的顺直线而来的攻击，无论这些攻击多么微弱，然而我对不遵守辩论规则的攻击却太难忍受。我很少关心别人所提意见的内容，对我来说，意见本身的价值都一样，我几乎不在意讨论中谁的观点获得了胜利。倘若争论进行得井然有序，我会一整天平平静静地进行辩论。我并不像要求争论有序进行那样要求说话有力量和思辨敏锐。在牧童之间，在小店伙计之间每天的争吵中都能见到秩序，但我们之间却从来见不到。假如小店伙计之类的人争吵时出了毛病，那是因为粗野，我们也做得别无二致。然而那些人的喧闹和急躁并没有使他们脱离争吵的主题：他们仍在正常地围绕主题说话。如果说他们互相抢先讲话，如果说他们谁都不等对方把话说完，他们起码互相听见了对方说的是什么。倘若别人回答我正好答在点子上，我认为那就是好得不能再好的回答了。然而，争论如果乱糟糟，毫无秩序可言，我便会离开争论的问题，带着气恼去冒冒失失纠缠形式问题，而且一头栽进顽固、凶狠、蛮横的争论形式里去，为此，我事后会感到脸红。

不可能同蠢人真诚地谈论问题。在某个极专横的主人干预之下，不仅我的判断力会变质，我的良心亦复如是。

我们的争论恐怕也应像其他口头罪行一样受到禁止和惩处。争论只要一直受到愤怒的主宰，就会引起并积聚怎样的弊病！我们一进入敌视状态，首先受到攻击的是理性，随后才是人。我们学习争论只为反驳别人；而且人人都在反驳，都在被反驳，于是出现了这样的情况：争论的结果乃是毁灭真理，消灭真理。因此，柏拉图在他的《理想国》里提出禁止禀性不好的人和头脑愚蠢之辈参加此种活动。

何必去同一无像样规矩、二无像样风度的人一道上路去寻找问题的本质？当人们离开主题去寻找讨论主题的办法时，这对主题本身并无损害；我这里谈的并非学院式的人为的办法，而是自然天成的能使人正确理解问题的办法。那究竟是什么？一人往东走，另一人往西走；他们失去了主要的，把主要的东西隔离于一大堆突然出现的次要的东西之外。历经一小时的激烈争吵之后，他们仍不明白自己在寻找什么：一个低了，另一个又高了，还有一个在一边。有的人为一句话或一个比喻争吵起来；有的人再也不能领会别人用来反对他的是什么，因为他一心一意忙着争斗，并考虑着如何接着斗下去，心思根本不在你身上。有的人自己感到腰杆不硬，便惧怕一切，对什么都加以拒绝，一开始争论便把什么都搅成一团，使之模糊不清；或者，见大家争论十分卖力，便一反常态，为自己也感到气恼的无知而泄气，装出一副高高在上蔑视一切或逃避争吵、愚蠢而又谦恭的模样。这一位只要一出击，自我暴露到什么程度似乎与他无关。那一位字斟句酌，在陈述理由时将每一句话掂量一番。还有的人在争论中只会发挥他的嗓子和肺的优势。有人做结论时竟然自己反对自己。也有人以他的前言和离题千里的废话吵得你耳聋！还有人干脆以辱骂为武器，想方设法与人做德国式的争吵，以摆脱同才气高他一筹而使他苦恼的人交往和交谈。最后，有的人听不懂别人的道理，却用自己的陈词滥调把你困在论证的围墙之内。

我们现在来谈谈这些技能：在仔细考虑“那些治不好任何疾病的文字”[1] 的用途时，谁还会信任那些文字？谁能不提出疑问：从那些文字中是否能得到于生活有用的某些可靠的好处？谁通过逻辑学提高了智力？逻辑学做出的漂亮许诺能在哪里实现？“它既无助于更好地生活，也无助于更愉快地推理。”[2] 你难道能发现在长舌妇的饶舌中比那些修辞学者的公开辩论中的糊涂议论更多？我宁愿自己的儿子去小酒店学说话，而不是去语言学校就学。你去找一位文学老师，去同他交谈：他怎么未能让我们体会到他的技艺的卓越之处，也未能使女人和我们这些无知之辈通过欣赏他有力的论据和美妙的条理而着迷？他怎么没有如愿以偿，主宰我们，说服我们？一个智力超群、品行卓越、擅长主持讨论的人为什么在争论时掺进辱骂、鲁莽和狂怒？让他摘下自己的博士帽，脱掉身上的长袍，再扔掉拉丁语；让他别搬出地道的亚里士多德在我们耳边唠叨不休，那时，你一定会把他当成我们当中的一员，或更差一些。我认为，他们用来折腾我们的纠缠不清的语言

1 引自塞涅卡。

2 引自西塞罗。

含义与要把戏好有一比：把戏的灵活性刺激并制服我们的感官，但怎么也不能使我们心悦诚服。除去这些街头杂耍，他们所做的事无一不平庸，无一不低贱。他们越博学就越愚蠢。

我喜爱并敬重知识的程度并不下于拥有知识的人；从知识的实用性看，这是人类最高尚最宏大的收获。然而，在那些以知识建立他们的基本技能和价值的人身上，在那些智力取决于记忆力的人身上，在那些“拉外国大旗作虎皮”[1]，除了书本别的事一窍不通的人（以上这些人的数量无穷大）身上，我厌恶知识，我敢说，比厌恶愚蠢有过之而无不及。在我的国家，在我们这个时代，人们讲授的知识在相当程度上改善了人的钱包，却很少[2]改善人的心灵。知识若遇上迟钝的心灵，它会使迟钝加重，并使心灵窒息，因为那是一大堆生硬的难于消化的东西；知识如遇上敏锐的心灵，便自然而然使之净化、精炼，使之精明到不能再精明的程度。从性质上说知识几乎是中性的东西，它于禀性优秀之人是极有用的陪衬，于其他的人则既有害也招致损失；或者不如说，那是极珍贵极有用处的东西，用贱价是得不到的。知识在一些人手里可以是权杖，在另一些人手里则是宫廷丑角的人头杖。不过，我们还要谈下去。

告知你的敌人，说他不能战胜你，你还想得到什么比这更大的胜利？当你因你提出的建议或判断取得优势时，那是真理的胜利；当你以你主持讨论的条理取得优势时，那是你本人的胜利。

1　此话摘自塞涅卡的《书简》三十三，原意为“打着外国幌子装饰自己”。蒙田在书的白边上写了引语的译文。

2　在本书的一五九五年的版本里，此处为“完全没有”而不是“很少”。

我认为，在柏拉图和色诺芬尼的作品[1]里，苏格拉底在进行争论时考虑争论者比考虑争论本身多，与其说他教育厄提代姆斯和普罗塔哥拉认识他们辩术的不精当，不如说他教育他们认识自身不得体的言行。他抓的首先是出在人身上的问题，其目的比阐明技艺更为有益，比如，是为了启发思想，他要塑造要锻炼的是人的思想。争论和追求正是我们力所能及的事：若这样的事都做得不好，不得体，那就得不到谅解。做得不成功，未达到目的，那是另一回事，因为我们生来便注定要寻求真理，而掌握真理则属于更强大的力量，正如德谟克利特所说，真理并未深藏于渊之底，真理已升华到无限的高处，为神所认识。[2]人世仅仅是一所探索的学校。不看谁是否达到目的，而看谁跑得最好。讲真话讲假话傻子都可以做到，因为我们谈论的是说话方式而不是说话内容。按我的脾性，我既注意形式也注意实质，既注意律师也注意案件，阿尔西巴德[3]便命人如此行事。

我每天都阅读一些作者的作品消遣，我并不关心他们的知识如何，只研究他们的写作方式，不管作品的内容。如同我继续与某位知名人士保持联系，目的不为他指点我，只为我了解他。[4]

任何人都可以说真话，然而要说得条理分明并富于智慧，要说得巧妙，则只有少数人做得到。因此，我对由无知产生的假话错话并不感到恼火，让我感到恼火的是荒谬、愚蠢。我曾多次中

1 此处指以厄提代姆斯和普罗塔哥拉两人的名字作书名的两本对话集。

2 参见公元前三世纪护教士拉克丹斯著《神的教诲》第三卷第二十八章。

3 阿尔西巴德（约前450—前404），伯罗奔尼撒战争时期雅典的一个反复无常的将军。

4 在本书的一五九五年的版本里，此处加了一句：“了解他之后，如果值得，我会模仿他。”

断于我有利的交易，原因是与我谈判的对手提出异议时出言不逊。我在一年中没有一次因为弱于我的人犯错误而激动，然而一些人下断言时的固执和愚蠢，他们又笨又唐突的借口和狡辩却没有一天不让我恨得喘不过气来。他们既不听别人在说什么，也不懂别人为什么那样说，回答问题也如此：纯粹为了让人灰心丧气！我的头只有撞在别人的顽固脑袋上才感到撞得痛，我宁可与下人的严重毛病妥协也不愿与他们的冒失、纠缠不休和愚蠢妥协。只要他们能办事，干少点也无不可，因为你期待着振奋他们的心志，但对一个老树桩你既不可能抱什么期望，也不可能得到有价值的收益。

那么，我看待事物是否与事物的本来面貌有所不同？有这种可能，正因为如此，我才应该责备我听不进别人说话的毛病，而且应当首先认识到这种毛病对有理之人和无理之人同样有害，因为，事实上，那永远是不能容忍不同意见之人特有的专横和乖戾脾气之所在。而且，事实上，对别人的无聊动不动就生气就恼火，这本身就是最大的无聊，是最经常最荒谬的无聊，因为这种无聊危害的首先是我们自己。昔日那位哲人[1]从不放弃哭泣的机会，因为他是那样看重自己。七贤之一的米松[2]兼有提蒙[3]和德谟克利特[4]的性格，当有人问他为什么自个儿发笑时，他回答说：“就为这自个儿发笑而发笑。”

---

1 指古代希腊哲学家赫拉克利特。

2 根据第欧根尼·拉尔修著《米松生平》第一卷第一〇八章。

3 提蒙（愤世者），公元前五世纪的希腊哲人，由于祖国历遭劫难和他本人失去财富，他十分仇恨人类。

4 哲人德谟克利特主张人应从节制欲望中寻求幸福。

在我看来，我每天不知说了并回答了多少蠢话！在别人看来，我说的蠢话自然还多得多！倘若我为此而忍住不说，别人又该如何？总之，应当在活人中生活，让桥下的河水自己长流，我们不必多费心思，或者，至少不必过分庸人自扰。是的，不过，为什么我们遇见某个身体畸形或身材不佳的人毫不生气，而见到一个思想混乱的人却不能容忍、怒气冲冲？这种有害的激烈态度应归咎于审视的人而不怪有缺陷的人。让我们随时念叨柏拉图的这句话："我认为什么东西不善良也不公正，岂非因我自己不善良也不公正？"[1] 我自己不就有错吗？我的训斥岂不可能倒过来对准我自己？这句神圣而睿智的老话鞭挞着人类最普遍最共同的错误。不仅我们之间互相的指责，连我们在辩论中各自提出的理由和论据通常都可能绕回来反对我们自己，而且我们经常作茧自缚。在此方面古代给我留下了许多极有分量的先例。想出这句话的人说得既巧妙，也十分贴切：

人人喜欢自己大便的气味。[2]

人的眼睛看不见身后任何东西。一天当中我们成百次谈论邻居的为人，其实我们是在自己嘲弄自己，我们憎恨别人身上的缺点，而那些缺点在我们身上更为明显，出于一种不可思议的恬不知耻和疏忽，我们竟为自己有那些缺点而感到惊讶。昨天我还亲

1　根据普鲁塔克《应如何听》第六章和《怎样才能吸取敌人的有益之处》第五章。
2　引自伊拉斯谟。

眼看见一位明白人，一位贵人正在嘲笑别人的愚蠢举止，他说得既有趣也很正确，说那人向大家吹嘘他的家谱和姻亲关系，而其中大部分是假的（只有身份更可疑、更令人难以相信的人才会对这类话题趋之若鹜）；这位贵人如果退后几步看看自己，他会发现自己在与人交谈中散布和夸耀他妻子那一族如何享有特权时也同样缺乏节制而且令人生厌。啊！讨厌的自负，妻子竟通过自己的丈夫亲手培育这样的自负！假如那些人懂得拉丁文，应该对他们说：

> 勇敢些！如她自己荒唐不尽兴，
> 再给她的荒唐加把劲！[1]

我并不要求人不清白不批评，因为要那样就没有人敢批评了，我甚至不要求犯同类错误之人别批评。但我要求，在我们谴责另一个人时，我们别舍不得就有关问题审视我们自己的内心。不能去除自身严重毛病，却设法去除别人身上同样性质的毛病，这是善举，在别人身上找出毛病的根源可以让他自己感到少些凶险，少些苦涩。谁提醒我说我有错误，我却说他身上也有此错误，我认为这回答毫无道理。为何如此？提醒永远有效而且有益。倘若我们嗅觉灵敏，我们应当感到自己身上的脏东西更臭，因为这脏东西是我们自己的。苏格拉底的意见是，谁犯了暴力和凌辱罪，同时犯罪的还有他的儿子和另一个外人，他应当首先自

1　引自泰伦提乌斯。

簿公堂，听候法院审判，并恳求刽子手协助他赎清罪孽，其次再为他的儿子，最后才为外人。如果说这个告诫调子太高了些，他起码应该带头去要求受到良心的惩罚。[1]

感觉是我们个人的首批法官，但感觉只能从与之关联的事件的外部瞥见事物。如果说，在保证我们社会有序运作的所有组成部分都存在无休无止的普遍的客套和表面现象的大杂烩，以至于社会上最杰出最有效的规矩都集中于此，这并非不可思议的怪事。与我们打交道的永远是人，人的状况则具体到令人惊异的程度。前些年有些人想为我们创立一种宗教修炼形式，一种纯精神的静修方式[2]，如果修炼者中有人考虑，这样的宗教静修方式若不更加重视人们的地位、标志、头衔和党派之类的东西，就可能在他们的指缝间消散、消失，但愿那些创立者别为此感到惊异。这正如交谈中的情况：讲话人的重要性，他的职称和他的社会地位往往使他愚蠢无聊的话受到信任。很难想象，一个随从如此众多而且令人望而生畏的先生实际上并没有什么与众不同的能力；一个经常被委以重任而又不可一世的人并不比另一个远远向他行礼而又未曾受录用的人能干。不光这些人说的话，就连他们装模作样的表情都受到重视，得到考虑；人人都会煞费苦心对那些表情做出精彩的有根有据的解读。倘若这些人屈尊参加一些寻常的交谈，而人们又报之以赞许和崇敬之外的东西，他们便以他们的权威经验把你吓得半死：他们之所闻，他们之所见，他们之所为都

1　根据柏拉图所著对话集《高尔吉亚篇》。

2　指宗教改革。

会使你被一大堆例子压得疲惫不堪。我很愿意对他们讲，外科医生的实验结果并不等于他做手术的实践活动的历史总结；他可以记住他治愈了四个瘟疫患者和三个痛风病人，但他如果不善于从运用医术中总结一些东西以形成判断，他如果不善于让人意识到他已因此而变得更精于运用医术，那些经验也不能算是他实践活动的历史总结。有如听乐器演奏，我们听的不是诗琴声，不是斯频耐琴[1]声，也不是笛声，我们听的是所有乐器整体奏出的和谐乐音，是结合体，是那些琴声积聚起来的成果。

如果说旅行和公职使那些重要人物得到改善，那么使这种改善显现出来的乃是他们智力的产品。光拥有经验是不够的，还必须权衡各种经验并使之互相配合、互相对照；需要消化经验，提炼经验，从而得出经验固有的理性的东西和结论。历史学家向来为数不多。听史学家讲话却永远是一件有益的好事，因为他们可以向我们提供许多储存在他们记忆中的值得称道的可贵教益。当然，那是使我们生活获益匪浅的重要部分，然而此时此刻我们研究的还不是这些，我们探索的，是这些历史的汇集者和讲述者本人是否值得称道。

我憎恶各式各样的专横、能说会道、装腔作势、咄咄逼人。我习惯于集中精力对付以刺激感官来欺骗我们判断力的虚浮现象，而且十分警惕地观察一些极不寻常的显贵，在我看来，那至多不过是些与别人完全一样的人。

1　古代一种长方形的小型羽管键琴。

春风得意中罕有常识。[1]

也许，人们在小觑他们，因为他们揽的事太多，露面的次数也太多：他们与他们承担的重负名不副实。承受重担者应具有超过重担要求的力量和能耐。一个尚未发挥出全部力量的人会让人猜想他是否可能还具有超过要求的力量，猜想他是否还未到山穷水尽的地步；在承担重负中倒下的人会让人看见他能耐如何，看见他双肩何等孱弱。这说明学者当中蠢人何以如此之众多，多到比其他人中的蠢人还多：因为其他人可以被培养成为优秀的管家，能干的商贩，能工巧匠，他们与生俱来的能量正是按此尺寸剪裁的。知识是分量极重的东西：那些所谓的学者会被知识压扁。要想展开并支配如此高超如此重大的课题，要想运用并求助于这样的课题，他们的才智还不够强劲，还没有足够的驾驭能力：这样的课题只能由天赋极佳的人承担，而这样的人却很罕见。苏格拉底说，智力欠佳者搞哲学会败坏哲学的尊严。哲学一旦被关在蹩脚匣子里，会显得无益而且有害。上述那些人便是如此这般自我糟践而且变为蠢人的，

像猴学人样，
儿童玩耍贵重丝绸遮身上，
可是屁股脊背亮光光，

1　引自尤维纳利斯。

惹得众人笑断肠。[1]

那些管理我们指挥我们的人，那些操纵世界的人也一样，他们拥有一般的智力，能做我们谁都能做的事，这还不够；倘若他们不能远远高过我们，他们就远远低于我们了。他们既然比我们更有指望，就应做得更多，正因为如此，缄默不仅使这样的人显得举止庄重可敬，而且会给他们带来事半功倍的好处：以墨伽彼斯为例[2]：他去阿佩尔的画室看阿佩尔，起初，他待在那里好久一言不发，之后便滔滔不绝谈论起画家的作品来，为此他遭到了严厉的责难："你在保持沉默时，你戴的项链和你的排场还让你像那么回事，可是现在大家听到了你说的话，便再也没有人不蔑视你了，连我画室里的伙计都不例外。"他华丽的梳妆打扮，他贵族的身份不允许他像平民百姓一般无知，也不允许他侈谈绘画，唯有沉默能使他继续保持他外表上的那份自诩的才干。在当代，显示智慧和才能的冷冷的沉默外表帮了多少蠢人的忙呀！

爵位与职位的获得总是靠社会地位大于靠功劳，人们为此还往往错怪国王。相反，国王们在选拔人才方面原本捉襟见肘时，却有幸去做这种选择，这才真不可思议呢：

王公的首要品质在于了解臣民。[3]

1　引自克洛地安。

2　故事摘自普鲁塔克《如何区分讨好者和朋友》。阿佩尔是公元前四世纪希腊最著名的画家，曾画亚历山大大帝肖像。墨伽彼斯是波斯王国宫廷内最大的贵族成员之一。

3　引自马尔西阿尔。

其实，国王们在本质上就不可能具有千里慧眼以识别众多臣民当中的卓越之人，也不可能透视我们的胸膛以了解我们的心志和最出众的才华。因此，他们必须通过猜测、摸索，凭对方的家族、财富、学识和百姓的呼声进行挑选：而这都是些极不充分的依据。谁能找出办法使人凭公正判断人，凭理性挑选人，单靠这一点他就可以建立完善的政府管理形式。

“对，他办这件大事办得正在点子上。”这话说得不错，但还不够充分，因为正好有这条箴言被普遍认可：不应以结果判断主张。迦太基人为军队头目出了坏主意而惩罚那些头目，尽管战争的结果已纠正了头目们的错误。[1] 罗马人民也经常拒绝为一些对他们有利的巨大胜利喝彩，因为军事头目指挥作战的方式与他这样的成功不相符。在人类的活动中，我们通常会发现，命运之神为了告诉我们她对万事万物具有多大的威力，她很乐意打消我们的傲气，当她不能使蠢人变得聪明时，便让他们走运，得到可与成功勇士媲美的成功。命运还主动优待坚持行动的人，因为在行动过程中更能清楚看见命运的脉络。因此，每天都能见到我们当中头脑最简单的人干完一桩桩大事，无论私事抑或公事。人们奇怪，以波斯人西拉内斯言谈之聪明，计划之周密，他怎么办起事来会接二连三遭到失败，对此，他回答说：“他只能主宰自己的言谈与计划，而主宰他事务成就的却是命运。”[2] 上述那些人也可以做同样的回答，不过是从相反的角度。世间多数事情靠事情本

1　引自约斯特·利普斯《政治》。

2　根据普鲁塔克《古代国王的著名格言》。

身做成，

命运自有通途。[1]

结局往往为愚蠢之至的行为找到借口。我们的干预几乎只是一种例行公事，考虑更多的通常是习惯和示范，理性的思考较少。当我对一件事情的重大意义感到吃惊时，过去我老通过把这事干到底的人们了解他们的动机和做法：我从他们那里只听到很一般的见解。而最一般最常用的恐怕也是最可靠的，它们即使不太适于装门面，起码最便于实践。

无论如何，事实是，最平常的道理最牢靠；最低档、最不严谨、最普通的道理更于事有益！为了保持枢密院的权威，不需要凡夫俗子参加进去，也不需要他们看得比第一道栅栏更远。要想维护声誉就得放心大胆自我膜拜。我这些意见只对此问题做了大体的勾勒，而且只随随便便从它的基本方面加以考察；此工作最重要最主要的方面，我按习惯将它留给上天：

其余的留给诸神。[2]

依我看，幸福和不幸是两种至高无上的强大力量。认为人类智慧可以充当命运之神的角色是不明智的。谁狂妄地认为自己可

1　引自维吉尔。
2　引自贺拉斯。

以把握起因也可以把握结果，谁认为自己可以亲手推进自己的事业，那么他的举动纯属徒劳，在审议战争问题时的此类举动更是白费心机。军事行动中的审慎和明智从来超不过我们当中有时出现的审慎和明智：也许因为大家害怕途中出现事故毁掉自己，所以还是保存实力以抵御结局的风险吧。

我还要进一步谈谈：我们的智慧本身和我们的思考大都受偶然性的左右。我的意愿和我的见解动来动去，看上去时而这样，时而那样，其间有许多意念的流动是自动控制的，并没有我的干预。我的理性每天都受到我内心偶发的激情和躁动的冲击：

内心的情绪变化无常，
此刻被这种激情冲撞，
当风一转向，
那种激情又替代着上。[1]

看看城里人谁最有权，谁的活干得最好：你通常会发现，都是些最不精明的人。曾发生过这样的事：女人、儿童和精神失常的人指挥一些大国，足以同最英明的王公媲美。修昔底德说，在治国者中，最常见到的现象是粗鲁浅薄之人比细致敏锐之人更为成功。我们将此事实归之于粗鲁浅薄之人的“好运”而非他们的智慧。

人只因命运的厚爱，

1　引自维吉尔。

才得以青云直上，这一来
谁都夸他是干才。[1]

由此，无论如何我也要强调，事情的结局是人的价值和能力的浅层次见证。

我方才强调了这一点，在这方面，只需审视一位飞黄腾达的人就清楚了：三天前我们认识他时，那还是个地位不高才智平庸的人。不知不觉间，在我们的印象里悄悄溜进来一幅高贵和精明能干的图景，于是，我们便相信，随着他排场和势力的增长，他认为他本来就该飞黄腾达。我们评判他并非根据他的个人价值，而是以计筹码的方式根据他的地位带给他的特权。运气本身也会转向，当此人由高处再摔下来，重又混进百姓的行列里时，人们这才一个个不胜惊讶地去打听是什么原因把他抬得如此之高。"这是他吗？"大家说，"他在台上时难道就那点能耐？王公们就这么容易满足？原来我们是处于这样一个可靠的人手里！"在当代，这种事我亲眼见过的不在少数。连戏台上表演的高贵的面部表情在某种程度上也能触动我们，欺骗我们。我最欣赏国王们的地方，是他们拥有一大群崇拜者。世上一切形式的俯首帖耳都归他们，可他们就是得不到智力的俯首帖耳。我的理性不习惯弯腰曲背，只有膝盖习惯弯曲。

有人问梅朗提乌斯对老狄奥尼修斯的悲剧有何感想，他说：

1 引自普劳图斯。

"我根本没有看明白这出戏，那么多对白把戏全遮住了。"[1]因此，评判大人物讲话的人们应当说："我根本没有听明白他说的话，那么多的庄重、高贵、威严把他的话全遮住了。"

有一天，安提西尼尝试着说服雅典人要他们下命令让驴同马一样用来耕地，对此，雅典人回答说，驴天生不是派此用场的。"那不要紧，"他反驳说，"这取决于你们的安排。你们起用了一些最无知最无能的人指挥战争，这些人因为被你们起用，也会立即变成非常合格的指挥员。"[2]

这与许多民族的行事习惯很相似，那些民族的人民把他们从自己人中培养出来的国王加以圣化，他们不满足于只给国王荣誉，还需要崇拜国王。如墨西哥人民在国王的加冕典礼圆满完成之后便再也不敢正面看他了，而国王自己也认为，似乎有了王权他便成了神，因为，人民曾让他起誓维持他们的宗教、律法，维持他们的自由并做到英勇、公正和宽厚，于是他发誓要让太阳按国王习惯的光亮照射，要让云层在合适的时候才变成水；他还起誓让江河长流，让大地给他的臣民提供一切必需的东西。

我反对这种普遍的判断方式，我一见伴随精明能干而来的是社会地位的显赫和百姓的推崇，我便格外提防这种精明能干。我们必须留意，该说话时说话，选择合适的时刻说话，在打断别人说话，或改变话题时用一种毋庸置疑的权威口吻，或在见你就崇敬得哆嗦的人面前以摇头、微笑或沉默的方式否定别人的反对之

1 引自普鲁塔克《应如何听》。

2 根据第欧根尼·拉尔修《安提西尼生平》。

词，这对我们有多么大的好处！

一个春风得意的走运之人参加他饭桌上随随便便松松垮垮的谈天说地并发表意见，他肯定以这样的口气开始："与我这意见相左的人只可能是骗子或白痴。"你们就拿起匕首跟着这颇富哲理的刻薄话走吧。

下面这个提醒对我大有用处：在争论和商谈中，并非每一句我们认为正确的话都能立即被人接受。大多数人都不乏从外部得来的机敏。某个人有时可能说出一句精彩的俏皮话，一句恰当的答辩，一句有益的格言，尽管他在说话时并没有认识到话的分量。借来的东西不一定都能掌握，也许还得靠我们自己进行核实。一些话无论多么实在，多么精彩，都没有必要老是一听便诺诺连声。或者需要认真与之斗争，或者需要往后退，借口未听明白而从各个方面揣摩此话如何到了讲话者口里。我们有时可能作茧自缚，给对方的话赋予它并不具有的含义，从而给对方的攻击助一臂之力。过去，我曾竭力强调对对方进行反击的必要性和紧迫性，反击的胜利竟超过了我的意图和期望；我本来只在数量上进攻，而对方接受的却是分量。正如我和一个强有力的对手辩论时，我总喜欢先声夺人，抢在他的结论之前剥夺他自我解释的可能，我试着防止他正在产生尚未完善的想法出笼（因为他的理解力的条理性和准确性已事先引起了我的警惕），对其余的人我则反其道而行之：只需从他们的话里了解一切，千万别事先假定什么。如他们以一般的话做出判断，"这个好，那个不好"，如他们说得在理，便看看他们说的那些话是否由偶然性促成。

愿人们对他们的论断规定一些范围：为什么如此，根据什么如此。所有屡见不鲜的一般性意见都一文不值，有如人们向一个民族的群体致敬。[1]真正了解那个群体的人会从中认出某一个人，从而指名道姓地专门向他敬礼。但此种举动要冒风险。在这方面我每天都见到一些思想基础薄弱的人出毛病，他们想附庸风雅，在阅读某个作品时指出其中优美之所在，可是他们极低的鉴赏水平使他们选中的地方不仅不能向我们展示作者的长处，反而展示了评论者自己的无知。在听人念了一整页维吉尔的作品之后，发出这样的惊叹是万无一失的："瞧这多美！"然而，通过这一惊叹，其中的精华便逃之夭夭了。但要想一点接一点听下去，要想做出专门而且精辟的评论，要想指出一名优秀作者在什么地方超越了自己，在什么地方有所提高，要想斟酌其中的每个字、每个句子、每个虚构的情节，你就得离开那里！"不仅必须仔细琢磨每个人说些什么，而且应当仔细琢磨他想些什么，以及他为什么这样想。"[2]每天我都能听到一些蠢人说不蠢的话，他们谈的是美好的东西：那就让我们去了解他们理解那些话到什么程度，去看看他们是通过什么途径理解的。我们可以帮助他们应用他们尚未掌握的那些美丽的字词和精彩的道理，因为他们还只是那些美好东西的保管者，他们也许偶然间会摸索着去运用那些美好的东西，只有我们能让那些东西发扬光大。

你这是在支援他们。这是何苦？他们对你不会有丝毫感激之情，还会因此变得更蠢。别去协助他们，让他们走自己的路。他

1　此比喻来自普鲁塔克《论苏格拉底习以为常的机智》。

2　引自西塞罗。

们将来再涉猎此方面是因为他们害怕受骗上当，他们绝不会对此类问题的基础和解释角度做任何改变，也不会把涉猎深入下去。你将此类问题稍稍偏离，他们就抓不住了；他们就会放弃这个领域，尽管此领域强劲有力而且美不胜收。那是些有效的武器，但武器的柄装得太糟。我经历过多少这类事情！如果你偶尔对他们的话做进一步的阐明和确认，他们会马上抓住你，使你话中的优越之处脱离你自己的说法："这正是我原来要说的；那恰巧是我的想法；如果说我讲得不如你，那只是我语言上出了毛病。"吹吧！[1]对这种傲气十足的蠢行就得用恶毒的办法去纠正。赫热西亚的信条，即不必仇恨，不必谴责，只需教诲，在别处有道理，然而在此处，援助和纠正那些不需要并贬低援助和纠正的人乃是不公正不人道之举。我喜欢让那些人越讲越糊涂，越讲越尴尬，超过原来的程度；让他们能走多远走多远，到最后才有可能让他们认识自己是什么样的人。

蠢行和感觉错乱不是通过一次提醒可以纠正的。对这种企图纠正错误的举动我们只能重复居鲁士说过的一番话。有人在战役即将打响的时刻催促居鲁士去激励他的军队，居鲁士回答说："在战场上，士兵不会因一次精彩的训话立即变得英勇善战，正如人不会听一支美妙的歌曲立即变成音乐家。"[2]学艺活动必须事先进行，必须通过长期的坚韧不拔的教育方能完成。

我们只应把这样的关怀给予自己人，只应对自己人做如此勤

1　即吹掉那个子（指国际跳棋中将对方能吃而未吃的己方子取出棋局）。

2　引自色诺芬尼《居鲁士全书》。

奋的纠正和教育，但去对过路人说教，像书呆子一样对初遇的无知之辈或蠢人进行教育，这可是我最不愿养成的习惯。即使在同别人闲聊时，我也很少这样做；我宁肯放弃一切也不愿参与这种远离常规的像教师一样的专横教育。我的脾性使我不适于为初出茅庐者讲话和写作。甚至对大家公开谈论的一般问题或别人正在谈论的问题，无论我认为多么错误，多么荒谬，我也从不以话语和示意动作横加阻挡。不过，愚蠢而又沾沾自喜，自喜到超过任何正常头脑合理自喜的程度，这种愚蠢比任何别种愚蠢更让我气恼。

明智禁止你自满自足，禁止你充满自信，而且让你永远不满意自己甚至诚惶诚恐，而别人却靠愚蠢的固执和轻率过得快乐而自信，这是多么不幸的事。无能之辈才傲视别人，才在从战场归来时风风光光兴高采烈。而且语言的自负和面容的快活往往使人们面对听众时占上风，因为听众通常判断力较弱，不能正确判断和分清真正的优势。固执和热烈坚持己见是愚蠢的最可靠明证。有什么人能像驴那样自信、坚决、蔑视一切，那样一脸沉思、庄重、严肃？

我们难道就不能将朋友之间互相开心互相嘲弄时打打闹闹、亲密无间、快快活活的争吵和互相打断话语的闲聊掺进交谈和交往中去？我的快活天性使我很适于这样的锻炼；如果说这样的活动不如前边谈到过的活动紧张、严肃，它却同样富于洞察力，同样妙趣横生，也同样有益，吕库古斯[1]便认为如此。就我的情况

1　吕库古斯（约前396—前323），演说家及雅典政治家，主持雅典财政。

看，我在这样的交谈会友中自由不拘多于机智幽默，快乐多于创造，不过，我的忍耐力是无懈可击的，因为我能忍受别人的反驳而不生气，不仅忍受激烈的，而且忍受冒失的反驳。别人向我发起进攻时，如果我不能马上进行凌厉反击，我也不会有兴致靠疲疲沓沓、令人生厌的争论去浪费时间，否则就接近愚蠢的顽固了：我让对方的进攻自行结束，我愉快地低下头，把制服对方的行动推迟到更合适的时刻。没有总是赚钱的商人。在自己力量逐渐不支时，大多数人会改变脸色和声音，但如果愤怒不得当而使人讨厌，不仅不能报仇，还会暴露自己全部的弱点，包括急躁。在快快活活演奏时，我们往往可以弹拨我们缺点中的那几根秘密的弦，而在一本正经演奏时，我们一触这些弦就得互相顶撞，而且也不可能互相有效提醒各自的毛病。

还有另一种打闹游戏——手的游戏，它鲁莽而又粗暴，是纯法国式的，我恨它入骨：因为我的皮肤娇嫩而又敏感；我这一生曾看见这种游戏埋葬了两位血亲王公。[1] 在玩耍中打架是令人厌恶的。

此外，我想评判一个人的作品时，我会问他自我满意到何种程度，他的语言和他的作品到何种程度才能中他的意。我希望能避免这种漂亮的借口："我干这活是在闹着玩，

这活计还在铁砧上，

1　指法国国王亨利二世在一五五九年的一次骑士比武中被对手长矛刺中重伤而亡；昂基安公爵于一五四六年在赌博时被从窗户扔进去的一只银箱击中身亡。

别人便已把它抢。[1]

我只花了不到一个小时[2]，此后再也没有重读过它。”“现在，”我说，“我们别去管那几部分，您给我看看能代表您全貌的那部分，通过这部分可以让大家衡量您的能耐。”这之后：“在您这件作品里，您认为什么地方最精彩？是这部分？是那部分？是它的雅致吗？是内容好？是想象力，是见解还是知识出众？”因为我经常发现，人们不仅评判自己的作品有所失误，评判别人的作品同样有失误，不光因为有感情掺杂其间，也由于他们不具备对作品的认识能力和鉴别能力。作品本身的力量和机遇可以超越作者自己的想象力和知识，走在作者的想象力和知识的前面。至于我，我判断别人作品的价值并不比判断自己作品的价值更糊涂，我对《随笔集》时而估计低，时而估计高，极不稳定，极不可靠。

有许多书都因为主题好而成为有益的书，但作者却并未因此而受到推崇，而且一些好书，有如优秀的工程，它们的作者还会为之蒙受耻辱。我在将来可能会写我们宴席的方式，写我们的服装样式，而且并非心甘情愿去写；我今后还可能发表当代政府颁布的赦令、公告以及传到公众手里的一些王公的书信；我还可能缩写一本好书（一切好书的缩写都是愚蠢的缩写），这本书可能碰巧会砸锅，以及诸如此类的事。后代会从这些作品获得奇特

1　引自奥维德。

2　这令人想起奥隆德和阿尔塞斯特之间的对白：“再说，您该知道，我在市场上只待了一刻钟。”奥隆德和阿尔塞斯特是莫里哀喜剧《愤世者》中的人物。

的益处；而我，如果这不是我的"运气"，又会是什么体面的事呢？大多数闻名遐迩的书都属此种状况。

好几年前，我读到菲利普·科米内[1]的书，那当然是一位优秀的作者，我当时注意到了这句我认为不俗的话："千万别为主人效力太多，多到妨碍你获得公正的奖赏。"我应当称赞这句话的创意而不称赞他本人，因为前不久我在塔西佗的作品里见到了下面这段拉丁文："做好事只有在对方相信能够报偿的范围之内做起来才令人愉快；倘若大大超过了这个限度，得到的回报不是感激而是仇恨。"[2]塞涅卡说得更加铿锵有力："因为以有债不还为耻的人愿意不欠任何人的债。"[3]西塞罗则从更宽松的角度看待此问题："谁自认为没有还清你的债，他无论如何也不会做你的朋友。"

一本书的主题按自身的情况可以让人发现一个博学的人，一个记忆力强的人，然而要判断此人身上哪些部分最具自己的特点，最可贵，要判断他心灵的力量和美好之所在，就必须知道什么东西是他个人的，什么东西不是他个人的；而在不属于他的东西里，则应考虑书的选材、布局、华丽辞藻和语言在多大程度上应归功于他的贡献。然而，如果他援引了内容同时又毁坏了形式，该怎么想？我们这些人与书打交道缺乏经验，我们处于这样的困难境地：当我们在一位初露头角的诗人身上发现某种卓越的想象力时，当我们发现一位传道者的某些论据强劲有力时，在向

1 菲利普·科米内（？—1511），法国历史学家，法国国王路易十一的宫廷顾问。
2 引自塔西佗《编年史》。
3 引自塞涅卡《书简》八十一。

学者打听那些东西是他们本人的还是外来的之前，我们不敢恭维他们：直到目前我都十分警惕这点。

我刚一口气通读了塔西佗的历史书（我从未这样读过书，还在二十年前我已没有连续阅读一个钟头的习惯了），我是听了一位贵族子弟[1]的意见才读这本书的，法国很器重这位贵人，为他本人的价值，也为这几兄弟身上显示出的恒久不变的才能和善心。我不知道有哪位作者能像这位作者那样在一本为公众事件汇编的书里掺进如此之多的对众多个人性格和爱好的描写。[2]他必须专门注视与他同时代的帝王们的生活，那些以各种面貌呈现出来的十分奇特十分极端的帝王的生活，尤其是他们残酷对待臣民的一些突出行为，因此，他有比全世界的一般战役和骚乱更重大更吸引人的题材供自己谈论和描绘，这样一来他便一笔掠过一些人英勇赴死的事迹，仿佛他害怕此类事迹过多过长会使我们感到不快，这就必然使我经常感到他的作品枯燥无味，这似乎与他自己的看法大相径庭。

而这种撰史形式却最为有益。公众的活动取决于命运女神的引导，个人的行为则取决于自己的引导。这本书与其说是演绎历史，毋宁说是一种评价；其中箴言多于叙述。那不是供纯阅读的书，而是供研究和学习的书；那里面处处有警句，所以既有正确的也有错误的：那是一个伦理和政治见解的苗圃，可以为操纵世界的行列中人提供储备和增光添彩的资料。它为谁辩护总有可靠

1　可能指蒙田的邻居和朋友特朗侯爵的三位公子当中的某一位。三位都于一五八七年在内拉克附近进行的蒙特拉波战役中牺牲。

2　参见塔西佗《编年史》。

而又强劲有力的论据，而且辩论起来措辞尖锐，洞察入微，并遵循那个世纪十分讲究的文风；那个世纪的作家们喜好夸张，因此，只要他们写作时措辞无法尖锐也无力洞察入微，他们便借助这本书上的一些句子。此书与塞涅卡的作品有相似之处，它显得更厚实，塞涅卡的书则更为激烈。这本书更适合为动乱频仍的病态国家所用，比如当代的我国。你们可以经常这么说：那是在写我们，那是在批评我们。怀疑此书真诚性的人正好暴露出他们对此书不怀好意。书中的见解是正确的，而且在罗马发生的各种事件里它都倾向于正确的一方。不过我也有些抱怨他对庞培的评价，他的评价比同庞培一起生活并共过事的好人们的评价更为严厉，他认为庞培与马略和塞洛[1]完全相似，只是更为隐蔽。[2]人们并不否认庞培有野心，企图治理国家事务，也不否认他有报复心，他的朋友们甚至害怕他一旦胜利，狂热可能会促使他逾越理性的界限，但绝不会认为他会发展到丧失理性的程度：在他一生中，没有任何东西让我们感到他有像其他两位那样明显的足以威胁人的残忍和专横。毕竟没有必要以怀疑抵消明显的事实：要那样做，我是不会相信塔西佗的。他的描述朴实而平直，他那样写史也许有他的根据，即这种描述并不一定全都准确符合他所做评价的结论，他做评价的依据是他个人立场的倾向，而此种倾向往往超越他向我们展示的素材，他从不愿以任何方式使素材适应他自己的倾向。他服从法律的指挥棒而赞成当时的宗教，并无视真

1　塞洛（前138—前78），罗马军人和政治家。

2　这是蒙田引用塔西佗的一句话："更为隐蔽，但并不更优秀。"

正的宗教，他没有必要为此而感到抱歉。这，是他的不幸，不是他的过错。

我最重视他的评价，同时又并非在任何地方都弄得十分清楚。比如提比略在耄耋之年体弱多病时写给元老院的信中有这样几句话："我该给你们写些什么，先生们，怎样写，或者此刻不该写给你们的又是什么？假如我知道答案，让诸神和仙女们命我死得比我每天意识到的死亡更惨！"[1]我看不出为什么作者要把这些话如此肯定地放在折磨提比略良心的令人心碎的悔恨上；起码在我阅读这段文章时看不出来。

在有必要说明他在罗马执政时期做过一些体面的事情之后，提比略接着解释说，他说这些话并非出于卖弄，我认为这似乎也有点懦弱。这一笔似乎使这样的人物显得太猥琐了，因为不敢坦率谈论自己，这暴露了他缺乏勇气。凡判断事物鞭辟入里、高屋建瓴、正确可靠的人都善于全面利用自我和外界的一切实例，他会像说明别的事情一样说明自己，像证明第三者一样坦率地证明自己。必须冲破礼仪的一般规矩去维护真理和自由。我不仅敢于谈自己，而且敢于只谈自己；我在写别的事情并脱离主题时却经常迷失方向。我对自己并非不分良莠什么都爱，我不会自我喜爱自我依恋到根本不能退后几步像邻人看我，像我看一棵树那样辨别自己、审视自己的程度。看不清自己究竟价值几何，或谈自己的价值比别人看见自己的价值高，这两种失误不分轩轾。我们应给上帝而不是给我们自己更多的爱，而我们对爱知之甚少，却谈

1 蒙田从拉丁文准确译出了这一段话。

得十分尽兴。

他的作品使我们多少了解了他的一些情况，可以说他是一位大人物，正直而又勇敢，不是那种具有迷信色彩的英勇，而是一种旷达高贵的勇气。有人可能会认为他提出证词不免冒昧，比如，他说一个背负沉重木材的士兵双手冻僵了，粘在木材上的那双手已经坏死并从手臂上脱落下来。[1] 凡遇这类情况我习惯屈服于伟大而可靠的证人的权威。

书上还说，韦斯巴芗[2]托塞拉匹斯神[3]的福，在亚历山大城把唾沫涂在一个盲女人眼睛上从而治愈了那个女人[4]，还有别的不知什么样的奇迹。作者撰史所遵循的是优秀史学家们的范例和历史家的职责：史学家记载所有的重大事件；在公众中发生的大事里还可以见到民间的传闻和舆论。史学家的职责是以照本宣科的方式复述普遍的信仰而不是调整那些信仰。调整信仰的工作属于良心的指导者神学家和哲人。因此，他的同伴，那位同他一样伟大的人说得十分明智："实际上，我报道的事实比我相信的事实多，因为我既不能肯定我有怀疑的地方，也不能取消流传下来的东西。"[5] 还有，另一位说得也很聪明："不必费力去肯定或反驳那些事实：应当信赖名声。"[6] 塔西佗是在人们对奇迹的信仰已经开

1 引自《编年史》第十三卷第三十五章。

2 韦斯巴芗（7—79），罗马皇帝（69—79在位），曾以他的雄才大略恢复了罗马帝国昔日的辉煌。在谈到罗马的茅厕税时他曾说出"金钱没有气味"的名言。

3 塞拉匹斯神系希腊罗马时期埃及的神灵，后受到希腊宗教的影响。据说埃及法老托勒密一世为沟通其治下的希腊人和埃及人之间的关系，对此神倍加尊崇。

4 此情节摘自《历史》第四卷第八十一章。

5 参见与塔西佗同时代的历史学家昆图斯-库提乌斯的《亚历山大大帝传》。

6 引自李维《罗马史》。

始减弱的世纪写史的，为此，他说，他一定会把一些来自他十分敬仰的古代善良人士的东西写进《编年史》，从而使那些东西站稳脚跟。说得太好了。但愿史学家们为我们描述历史时根据自己得到的史料比根据他们自己判断的多。而我，我是我自己写作素材的主宰，从不按别人的意思写作，但也绝不过分自负；我常常试着写一些幽默的俏皮话，但我自己都不相信那些话，我还曾尝试运用某些珠玑妙语，但我自己也对其嗤之以鼻；不过我听任它们去碰运气。我见有些人却以此类玩意为荣。这种事不该由我一个人去评判。我自己描绘自己既有站姿也有睡姿，绘前胸也绘后背，写左边也写右边，全身的天然褶皱一个也不放过。人的头脑即使能力相同，也并不一定在判断方式和审美观上都相同。

以上是我的记忆为我再现塔西佗的大致情况，相当靠不住。一切大致的意见都不可靠，不完善。

九

论虚妄

也许没有什么箴言比这句说得更明确了，撰写便纯属徒劳。业已由神阐述得如此完美的东西[1]理应得到有识之士周密而持之以恒的思考。

谁看不出我走上了一条道路，而且世上只要墨、纸犹存，我会沿着此路走下去，不停顿也不劳累？我不能用自己的行动翔实记述我的生活：命运已将我的行动贬低到一文不值；我靠自己的思想记述。我曾见一位绅士只用自己肚子的活动通报自己的生活情况；你去他家可以见到按顺序陈列的管七八天的便盆。那便是他的论著、他的思考；别的什么都惹他厌恶。这里，在我的《随笔集》里，说文明些，便是一位老才子的粪便，时硬，时软，常年消化不良。狄奥迈德以同一个语法主题写了六千本书[2]，我又何

1　指《圣经·旧约·传道书》第一章第二节："传道者说：'虚空的虚空，虚空的虚空！凡事都是虚空。'"

2　此处根据法国政治经济学家让·博丹的回忆录，而博丹似乎混淆了狄奥迈德和语法学家狄狄姆，据说狄狄姆系六千卷的作者。

时才能描述完毕我的思想遇到无论什么问题都会发生的躁动和变化呢？在如此卷帙浩繁的语法书的压力之下，那些学语法的人口吃和开口讲话尚且感到累得窒息，喋喋不休又会产生什么结果？有多少为说而说的空话！啊，毕达哥拉斯，你为何不曾防止这场争论！[1]

有人指控古时的伽尔巴[2]游手好闲，他回答说，人应该做出解释的是自己的行为而不是自己的休闲。他错了：因为法庭对不工作的人也拥有审理权和惩戒权。

对无能而又无用的作家应该绳之以法，惩治游民与无所事事者正是如此。为此，有人可能会假人民之手对我和上百个别的人实行驱逐。这可不是开玩笑。粗制滥造的作品似乎是反常的世纪的一种症状。在我们身处乱世之前我们什么时候写作过？罗马人在帝国崩溃之前又在什么时候写作过那么多东西？在社会上，才智之士磨炼举止以图高雅，这并非锤炼理性以治理国家，除此之外，无事忙产生于人人在职务岗位上懈怠、苟且。促成本世纪堕落，我们人人都有个人的贡献：一些人献上背叛，另一些人献出不公正、不信教、专制、贪婪、残酷，献出什么取决于个人的权势；而无权无势的弱者则奉献蠢行、虚妄、懒散，我属此类。患难困扰我们之时似乎正是无聊趁机而兴之日。在作恶盛行的时代，光做无用之事倒仿佛值得称赞。令我自慰的是，我将属于最后一批必须被抓住的人。在他们准备对付最紧迫的案件时，我将

1　据说，毕达哥拉斯曾命他的学生两年或五年不说话。

2　伽尔巴（约前 3—69），罗马皇帝。只在位七个月，因严厉和刚直不阿而被禁军杀害。

有闲暇自我改正。因为在大弊端侵扰我们之时去追究微小弊端，这恐怕违反情理。菲洛提玛斯医生从一位请他包扎手指的人的面部和口中气味看出了肺溃疡症状[1]，他对病人说："我的朋友，此刻不是玩手指甲消遣的时候。"

几年前我也见过类似的事：某君——此人在我记忆里曾留下特别可敬的印象[2]——在跟当今一样内患频仍，既无法律也无法庭法官行使职权的时期，竟去颁布什么衣着、烹调、诉讼改革之类的毫无意义的法令。那都是些安抚陷入迷茫的老百姓的逗乐玩意儿，目的是说明人民并没有被彻底遗忘。另外一些人的所作所为也与他无异，他们姗姗来迟，拿腔拿调地坚决禁止跳舞和游戏，而百姓却因各种可憎的恶癖而变得无可救药。对正在发高烧的人来说，洗脸去污还不是时候。只有斯巴达人在即将奔赴他们生命的危险极点时才会梳理头发。[3]

至于我，我有另一个更坏的习惯，如果我把浅口皮鞋穿歪了，我就让我的衬衫和短披风也歪着：因为我不屑于半半拉拉纠正自己。我在心境不佳时反而喜欢跟自己过不去；绝望时我自暴自弃，自甘堕落，而且如俗话所说，灰心丧气；我顽固坚持使事情每况愈下，认为自己不值得再为自我多费苦心：要么全好，要么全坏。

1　此情节摘自普鲁塔克的作品《应如何听》。

2　蒙田所谈之人不知是米歇尔·德·洛彼塔尔还是波尔多最高法院主席，与他同时代的拉日巴尔。

3　此故事引自希罗多德的《历史》第七卷。列奥尼达系公元前四九〇至公元前四八〇年希腊城邦斯巴达的国王。在一次战役失败后，国王同三百士兵壮烈牺牲，死前士兵曾梳理头发。

国家惨遭蹂躏恰逢我溺于忧伤的年龄，这是天赐的恩典：我可以容忍我的坏处因此而有增无减，却不能忍受我的好处为此而受到干扰。我遭不幸时所说的话皆为气恼之言；我的勇气不仅不会屈服，倒会奋起。我与别人恰恰相反，我在幸运时比不幸时更虔信上帝，这么做的依据是色诺芬尼的箴言，尽管我并不遵循他的道理。[1] 比之向上苍索取，我更乐意为感激上苍而取悦上苍。身体状况颇佳时，我更注意强身，而身体已无健康可言时，我倒无心去着意恢复健康了。我从成功中接受训诫和教育，他人却从逆境和遭受的攻击中引出教训。仿佛顺境与良心不能并存，而只有逆境能造就好人。幸福偏能激励我稳重、谦逊。请求可以征服我，威胁却只会遭我严词拒绝；爱悦使我柔顺，恐惧使我强硬。

人间万象，其中一种生存状态却相当普遍：对与己无关之事的兴趣超过对本人私事的兴趣；人热衷于动，热衷于变。

> 我们喜欢白日
> 只因每个钟点都要更换马匹。[2]

我属此类。走另一极端的人自满自足，认为自己之所有高于一切，不承认有比他们见过的更美好的生存方式。如果说这类人不比我们思想深邃，他们却实实在在比我们更幸福。我不羡慕他们的智慧，但羡慕他们的好运。

1　根据普鲁塔克《论心灵的安宁》。

2　引自佩特罗尼乌斯。

这种贪新好奇的脾性大有利于在我身上孕育旅行的愿望，不过还有不少别的情况也助长这种愿望。我心甘情愿放弃治理家务。诚然，指挥别人有令人舒服之处，哪怕只在谷仓里发号施令呢；家里人对自己服服帖帖也很惬意，然而那种乐趣太千篇一律太缺乏生气。而且必然夹杂许多令人不快的思虑：时而是你的子民的贫困和抑郁，时而是邻里之间的口角，时而是别人对你家土地的侵犯，使你伤心；

或葡萄惨遭冰雹，
土地歉收，树木被水泡，
或干旱燎原，
冬季过分严寒；[1]

只需半年，使农庄总管满心欢喜的季节便会自天而降，季节对葡萄有利，但愿对牧场无害：

或太空的骄阳将牧草晒干，
或突发暴雨使其毁于一旦，
或霜冻及猛烈旋风将他们摧残。[2]

再加上那位古人拥有的造型美观的新皮鞋，那双弄伤了脚的

---

1 引自贺拉斯。
2 引自卢克莱修。

皮鞋[1]；还有，外人并不了解这种乐趣让你付出多少代价，为了维持你家井井有条的外观你又做了多大让步，也许你购买这样的乐趣价钱太昂贵了。

我家务缠身为时较晚，在我之前出生的人们为我代劳的时间很长。此前我早已养成了另一种习惯，那样的习惯更符合我的气质。不过，依我之见，家政乃是与其说困难不如说使人全神贯注的事务；会干别种事情的人干家务都能得心应手。倘若我谋求发财，我恐怕会认为这条道路将极为漫长：那我就该去为国王们效力，因为那种买卖的进益高于别的任何行当。根据我在有生之年既不宜干好事也不宜干坏事的特点，我只求谋得既不曾获取也不曾挥霍的美名，凡事过得去足矣，既然如此，谢天谢地，我可以管家，但并不特别专心。

万不得已时，可以减少花销，但千万别遭穷。为此，我在被迫受穷之前就在努力改造自己以求适应。在此期间，我在心里已做好了“满足于比自己拥有的更少”的足够的思想准备，我说“满足”时，心境是满意的。“衡量财富的尺度并非由收入的估价确定，而是由自己的生活习惯和需求确定。”[2]我的实际需求并未准确消耗我所拥有的财富，因此，命运侵害不了我的基本需求，也就对我无可奈何。

1　指普鲁塔克在《保尔·爱弥尔生平》第三章里讲的一个小故事：“一个罗马人休了妻之后，他的朋友们在责骂他时问他：‘你究竟挑剔她什么？她在肉体上难道不是好妻子？她难道不美丽？她不是给你养了漂亮的孩子吗？’此人伸出脚，把他的皮鞋指给朋友们看，回答说：‘这皮鞋难道不漂亮？鞋的制作难道欠佳？这不是一双新鞋吗？可是，你们当中谁也不知道这鞋在什么地方伤了我的脚。’”许多评论家认为，蒙田此话是针对他的妻子，他曾多次批评她太爱花钱。

2　引自西塞罗《悖论》。

我的参与无论多么不懂行，无论多么眼高手低，对我的家务仍然大有裨益。我做了努力，但并不心甘情愿。加之这一切都发生在家里，我自己在这边节约；那边却不省分文。[1]

旅行中唯一使我不快的是开支，庞大而且超出我的能力；我已习惯于旅行时随从不仅必要，还得像个样子，为此，我不得不大大缩短旅行时间，次数也大大减少，而且我在旅行中只花账外的钱和我个人的储蓄，因此我得视账外之钱何时出现而等待并推迟旅行。我不愿让外出散步的乐趣败坏我休息的乐趣，但我明白二者相辅相成。我这一生最大的习惯是活得懒懒散散，轻轻松松，从不忙于事务。在这方面命运之神帮了我的忙，免去了我增加财产以供养众多继承人的必要。我唯一的继承人[2]如不能满足于我已有的相当丰富的一切，她就活该遭殃！果真如此，她的轻率便不值得我再想为她挣得更多。按照佛西荣[3]的榜样，人人只应充足供养自己的儿女，之所以供养，是因为他们都酷似自己。我绝不会赞同克拉特斯所做的事。[4]他把自己的钱交给一个银行家，条件是：如果他的儿女是些傻瓜，可以把钱给他们；如果他们很机敏，就把钱分给百姓中头脑最简单的人，仿佛傻瓜因更不能缺钱便更善于使用财富似的。

何况在我尚有能力承担由我不在而引起的损失时，我似乎不

1　此处蒙田又指他的妻子。

2　蒙田的女儿大都夭亡，只剩莱奥诺尔存活。

3　故事引自科纳里乌斯·纳勃（公元前1世纪拉丁文传记作家）所著《佛西荣生平》。佛西荣拒绝菲利普赠给他本人和他的儿女的东西时说：“如果他们像我，我乡间的小笔财产足够他们取得成就了，就像这些财产足够助我成功一样；如不然，我可不愿意损害我自己而去助长他们腐化。”

4　根据第欧根尼·拉尔修所著《克拉特斯生平》。

值得为此损失而拒绝接受摆在面前的机会，以避免亲自操持那些费力的事。总会有什么零件歪歪斜斜。一会儿是这幢房屋的买卖，一会儿又是那幢房屋的买卖在折磨你。你了解什么事都太详尽，你的洞察力在此处对你有所损害，在别处也同样常常害你。我老躲开引我生气的场合而且不去了解进行得不顺利的事；不过，我还做不到在家里任何时候遇上任何使我不快的情况都不顶撞别人。别人对我隐瞒得最深的诈骗行为正是我最清楚的诈骗行为。因此，为了这些诈骗行为少让我们心烦，就得自动帮助别人隐瞒。无谓的刺伤，有时无谓，但永远是刺伤。最细微的妨碍最令人受不了。正如小字体更损害眼睛，更使眼睛疲劳，鸡毛蒜皮的事更惹人生气。[1] 多次微小的伤害比一次猛烈的伤害更得罪人，无论这一次伤害多么巨大。家庭荆棘愈茂密锐利，刺伤我们的程度愈剧烈，而且刺伤之前从不预示危险，总是趁我们不备而轻易进行突然袭击。

我非圣贤；伤害越重我的压力越大；形式上重，实质上也重，往往实质上的伤害更重。我比一般人更了解什么是伤害，所以我更有耐力。总之，如果说伤害不致刺痛我，却使我感到不快。生活是脆弱的，容易受到干扰。在我面向悲伤的那一刻，“假如他屈从于最初的冲动，任何人也无法抵挡”[2]。无论受到多么愚蠢的原因驱使，我都会刺激坏情绪，坏情绪获得养料之后便自动激化，吸取材料，积累材料以自我充实。

1　参见普鲁塔克《应如何抑制愤怒》。

2　引自塞涅卡《书简》十三。

滴水穿石。[1]

这惯常的滴水檐槽消耗着我。麻烦虽寻常却从不停留在表面。麻烦连绵不断而且无法补救，尤其当麻烦来自家庭成员时，总是连绵不断，难解难分。

我在远处将我的事务做粗略观察时，我发现——也许我的记忆不够准确——那些事截至此刻一直兴旺发达，超出我的公账和日记账上的记录。我的收益似乎比账上的多；账目上的成功让我一头雾水。但只要我深入事情的内部，只要我看清事务的所有细节，

我们的心便在各样忧虑之间备受煎熬。[2]

便有成百上千件事让我感到不尽如人意，让我害怕。甩手不干，这于我易如反掌；干而不费心血，却难而又难。待在所见的一切都让你牵肠挂肚的房子里多么可悲！住外边的房舍并使其更具野趣，这样的享受似乎更惬意。有人问第欧根尼哪种酒最好，他的回答正合我意："外人的。"[3]

我的父亲喜欢建设蒙田田庄，他是在这里出生的。在我管理家务的全过程中我都喜欢效法他并沿用他的规矩，我还要尽我所能让我的继承人致力于此。如能为父亲做得更好，我也在所不

1　引自卢克莱修。

2　引自维吉尔。

3　根据第欧根尼·拉尔修《第欧根尼生平》。

辞。他的意愿得以通过我而继续实施并发挥作用，我为此感到自豪。从今以后，但愿我不会让任何足以向慈父回报的生活图景在我手中黯然失色！我参与修缮某段旧墙，参与整理某间乱糟糟的房屋，这些事当然大多出于对他的意图的考虑，很少去想我自己是否满意。我还责怪自己懒散，没有立即使他在家里开了好头又遗留下来的事臻于完善，要知道我完全可能是这个家族最后的领地拥有人，是最后一个亲手建设蒙田田庄的人。就个人爱好而言，无论是建设的乐趣——虽然有人认为这种乐趣富于魅力，还是打猎、园艺或隐居生活的其他种种快乐，我都不能将其视作消遣。这是我责怪自己的地方，正如我责怪自己接受别的让我感到别扭的见解。我并不关心那些见解是否强劲有力，是否博大精深，我只希望它们听起来易懂并适用于生活。一切见解只要有用而令人愉快就必定真实而正确。

有些人一听见我谈到我在料理家务中的不足之处便悄悄对我说，那是因为我光考虑高深的学问，不屑于了解农具、农时、农序；不愿过问别人如何为我制酒，如何嫁接树木；也不想弄明白草木和水果的名称、形状以及我赖以生活的食品的烹调术，我穿着所需料子的名称和价格，这些人让我讨厌之至。这哪里是恭维我，这是胡说八道，荒谬绝伦。我宁愿当优秀的马厩总管也不愿当优秀的逻辑学家：

你为何不醉心于有益的事，

用柳条或软灯芯草编篮子？[1]

我们思考一般的问题，普遍的起因和宇宙活动的方式——没有我们宇宙照样有序活动，那是在束缚我们的思想；而我们却把我们自己的具体情况和米歇尔[2]抛到脑后，其实与抽象的人相比，具体情况和米歇尔倒与我们联系更为紧密。尽管目前我常住家里，但我多么希望住家里比住别处快活！

愿这是我安度晚年之乡，
愿这是我结束海陆漂泊的困乏，
结束我戎马生涯劳顿的地方。[3]

我不知道我是否能坚持到底。我但愿父亲别留给我其他什么遗产，只需把他晚年对家务的酷爱传给我就够了。压缩自己的需求而量入为出，并善于从自己所拥有的一切中找到乐趣，这乃是一种幸福。倘若我能有一次像他那样对家务兴趣盎然，政治哲学家们指责我做这些事低俗枯燥便会枉费口舌。我赞同这样的意见，即最光荣的职业是为公众服务，为众多的人做有益之事。“只有同最亲密的友人分享，我们才能最全面享受天才、德操和一切优越性产生的成果。”[4]至于我，我与此相距甚远：一方面是出于良心的顾忌（因为我凭良心认为有些职业分量太重，而我却

1　引自维吉尔。
2　指蒙田本人。
3　引自贺拉斯。
4　引自西塞罗《论友谊》。

鲜有对付的办法，何况连柏拉图这位一切政治统治的创造大师也同样不涉足其间），另一方面是出于怯懦。我满足于不慌不忙享受人生，只求过一种可以得到宽恕的生活，这样的生活既不使自己不悦，也不使别人不悦。

倘若有一位第三者为我理家，世上便永远不会有人比我更全面依赖于他。我此刻的愿望之一也许是找一个女婿，这女婿必须善于使我在晚年过得宽裕、舒适、无忧无虑。我可以把我财产的管理和使用权全部托付给他，让他有权像我亲自处置一样处置我的财产，他最好比我理财更胜一筹，只要他对这一切有真诚的朋友式的感激之情。可是我在说些什么？我们生活在一个连亲生儿女的忠诚都感受不到的世界！

在旅行中谁管我的钱袋都跟自己拥有钱袋一样不受监督，因此在结账时他便可以欺骗我。只要他不是魔鬼，我都可以用我听其自然的绝对信任迫使他好自为之。“许多人出于害怕受骗而教人背叛，出于怀疑而首肯失误。”[1]对我家用人可靠性的最通常的担保是我对他们的错误一无所知。我只在亲眼看见坏事之后才推定是谁干的坏事，而且我对年轻人更为信任，我认为他们更少受坏榜样的腐蚀。比之每天晚上听他们唠叨说我花了三个、五个、七个埃居，我更乐意在两个月之后听他们说我花了四百埃居。按此种办法行事，我遭这种类型的偷窃并不比别的受害人多。的确，我这是在促进无知：有时，我有意识让自己对银钱状况的了解处于混乱和不确定状态，到一定的程度，我就会为可以怀疑而

1　引自塞涅卡《书简》三。

感到满意了。必须给你随身仆役的不忠实或不谨慎留一点余地。只要剩下的大体上够我们达到目的，便可听任他去大手大脚摆布我们的钱财，那不过是拾穗者的一小份而已。总而言之，我既不特别赏识我家仆役的忠实，对他们的错误造成的损失我也不屑一顾。啊，千琢万磨自己的银钱，乐滋滋抚弄银钱，掂了又掂，数了又数，那是怎样讨厌的蠢行！悭吝正是从这里扩大它的地盘。

我理财凡十八载，既未在财产证书上，也未在主要事务中获得进展[1]，因为这些事必须通过我的学识和精心照料才有可能长进。这并非对临时性的世俗之事冷静的蔑视，我没有如此高雅的趣味，也并非我低估此类事务的价值，而实在是无可原宥大而化之的懒惰和疏忽使然。只要不看契约，只要不去抖那些无聊文件——通过那些文件我成了生意的奴仆——的灰尘，我什么事不愿干？操心和辛苦是唯一使我付出高昂代价的事，我但求随遇而安，漫不经心。

我认为我过去更适合跟着另一个人，分享他的命运，条件是有可能既不为此承担义务也不奴颜婢膝。因此，仔细考虑起来，我真不知道按我的性情和命运，我为生意、为下人奴仆而忍受的痛苦，其下贱难堪和令我恼怒的苦涩程度是否比当某个比我出身高贵之人的随员所感受的下贱难堪和恼怒更有过之而无不及，跟随那样的人也许倒不那么拘束。“奴役是怯懦、卑下、毫无个人意志之人的被征服状态。”[2]克拉特斯做得更过火，为了摆脱平庸偏狭和对家庭的牵肠挂肚，他干脆投身贫困以图自由自在。我不

1　从这里可以证明《随笔集》于一五八六年问世，因为蒙田的父亲于一五六八年去世。

2　引自西塞罗《悖论》。

会如此行事（我既厌恶贫困也厌恶痛苦），但我愿意改变生活，使生活中少些风光，少些牵肠挂肚。

我一离家便摆脱了这一切思虑，那时即使一座塔倒下来我也不会像现在一样连掉下一片瓦都要考虑再三。远离家园时我容易厘清心绪，但像眼下一样待在家里时我忧心忡忡不下于葡萄种植人。马缰绳歪了，马镫皮带打了我的腿，我会为此心烦一整天。我培养自己的心对付麻烦较为成功，但未能训练好我的眼睛。

感觉！啊，天帝！感觉！[1]

在家里，我是一切不妙之事的责任人。很少有一家之主（我是指像我家一样的中产之家，假如有这样的一家之主，他们便比我幸福）能像我一样信赖一位副手从而不必承担大部分差事。在待客方式上这自然会失去一些我个人的特点（我有时能留住一些客人，不过与其说靠我家迎宾的雅趣，不如说像一些讨厌之人那样靠家里的烹调），同时也使我失去不少高朋满座的乐趣。有一位绅士在家接待客人时，最愚蠢的表现在于谁都会看见他在忙忙碌碌组织下人服务，一边在这个仆人耳边说话，一边用眼睛吓唬另一个仆人：其实，这个过程原该进行得平平常常，神不知鬼不觉。有人对客人谈起招待周与不周时半是辩解半是吹嘘，我认为这很恶劣。我爱秩序和整洁，

1　拉丁文引语，出处不明。

杯盘反映

我个人的形象，[1]

同样重视丰盛；在我家，我考虑的是准确的需要而非炫耀。仆人如去别家打架，如有一盘菜打翻了，你不过笑笑而已。你还在睡觉时，先生正同膳食总管一道收拾家什准备明天款待你呢。

我说这些只根据我个人的情况，不过一般说，照样可以认为，保证一个安宁、昌盛、治理有方的家庭的运行对一些人是怎样一种甜蜜的消遣。我并不想把我个人的错误和缺点同这些事联在一起，也不想否定柏拉图的话，他认为人只要公正地干自己的事便最成功地利用了时间。

旅行时我只需考虑我自己，考虑如何用钱：一条箴言便可解决问题。要攒钱，必须有太多的本事，我因此一窍不通。花钱方面我略知一二，并用以指导我的开支，实际上开支是钱的主要用途。然而对此如要求过奢，我的开支反而会不平衡不正常，而且无论节约或挥霍都毫无节制。开支一露头，只要觉得有用，我便冒冒失失开支下去，如开支不恰当不顺利了，我紧缩起来也冒冒失失。

无论谁人为地或自然地将我们的生活状况与别人的意见联系在一起，这对我们都弊多利少。为了给公众舆论造成假象，我们会无视我们自己的利益。我们自身实际情况如何倒与我们的关系不大，而公众对我们的看法如何却至关重要。在我们看来，精神财富本身和我们的智慧，如果只由我们个人享用而不在外界露面

1　引自贺拉斯。

并得到赏识，便宛若无果之花。有些人的黄金在地表之下沸腾流淌，外人难以觉察；另一些人却把黄金拉成叶片和叶板，因此一些人的铜板与埃居同值，另一些人却恰恰相反，因为社会是根据外表估计开支和价值的。对财富过分细心的关注透着悭吝；对财富的管理本身以及过分有序的和人为的大方亦复如是：不值得如此费劲地关怀和操心财富。谁想正确花钱，谁就花得小心翼翼，拘拘束束。存钱或花钱都无关紧要，它们是否具有好和坏的特色取决于我们如何实现自己的意愿。

促使我去远处走动的另一个原因是我同我国当前的世风格格不入。从公众利益着眼，我对国内道德败坏的忧虑也许容易得到缓解。

> 在比铁器时代更坏的世纪，
> 连大自然本身都找不出名称和材料
> 给世纪的罪恶下定义。[1]

但从我个人利益的角度，不行。我对这一切太难以忍受。因为在我的周围，我们目前正陷在一个无法控制局面的国家，一个

> 正邪难分[2]

的国家，事实上这样的局面能延续下去都是奇迹。

1　引自尤维纳利斯。

2　引自维吉尔。

大家耕地却全副武装，
时刻快活着：以掠夺为生，
不断地去抢。[1]

其实我从我们的例子可以看出，社会上人人都不惜代价互相依存，互相拼凑。无论将他们放在什么位置，他们都会动来动去，挤来挤去，压来压去，互相调整，就像连接欠佳的物体被胡乱放进口袋之后，它们会自动找出办法互相衔接，各自找到位置，往往比人工安排更为合适。马其顿的腓力国王找了一大批他能找到的最邪恶最不可救药的人，让他们全部住进他命人为这些人建造的城市，这城市就因他们而命名为“恶人城”。[2]我认为这些人以恶行本身建立了他们自己的政治制度和一个对他们合适的正规社会。

我看见的不是一种、三种或一百种行为，而是成为习俗的、谁都能接受的行为方式，这种行为方式是如此之畸形——在不人道不忠实方面尤为畸形，而我认为不人道不忠实乃恶行之最——因此我一想到这些行为方式便没有勇气不感到憎恶；而且我对它们的惊异程度几乎与憎恨程度相同。这种显著的恶的练习标志着魄力和某种精神力量，也标志着同等分量的错乱和谬误。必要性组成人群，聚合人群。偶然的拼凑随后便成为法律，其中有些法律是人类思想所能产生的最残酷的法律，而那些法律却与柏拉图

1　引自维吉尔。

2　根据普鲁塔克的回忆录《论好奇》。

以及亚里士多德制定的法律同样健在而且同样长寿。

其实，所有关于政体的由人脑虚构的描述都是荒谬可笑的，而且不可能付诸实施。那些关于社会最佳形式以及最易束缚我们的规章制度的长期大争论都只适于锻炼我们的头脑；同样，所谓“自由艺术”[1]上有许多主题其本质也在于吵闹和争论，除此之外便毫无生气。对政体的那种描绘可能适用于某个新世界，然而我们谈的是业已定位在一种类型的社会中的，业已养成某些习惯的人群，我们不能像庇拉或伽德缪一样使大地重新产生人。[2]无论我们有权用什么方法纠正人们的错误，使他们重新规矩起来，我们总不能打破我们绝不能打破的习惯再造他们。有人问索隆他是否给雅典人制定了他所能制定的最好的法律。“是的，”他回答说，“我起码制定了他们可能接受的最好的法律。”[3]

瓦罗也以这样的方式辩解说：“如果他写宗教文章时能够写宗教诞生时期的宗教，他会说出他心里想的东西，然而宗教既已形成而且已被认可，他只好更多按习惯更少按自然说话。”[4]

不必靠主张，事实上各个民族最优秀的政体乃是该民族能够赖以生存而且已经生存下来的政体。政体的根本形式和根本效用取决于它的实用习惯。我们自然不喜欢目前的状况，然而我认为，希望在人民做主的国家由少数人发号施令，或在君主专制国

1 “自由艺术”包括修辞学、哲学等，此处还指语法、算术、音乐、几何学、天文学。

2 指德卡里昂和庇拉的神话故事。他们在洪水之后把石头和乘阿尔戈船寻觅金羊毛的英雄们撒在伽德缪撒了龙牙的地方，于是龙牙变成了军团，地上也重新有了人。

3 故事摘自普鲁塔克《索隆传》。

4 据奥古斯丁《上帝之城》。瓦罗（公元前116—前27），古罗马、作家学者，著有《论农业》《拉丁语论》等。

家实行另一种政体，那都是严重错误，是荒唐。

照国家的原样爱国家吧：
是王国，就爱君主政体；
无论少数人统治，或共同管辖
都必爱，因是上帝创造了它。[1]

善良的德·庞布拉克先生就是这样谈政体的，我们不久前失去了这位人格高尚、见解正确、作风温和的精英，他的逝世，加上保尔·德·富瓦先生[2]的同时亡故，给我们王国带来了重大损失。我不知道在法国是否还有哪两位人士给国王们出主意能在诚恳和充分上替代这两位加斯科尼人。他们是各具异彩的精英，当然，就本世纪而言，是表现形式不同的罕见的卓越人物。那么是谁把他们安排在我们这样的时代，使他们与当前的腐败和战争风云如此格格不入？

没有什么东西能像革新那样使一个国家不堪重负：唯有变革会形成不公正和暴虐。什么东西散架了，人还可以去支撑：我们可以抗争，使一切事物的天然变质和腐败不致让我们离开我们的基础和根本原则太远。然而着手重铸这样的庞然大物并从根基上改变如此高大的建筑，这是让清洗污垢的人抛弃弄脏的东西，让

1　此四行诗摘自德·庞布拉克先生的诗集《庞布拉克大人的四行诗》。诗集包括箴言和对人们生活颇富教益的训谕。

2　保尔·德·富瓦（1528—1584），曾于一五七〇年得到蒙田题赠的拉博埃西诗集。作为国王的私人顾问，他以思想宽容而著称。德·庞布拉克也曾任亨利三世的顾问，并陪国王去波兰，在波兰任大使。当时两位都有极佳口碑。

想改掉个别错误的人引起普遍的混乱，让想治病的人导致死亡，“不大希望改变政府却更愿意摧毁政府”[1]。社会已无力自我痊愈；它对逼迫它的一切如此之不耐烦，便只图摆脱那一切而不顾及为此付出的代价。成百上千的先例使我们看到，社会的痊愈通常会使社会做出牺牲。清除当前的疾患如果总体上不改善生存状况，那不算痊愈。

外科医生的目的并非使坏肉死亡，使坏肉死亡只是治疗的一个阶段。外科医生看得更远，他不仅希望在原处长出新肉，而且要让患病的肢体恢复到它应有的状态。谁只想清除折磨他的东西，一定达不到目的，因为不一定是好的接替坏的，可能会有别的病痛接踵而来，而且更严重，就像谋杀恺撒的人遇到的情况[2]，他们使国家陷入那样混乱的境地，到头来必定后悔参与了谋杀的事。此后许多人都有同样的遭遇，直到近几个世纪。与我同时代的法国人非常清楚该如何思考这些问题。所有大的变动都会动摇国家并使国家陷入混乱。

谁直接以治愈国家为追求目标并在着手行动之前进行思考，他会发现自己参与的热情在逐渐冷却。帕库维尤斯·卡拉维尤斯曾以显著的范例纠正了这种办法的弊端。[3]他的同胞曾揭竿而起反对他们的统治者。他，一位卡普瓦城有权有势的大人物，有一天想出了一个办法：他把元老院的议员们全部关进宫里，随后

1　引自西塞罗。

2　在击败对手之后，恺撒以君主身份统治罗马，但元老院的贵族阴谋反对他，后在元老院会议上将他杀害。临死前他对谋害他的养子布鲁图说：“也有你，我的儿子！”此处指杀害恺撒的布鲁图和卡西乌。

3　根据李维《罗马史》。

去广场召集百姓，对他们说，他们向长期压迫他们的暴君们复仇的日子到了，他们可以毫无顾忌地报仇，现在只有手无寸铁的暴君们在那里任他们处置。大家同意抽签让议员们一个接一个走出来，每个人都单独接受命令。对被宣布死刑的人可以立即执行，条件是他们得立即提出一个好人的名字以代替判处死刑的人，以免职位空缺。人们刚听见一个议员的名字便不满声四起，并群起而攻之。“我明白，”帕库维尤斯说，“必须撤掉这个人：他是恶人。让我们换个好人吧。”紧接着是一片静默，所有的人都感到难以选择；谁放肆说出自己心目中的人，一出口，拒绝的声浪便压过他的声音，短处不胜枚举，正好是摒弃他的理由。互相矛盾的情绪激烈起来了，提出的第二个议员情况更不妙，第三个亦复如是。选择中，为罢免旧议员和选举新议员，争吵不休与齐齐拒绝同时进行。在一片混乱之下白白劳累多时之后，大家开始东一个西一个逐渐逃离集会，人人在心里都果断判定，老的熟悉的坏处永远比近的未经历过的坏处更易于忍受。

我看见我们自己已心神不安到可怜巴巴的程度，瞧瞧我们什么没有干过？

> 唉！我们的伤疤，我们的罪过，
> 我们的骨肉相残使我们蒙受耻辱，
> 我们这野蛮的一代可曾在什么残暴面前却步？
> 什么样的大逆不道我们不曾犯过？
> 对神的恐惧可曾约束我们青年的亵渎？

哪个祭坛曾经幸免过？[1]

我不准备马上对我之所述加以概括：

即使萨吕丝仙女自己愿意，

她也未必能拯救这个家庭。[2]

不过我们也许还没有处在我们时代的末期。各个国家的继续存在看来似乎是超出我们理解力的事。正如柏拉图所说，宪政政体的国家乃是强有力的难以废除的事物。[3]它往往能战胜体内的致命疾患，战胜不公正法律造成的损害，战胜暴虐，战胜领袖们的放肆和愚昧，战胜百姓的放纵和叛乱而生存下去。

在命运安排的无论什么样的处境之中，我们都爱往上比，爱往更走运的人身上看。我们可以往下比比：再不幸的人也绝不会找不出成百上千个例子聊以自慰。我们更喜往后看而不喜往前看，此乃大弊。[4]索隆说："如有人将一切痛苦堆积起来，谁也不肯把属于自己的痛苦取走，都宁愿将痛苦进行合理分摊，同时取走自己的分摊份额。"[5]我们的国家不健康吗？然而病势尤笃的国家却并没有死亡。众神利用我们打球玩，他们变着法儿将我们抛来抛去：

---

1 引自贺拉斯。

2 引自泰伦提乌斯。

3 根据柏拉图《理想国》第八卷。

4 根据塞涅卡《书简》七十三。

5 根据普鲁塔克《阿波隆尼乌斯的慰藉》。书中的索隆应该是苏格拉底。

众神利用人有如利用球。[1]

众星辰注定将罗马帝国视为他们在此领域能够树立的典范。罗马帝国自身囊括了国家的一切可能的形态和足以影响一个国家的所有盛衰变迁，囊括了秩序和动乱、幸福和不幸可能在那里产生的一切。眼见罗马帝国遭受的动荡和骚乱，谁还会对自己的状况感到绝望？假若统治疆域说明一个国家的健康状况（我不赞同此说法，我喜欢伊索克拉底，他教育尼哥克拉斯不要羡慕统治幅员广阔的王公，而应羡慕善于保住到手的统治疆域的王公）[2]，那么罗马帝国便只在它最病弱之时才健康。它最走运之时正是它处于最坏形态之日。在最初几位皇帝统治时期，罗马帝国的施政图景几乎难以被人认可，那是人们所能设想的最可憎最严重的混乱局面。然而这个国家熬过了那样的混乱，维持下来了，不仅在它的边界以内保持了严密的专制统治，而且保住了情况各异的极遥远的国家，那些国家对罗马并不忠诚，控制也极无序，因为它们都是以非正义方式被征服的；

命运之神
不托付任何国家
去虐待主宰陆地海洋的人民。[3]

1 引自普劳图斯《俘虏》序幕。

2 引自伊索克拉底《对尼哥克拉斯的讲话》。

3 引自卢卡努《法萨罗之战》歌一。法萨罗是塞萨利亚中部的一个城市，是公元前四八年恺撒战胜庞培的地方。

并非所有动摇的东西都会倒塌。支撑如此庞大实体结构的并不只是一个钉子。这个实体仅凭它的古老也能支撑下去，有如一幢古老的建筑，年代久远已使它基石下陷，它既无坚硬的外壳也无连接物，但仅靠自身的重量还能支撑着存在下去，

已不是坚实的根支撑着它，
是它本身的重量将它固定在地下。[1]

此外，要判断一座堡垒的牢固性，只侦察其侧堤和壕沟并非最佳办法，还必须弄清人可能从哪里进去，袭击者的情况如何。因自身的重量而非因外界的暴力导致沉没的战舰为数极少。不过我们还是到处看看吧，我们周围的一切都在坍塌！看看所有的大国，无论是基督教国家抑或我们熟悉的别的国家：你会发现变动和毁灭在明显威胁着它们：

它们也有自己的残缺
正受到同样的风暴威胁。[2]

占星家们以巧妙的手法提醒我们，说不久要发生大灾难大变动；他们的卜卦看得见摸得着，干这样的事并不需要飞升到天上。

1　引自卢卡努。
2　引自维吉尔《埃涅阿斯纪》歌十一。

我们不仅可以从这些相同而又普遍的灾难和威胁中得到安慰，而且可以从中看到我们国家存在下去的希望，因为在一切都在坍塌的地方自然什么也不会坍塌。普遍的疾病意味着个别的健康；一致性是一种存在方式，它永远与解体性对立。我个人不仅不会因为这样的形势陷入绝望，而且似乎从中看到了我们的自救之路；

也许某神祇回心转意
让事情回归往昔。[1]

不知上帝是否希望让我们的王国出现类似身体历经严重疾患而状况更佳的局面？因为疾病净化身体之后还给身体的健康比它们夺走的健康更为彻底，更加明显。

最使我不安的，是在分析我们疾病的症状时，我看见自然的、天生的、纯属本身的症状与人为的失常和蠢行造成的症状数量相同。仿佛众星辰自己正在做出决定，认为我们已经比常规的期限活得更长。下面的事也使我不安：威胁我们的最直接的疾患并非结实完整的肌体内部的逐渐衰退，而是肌体本身的解体和散架，这是我们最害怕的。

我还得说：在这些胡思乱想里，我还怕我的记忆力不听我使唤，怕记忆力出于疏忽而让我把同一件事写上两次。[2] 我讨厌在文章里再次认出自己，我炒冷饭向来是违心的。不过我在此书里谈

1　引自贺拉斯。

2　在一五八八年之后蒙田很注意避免重复说一件事。他曾着意叮嘱印书人在必要时删去重复的话。“如果发现同样意义的事出现两遍，请他删去他认为比较无用的那部分。”

的都是我新总结的心得。都是些一般的见解：也许反复思考一百次之后，我又害怕我早就在我的作品里阐述过了。炒冷饭在任何地方都是令人厌恶的，哪怕是在荷马的作品里，而在那些表现肤浅昙花一现的东西里，炒冷饭却是毁灭性的。我不喜欢反复灌输，哪怕是有用的事物，塞涅卡就有此类表现；他那斯多葛派的坚忍习惯也令我不快，他对每个问题都要从各个方面反复详尽讲述一般的原则和前提，而且一再引证常见通用的论据和理由。

我的记忆力一天比一天恶化，令我痛苦。

仿佛我口干舌燥

饮用了忘川河[1]水催我睡觉。[2]

今后（因为，谢天谢地，直到此刻还未发生这样的错误）我不会像别人一样寻找时间和机会先考虑自己需要说的话，我必须避免做这种自我准备，我害怕把自己束缚于某种我不得不服从的义务。身负义务会引我走入歧途，何况我依靠的又是如此差劲的工具——我的记忆力。

我每次阅读那本历史书[3]都会生气，那是一种天生的固有的不满情绪：林塞斯泰斯被控阴谋反对亚历山大，在他按习惯被带到军队戒备森严的场地发表自己的辩护演说那天，他脑子里早已准备好了长篇大论，但他说话时犹犹豫豫结结巴巴，只说了几句

1 忘川河即地狱之河，亡灵饮用之后便忘记过去。

2 引自贺拉斯。

3 指昆图斯-库提乌斯的《亚历山大大帝传》。此书文字极佳，但想象多于史实。

话。他越来越发慌，同时又拼命同他的记忆力抗争，便翻来覆去说着同样的话。离他最近的士兵以为他已承认罪行，便冲过去几梭镖杀死了他。他的困惑和他的沉默被他们看成认罪：因为在监狱里他应该有足够的时间做思想准备。在他们看来，他缺少的不是记忆力，是他的愧疚之心束缚了他的舌头，使他失去了说话的力量。他们的推理真不错！地点原本使人惊吓，还有在场的人，等待的时间，当时他无非想讲得精彩些。在一次演讲的后果关系一个人的生命时，人又能做些什么？

对我来说，如果我必须讲的事情束缚我，这本身就促使我把要讲的话忘得一干二净。当我完全信赖我的记忆力时，我依附于它的牢固程度会使它精疲力竭：因为它不堪重负。我越依靠记忆力就越爱发脾气，发到需要检验我的自制能力的程度。有一天，我发现自己在为隐瞒这种束缚我的奴性而忧虑，当时我在言语间有意表现出严重的无精打采和意外的、事先毫无准备的冲动，这种冲动仿佛因临时的情况突然产生。既喜欢说一些不着边际的话，又喜欢显出早有准备讲得精彩的样子，这种做法极不恰当，尤其对我这种职业的人，而且这也太束缚人，不可能坚持下去：事先做准备，会让人抱过大的希望，而且是自己实现不了的希望。人们往往愚蠢地穿紧身上衣冲锋，结果还不如披羊毛披肩冲得快。[1]“引人过分期望于己乃欲悦人者之大忌。”[2]

根据雄辩家库里荣留下的文字记录，当他陈述他的演说提

---

1 引自卡斯提格里奥纳（1478—1529）的《侍臣》。羊毛披肩系罗马士兵穿在紧身上衣外面的宽袖披风。

2 引自西塞罗《论柏拉图学说》。

纲，把演说分成三类或四类，或按论据的数目分类时，他往往忘记某个论据，或额外加上一两个论据。[1]我一向提防自己陷入这种不愉快的境地。我不喜欢许诺别人什么，也不喜欢事先陈述计划；不仅因为我不信任我的记忆力，还因为这种行为方式太像在作假。“士兵更需要朴实无华。”[2]从今以后我决定拒绝在重大场合讲话的差事，因为照稿讲话不仅可怕，而且对本来就有演讲天才的人极为不利。我更不会听凭自己受临场发挥的摆布：我的迟钝不允许我当场发挥，即使发挥也一定讲得混乱不堪，因为当场发挥根本不可能应付突如其来的重大需求。

请读者再让这第三次尝试，这第三次外延流传出去，这是描写我本人那几部分的余篇。我可以加进一些，但不再修改了。首先，我认为业已向外界交出过作品的人可能已无权修改自己的作品，这很合理。如有可能，他可以去别处讲得更精彩，但他最好别败坏已卖出去的作品。在这类人士去世之前可别买他们的任何东西。但愿他们在出版之前多多斟酌自己之所写。谁催他们啦？

我的书永远浑然一体。如有人准备继续出版以便买主不空手而去，我便冒昧给书加上某些额外的装饰（因为那无非是一个拼合得不好的镶嵌艺术品）。那不过是超重现象，绝不说明初版错了，只不过以略显浮夸的难以捉摸的东西给每个后来的版本增添某种独特的价值。不过由此很容易产生编年顺序颠倒的情况，因为我的故事皆随机遇而发生，并非都按年代。

1　根据西塞罗《愚钝者》。

2　根据坎提利安《演讲法规》。坎提利安是公元一世纪的拉丁语雄辩术教师，在著作里反对同代人的华丽辞藻和塞涅卡的雕琢风格。

我不做修改的第二个原因是，在我这方面，我唯恐我的书在改变过程中质量受到影响。我的智力并非一往无前，它也倒退。在第二版和第三版中我对自己思想活动之不信任并不下于初版，或者说，我在当前版中对自己思想活动的不信任并不下于过去几版。我们修改自己的东西往往跟修改别人的东西一般笨拙。我的首批作品在一五八〇年出版。在很长一段时间过去之后，我已经老了，但我的聪明才智确实没有长进一寸。此刻的我和前不久的我的确判若两人，但什么时候的我更好？我说不出所以然。倘若人能越老越自我改善，衰老就会使人高兴。而衰老的进程却像醉鬼一般摇摇晃晃，晕晕乎乎，笨重难看，或像白藤一般随意任风弯来弯去。

安提奥库斯[1]撰文有力支持柏拉图学园；到晚年他又有了别的主意。我无论遵循他哪个主意，不都是跟随安提奥库斯吗？质疑之后又想肯定人类公论，这岂非光质疑而不肯定？允诺如果他再活一世，他也会时刻变化观点，这新变化与老变化有所不同，但并不比老的好。

公众的喜爱给予我的勇气超出我的期待，然而我最害怕的是自我陶醉；我宁可刺伤人而不愿使人腻烦，如我同代的某学者之所为。恭维永远讨人喜欢，无论是谁恭维，无论为什么恭维皆讨人喜欢；不过，为了恰到好处地接受恭维，有必要弄清恭维的缘由。连缺点本身都有办法出名。庸俗低劣的好评一遇到对比就处境不妙；当今，如果最恶劣的著作并非受大众时髦潮流青睐之

1　安提奥库斯，古希腊哲学家。

作，算我看法错误。有些杰出人士从好的方面看待我的拙笔，我当然感谢他们。方式方法的错误不可能出现在本身就毫无优点可言的方面。请读者别抱怨我，我的错处避过耳目靠的是别人的突发奇想或疏忽；每一只手，每一个工人都在为这些错处凑份子。我不参与纠正拼写错误，我只要求他们按原拼写法印刷[1]，我也不插手标点符号：因为我并非这两方面的行家里手。他们即使在某个地方使意义支离破碎，我也不会为此太伤脑筋，因为他们毕竟使我卸去了责任。但他们如以什么伪义代替原有的意义（他们经常如此行事），从而逼我转向他们的设想，那就是在伤害我。不过，当他们的思想无法与我的思想匹敌时，聪明人便会舍彼而取此。谁了解我多么不勤劳，我怎样天生我行我素，便不难相信我宁愿重新口述同样多的随笔也不愿屈从那些人，不愿为那些幼稚的改动而当他们的尾巴。

我刚说过，我既已植根在这种新金属时代矿石的最深层，就不仅不可能与习惯不同意见不同之人过从甚密（那些人因意气相投而打得火热，而且不与圈外之人抱团），而且跻身于一切听其自然的人们当中也并非毫无危险；今后此类人士大多数不会在司法上使事情严重化，但由此又会产生极度的放纵。将所有与我有关的特殊情况算在内，我也找不出自己人当中有谁为保护法律——用无益即损这句公证人帮办的话——比我花更大的代价。而且，如加以正确比较，比我做得少的人倒靠他们（自认在斗争

1　在十六世纪，捍卫传统拼写法的人同拥护按语音拼写的人十分对立。无论梅格莱和安东尼·巴以夫多么努力，传统拼写法仍然胜利了。蒙田对此并非漠不关心，因为他在波尔多版样本书名页的背面曾指示“按原拼写法”，而他个人却早已按语音拼写法写字了。

中）的热烈和尖锐充了好汉。

由于我家不分时刻出入自由，对所有的人敞开大门，而且十分殷勤（因为我拒绝别人引诱我，把我家变成战争的工具[1]；战争离我家越远，我越乐意参与），我家受人喜爱当之无愧；甚至指责我的事都很难见到，因此，在国内长期动荡，附近地区风云变幻的年代，我家并未惨遭洗劫，这应当说是件令人赞叹的事，是典范。说实在的，像我这样气质的人完全有可能逃脱再三重复出现的危险状况，无论那是什么样的状况；然而在我周围，有害事物的侵扰，命运的无常和人间的沧桑至今不仅没有使国人的恶劣情绪得到平息，而且还在进一步激化，我因而也受到难以克服的危险和困难一再的冲击。我在逃避，但使我不快的是，我逃避这些靠的是命运，甚至是我的智慧和谨慎，而不是司法机关。我并不乐意处于法律的保护之外，也不愿得到别的什么保障而得不到法律的保障。事情就是如此，我的生存大半靠别人的恩惠，这是令人难堪的欠情。我既不愿把我的安全归功于大人物的仁慈和宽容——尽管他们承认我的政治权利和自由——也不愿归功于我的前辈和我自己的平易近人。假如我是另一个人，又会怎样？我的行为和我坦率的谈吐一旦使我的邻里或亲戚感到欠了我的情，他们对我的生活不闻不问就算还了情，他们如能这么说也算还了情（这岂不残酷！）：“我们抛弃而且毁了周围所有的教堂，所以我们大家给他自由，让他继续在他家的小教堂为神服务；他在必要时保住了我们的妻子和耕牛，所以我们给了他一条命，而且允许

1　蒙田曾避免在自己的城堡周围筑防御工事，也不让人守卫家门。

他使用他的财产。”[1] 在家里，我们长期受到为同乡当钱财总保管的李库格·阿特尼安受到过的那种赞扬。[2]

我认为必须靠权利与国家的权威而不是靠犒赏和恩赐生活。多少重视荣誉的人宁愿丧失生命也不放弃职责！我尽量避免屈从于任何职责，尤其不屈从于以光荣义务束缚我的职责。我认为别人给我的东西以及我以感激的名义抵押意志而得到的东西比任何东西都昂贵。我更愿意接受可以出卖的效劳。这不难理解：为可出卖的效劳我只付钱，为别种效劳我得付出我自己。用诚信礼仪捆住我的结比用法律强制捆住我的结更沉重，更困扰我。公证人束缚我比我自己束缚自己还仁慈些。对别人单凭我的良心而相信的事，我的良心更受约束，这岂非顺理成章？对别的事我的信义倒不欠别人什么，因为没有人赋予它什么；但愿大家靠信用和保证而别靠我本人行事。我宁愿打破墙壁和法律构筑的桎梏也不愿打破我的诺言的桎梏。我对言而有信这类事挑剔到迷信的程度，我许诺任何事情都故意说得不肯定并附加条件。对毫无分量的许诺我也要以生怕不符准则的心情赋予分量；我的准则使我忍受痛苦，而且以它本身的严格要求增加我的负担。是的，哪怕是我个人的毫无约束力的事，只要我谈出了要点，我似乎就给自己定下了规矩，让别人了解此要点也似乎给别人预先做了规定；我说了什么仿佛就许诺了什么。为此，我很少泄露自己的主张。

我对自己做出的判决比法官的判决更为严厉，更难以忍受；

1　在强盗侵扰乡里时，蒙田在他的城堡里保护过农民。

2　根据普鲁塔克《十个演说家生平》。

法官只从一般职责的层面考虑我的问题，我良心的压抑感却更强烈更严酷。对别人勉强我而非我自愿尽的义务，我总疲疲沓沓。“只有自愿的行动才是最正确的行动。”[1]行动若不闪耀自由之光，此行动绝无优美体面可言。

很难让我心甘情愿做法律勉强我做的事。[2]

必要性强拖我走到哪里，我就愿在哪里意志消沉，“因为，在强权逼出来的事情里，人们感谢下命令的人胜过感谢服从命令的人”[3]。我认识一些人，他们遵循此种行为方式到了不公平的程度：与其说他们在归还，不如说他们在赐予；与其说他们在支付，不如说他们在借出；他们对他们应当尽义务的人做好事反而省钱省力。我尚未做到这一步，但已接近这一步了。

我那么愿意解除义务，还清我所欠的人情债，有时竟把一些人对我的忘恩负义、冒犯和侮辱也视为有利。对那些人，或出于亲属关系，或出于偶然情况，我都欠过友情；我把他们的错误当成我还债的收据，从而自认清偿了我所欠的友情债。尽管我继续回报他们表面为公众做的事情，我认为公事公办而不像过去靠感情办事能省大力气，而且还能略微减轻我内心的紧张和忧虑，“控制友谊的冲动是有分寸之人的特性，有如在赛马中勒马”[4]。这

1　引自西塞罗《论责任》。
2　引自泰伦提乌斯。
3　引自西塞罗《论友谊》。
4　同上。

种内心的紧张和忧虑产生于我投入工作过分急迫之时（至少对于一个从不愿受事务催逼的人来说是过分急迫了），省心省力的做法还使我为至亲们的缺点而羞愧的心稍感慰藉，他们在我心中的分量会因此减轻一些，我很难过，但无论如何我可以在对他们的依恋和履行我对他们的承诺中省去些东西。我赞成有人因孩子是癞子或驼背而不大爱孩子；人不爱孩子不仅在于他调皮，也在于他不幸和先天情况不佳（是上帝降低了孩子的天然价值），但这种冷淡必须适度而且做到严格意义上的公平。对我来说，亲情不仅不能减轻对方的缺陷，而且会加剧缺陷。

总之，根据我对善举意识和感激意识的理解——这是一种难以捉摸的意识，用处也很大——我看不出直到此刻有什么人比我更自由，更少欠债。我的债欠在一般的惯常义务上，没有任何人比我清偿债务更彻底。

我从不接受贵人的礼物。[1]

王公们不剥夺我什么就算赠予我很多了；他们不伤害我就算对我做了不少好事：这就是我要求他们的全部。[2]啊！上帝只愿我直接受恩于他而得到我拥有的一切，上帝还特意将我所有的债务留给他自己，为此我该多么感谢他！我多么迫切地恳请上帝发慈悲让我永不欠谁一声最起码的“谢谢”！最幸福的自由已

1　引自维吉尔。

2　维莱把这个声明同蒙田在一五九〇年九月二日写给亨利四世国王的信进行对照不无道理：“我从未接受过王公捐赠的在我要求之外的不应得财物，我为他们奔波也从不接受任何报酬。”

引导我走得如此之远，但愿它能大功告成！

我尝试着不特别需要任何人。

“我的全部希望都在我自身。”[1]这是人人靠自己都能做到的事，而天生不为正常或迫切需要发愁的人更易做到。从属于人是非常可怜而又危险的事。我们自己并不能肯定投靠谁最准确最可靠。除了我自己，我没有别的属于自己的东西；因此“拥有”本身一部分是不完善的、外来的。我培养自己提高勇气——这是最强有力的，同时提高应付偶然事件的能力，以便在别的方面都抛弃我时，我还有东西使自己满意。

缪斯怀抱里的埃雷安·希庇亚斯[2]为了必要时能愉快离开一切别的伴侣，便不仅以科学知识充实自己，而且以哲学知识充实自己，以便自己在心灵上知足常乐，而且在命运要求他时能有力摒弃外来的各种好处；不仅如此，他还十分留心学习烹调，照料自己的胡须、长袍、皮鞋、戒指，尽可能自力更生，以避免外界的帮助。

人不为需要所迫而享受外来好处，且在毅力和财力上都有气魄有办法弃绝此种享受时，人的享受会更无拘无束，更愉快。

我很了解我自己。然而，如果某种必要性把我搅进别人的慷慨和殷勤里，无论这种慷慨有多纯洁，无论这种殷勤有多真诚，我也很难想象这样的慷慨和殷勤在我面前会不显得粗俗而专横，会不带非难人的色彩。赠送在本质上意味着野心和特权，同样，

1 引自据泰伦提乌斯《阿道夫》第三幕。

2 根据柏拉图《少年希庇亚斯》。

接受在本质上意味着顺从。巴雅斋对特米尔送给他的礼品骂骂咧咧吵吵嚷嚷加以拒绝就是明证。[1]有人替索里曼皇帝送卡里库皇帝一些礼物，礼物使后者气恼至极，他不仅粗暴拒绝，并且宣称无论他还是他的前任都没有接受的习惯，他们的任务是给予，而且还命人把送礼的使者关进地牢。[2]

亚里士多德说，当忒提斯[3]讨好朱庇特时，当拉栖第梦人[4]讨好雅典人时，讨好者并不提醒对方自己曾为他们做过好事（记住那些好事是令人不愉快的），他们只提起曾接受过对方的好处。[5]我发现有些人随便使唤每一个人，从而受到欠情的约束，如果他们像聪明人一般权衡欠情的分量，他们恐怕不会如此行事。欠的情也许有还清之时，但欠情本身是永远消除不了的。对在各种意义上都酷爱行动自由的人来说，欠情乃是残酷的绞刑。我的熟人，无论比我地位高或低，都明白他们从未见过谁比我更少成为别人的负担（我指求人帮忙方面）。如果说我在这方面能超过当代所有的典范，这并非是了不起的奇迹，因为我性格中有许多因素有助于此：少许的天生傲气、忍受不了别人拒绝的硬气、节制自己欲望和意图的自知之明、处理各种事务的不机敏，以及我特别喜爱的素质，即悠然自得和无拘无束。这一切理由使我恨透了欠别人的情或别人欠我的情。凡事无论轻重缓急，我在利用别人

---

1 故事引自卡尔科孔狄利斯《希腊帝国衰亡史》："巴雅斋耐心听了全部文章，除了叙述特米尔送他长袍的那一篇，他一听这篇便怒不可遏。"

2 故事引自古拉尔《葡萄牙史》。

3 忒提斯，海洋女神，此处指《伊利亚特》中忒提斯的讲话。

4 拉栖第梦系古希腊城市名，即斯巴达。

5 根据亚里士多德《尼各马可伦理学》。

的善举之前已先急急忙忙利用一切可能性让自己解决问题。

当我的朋友们恳求我为他们的利益去向第三者提出要求时，会使我格外心烦。我认为为朋友去利用欠我情的人从而解除他的束缚，这与为朋友们去向不欠我情的人提要求从而束缚自己所付出的代价相差无几。除此之外还有一条：他们别要求我做谈判之类的令人牵肠挂肚的事（因为我已向一切牵肠挂肚宣了死战），排除以上两种情况，我很容易满足每个人的需要。然而我逃避接受仍多于设法给予；因此，按亚里士多德的观点，这样做轻松得多。[1]我的命运不容许我为别人做好事，命运允许我做些许好事，却又安排得不是地方。倘若命运让我生来就为出人头地，我本该雄心勃勃，让人爱我而不怕我，或欣赏我。是否该说得更直截了当些？我本该既重视讨人喜欢，也重视利用人。居鲁士通过一位优秀统帅兼更杰出的哲学家之口说出，他的仁慈和善行远远超过他的英勇和武力征服，他说得很明智。[2]大西庇阿也如此，在他愿意别人夸耀自己的地方强调自己的宽厚和仁慈，他并不重视自己的勇敢和所获得的胜利，他嘴上老挂着这句引以为豪的话：他使敌人和朋友一样有理由爱他。[3]

因此我想说，如果必须欠点什么，就应以比上述名义更合法的名义欠，因为逼我以上述名义欠债的是这场可悲战争的法则；而且不能欠大债，不能欠为保全性命而欠下的那种债：那种债使

1　根据亚里士多德《尼各马可伦理学》。

2　根据色诺芬尼《居鲁士全书》第八卷第四章。大居鲁士为波斯帝国创建人，约公元前五五九至公元前五三〇年在位。小居鲁士为波斯国王大流士之子，卒于公元前四〇一年。此处可能指前者。

3　根据李维《罗马史》。

我不堪重负。我在家里睡觉时曾上千次想象有人可能背叛我，可能会在那个夜里击毙我，我同命运之神谈判达成协议，即使死也要死得既无恐惧也不拖时间受折磨。我在主祷经之后曾大呼：

犯渎圣罪的士兵将拥有这精耕的田地！[1]

有什么补救办法？这里是我出生的地方，也是我大多数祖先出生的地方；他们为那些土地付出了爱，还用了它们的名称作姓氏。[2]习惯使人顽强。处在我们这里的恶劣条件之下，“习惯”是大自然对我们十分有利的馈赠，习惯能麻痹我们对多种艰辛的痛苦感觉。内战比其他的战争造成更难忍受的痛苦，内战使我们人人攀上自己家园的哨楼。

靠门和墙保护生命该多么悲哀，
靠房屋牢固勉强安宁多么悲哀。[3]

在家里受到侵扰，甚至波及家居安宁，这种不幸也太过分了。我经常居住的地方在战乱激烈时首当其冲，也是最晚免除战祸的地方，在这里和平从未显露过全貌，

即使和平降临，

1 引自维吉尔。
2 作者的祖辈姓埃康，蒙田是他家领地的名称。
3 引自奥维德。

也因恐惧战争而战战兢兢。[1]

每次命运之神进攻和平，
战争便经过此地……
命运之神，
你该在东方赐给我们定居之地，
在冰冻的北极给我们活动屋宇。[2]

为了在对抗这些思绪中变得坚强，我有时采取疏懒和松懈的办法；疏懒和松懈也能向坚强迈进几步。我往往带着几分快乐想象致命的危险，并等待这些危险到来。我呆头呆脑冒冒失失一头栽进死亡，既不端详它，也不辨认它，有如栽进一个静静的黑暗的深渊，深渊突然吞没了我，刹那间用沉沉的睡眠将我制服，让我没有任何感觉，也没有任何痛苦。在短而猛的死亡里，我预见的后果倒比现实带来的烦恼更使我得到安慰。有人说，生命太长并非最好事，那么，死亡时间不长便佳而又佳。我既与死亡行动亲密无间，我离死的状态便不远了。我卷进了这场风暴并藏身其中，风暴定会使我目眩，会以急遽的无感觉冲击将我狂暴地夺走。

有些花匠说，玫瑰和堇菜在蒜和葱旁边生长香味更浓，因为葱蒜吮吸了土里的臭味。果真如此，紧邻我的道德沦丧之辈便该

1　引自奥维德《哀歌集》歌三。
2　引自卢卡努。

吮吸了我周围气氛里所有的毒物，使我变得更善更纯，使我不致失去一切。没有这回事！不过由此也可得出点什么结论。比如善成为稀有之物时会更美更迷人；冲突和分歧本身却会在我们身上冻结和桎梏善行，并通过对立面之间的妒忌和角逐，诱使行善之人变得狂躁。

窃贼不特别怨恨我是出于他们自愿。我不是也不特别恨他们吗？否则我也许必须恨太多的人。像这样的意识在各种不同的偶然情况下掩护了同样的残酷、同样的不正直和小偷小摸，它们在法律的庇护下越卑怯、越无危险、越隐蔽，就越可憎。比之公开的、锋芒毕露的侮辱，我更痛恨阴险的、不露锋芒的侮辱。高烧总是突然发生在它还未能肆虐的身体上：身体有了火，火苗才会升起来；议论声越大，损害未必越大。

我往往这样回答问我为什么爱旅行的人：我很清楚我在逃避什么，但不明白我在寻找什么。如果有人说外国跟我们这里一样有健康不佳者，外国的世风也并不比我们的好，我便回答说，首先，

> 犯罪的形式如此众多！[1]

那这一点就很难；其次，把糟糕的情况变为不确定的情况，这毕竟是收获，而且别人的疾患不像自己的疾患一般让我们揪心。

我对法国反感之深从不像我对巴黎好感之深，我不想忘记说

1　引自维吉尔。

说下面这点；我对法国感到气恼也枉然，我从未停止过用热爱的眼光看待巴黎。在我幼年，巴黎已赢得了我的心。一想到巴黎便犹如想到什么杰出的事物；此后我看见的美丽城市越多，巴黎的美便越得到我的喜爱。我爱巴黎本身，而且爱巴黎本身胜过爱披上外来的豪华盛装的巴黎。我对巴黎柔情似海，连它的缺陷和瑕疵也使我倾倒。我之所以是法国人，凭借的就是这个伟大城市：它的人民伟大，地理位置优越性大，起居设备的多样性和变化更是无与伦比；它是法国的光荣，是这个世界最典雅高贵的装饰之一。愿上帝把我们的分裂赶出巴黎，赶得远远的！只要巴黎不分裂，只要它团结，我认为它就会保护自己免受任何外来暴力的侵扰。我提醒它，各党派中最坏的党派是使它纠纷迭起的党派。我只为巴黎本身担惊受怕。当然，我为它担惊受怕同为这个国家其他部分担惊受怕的程度相同。只要巴黎坚持存在下去，我就少不了退隐之处，以度过我垂死的时刻，这个退隐之地足以使我不去留恋任何别的避难之处。

我认为所有的人皆是我的同胞，我拥抱波兰人就像我拥抱法国人，我把国籍关系置于世界和普遍关系之后。我抱此种态度并非因为苏格拉底曾谈及此，而是我的个人判断（也许有些过头）使然。[1] 我不大留恋我家乡的甜美气氛。我认为我自己新认识的熟人似乎与邻里之间共同的不期而遇的熟人同样可贵。我们个人获得的纯洁友谊，通常会超过由共同的地区和血缘凝成的友谊。

1　可以将此处与苏格拉底的话加以对照："有人问苏格拉底从哪里来，他不回答'来自雅典'，而回答'来自世界'。"

人生来本是自由自在，无牵无挂的，是我们自己把自己束缚在某些地区；有如波斯的众位国王只饮用克阿斯拜斯河水，却愚蠢地放弃饮用其他河水的权利，在他们眼里，世界上其他河流的水都干涸了。[1]

苏格拉底在临死之前认为，判他流放比判他死刑更糟[2]，而我，我将永远不会像他那样丧失勇气，也不会像他那样留恋家乡从而说出那样的话。这些卓越人物一生中留给后人的印象相当丰富，我对他们的理解与其说是出于爱不如说出于尊重。还有些卓越人物显得如此高不可攀、如此非同寻常，即使出于尊重我也无法理解他们，因为我根本设想不出他们的形象。苏格拉底的态度对他这样一个以四海为家的人来说是没有说服力的。的确，苏格拉底不屑于跋涉，他的脚几乎没有迈出过阿提卡的土地。此外，他还吝惜朋友们用以拯救他性命的钱[3]，而且拒绝通过别人的斡旋出狱以不违反法律，可是当时法律已经极端腐朽了。对以上两件事该如何看？对我来说这些都属首类范例。二类范例我也可以从这同一个人物身上找到。许多这类珍贵范例都超越了我行动的能力，而其中有几例还超越了我判断的能力。

除了我说过的那些理由，我认为旅行似乎还是一种有益的锻炼。在旅行中，心灵可以持续不断地练习注意从未见过的新鲜事物。正如我常讲到的，除了使丰富多彩的生活、思想、习俗不断

1　根据普鲁塔克《论放逐或流放》。

2　根据柏拉图《苏格拉底的辩护词》。

3　根据柏拉图《苏格拉底的辩护词》。苏格拉底的朋友们送给他三十米那让他付罚金，苏格拉底违心地接受了。柏拉图在《克里托篇》的开头（克里托是苏格拉底的朋友和同乡）还提到苏格拉底曾拒绝越狱逃跑。

呈现在我们的眼前，而且让生活品尝大自然永恒变幻的形态，我不知道还会有什么更好的培养生活能力的学校。在旅行中，身体既不懒散也不会受到折磨，而且适度的运动可以使身体处于良好状态。我可以坚持骑马不下马，尽管我有腹泻病，骑马七八个小时我都不会感到厌倦，

超越老年的能力和状态。[1]

除了火辣辣的太阳的燥热，什么天气我都能适应；因为在古罗马时代，意大利已使用的阳伞给手臂增加的负担大于给头减轻的负担。[2] 波斯人早在奢侈出现的同时已能随心所欲制造凉风和绿荫，我倒想知道那是怎样的技艺，色诺芬尼曾谈及此事。[3] 我像母鸭一样喜欢雨水和路上的泥泞。环境和气候的变化对我毫无影响：气候于我永远是相同的。只有我自己造成的内脏变化能折磨我，而这种内脏变化在旅行中较少出现。

我是很难被人说动的，然而一旦上了路，我却任人摆布。无论大事小事我都同样难以下决心，无论是打点行装出门跑上一天去拜访一位朋友，抑或是为一次真正的旅行打点行装，我都同样畏难。我学会了西班牙式的赶路方法，一气走完行程：每天赶路多，但多得合理；天气十分炎热时就在夜里走路，从日落到日出。另外那种上路方式却很不舒服：乱纷纷，急匆匆，为中途用

1　引自维吉尔。

2　这种阳伞有的重量达两公斤。蒙田曾在《旅行日记》里提过意大利的这种阳伞。

3　参见色诺芬尼的《居鲁士全书》。

午餐而赶路，尤其在夜长昼短的季节。照我的办法我的马更管用。凡是和我一道完成头一天路程的马接下去都没有误过我的事。我走到哪里都要饮马，尤其注意让它们在后来的行程里不缺水。我懒于起床倒给跟班们提供了启程前痛快用餐的闲暇。[1]我自己吃饭从不过饱；我总越吃越有胃口，别的吃法都不行：我向来是坐上桌才饿。

有人抱怨我，说我结了婚而且年事已高还乐意继续做此种锻炼。他们错了。在家庭已整治得没有我们照样能生活下去，在它已井井有条绝不会背离原有状态时，这正是离开家庭的最佳时刻。不过，如在离家时给家里留下的是不够忠实的看家人，而家庭又不大精心供应你之所需，那就太欠谨慎了。

妻子最有用的知识和最光荣的工作是善于料理家务。我见过一个女人，她很吝啬却并不善于家政。管家应是妻子的主要长处，是必须优先寻求的长处，而且将其视为女方唯一的嫁妆，是既可能有助于拯救家庭，也可能使家庭破产的嫁妆。但愿大家别再对我谈及此事：因为根据我的亲身体验，我要求已婚妇女具备的压倒一切的美德是善于理家。我让我的妻子趁我不在家之际掌握管理全部家务的大权，以便显示她在这个领域里的优点。使我气恼的是，我发现有不少家庭，先生在中午前后回家时，看见家里的事还乱七八糟，而夫人正在盥洗间忙着梳妆打扮，他因此露出一脸不快，还显得十分沮丧。这对王后们很合适，尽管对此我

1　指午餐，通常在上午十点到十一点进行。作者曾在《旅行日记》中提过起床晚的习惯："他说，对懒人来说，这是个好地方，因为这里的人起床很晚。"

并没有把握！妻子的无所事事全靠我们的汗水和劳作维持，这既滑稽也不公平。照我的看法，将来不会有任何人管理我的财产比我自己管理更自由、更淡定、更省心。丈夫给家庭提供物质，按常情就应要求妻子给家庭提供形式。

至于丈夫在感情方面的义务，有人认为丈夫离家有损于这些义务，我不这么看。相反，夫妻间的融洽自然而然冷淡下去正是由过多厮守在一起引起的，殷勤使人不快。在我们看来一切陌生女人似乎都是与之相处令人愉快的女人。人人都凭经验懂得，持续的见面只有在你感觉若即若离时才能体现出快乐。相处时断时续使我对家人产生一种全新的爱，使我重新体验待在家里的温馨。世事的变迁使我更加热切地希望体验见面和分离的两种情境。我明白，友情的双臂之长，足可以让我们从天涯海角互相支撑并结合在一起，尤其是这样的友情：不断的彼此效力使友谊的义务和记忆恢复活力。斯多葛主义者说得好，圣贤之间的联系如此之密切，谁在法国用晚餐，也同时让他在埃及的朋友用了晚餐；谁一伸指头，无论伸向哪里，所有可居住之地的圣人都会感到有人相助。[1] 享受和占有主要属于想象力范畴。[2] 想象力拥抱它要寻找的东西比拥抱我们摸得着的东西更为热烈，更为持久。把你每天的活动都算在内，你会发现你的朋友在你身边时你反会感到他不在场：因为他的在场分散了你的注意力，使你随意想象他在任何时候任何情况下都可能不在场。

1 根据普鲁塔克《论反斯多葛派的共识》。

2 根据塞涅卡《书简》五十五。

我可以从离我家很远的罗马操持我的家务，并保持我留在家里的舒适的起居设备；我能看见我家的墙垣增高，树木成长，我的定期收益也在增长，但我如离家几步远，我会看见一切都在逐渐下降缩小，和我在家时一样：

在我眼前浮现着我的家庭，
浮现着我家园的图景。[1]

倘若我们只享受摸得着的东西，那就告别存在箱里的埃居吧，孩子们如打猎去了，也该向他们告别！谁都希望钱和孩子离自己近些。在花园里，远吗？在半日路程之外呢？离十里尔怎么样，算远还是近？如果算近，离十一、十二、十三里尔又怎么样呢？就这样一步一步走。真的，她若嘱咐丈夫第几步算近到头了，第几步算远的开始，我赞成她让他停在近和远之间：

让最后一个数结束这些争吵……
否则我就利用你留给我的权限
像一根一根扯马尾鬃一般
一一删去个位数直至啥也看不见，
您也会被我的推理逗着玩。[2]

1 引自奥维德。
2 引自贺拉斯。

也赞成女人们向哲学大胆求救：有人可能谴责哲学，因为哲学既看不见多和少、长和短、轻和重、近和远交接处的这一头，也看不见那一头；原因是哲学既不承认开头也不承认结尾，而且判断“中间”也极不肯定。“大自然未允许我们认识事物的极限。”[1] 亡人不在我们世界的天涯海角而在另一个世界，难道她们就不是亡人之妻、亡人之友了？我们不仅依恋远离我们的人，还依恋来过的人和还不曾来过的人。我们在结婚时并不曾做交易说，婚后一定得尾巴接尾巴互相依恋经久不衰，有如我们曾见过的什么小动物，或像卡伦提城中了邪的人那样如小狗一般寸步不离。[2] 妻子不应贪婪地盯住丈夫的正面，否则在有必要时她会看不见丈夫的背面。

不过，那位优秀画家谈到女人的性情时讲的话在此处岂非正好说明了她们抱怨的原因：

> 如果你回家迟了，你妻子会想象你
> 另有新欢或有别人爱着你，
> 想象你酒兴正浓或一个人
> 寻欢作乐而她却痛苦难忍。[3]

或许爱唱反调爱闹别扭的脾性支撑着她们，助长着她们的不满？或许只要让你不舒服她们就感到舒服？

1　引自西塞罗《论柏拉图学说》。

2　故事引自萨克逊《丹麦国王的故事》。

3　引自泰伦提乌斯。

我擅长保持真正的友谊，为这样的友谊，我为朋友献身超过吸引朋友到我身边。我不仅宁愿为他做好事多于他为我做好事，而且宁愿他不为我做好事而只为他自己做好事：因为他为自己做好事时就是为我做了最大的好事。如果他不在我身边可以使他感到愉快或对他有用，这种不在于我就比他在我身边更美好；而且，如有办法互通消息，那就不是真正意义上的不在身边了。从前我曾很好地利用我们的分离和分离带来的好处。[1] 我们各在一方时能更好地完成工作，而且能扩展我们支配生活的范围。他生活着，享受着，他看见什么都等于我看见了，我也如此，其充分的程度跟他在身边时一样。当我们在一起时，二者之一就闲置起来了：因为我们已不分你我。分处两地使我们意志的结合得更丰富多彩，而渴望对方的形体总在自己身边则略显神交乐趣之不足。

至于有人向我提到年老问题，恰恰相反，倒是年轻人该屈从于公众舆论并为别人而勉强自己。青年有能力满足双方，既满足公众也满足自己，而我们却有太多的事只能靠自己。我们正在逐渐丧失天生的乐趣，就让我们用人为的乐趣支撑自己吧。原谅青年一个劲儿享乐却禁止老年人寻求快乐，这不公平。年轻时，我以谨慎掩护自己透着诙谐的享乐热情；老了，我在精神上放任自己以化解悲哀。此外，柏拉图律法禁止人们在四十岁或五十岁之前去国外旅行，以使日后此种旅行更有益，更富有教育意义。[2]

1　指他和拉博埃西之间的友谊。

2　参见《法律篇》。

我却可能赞成这部法律的第二条，这一条款禁止六十岁以上的人去外国旅行。

“可是，您在那样的年纪长途跋涉，也许您永远回不来了！”我不在乎！我出国旅行既不为返回家园，也不为善始善终；我只在我乐意活动时出去活动。我为闲逛而闲逛。追逐利益或追逐目标的人不跑；玩捉人游戏，练习跑步的人才跑。

我的旅行计划可在任何地方分为几个部分，因为我并没有对它抱很大的希望。一个阶段就是一个终结。我生命的旅程也如此。不过我见过不少遥远的地方，我当时真希望别人留住我。为什么不，既然克里西波斯、克利安提斯、第欧根尼、芝诺、安提帕特尔[1]等更阴沉的学派的哲人们都只为换换空气而毫不吝惜地抛弃了家园？[2]当然，我出国旅行也有最不痛快的事，那就是我不能随处实现我爱在哪里安家就在哪里安家的决心，我还不得不总是决定返家以迎合众人的感情。

如果我害怕客死异乡，如果我考虑远离亲人就会死也死得不自在，我恐怕难以迈出法国国界一步，连走出我的教区都可能不无恐惧，因为我感觉死神在不停地掐我的喉咙，刺痛我的腰。然而我生来是另一种人：对我来说，死在任何地方都是一回事。倘若我仍必须进行选择，我相信我宁愿死在马上，而不愿死在床上；我愿死在家门之外，离亲人远远的。向朋友告别时心碎多于安慰。我很乐意忽视应酬的义务，因为在友谊的职责中应酬是唯

1 安提帕特尔为斯多葛派代表人物之一，生平不详。

2 引自普鲁塔克《斯多葛派哲学家的答辩书》。

一使人不快的职责，所以我会乐意忽视神圣的永诀。临死时刻与朋友永诀有百弊而只有一利。我见许多临终之人被这种仪式纠缠得可怜：拥挤使他们窒息。有人会说，让你安安静静死去，这与义务背道而驰，证明来者并不怎么爱你，也很少关心你：其实，这人折磨你的眼睛，那人折磨你的耳朵，还有人折磨你的嘴；所有感官和四肢无不受到袭击。听见朋友的呜咽你的心会因怜悯而痛苦，听见假惺惺的哭泣你的心也许会因扫兴而生气。谁一向多愁善感，身体衰弱时就更需要温情。在如此不幸的时刻，他多么需要一只温柔的、顺应他感情的手搔得恰到好处，使他微感痒痛；否则大家就别去触摸。如果说我们需要接生婆迎接我们来到世上，我们也需要更聪明的男人送我们谢世，这样的男人若很友好，恐怕也得付出昂贵的代价才能请来做此种服务。[1]

我还没有蔑视外力而自强的魄力，这种魄力既不受协助也不受干扰；我还处在较低的层次。我正设法逃避这中间的过渡阶段，不是靠恐惧逃避，而是靠周密的规划。我的本意并非在此行动中表现或显示我的坚韧不拔。为谁？到时候我对名誉的权利和兴趣都将停止。只要在死亡时思想集中于自身，平静而孤独，我就满足了，这种死亡是我独有的，适合我隐居的内向的生活。古罗马人认为，谁在离开人世时不说话也没有最亲密的人给他合上眼睛，谁就很不幸，与他们的迷信相反，我自己有相当多的事需要自我安慰，没有必要去安慰别人；我脑子里的思绪已经很多，不需要周围的一切带给我新的思绪；我考虑的题材足矣，何需外

1　法语的接生婆一词由“聪明的”和“女人”二字组成。

借题材。人一生中的死亡阶段并非群体活动而纯属个人行为。我们可以在自己人当中生活、欢笑，但最好到陌生人中间去死亡，去表示对人世的厌恶。在付账时你会发现谁把头转到一边去，谁拍你的马屁，谁催促你恰到好处并摆出一副漠不关心的样子，听任你照你的方式与对方说话并口出怨言。

我每天为思考这种幼稚的、不合情理的脾性伤透了脑筋：我们总希望以我们所受的损害去激起朋友们的同情和悲伤。我们过分强调自己麻烦的严重性以引出他们的眼泪。我们赞扬人人承受厄运时的坚强，但只要厄运落在我们身上，我们就谴责和非难亲人们表现出的坚强。亲人们察觉到我们的苦恼，但只要他们不为此而伤心，我们就感到不满。必须扩散自己的欢乐，但应尽量掩藏自己的悲哀。谁无缘无故要人同情，有缘有故时也得不到同情。总诉苦就永远得不到怜悯，装出可怜相的人太多，结果谁都不可怜谁了。谁活着时装死，在他临死时可能被认为是活着的。我见过一些人因为别人说他容光焕发、脉搏平稳而怒气冲冲，他们强忍欢笑，因为欢笑会暴露他们业已痊愈。他们恨自己身体健康，因为健康的人得不到别人同情。更有甚者，这些人竟都不是女人。

我最多按原样描述我的病情，而且避免倾听别人故作吃惊并悲观地瞎开处方的话。在明智的病人身边，看望的人最适当的态度即使不是兴高采烈，起码也应是稳重克制。有人明知自己与健康处于对立状态，因此他不会与健康过不去，他乐意欣赏别人强健完美的体魄，因为他至少可以在同别人的健康做伴时享受健康。有人已经感到自己在往土里陷，但毫不放弃对生活的思考，也不逃避一般的交谈。我愿意在身体健康时研究疾病，生病时，疾病给我的印象已极为实在，用不着我去想象了。我们在旅行之前已做好思想准备，旅行的决心很大，因此，上马那一刻便属于在场送行的人，为了让他们高兴，我们还拖长这个时刻。

我发现在《随笔集》里公开我的生活习惯有意想不到的益处：这种公开可能成为我的准则。有时我也考虑别泄露我的生活经历。这样的公开声明使我不得不坚持走我的路，使我不可能否定我对我生活方式的描绘，一般说我的生活方式受到的歪曲和丑化，比我今天承受的充满恶意而且病态的评价中的歪曲和丑化还少一些。我千篇一律、简单朴素的生活方式呈现出一种很易于理解的面貌，然而我的写作方式因为略显新颖并不合常规，所以太容易引来非议。事情发展到对那些意欲正大光明骂我的人，我的自画像似乎已向他充分指出，应从何处入手以利用我公开承认、众所周知的不足之处进行攻击，什么东西可以使他不放空炮，攻击得淋漓尽致。如果说，对于我自己抢先指控和揭露自己，他会认为我是在敲断他噬咬我的牙齿，那么，他利用权力夸大和引申（“伤害行为”有权无视公正）是有道理的；他把一些毛病（我向他指出过这些毛病在我身上的根子）放大成树木也有道理；他不仅利用我已犯过的毛病，还利用只不过威胁着我的毛病，这也不无道理。无论从质量上或从数量上说那都是些有损于我的毛病，他可以从那里攻击我。

我毫不犹豫选择哲人狄翁[1]为榜样。安提戈诺斯曾试图从他

1　参见第欧根尼·拉尔修《狄翁生平》。狄翁原为奴隶，曾以犬儒主义哲学的现实精神写《抨击》若干篇。

的出身入手攻击他，他打断安提戈诺斯的话说："我是奴隶的儿子。我父亲是个屠夫，因犯罪曾被打上烙印。我母亲原是妓女，父亲娶她是因为处境低微。他们俩都曾为某些坏事受过惩罚。一位演说家见我讨人喜欢，在我幼年时买下了我。他在临终时把他的财产全部赠给了我，财产运到雅典城后我便埋头研究哲学。但愿历史学家放心大胆寻找我的新闻，我一定有什么就说什么。"宽宏大量而又无拘无束的坦白陈述使谴责变得软弱无力，也平息了辱骂。

总而言之，我认为大家贬低我超过合理与公正的底线，似乎是在恭维我。我同样认为，自我幼年，人们在家庭地位和荣誉上似乎都把我捧得过高，而不是贬得过低。

我住在一个座次排列问题已经解决或受到轻视的地方，或许感觉更好一些。在人与人之间，如果在行走或在入座时为排列先后问题争论超过三个回合，这种争论就很不文明。为了躲避令人心烦的争论，我从不害怕有违我权益的让行或先行；我从不拒绝把我的上座让给想坐上座的人。

除去得到写我自己的好处，我还想得到另一个好处：在我谢世之前，如果我的情感历程和我的观点还中某个老实人的意，还与他合得来，我希望他设法找到我们。我要让他广泛地先睹为快，因为他要花好几年才可能认识和熟悉的东西，在这个汇编里只花三天便可以一览无余，而且更可靠，更准确。真是个有趣的奇怪念头：我谁也不愿告诉的许多事情，竟告诉了老百姓；关于我最隐秘的意识或思想的事，我竟打发我最亲密的朋友们去请教一家书店。

我们把内心最隐秘的思想交给他们审视。[1]

倘若有十分可靠的证据让我得知某一个人的见解和鉴赏力与我合得来，我定会不远千里把他找到，因为我感到一个情投意合、令人愉快的伙伴是花高价也不可能得到的。啊！一位朋友！这句古老的格言多么正确：人与人的交往比作为宇宙本原的水和火的接触更必要更美妙！[2]

言归正传吧，在远离家园的地方独自谢世的确没有多大痛苦。这一来，我们便认为自己有责任抽身去进行一些比死在家里更愉快、更不令人憎恶的、合乎情理的活动。还有，按这个观点，那些体弱多病又把生命拖得很长的人，也许就不应该用他们的痛苦去妨碍一个大家庭。正因为这个道理，印度某些省份的人认为杀掉陷入此种不幸的人是公正的，而另一些省份的印度人却只抛弃这样的人，让他自己能自救便自救。[3]这种人到头来又能在谁面前不变得讨厌而且难以忍受呢？对老人通常的效劳不该效到这个地步。你必定会强迫你最好的朋友学会残忍，你应靠长期的习惯使妻子儿女变得心硬，从而不再怜悯你的痛苦。我肾绞痛时发出的呻吟已经引不起任何人的不安。我们毕竟会从朋友来访中获得些许快乐（此种情况不常发生，因为身体状况的差异极易使我们对所有人都产生轻蔑或妒恨），这岂非一生都在过分利用他们？我越见他们真心为我而勉强自己，便越怜悯他们的辛苦。

1 引自佩尔斯。
2 引自普鲁塔克《如何区分讨好者和朋友》。
3 引自希罗多德《历史》。

我们有权依靠别人，但无权躺在别人身上成为负担，无权靠毁掉他们来撑持自己。果真如此，那岂不成了让人掐死儿童，再用儿童的血医治自己疾病的人[1]，那岂不成了命人夜里提供年轻姑娘以温暖衰老的四肢，并把姑娘口中香甜气味混入自己口中酸腐难闻气味的人！[2]我宁愿自己去威尼斯隐居，以避免生活中陷入那样的状况和那样的脆弱。

衰老在本质上是一种孤僻状态。我却平易近人到过分的程度。因此，我这样做似乎是明智的：从今以后我要自我收敛，不让别人看见我就感到腻烦；我要像龟一样自我蜷缩在壳里沉思默想。我在学习观察人而不依赖人：道路崎岖，硬攀爬会显得过分。不理睬同伴的时候到了。

“可是在这样的长途旅行里，您也许会可怜巴巴地滞留在某个脏乱简陋的地方，什么东西也搞不到。”——大部分必需品我都带在身边了。再说，假如噩运打击我们，我们想避也避不开。我生病时并不需要什么特别的东西：大自然在我身上都无可奈何，我也就不想让东方药丸来救我了。在发烧和疾病伤我元气之初，我身体还基本无损，接近健康；我便靠最近几次望弥撒为上帝效劳，同上帝言归于好，于是我感到自己更自由自在，精神更无负担，好像更善于战胜疾病了。我更需要的是医生，而不是公证人和劝告。我在身体健壮时都处理不好的事务，别指望我生病时还能去处理。我愿为死神效劳而做的事还一直在做，从没敢拖

1　可能指法王路易十一。据加甘所著史书，路易十一可能喝过儿童的血以恢复他的健康。米什莱在他的《法国历史》里曾引用过加甘的这段话。

2　可能指大卫王和童女亚比萨的故事。见《圣经·旧约·列王纪》。

延一天。如果说目前还一事无成，这说明我要么出于迟疑推迟了我的选择（因为有时不选择就是最好的选择），要么根本不想干任何事。

我只为少数人写书，而且只为今后几年时间写书。如果此书的题材注定能耐久，它的语言就应更简洁，更严谨。时至此刻我们的语言一直在变化，谁能指望当今的语言形式在五十年后还能时兴呢？[1]我们的语言每天都在从我们手上流逝，我活着的这些年已变了一半。我们可以说我们的语言目前还很完美。每个世纪都如此谈论自己的语言。只要语言在将来还跟现在一样继续流逝和变换形式，我就不会故步自封，认为它很完美。应该由有益的优秀作品把语言固定在作品身上，语言的信誉会随着国家的运气而增加。

为此，我并不怕写进去一些私人问题，这些问题的用处只局限在今天活着的人中间，而且，这些问题涉及的特殊知识只会被某些眼光比一般读者更高远的人吸取。无论如何我不愿人们像我经常看见他们争论死者的名声那样去争论："他如此这般判断问题；他如此这般生活；他愿意这样；要是他临终时能说话，他可能会说……他可能会赠给……我比谁都了解他。"目前，我是在社交惯例允许的范围之内让人们从书中了解我的倾向和我的感

1　蒙田的这个发现与许多十六世纪作家的发现相符，尤其是若夫罗伊・托利。托利在《繁花似锦的田野》里说："如不加以整理和规范，人们会发现法语的大部分在五十年间会改变会堕落。今日的语言与五十年前的语言已大相径庭了。"正是为了避免这种变化，历史学家图才用拉丁文写作。大家都知道作家马莱伯和盖・德・巴尔扎克的改革如何加快了语言的发展并使奥比涅的悲剧体裁过时，因为奥比涅保持了隆萨尔的风格。他们的改革还使德・古内女士的作品不时兴了，因为德・古内女士坚持蒙田的语言。

情；不过我更愿意用嘴向希望了解的人无拘无束侃侃而谈。再说，谁只要仔细阅读这些回忆录都会发现，我已和盘托出一切或表明了一切。凡表达不出的东西，我都用手指加以明示：

> 不过像你这样明察秋毫的俊杰，
> 细微痕迹便足以让你发现一切。[1]

我没有什么可以让人指望于我，也没有什么可以让人猜测。倘若有人想操这份心，我要求他做得符合实际，做得准确。我很愿意从阴间回到人世揭穿歪曲我本来面貌的人，哪怕这种歪曲是为我争光。我发现有人连谈论活人也总与他们的本来面目不符。如果我竭尽全力都未能保持我已失去的一个朋友的原貌，有人就会把他描绘得矛盾百出，面目全非。

作为谈论我思想、感情弱点的结束，我承认，在我旅行时，几乎每到一个住处，那一刻我都会在一闪念中想象我是否可能在那里生病，甚至死在那里，临死时我是否会感到自在。我愿意被安置在一个我认为十分适合我住的地方，不嘈杂，也不肮脏；不烟雾腾腾，也不通风欠佳。我设法用这些毫无意义的环境因素去讨好死神，说得更确切些，去摆脱一切别的障碍，以便只专注于对我来说压力可能已够沉重的死亡，再没有死亡以外的任何负担。我愿意与死神分享我生活中的方便和舒适。死亡是我生命中很大的一部分，也很重要，但愿今后这段时间能与我的过去

1　引自卢克莱修。

相称。

死亡的形式一个比一个轻松，它不同的活动方式取决于每个人不同的精神状态。在自然死亡中，我认为由衰弱和迟钝引起的死亡似乎从容而温和。在暴死中，我想象跳崖比被什么东西坍塌而压死更困难；一剑刺死比一火枪打死更痛苦。我宁愿饮苏格拉底的饮料而亡[1]而不愿像小加图那样自杀[2]。尽管死是一回事，我凭想象仍然感到死法的区别有如生与死的区别，有如投进灼热的大火炉跟跳进平稳的河道之间的区别，因为我们的恐惧让我们愚蠢到只重视方式，而不重视结果。死亡只是一刹那的事，但此事重要到我宁愿付出我生命的许多天，以求按我的方式度过那一刹那。

既然每个人在想象中对死亡的苦涩程度感觉有深有浅，既然人人都有选择死亡方式的某些权利，我们就进一步试试，以找出一种摆脱一切不快的死亡方式。难道不能让死变得更痛快些，就像安东尼和克娄巴特拉的同死群体那样？[3]我把哲学和宗教产生的严苛范例放在一边不提。然而在毫无可取的人们当中，仍有一些人——如罗马的佩特罗尼乌斯[4]和提吉兰[5]——虽是被迫自杀，但因他们做了温馨的准备，死起来就像睡着了似的。他们让死亡在他们平常消磨时间的宽松氛围里，在姑娘和快活的朋友

1　苏格拉底被判饮毒芹水而英勇赴死。

2　小加图反对恺撒，在塔普索斯战役中失败之后用剑自刎而死。

3　同死群体，指一个群体决定在有生之年享够乐趣之后一道死去。此小故事引自普鲁塔克的《安东尼传》。

4　佩特罗尼乌斯，公元一世纪罗马作家。他因受阴谋活动牵连而割断静脉自杀。

5　提吉兰事迹见塔西佗著《历史故事》。

当中自然进行，一溜而过。没有安慰的话，也从不提遗嘱；没有矫揉造作的信誓旦旦，也没有关于他们未来生活状况的思考；而是在赌博、吃喝、戏谑，在人人喜爱的闲聊，在音乐和爱情诗当中一溜烟过去。我们难道就不会以更正派更从容的态度模仿这样的决心？既然有适合疯人的死法，也有适合圣贤的死法，我们就找一种适合不疯不贤的寻常人的死法吧。我的想象力已为我显现出一种较易接受的死法，既然人人都得死，这种死法一定会令人向往。罗马的暴君以为允许罪犯选择自己的死法就是给罪犯以生命。然而提奥弗拉斯特[1]，一位极正直、极谦逊、极聪明的哲人，不是曾为理性所迫而敢于唱出这句后来为西塞罗拉丁化了的诗句吗：

是命运之神而非智慧支配我们生活。[2]

命运之神在怎样助我享受生活条件的方便呀，方便到从今以后我的生活既不为人所需，也不妨碍任何人！在我年龄的每个阶段，我都可以接受这种生活条件，然而在当下，在我整理行装准备出发之际，我却格外乐于在临死时不让人高兴，也不让人讨厌。命运之神以精打细算的补偿，让那些自以为可以从我的死亡中得到物质成果的人从别处共同得到物质损失。死亡经常加重我们的心理负担，因为我们的死使别人难过，也因为死亡让我们关心那

1 提奥弗拉斯特（约前372—约前287），古希腊哲学家，亚里士多德的学生。

2 引自西塞罗《图斯库卢姆谈话录》。

些人的损失几乎跟关心自己的损失一样，或更多，有时是全部。

我寻求住所的舒适，而从不要求它的排场和宽敞，更确切地说，我厌恶排场也厌恶宽敞。我需要的是简朴和洁净，这样的简朴和洁净经常可以在人工痕迹较少的地方见到，大自然以一种纯天然的雅致给这类住宅增光添彩。“休息不豪华，但很洁净。”[1]“才气多于阔气。”[2]

有些人被生意吸引，让驴在大冬天拖着车穿过格里松，只有这类人才会在路上猝不及防地陷入极端的困境。而我，我往往为乐趣而出行，我行路绝不会如此糟糕。如右边天气阴沉多雨，我便往左边走；如遇上不宜骑马的地方，我就停下。如此这般行路，我实在看不出路上的乐趣和舒适如何比家里逊色。真的，我认为多余的东西永远是多余的，我发觉讲究和富裕本身对人有害无益。我身后是否还有什么东西可看？有，我便返回去，因为那也是我要走的路。[3]我从不画出明确的旅行路线，无论是直路还是弯路。如在我前去的地方不曾寻到别人谈及的东西（别人的判断不符合我的判断之类的事经常发生，而且我大都认为别人的判断不正确），我也不抱怨自己白费了力气：因为我明白了别人所说之事纯属子虚乌有。

我跟世界上的男人一样具有适应一切的体质和广泛的兴趣。一个国家和另一个国家生活习惯之差异在我身上仅仅体现为我对

---

1 引自约斯特·利普斯《农神节谈话录》。

2 引自科纳里乌斯·那坡斯《阿提库斯生平》。

3 可以对照《旅行日记》。蒙田的秘书写道：“大家抱怨他（指蒙田），说他带队经常走不同的路和地区，经常刚离开一个地方又返回去。”

多样化的爱好。每种习惯都有存在的依据。无论是锡汤盆、木汤盆还是陶汤盆，无论是煮熟的还是烤熟的，是奶油还是核桃油或橄榄油，是冷食还是热食，我认为全都一样。[1]这种无所谓的态度使我在逐渐衰老时竟非难我天生随和的适应能力，人老了倒需要娇气和挑剔来阻止我胃口的鲁莽，有时也需要靠娇气和挑剔减轻我胃里的负担。我不在法国而在别处时，为了对我表示礼貌，有人问我是否愿意得到法国式的菜肴，对此我根本不屑一顾，而且总是迫不及待地坐上挤满外国人的餐桌。[2]

眼见我们的同胞对自己习惯以外的习惯格格不入，而且为此种愚蠢的脾性沾沾自喜，我就感到害羞。他们一离开自己的村子就仿佛离开了适于自己生存的环境。无论去到哪里，他们都要坚持自己那一套生活方式，而且对外国的生活方式极为憎恨。倘若他们在匈牙利遇上一个法国同胞，他们会为庆贺这次奇遇而大吃大喝：这不，他们又结成同盟，又凑在一起谴责他们见到的众多野蛮风俗了！那些风俗既然不是法国的，怎么可能不是野蛮的？即使有最机敏的人承认那些风俗的存在，那也是为了对它们说三道四。[3]多数人出门旅行就是为了回来。他们在旅行时以一种沉默的、不与人沟通的谨慎态度把自己裹得严严实实，从而保护自己免受陌生空气的传染。

1　参见蒙田的旅行回忆录：他发现在德国给他上菜时用的是木制餐具，意大利的餐具是陶质的，而在法国，锡餐具已非常普遍。于是他得出结论：每种习惯都有存在的依据。

2　可参照《旅行日记》："蒙田先生为了在各式各样的风俗习惯和生活方式中一试身手，他去哪儿都让人按当地的方式上菜，不管他会遇到什么困难……"

3　蒙田在《旅行日记》里谴责此种同乡结伙的习惯："……我们看见剑术学校、舞蹈学校、马术学校里有一百以上的法国贵族子弟，蒙田先生把这点视为对去那里的青年很不利的事，因为这种结伴使他们对自己的语言习惯情有独钟，却剥夺了他们获得外国知识的手段。"

我对这些人的议论，使我想起我有时在一些青年廷臣身上看见的类似的东西。他们坚持人以群分，把我们看作另一个世界的人，态度中流露出轻蔑或怜悯。除去他们会谈论宫廷秘密这一点，他们的能力捉襟见肘；我们也会认为他们初出茅庐，笨手笨脚，与他们看我们一样。大家说得好，老实人乃是集一切优点于一身的人。

相反，我在国外旅行时，对我们自己那一套就颇感腻烦，我们去西西里并非为找加斯科尼人（我留在家里的加斯科尼人已够多了）；我更愿意找希腊人，还有波斯人；我观察的，我与之攀谈的正是他们，我尊重他们；那正是适于我做的事，也是我努力之所在。进一步讲，我似乎并没有见过哪些外国生活习惯比不上我们的生活习惯。我前进缓慢，因为我适才看不见风信旗了。

不过，在路上遇见的临时伙伴让你厌烦的居多，让你快活的是少数：我不留恋他们，现在更不留恋，因为老年使我变得有些特别，而且有时使我与一般的习俗格格不入。你为别人而苦恼，或别人为你而苦恼，两种麻烦都使人心情沉重，后者似乎比前者更为严重。有一位与众不同的随从，他的理解力极强，生活习惯又与你的习惯相适应，而且喜欢跟随你，这种运气极为罕见，但给人的慰藉却是无可估量的。我在历次旅行中都极少有这样的运气。而这样的旅伴必须在家里物色并选定。对我来说，没有人与人之间的交流，任何快乐都毫无兴味。我心里一出现什么快活的念头，只要是我独自想出来而又不能奉献给别人的，我就会感到恼火。“倘若有人给我智慧而又提出条件让我将智慧禁锢于自身，不与任何人分享，我当拒绝此种智慧。”[1]另一位哲人将此思想提得更高：“我们设想圣贤过着这样的生活：他一切东西应有尽有，可以随意沉思冥想，又可以从容不迫随意研究值得了解的事物；但如果他注定必须深居独处不能见任何人，他定会弃绝生命。”[2]我欣赏阿奇塔斯的意见：如能上天并在众多巨大而神圣的天体里漫游却没有同伴参与，那定会索然寡味。[3]

然而孤单又比与讨厌而愚蠢的人为伴略好一筹。亚里斯提卜就喜欢在哪里生活都被视为陌生人。[4]

至于我，如命运恩准
我随心所欲度过一生。[5]

我定会选择马上生涯：

游览景色各异的地区多美妙，
有些地方骄阳似火，
有些地方云遮雾绕。[6]

“您消磨时光难道不会更谨慎些？在家里您究竟缺少什么？

1 引自塞涅卡《书简》六。
2 引自西塞罗《论责任》。
3 例子引自西塞罗《论友谊》。阿奇塔斯，公元前一世纪希腊诗人及语法学家，西塞罗的老师之一。
4 根据色诺芬尼《可纪念者》。
5 引自维吉尔。
6 引自贺拉斯。

您家的房舍看上去不是又漂亮又有益健康吗？您家不是钱粮富足宽敞有余吗？连国王陛下都能在此不止一次大宴宾客呢。[1]您家规矩少声望却很高，不是吗？难道当地有什么不寻常的、您难以理解的想法刺伤了您？”

> 植根于你心上的想法折磨你，
> 耗尽你的精力。[2]

“您认为什么地方您可以不感到局促也不心烦？‘命运的青睐从不顺而又顺。’[3]因此您应该明白，只有您自己跟自己过不去，您走到哪里都会自己折磨自己，都会口出怨言。因为世上只有首脑才会感到满意，无论他们残暴还是圣明。自己跟您一样有充分理由感到满意却并不满意的人，他想去哪里才能心满意足？像您那样的条件该使多少人梦寐以求呀？您只要自己改改就行了，因为只有改进了，您才能在您对命运只有坚忍之权的地方做到一切。”

> 只有理性安排的宁静才是真正的宁静。[4]

---

1 指纳瓦拉国王（即后来的法王亨利四世），他曾于一五八四年十二月十八至十九日及一五八七年客居蒙田的城堡。蒙田曾记录这两次值得纪念的访问：“纳瓦拉国王前来他从未造访过的蒙田田庄看望我，在这里住了两天，由我的仆役侍候，身边没有一个他的官员。他在此既不受罪也不必装假，就睡在我的床上。”

2 引自昆图斯，由西塞罗转引。

3 引自昆图斯-库提乌斯《亚历山大大帝传》。

4 引自塞涅卡。

我领会了此番提醒的道理，而且领会得十分透彻；这些话应该说得更早些，而且用一句简单的话对我讲也许更为中肯："明智点吧。"下这样的决心已超越明智了：那是明智的作品和产物。医生也如此行事，他跟在日渐衰弱的病人身后瞎叫，让病人高兴起来；他如建议病人说"健康起来吧"也许就不那么蠢了。我自己无非是个精神并不健旺的人，对我身心有益，确切而又容易理解的应该是这样的告诫："只按你自己的意思做，即只按理智做。"然而比我明智的人实行起来也未必比我强。这是句通俗的话，但其含义却极为深广。有什么东西不包容其中？"一切事物都是相对的，都要顺应变化。"

我很明白，严格来说，旅行之乐表明旅行者有忧虑也有犹豫。这也是我们的主要生存方式，是占优势的生存方式。是的，我坦白承认，哪怕只在梦里或出于希冀，我也看不出我能留恋什么。唯有变动和把握多样性对我有益，起码在没有东西对我有益的情况下如此。旅行时，足以切实让我满意的是，我不感兴趣便可以停下来，而且我可以舒舒服服改变旅行方向。我喜欢过自己的私生活，我这种兴趣全凭我个人的选择，而不是因为我与社会生活格格不入，尽管社会生活也许同样适合我的气质。由此可见，我为我那位王公效力倍感愉快，因为我这样做是出于我的判断和理性的自由选择，不存在任何特殊的义务；也并非因为别的党派拒我于千里之外，使我被迫投靠他。以此类推。我讨厌出于需要而把自己分割得七零八碎。无论什么样的好处，一旦我只能依赖于它，它定会压得我喘不过气：

愿我一支桨拍打浪花

另一支拍打岸上的沙。[1]

单单一根绳子永远拴不住我。“这种消遣里有虚妄”，你们会这样说。然而虚妄何处不在？漂亮的格言是虚妄，一切智慧皆虚妄。“主知道，圣贤思想皆虚妄。”[2]这绝妙的洞察力只适用于讲道：说这些话是想让我们在阴间都成为极无知的人。生命是物质的有形有体的运动，是本质上并不完美并不规则的活动；我正努力按生命的属性服务于生命：

我们人人皆受其苦。[3]

“我们行事应做到不对抗大自然的普遍规律，而这些规律一旦得到维护，我们就该按个人气质办事。”[4]那些无人能停留其上的哲学尖端有何用处？超乎我们习惯和力量的规矩又有何用？我常见有人建议我们照某某样板生活，而建议者和听建议者都无望照那样生活，更有甚者，他们当中谁都没有那样生活的愿望。法官刚写了通奸罪判决书，便在判决书上悄悄撕下一角用来给他同事的妻子写情书。刚与你有过不正当关系的女人，也许会马上当

1　引自普罗佩提乌斯《哀歌》。

2　引自《圣经》中的《诗篇》和《哥林多书》。

3　引自维吉尔。

4　引自西塞罗《论责任》。

着你的面冲着犯类似错误的女友喊叫得比波尔西亚还厉害。[1]还有人根据他自己都不认为是错误的所谓罪行判决别人死刑。我在年轻时曾见过一位儒雅之士一只手向人民推出优美而放荡的卓越诗篇，另一只手却同时推出最咄咄逼人的神学改革方案，按照其说法，世人已在很久以前就享受美味了。[2]

人就是如此。我们让法律和箴言自行其道，而我们自己却我行我素，这不仅伤风败俗，而且往往因为存在违背法律和箴言的舆论和司法判决。你听见有人在念一篇哲学讲稿，演讲中的想象力、说服力和语言的贴切立即触动你的思想，使你激动，但其中没有任何东西轻轻刺激或重重刺伤你的良心，因为人家并非对良心做演说，这难道不是事实？因此，阿里斯顿说，无论浴室还是忠告，如果既不打扫也不除垢都毫无效果。[3]可以停留于表皮，但在此之后就应抽骨吸髓，有如喝完漂亮酒杯盛的好酒之后再端详酒杯的雕花和工艺。

古代哲学各派都曾有此种情况：同一个作者在发表节制情欲规则的同时，又发表爱情和荒淫的著作。比如色诺芬尼，他就曾在克利尼亚[4]的羽翼之下撰文反对亚里斯提卜式的享乐。哲人们如此行事，倒并非因为一阵阵神奇的运动使他们像海浪般起伏。

1 波尔西亚是古罗马政治家小加图的女儿。当她得知她的丈夫布鲁图在战争失败之后身亡时便大叫着自杀了。普鲁塔克在《布鲁图传》中曾描述过此次自杀。

2 这种矛盾在十六世纪的作家身上经常出现。文中可能指评论隆萨尔的《恋情》的评论家缪雷。他于一五五二年一方面发表《神学优异论》，另一方面又发表《青少年》这首充满自由思想的诗。或指新教神学家泰奥多尔·德·拜泽，他在几个月之内发表了爱情诗集《青少年》和对米歇尔·塞尔维遭受酷刑的辩解。也可能指迈兰·德·圣热莱，他是国王弗朗索瓦一世和亨利二世的布道神父，曾写过一些高卢味十足的诗歌。

3 根据普鲁塔克《应如何听》。

4 克利尼亚系雅典的统帅和政治家，苏格拉底的学生。

梭伦则时而表现自我，时而以立法者形象出现，因此他忽而为群众说话，忽而为自己说话。他对自己实行无拘无束合乎情理的规矩，从而确保了自己健全的体格。

愿危重病人求助于最大的名医。[1]

安提西尼允许圣人做爱，而且允许他们以自己的方式做他们认为恰当的事，别管法律；因为圣人比法律更有见地，更熟悉德行。他的门生第欧根尼说，他以理性对抗神经错乱，以信心反抗意外，以自然反对法律。[2]

胃弱的人需要人为的强制性膳食安排，胃好的人则只需顺应自己胃口的天然要求。我们的医生便如此行事，他们自己吃西瓜喝凉酒，却强迫他们的病人喝糖浆和面包汤。

交际花莱丝说，我不知道什么书，什么睿智，什么哲理，反正那些人同别人一样经常敲我的窗户。[3]因为我们的放纵老驱使我们逾越可允许的范围，大家便经常缩小箴言和法律在生活中的作用，而且缩小到不顾一般情理的程度。

自认错误在允许范围内，

1 引自尤维纳利斯。

2 根据第欧根尼·拉尔修《第欧根尼生平》。

3 十六世纪人们经常引用这个小故事，它出自格瓦拉的《三位多情女人的著名故事》。"莱丝说：'我不知道他们有什么学问，他们研究什么学科，也不知道你那些哲学家在读什么书。我，作为女人，也没去过雅典。我就看见他们到我这里来，由哲学家变成了情人。'"

谁也不信自己犯了规。[1]

也许应该希望命令和服从之间的距离更小些；达不到的目标似乎便是不正确的目标了。用法律审查自己全部行为和思想的人，无论他有多好，没有一位一生中不下十次该处以绞刑，哪怕这样的人受惩罚并被打入地狱，的确使人深感遗憾而且极不公道。

奥律斯，她或他如何处置
自己的身体，这关你甚事？[2]

而不配享有有德之士美誉的人，完全有理由用哲理进行鞭挞的人倒可能从不触犯法律，这其中的关系是多么混乱无序！我们不担心按上帝意旨做好人，却不可能按自己的心意做好人。人类智慧永远完不成它自己给自己规定的义务，一旦完成了，它也会定下更高的目标；人类智慧永远向往着，追求着，因为人类本身的状态是与稳定性对立的。人类自我安排必然出错。依别人之意而不按自我的本性剪裁自己的职责并非聪明之举。自己料定无人愿做之事该规定谁做？做不到之事不去做有何不妥？律法判定我们有所不能，而法律本身又指控我们有所不能。

在最坏的情况下，这种一身而兼两面的畸形自由，这种言行

1　引自尤维纳利斯。
2　引自马提雅尔《警句诗集》。

不一的两面派行为，对讲述事情的人可以容许，但对像我这样讲述自己的人却不行，因为我笔墨的步伐必须符合我双脚行走的步伐。公众生活应与别样的生活沟通。小加图的刚毅和气魄在他那个世纪是无与伦比的，但作为一个管理他人为公众服务的人，可以说他那种正义凛然即使不算错误，至少是徒劳和不合时宜的。[1]我个人的生活习惯与时下流行的生活习惯之差别无非一指宽，但已经让我与这个时代有点格格不入，无法与人交往。我不知道我对我经常来往的社交界感到厌恶是否有道理，但我很清楚，倘若我抱怨社交界讨厌我超过我讨厌社交界，那就没有道理。

在社会事务中人人偏爱的美德是一种多褶皱、多墙角、多拐弯的美德，因为这种美德与人类的弱点正相适应，正相配合，这种美德掺杂着各种人为的因素，既不直接不明确不稳定，也并非完全无害。迄今历史仍在指责我们的某位国王随意听信忏悔神父认真的劝说。[2]关于国家大事的一些格言更为大胆：

> 意欲主持正义者远离王室为妙。[3]

从前我曾试图运用生活信念和生活准则为处理公务效力，那些信念和准则既未经加工又很新颖、本色，或曰未曾受亵渎，就跟我在家里自己建立信念和准则或从学校搬回它们一样。我在处

1　西塞罗曾在他的作品里嘲笑过小加图的不妥协。

2　可能指法王查理八世（1470—1498），他听取自己的忏悔神父迈雅尔的建议，将鲁西荣地区归还给了费迪南·卡斯蒂耶。

3　引自卢卡努。

理私人事务时运用起来虽谈不上得心应手，起码是格外稳当。真可谓初出茅庐者学究气十足的勇气！我在实行中发现那些信念和准则既难实行又很危险。走进人群当中的人必须边走边躲闪，他必须抱紧自己的胳膊，往后退退或往前走走，他甚至应当根据途中所遇之事决定离开正道；他必须首先按别人的意志随后才按自己的意志生活；他不能自己想干什么就干什么，只能人家要他干什么就干什么；他得看时机，看人，看事。[1]

柏拉图说，谁有幸逃脱外界的操纵而不受损失，那是靠意外逃脱的。[2]他还说，当他要求贤人充当国家首脑时，他谈的不是腐败国家，如雅典，更不是我们这样的国家，对这类腐败国家连智慧本身都会变得糊里糊涂。有如一根草移植到情况截然不同的土壤之后，容易适应土壤而不易改变土壤以适应自己。

我意识到，如果我必须训练自己完全适应那样的事务，我就得做很大的调整和改变。当我依靠自己可以做到这点时（只要付出时间和努力，我为什么做不到？），我又会不愿意自我调整和改变。在这类工作中我稍做尝试便感到格外厌倦。有时我感到我心里萌发了某种抱负，但我却坚决顶住，执拗地反其道而行之：

> 而你，卡图鲁斯，
> 你就固执地顶下去吧。[3]

1 指蒙田负责的谈判事务，无疑也指他的市政事务。

2 参见柏拉图《理想国》。

3 引自卡图鲁斯。

没有人要求我这样，我自己也不想这样。自由不羁与懒于担任公职是我的主要本色，这种品质与此种职业是根本对立的。

我们不善于识别人的才能，才能的差别和限度微妙而难以界定。把人在私生活中表现出的干练套到公事上，下结论说他很干练，这样做结论很不妥当。善于自处的人未必善于引导别人；写随笔[1]的人未必会行动；善于解除围城之急的人未必能妥善指挥战役；私下健谈的人向百姓或王公讲话很可能词不达意。也许这是向能做此事的人证明他未必能做彼事，能做彼事未必能做此事的最佳办法。我认为才智超群的人对浅显事物的适应能力，并不比智力低下的人对高深之事的适应能力强多少。苏格拉底曾让雅典人获得笑料，以嘲笑他从不会计算他所在部族的赞成票并向委员会做汇报，我们是否应该相信这样的事？[2]我对这位要人完美人格的崇敬，使我能够从他的厄运里找到绝佳例证，以原谅我自己的主要短处。

我们的能耐被分割成碎片。我那一片毫无宽度可言，所以在数量上是微不足道的。萨图尼努斯[3]对授予他全部指挥权的人们说："朋友们，你们造就一位糟糕的将军，却失去了一位优秀的上尉。"[4]

在如此病态的时代，谁吹嘘自己运用朴实真诚的德操为世人服务，要么他不明白德操为何物，因为舆论正在与世风同流合污

1　法语"随笔"另意为"试验"。此为作者的双关语。

2　根据柏拉图在《高尔吉亚篇》中的回忆。高尔吉亚系苏格拉底同时代的著名哲人和诡辩家。

3　萨图尼努斯系罗马革命民众领袖、保民官，死于公元前一〇〇年。

4　引自特雷柏利乌斯·波利昂《三十暴君生平》。

（的确，应该听听有人如何向舆论描绘德操，听听大多数人如何为自己的行为沾沾自喜并据此建立自己的准则：他们不谈德操，倒绘声绘色大谈十足的不公和邪恶，而且在王公[1]的教育里将德操视为虚伪）；要么他明白什么是德操却吹嘘错了，无论他口头说些什么，他干的却是众多受到良心谴责的事。只要塞涅卡愿意向我坦率谈论这个话题，我很乐意相信他在类似情况下的体验。在如此艰难的形势下，最可信的德操标志就是坦白承认自己的错误和他人的错误，尽其所能抵制和推迟邪恶的倾向，在边抵制边适应这种倾向时，期盼更好的，渴望更好的。

在法国被肢解，在我们陷入分崩离析的情况之下，我发现人人都在苦苦维护自己的事业，但哪怕是最优秀的精英都少不了乔装打扮和撒谎。谁直言不讳加以述评，谁就鲁莽，谁就有错。最正确的派别依然是遭虫蛀身的一个肢体。而在这样的身体上病得较轻的肢体就叫作健康肢体，而且完全有理由这样叫，因为行为方式只有在比较中才能名正言顺。衡量平民的无辜要看地点和时机。我很高兴看见色诺芬尼在作品里这样夸奖阿格西劳斯[2]：一位曾与阿格西劳斯交过战的邻近的亲王请求允许他通过阿氏的领地，阿格西劳斯同意了，他授权亲王穿过伯罗奔尼撒半岛。当他掌握亲王的生死大权时，他不仅没有监禁或毒死亲王，还彬彬有礼地接待了他，并没有伤害他。鉴于当时的世风，如此赞扬阿格西劳斯并不奇怪，但换个地方换个时间，人们对他这种行为中的

1　可能指德·马基雅维里亲王。

2　此例引自色诺芬尼著《阿格西劳斯》。阿格西劳斯（前399—前360年在位），古斯巴达国王。

正直和宽宏大量就要大做文章了。我们的学校里那些披披风的顽童[1]对此或许会嗤之以鼻，因为斯巴达人的德操与法国式的德操是那么不同。

尽管如此，我们仍然拥有冰清玉洁之士，只不过冰清玉洁是与我们相比较而言。谁建立的行为规范超越了自己同时代人之规范，要么他放宽自己的规矩并使其具有伸缩性，要么他退避三舍（我更主张他采纳此建议），别与我们为伍。在我们当中他能得到什么？

我若看见一位圣洁高人，
这奇迹有如让我见到双体童子，
有如农人在犁下发现了鱼
或看见母骡产崽。[2]

人可以怀念更美好的时光，但不能逃避当前；人可以企盼别样的官员，但毕竟还得服从眼前的官员，而且服从坏官也许比服从好官更有好处。君主政体业已认可的古老律法的形象还在某些角落发光多久，我便在其间定居多久。倘若这些律法不幸而互相抵触、互相掣肘，而且出现了两个党派，令人犹豫而难于选择，我自然会决定逃避，躲开风暴，大自然也许会向我伸出援助之手；帮助我的，也可能是战争的偶然机遇。我一定会在恺撒和庞

1 蒙田就读的学校学生都披短披风，故名。
2 引自尤维纳利斯。

培之间明确表态。[1] 然而在后来出现的三个贼人 [2] 之间却必须躲藏起来，或见风使舵；在国家已不靠理性指引之时，我认为此两者皆可行。

你将在何处陷入歧途？ [3]

塞进此处的东西有些离题。我陷入歧途了，但迷失的原因是放纵多于疏忽。我的思绪接连不断，但有时各种思绪从远处互相遥望，不过视角是歪斜的。

我曾把视线投向柏拉图的对话集，其中一篇对话有一半显得光怪陆离，前面谈爱情，后面全部谈修辞。[4] 古人不惧千变万化之嫌而以令人赞叹的雅趣任主题随势驰骋，或貌似随势驰骋。我的各章随笔的名称不一定囊括全部内容，而其中的某个符号却往往标明了文章的内涵，有如别人的这些作品标题：《安德利亚娜》《宦官》[5]；或别人的这些名字：希拉、西塞罗、托尔加图斯 [6]。我喜欢诗的节奏，蹦蹦跳跳。正如柏拉图所说，那是艺术，轻盈、空灵、超凡脱俗。[7] 普鲁塔克在写作有些文章时竟忘记了主题，有

---

1 蒙田曾多次表态站在庞培一边，他认为恺撒违背了罗马共和国律法。

2 指后三头政治的头头：安东尼、屋大维和李必达。

3 引自维吉尔。

4 指关于《斐德罗篇》的谈话。

5 《安德利亚娜》和《宦官》都是泰伦提乌斯的喜剧。

6 古罗马人除姓氏外还爱冠以绰号。希拉意为“酒糟鼻脸”，西塞罗意为“鹰嘴豆形脸”，托尔加图斯（公元前3世纪的罗马独裁官）意为“戴项链的人”。阿米奥在翻译普鲁塔克的《希拉传》时加注说：“因 Syl 的拉丁文意为赭石，放在火里赭石变红，所以希拉就成了‘红色’。”

7 指柏拉图对话集中的《离子篇》。柏拉图在文中坚持诗人那种轻快而充满灵感的风格。

些题材也是信手拈来，通篇作品被新奇的内容挤得喘不过气：且看他在《苏格拉底的恶魔》里用了怎样的笔调。哦，上帝，那天马行空式的离题，那莫测风云的变化真是美不胜收，越似漫不经心，信笔写来，意趣越浓！失去我文章主题线索的不是我，而是不够勤奋的读者。总能在文章的某个角落找到有关主题的片言只字，片言只字尽管过于紧凑，却不失为画龙点睛。我行文以变取胜，变得唐突，变得无绪。我的写作风格和我的思想同样飘忽不定。需要少许荒唐，荒唐而不愚蠢，大师们以箴言，尤以个人的榜样做了说明。

众多诗人写诗像写散文一般散漫，有气无力！然而古代最优秀的散文（我在《随笔集》里不加区别地将其当作诗篇）随处闪耀着刚劲和诗的大胆独创精神，再现了诗的全部灵感。当然，散文在语言上不应模仿诗的技巧和优势。柏拉图说，诗人坐在缪斯们的三角鼎上狂热地倾倒着所有涌上嘴边的东西，有如水池的喷口，不加咀嚼，不加斟酌，脱口而出，所言之物色彩各异，内容各不相同，像山洪一般汹涌奔流。[1]诗人本身就充满诗意，古老的神学也是诗学，是一流的哲学，是众神独特的语言，学者们如是说。[2]

我的意思是说内容本身就能自动突出自己。内容能清楚指明它在何处有变化，在何处做结论，在何处开始，而后又在何处重新开始，用不着引进连接和缝合的话加以编织，以服务于听觉不

1 根据柏拉图的《法律篇》。

2 可能根据瓦罗的言论。

灵或漫不经心的耳朵，也用不着我自己做自我诠释。谁不是宁可无人读他的书，也别让人疲沓地读，边读边忘？“没有东西有用到随手可用的程度。”[1] 倘若取书就是学书，看见书就是看书，浏览就是领会，那么我把自己说得那么无知就大错特错了。

我既然不能因为我的作品的重要性而得到读者的重视，一旦我以我的迷糊引起他们注意，那么“不算太糟仍是赢”[2]。“不错，但他们事后一定会为如此消磨时间感到后悔。”“很对，不过他们总算消磨了时间。”再说也确有此种脾性的人，读懂作品反而会引起这类人的轻蔑，这样的人越不明白我说些什么便越尊重我：他们认定晦涩正是我见解深奥之所在。而我却要慎重声明，我对晦涩深恶痛绝，坦白说，我能避免便尽量避免。亚里士多德在什么地方曾吹嘘自己故作晦涩：那是恶劣的矫揉造作！[3]

一开始我曾在每章里都运用删节，但我感到在读者的注意力在未被吸引之前似乎已遭到打断甚至摧毁，因为读者不屑于将注意力停留和集中在那么短的东西上，为此我开始写长章节，这就要求有分句和一定的容量。不愿为此类工作花费一小时就是什么都不愿花费。只在做别样事情时顺便为某人做事就是根本不为他做事。加之出于某种特殊的义务，我可能还要说话半吞半吐，含含糊糊，前言不搭后语。

我必须声明，我不喜欢令人扫兴的道理，不喜欢好大喜功的

1　引自塞涅卡《书简》二。

2　这是意大利语特有的表达方式。

3　据普鲁塔克的《亚历山大传》和奥卢斯-盖利乌斯的《雅典之夜》。蒙田在《辩护书》里曾嘲笑这种矫揉造作的晦涩。

消耗生命的计划以及过分精明的见解，即使见解中蕴含某些真理，我也认为这样的真理代价太高，不合时宜。相反，我竭力夸赞虚妄和无知，只要我为此感到快乐，我随我心之所至，从不严加控制。

我曾在别处看见一些房屋的断墙残垣，还有塑像、天空和土地：其实看到的永远是人。这一切千真万确；不过无论多么经常，我只要看见这座雄伟城市[1]的坟墓，赞叹崇敬之情必油然而生。他们对死人的关照值得我们称道。我自幼便受到这个城市的死人培养。在熟悉家事很久之前我已熟悉了罗马的事。我在知道卢浮宫之前早已知道卡皮托林山丘和山丘上的遗迹；在知道塞纳河之前我已知道台伯河。我思考卢库卢斯、梅特卢斯、西庇阿的生活状况和命运比我考虑任何自己人的事更经常。伟人们早已亡故。我的父亲也不例外，父亲和他们一样业已荡然无存，他远离我远离十八年，跟伟人们远离我远离一千六百年毫无二致；但这并不妨碍我想念并纪念我的父亲，延续他的友谊和交往，同他的朋友们联系紧密而热烈。

我甚至应该说，出于我个人的性格，我对死者责任的考虑变得越来越紧迫，因为他们之间已不能互相帮助，我认为他们似乎更需要我伸出援助之手。感激之情正是在那里才能大放异彩。凡存在相互回报的地方，好事都了结得不够圆满。阿尔瑟西拉斯访问生病的泰西庇乌斯时发现他家境贫困，便把他给病人的钱悄悄塞到病人的枕边，隐瞒自己的馈赠，这就在病人不知不觉中

1 指罗马。

免除了病人对他的感激之情。[1]那些应该从我这里得到友谊和感激的人从没有失去过这种机会，因为他们已经不在了，在他们不在而且不知道时，我已更优厚更细心地报答了他们。我在朋友们已经无法知悉时谈到他们，对他们的感情更为深厚。

现在，我要说，我进行过上百次论战为庞培辩护，并支持布鲁图的事业，这种神交迄今仍存在于我们之间。即使对当前的事物我们不也只凭想象进行判断吗！我自认在本世纪是个无用之人，既然如此，我便回身投向那个世纪。我对那个世纪之迷恋使我对古罗马自由、公正、繁荣的情景（因为我不喜欢这个城市的诞生期和衰老期）产生了极大的兴趣。因此每当我在幻想中重见伟人们的街道和房舍的遗址，乃至深入遗址的废墟时无不感到趣味无穷。亲眼看见那些我们知道某些身后名声甚佳的人物经常造访并居住过的地方，有时比听他们的事迹和阅读他们的作品使我们激动得多，此种情况不知是性情使然，还是缘于想象的误差？

“地域的提示力多么强大！……而这个城市的提示力更是无穷无尽：原来，每走一步，我们都踩在某个历史纪念物上面。”[2]我乐于端详古罗马人的容颜，还有他们的姿态和衣装：我一再默念着那些伟大的名字，让那些名字在我耳边回响。“我崇敬那些英雄，在伟大的名字面前我总会鞠躬致敬。”[3]在其中有些部分伟大而值得赞叹的东西里，我甚至对它们最平常的部分也五体投地。多么希望能看见那些伟人们争论、漫步、用晚餐呀！无视众

1　根据普鲁塔克的《如何区分讨好者和朋友》。

2　引自西塞罗《论责任》。

3　引自塞涅卡《书简》六十四。

多有教养的英勇之士的珍贵纪念物和塑像当为忘恩负义之举，我在阅读中曾看见他们生和死；如我们善于遵循他们的榜样，他们给我们的教益是极为丰富的。

此外，连我们参观的这座罗马城本身也值得人们喜爱，它从远古便结成城邦，给帝国增添众多的荣誉称号：那是唯一的万国共有之城。在那里指挥一切的最高当权者得到天下的一致承认；那是所有基督教国家的大都会；[1] 西班牙人和法国人，人人去那里都有宾至如归之感。要想成为这个国家的王侯只需来自基督教国家，无论他的国家位于何处。世上再没有别的地方得到上天如此坚定不移的厚爱。连那里的废墟都显得荣耀而傲岸。

> 它壮丽的废墟使它尤显珍贵。[2]

在它的坟墓里还保持着帝国政权的痕迹和图景。“所以，很明显，大自然在这独一无二的地方为它的作品得意非凡。”[3] 有人可能会为他被如此无谓的快乐触动而自责自恨。我们的感觉只要令人愉悦便不算太无谓；无论什么样的感觉，只要能使有一般辨别力的人不断感到满意，我就不忍心为他感到遗憾。

我欠命运之神很大的情，时至此刻命运并没有让我过分为

---

1 最高的当权者指罗马教皇。在《旅行日记》里，蒙田评述了罗马居民的国际性格特征：“在威尼斯也看得见同样多或更多的外国人……但在那里居住或住家的人却少得多。那里的百姓对我们的衣着方式或西班牙或条顿的衣着方式同对他们自己的衣着方式一样都不感到惊讶……”

2 引自阿波利奈尔。

3 引自老普林尼《自然史》。

难，起码没有超过我的承受能力。这或许是命运让它并不讨厌的人获得安宁的一种方式？

> 我们越节衣缩食
> 诸神给我们越多
> 一旦我一无所有
> 我便与无欲者会合……
> 谁欲求多就欠缺多。[1]

倘若命运之神继续如此，它送我上西天时我定会心满意足。

> 我不要求诸神给我更多。[2]

但当心碰撞！功败垂成者成千上万。

我将来不在人世时，此间发生任何事我都容易心安理得；当前的事已够我忙碌了，

> 我将其余的托付给命运之神。[3]

我并不具有所谓连接人与未来的强有力联系物，即继承姓氏和支撑姓氏荣誉的儿孙，若儿孙果真如此令人想望，我也许应当

1　引自贺拉斯。

2　同上。

3　引自奥维德。

对他们寄予更小的期望。我依恋尘世和今生全凭我自己。我只通过纯属我个人的琐事去和命运之神打交道，并不延伸命运之神对我行使的权力，而且我从不认为没有儿孙是一种缺陷，不认为这会使生活变得不够圆满不够如意。不育也有好处。儿孙属于没有什么值得格外想望的东西之列，尤其在极难使他们变好的今天。“如今产生不了任何好东西，因为胚芽是腐烂的。”[1] 不过，完全有正当理由痛惜那些得而复失的儿孙。

把家留给我操持的人预测我会毁掉这个家，因为他考虑到了我生性对家务事不感兴趣。他错了；瞧我是如何进入家庭管理事务的，虽谈不上管得更好，起码这不是担任公职，也不是担任有俸圣职。

总之，命运之神不曾对我进行猛烈的异乎寻常的伤害，但也没有施恩于我。它对我们家的赐予早我出生一百年，并没有什么根本的、实在的东西特别值得我个人感谢它的施舍。它给过我一些一风吹的、名誉、称号之类的恩宠，没有实质性的东西；而且事实上并非正式授予而是赠送（天晓得！）给我这样一个纯世俗的人，一个只愿得到实惠的人，一个认为实惠越丰厚越好的人；如果我敢坦白承认，我会说我不认为贪婪比野心难于原谅，不认为痛苦比羞耻难于避免；我认为健康与知识、财富与高贵同样值得企望。

在命运给予我的空洞恩宠里，没有一件能像罗马市民身份证书一样使天生性情愚顽的我感到高兴。前不久我在罗马接受了这

1　引自北非基督教神父、拉丁神学创立者德尔图良（约 155—约 222）的《护教论》。

份正式的罗马市民身份证书[1]，证书上印玺豪华，烫有金字，他们在授予我时显得既亲切又大方。因为金字以各种还算令人喜爱的笔法写就，又因在我见到证书之前有人给我看了样本，所以为满足一些人的好奇心（如果存在与同样我害好奇病的人），我想把这份证书转录于此[2]：

> 根据罗马城行政首长奥拉奇奥·马西米、马尔佐·瑟西奥、亚历山德罗·穆蒂提交元老院关于授予圣米歇尔骑士团骑士、"虔诚基督徒国王"常任宫内侍从、声名卓著的米歇尔·德·蒙田罗马公民权的报告，元老院及罗马市民代表特颁布如下政令：
>
> 据古老习俗，凡出身高贵之有德人士历次均被热忱接纳于我们之中，他们已经或即将为共和国效力并为之增光，有鉴于此，我们既对祖宗先例与权威满怀崇敬之情，就应以效法并保持优良习俗为职责。为此，热烈向往罗马人称号的圣米歇尔骑士团骑士、"虔诚基督徒国王"常任宫内侍从、声名卓著的米歇尔·德·蒙田以其个人之地位、家庭之显赫及本人之优良品质，理应经罗马市民代表及元老院做出最高裁定，并投票赞成被接纳

1　此身份证书为拉丁文。

2　《旅行日记》显示，罗马市民身份证书是蒙田自己积极要求得到的："不过我仍然力图得到，而且运用我的五种自然官能以获取这罗马公民的头衔，哪怕只为古老的荣誉和对它昔日权威的虔诚记忆呢。我曾遇到一些困难，不过我克服了那些困难，并没有利用任何人的照顾，甚至没有求助于任何法国人的才能。教皇的权威倒是用上了，是通过教皇的膳食总管菲利波·穆索蒂利用的，他对我特别友好……"

为罗马城邦公民并享有公民权。据此，元老院及罗马市民代表欣然宣布，声名卓著的米歇尔·德·蒙田功勋盖世并与高贵的罗马市民亲如手足，已被登录为罗马公民，此权利对本人及其后代均具效力。他与出生于罗马的公民及贵族，或以最佳身份成为罗马公民或贵族之人士享受同等光荣与优惠待遇。在此，元老院与罗马市民代表认为，与其说他们授予了权利，毋宁说他们还了欠债；与其说他们为一位获得公民权之人士效力，毋宁说他们接受该人士为城邦增光添彩之效力。

行政首长已责成元老院与罗马市民代表机构秘书缮写此元老院法令，以存放于卡皮托林山丘档案室，并责成其制作加盖此城市常用公章之证书。罗马城历二三三一年，基督诞生历一五八一年三月十三日。

神圣元老院与罗马市民代表机构秘书奥拉奇奥·佛斯科，

神圣元老院与罗马市民代表机构秘书文森特·马尔托利。

我不是任何城市的市民，所以我很乐意当最高贵城市的市民，它过去是，将来也永远是最高贵的城市。倘若别人同我一样注意审视自己，他们会同我一样发现自己极端空虚而无聊。我不摆脱自己就不可能摆脱空虚。我们一个个都被无聊和空虚浸泡起来了，但谁意识到此，谁便少遭殃，还用多说吗？

光看别处不看自己，这普遍的态度和习惯为我们办事出过力。自我乃是处处令人不快的观察对象，我们只能在其中看见卑微和虚妄。为了不使我们感到沮丧，大自然便有意把我们的眼光引向外部。我们顺水往前漂流，但反过来漂向我们自己的动作却十分吃力：大海退潮时海水便发浑而且阻碍重重。“看看天怎样移动吧，”人人都说，“去关心公众吧，看看这人如何吵架，那人的脉搏如何跳动，还有另外那个人的遗嘱；总之，你不看高处就看低处，看旁边，看你前边或看你背后。”从前，德尔斐神殿的神对我们的嘱咐[1]正相反：“看你自己的内心吧，认识你自己，依靠你自己；你的心思，你的毅力如用在别处，去把它们收回来；你在听自己说话；你在自己回答自己，集中精力吧，坚决顶住；有人在出卖你，在让你分散精力，在让你回避自己。你不见世人的眼光都在审视内心，他们睁开眼睛也为注视自己？审视自己，观察外部，这于你皆为虚妄，然而眼光越近越少虚妄。”“啊，人哪，”神继续说，“除了你，万事万物都首先审视自己，万事万物都在按自我需要限制自己的劳作和欲望。没有一事一物如你一般空虚贫乏，而你却操心全宇宙；你是无知的探索者，你是无司法权的法官，总之，你是闹剧的滑稽演员。”

1　指刻在德尔斐阿波罗神殿上的箴言：“你自己认识自己吧。”

十

论慎重许愿

与大多数人相比，能触动我的事物，确切些说，能掌控我的事物寥寥无几；因为，凡事只要不左右人，触动人还是合乎情理的。我十分留心通过学习思考审慎提高我这种无动于衷的特权，而这种特权在我身上已自然而然大有进展。我赞成的东西少，因而热衷的东西也少。我视力清晰，但我的视线只停留于很少的事物上；我感官灵敏却很脆弱。我的理解力和应用能力均嫌迟钝：我因而难以投身任何事情。我尽我所能把一切利用于我自身；而正是在此问题上，我要克制我的情感并乐于让我的感情不过分投入，因为我虽熟谙此道却仍受人摆布，而且我对此的支配权远不如命运对此的支配权。因此，连我十分珍视的健康，我都可能有必要不抱希望，也不能格外热心关注身体，关心到不能忍受任何疾病侵扰的程度。在憎恶痛苦和酷爱享乐之间本应适度；柏拉图曾为我们安排了一条介于两者之间的生活道路。[1]

然而我的确在竭力对抗使我不能一心专注于自己却寄托于别处的情感。依我之见，人有必要顺应他人，但只应献身于自己。[2]倘若我能轻轻松松抵押我的意愿，并使意愿轻轻松松适应别人，我是不会坚持抵制的：我太脆弱，出于天性，也出于习惯，

> 对事务反感，
> 天生为闲暇而心安。[3]

持续不断的激烈争论最终会有利于我的敌手，争论的结局会使我的狂热纠缠变得并不光彩，这样的争论和结局也许都将残酷地折磨我。如果我像别人一样真的去伤害人，我内心绝无力量承受好管闲事者经历的惊恐和激动；我的灵魂会因我内心的极度不安而立即崩溃。如果说有时我被迫掌管某些外部事务，我允诺的是掌管而非管到肺腑心肝；是承担而非与之融为一体；是照料，是的，但绝不热衷：我看那些事，但绝不盯住死看。我需要安排的事颇多，我个人也有众多揪心到血脉里的事务需要处理，哪里还容得下外部的事并为之卖命；我对纯属个人的日常基本事务兴趣颇浓，当然不会再招揽外部的事。明白自己欠自己多少情，自己该为自己效多少力的人都认为此种天然差事已足够他们忙碌而毫无闲暇。家事足矣，无须他顾。

1　参见《法律篇》。

2　此想法曾受到塞涅卡《书简》六十二的启发。

3　引自奥维德。

人人都在互相租赁。人不为自己而为他们屈从的人具有才能；他们家里住的并非他们自己而是他们的房客。这种普遍存在的看法使我不快：人必须掌控自己心灵的自由，只有正当理由才能促使我们抵押这样的自由，而只要正确判断，正当理由是寥寥无几的。瞧那些习惯于受人控制支配的人，他们在哪里都可以抵押心灵的自由，无论为大事小事，无论与己有关无关，都可以抵押；哪里有活干，哪里有责任，他们都不加区别一律插手，他们心里不乱便活不下去。“他们只为忙碌而找活干。”[1] 非因他们愿意走得如此之远，实因他们不能自我控制，恰如石头坠地，只有掉到地上才会停止。[2] 在某种类型的人看来，工作乃是精明和位高的标志。他们的思想只在动中求静，有如儿童在摇篮中寻求安睡。他们对朋友说得上热心殷勤，而对自己却可谓十分厌烦。无人愿将银钱分发别人，人人都分发自己的时间和生命；我们对时间和生命挥霍之多，超过我们挥霍的任何东西。而唯有吝惜时间与生命对我们有益，值得赞誉。[3]

我待人接物的态度则迥然不同。我一切依靠自己，大凡希望得到什么均从容不迫，而我之所求原本寥寥；我忙于事务亦如此，罕见，不急不躁。人们企望什么处理什么总全力以赴，急切热烈。而世上险境环生，欲万无一失，则必须入世而蜻蜓点水浅涉其足。应浮游其上而勿深入其中。沉湎于享乐，享乐本身亦为痛苦：

1　原文见塞涅卡《书简》三十二。

2　此形象比喻亦借鉴塞涅卡《书简》九十四。

3　此段参见塞涅卡《论生命短暂》。

你踩着

隐藏于凶险灰烬中的火。[1]

波尔多的先生们选我做他们城市的市长[2]，而我却远离法国，更远离这个想法。我借故拒绝了，但有人对我说我错了，连国王也下令干预此事。这个职位似乎格外崇高，因为除了任职的殊荣，既没有薪俸，也没有别的收益。任职期两年，还可以通过下次选举连任，不过连选连任的情况极为罕见。如今却在我身上发生了，此前曾出现过两次：几年前德·朗萨克先生有过这种经历，最近是法国元帅庇隆先生[3]，我接替的正是庇隆先生的位置：我本人的位置后来交给了德·马蒂尼翁先生，他也是法国元帅。我为能与如此高贵的人为伍而深感自豪。

无论和平抑或战争年代，

两者皆为优秀统帅！[4]

命运之神愿意在此特殊情况之下分享我的晋升，以贡献自己一份力量。这次晋升绝非徒劳，因为在科林斯人的使节向亚历山

1　引自贺拉斯。

2　一五八一年八月一日，波尔多的市政官吏们选蒙田为市长，当时蒙田正在意大利海滨浴场。九月七日，他用意大利文写道：“同一天上午，有人取道罗马送来德·托森先生八月二日从波尔多写来的信。他通知我说，头一天我被全票选为波尔多市长。他敦请我为了对祖国的爱而接受这个职务。”

3　德·朗萨克系查理九世国王派驻“三十人宗教评议会”的大使。庇隆（1524—1592）系蒙田的前任。他在敌人围攻厄佩奈时殉职。该城至今仍有一条街以他的名字命名。

4　引自维吉尔。

大献出他们城市的市民花名册时，亚历山大对大使们不屑一顾[1]，而当大使偶然向他提起酒神巴克科斯和大力神海格力斯如何列入此户籍登记簿时，他便亲切致谢。

到任后，我就忠实认真地介绍自己的性格，完全如我感觉到的那样准确：没有记性，没有警觉，没有经验，没有魄力；也没有仇恨，没有野心，没有贪欲，没有粗暴，以便波尔多的先生们得知他们对我的供职可以期待些什么。促使他们做出此决定的，仅仅是他们对先父的了解和对他信誉的怀念，因此，我明确补充说，眼下任何事情都可能对我的意愿产生影响，犹如昔日先父主持他们召我赴任的这个城市时，他们的事务和他们的城市对先父的意愿产生影响，我对此很可能感到不快。记得在我童年时，我曾眼见父亲日益苍老，他在公众事务的纠缠中，心灵受到痛苦的烦扰，竟顾不得家庭和睦的气氛；而在担任公职之前，衰老曾使他长久依恋家园；他对夫妻生活和他的健康也掉以轻心，而且长年累月为公务做艰苦的旅行不能脱身，当然也忽视自己的生命，甚至考虑以身殉职。[2]他就是如此，加之他天生宽厚仁爱：从没有比他更慈善、更得人心的人。这种生活方式，在别人身上我可以赞扬，我自己却并不愿意效仿，而且我并非没有借口。父亲曾听人说必须为他人而忘却自己，说个体无论如何不能与总体相提并论。

世上的规矩和箴言大都以此种方式将我们推于自身之外，并

1　参见普鲁塔克的《政府的三种形式》。

2　蒙田的父亲皮埃尔·埃康于一五五四年八月一日当选波尔多市长。

将我们就地赶走，以便为公众社会服务。那些规矩和箴言总希望改变我们，让我们放弃自己，以达到良好目的，因为圣贤们先入为主，认为我们都过分依恋自己，而这种依恋又十分自然；为此他们不惜一切定规矩、讲箴言。圣贤不按事物的本来面目而按事物有利于什么进行说教，这并非新鲜事。

真理有妨碍我们、对我们不利、与我们不相容的一面。它们往往需要欺骗我们，以达到我们不自欺欺人的目的，还需要蒙住我们的眼睛，麻醉我们的理解力，以训练并改善我们的视力和智力。“无知者才进行判断，必须经常欺骗他们，使他们避免犯错误。”[1] 当圣贤们命令我们超前于事物三度、四度，甚至五十度去爱时，他们是在模仿弓箭手的射击术。为了射击到位，弓箭手瞄准目标总超过靶子很高。为了竖直弯木头，人们把木头往相反的方向弄弯。[2]

我认为帕拉斯神庙和别的一切宗教寺庙一样，有些表面显得秘密的仪式是做给百姓看的，而另一些更高层次、更奥秘的仪式则只向奥义信徒表演。在那些信徒身上存在友情的真正本质，这可能是实在的。那绝非虚假友情，它会使我们贪图荣誉，追逐知识、财富以及珍爱得毫无节制的东西，像我们肢体一般的东西；也非发展得超过底线、毫无判断能力的友情，这样的友情可能发生常春藤常见的情况，即腐蚀并摧毁它紧贴的墙壁。那是一种有利于健康的、有理性的，既有益又有趣的友谊。谁明白此种友谊

1 引自坎提利安《演讲法规》。

2 借用普鲁塔克的形象比喻，见《如何区分讨好者和朋友》。

的义务并尽此义务，谁就真正属于文艺女神的殿堂；他已达到人类智慧和吾辈幸福的巅峰。这样的人明确知道自己应当做什么，他在自身生活的角色中感到他应当遵从他人和社会实行的惯例，而且为此在相关的范围尽职尽责，为公众社会做出贡献。毫不为别人而活就是不为自己而活。“你是自己的朋友时，记住，你就是众人的朋友。”[1] 我们的主要责任就是人人为自己的行为负责，我们相聚于此正是为此。谁不过正常而洁身自好的生活，却以为引导训练他人过这种生活便尽到了义务，那定是蠢人；同样，谁抛弃自己正常愉快的生活而去保证别人过这种生活，在我看来，他的决定既不正确也不近人情。

我并不主张人在承担公职之后又漫不经心，拒绝奔波、演讲、流汗或在必要时流血：

> 我个人，我不怕为亲爱的友人，
> 或为祖国奉献我的生命。[2]

然而，我愿意人们仅仅同意附带履行这样的使命，而他在思想上却永远处于平静、健康的状态；并非毫无作为，而是没有烦扰，没有狂热。单纯行动并不费劲，连睡梦中都可以行动。然而一开始行动就必须谨慎，因为人的身体承受的负担正是大家根据负担本身的情况为他施加的，而他的思想却往往扩大加重这种负

1　引自塞涅卡《书简》六。

2　引自贺拉斯。

担，不仅对他有害，并且想加到什么程度便加到什么程度。[1]人们做同样的事花费的力气不同，意愿大小也各异。没有狂热，行动照样顺利。有多少人日复一日去与己无关的战争中冒生命危险！有多少人日复一日急匆匆投入胜负都不影响他们迅速安眠的战役里！有的人身居家中，远离战争危险，甚至没有胆量正视此种危险，他倒比在战场流血卖命的士兵对战争的结果更感兴趣，心情也更为此焦躁不安。我曾做到参与公务但不舍弃自己一分一毫；我为别人效力但从不剥夺自我。

激烈的渴求于事无补，反倒妨碍人的行为[2]，使我们对不顺利之事或对迟于发生之事焦躁不安，对与我们打交道的人尖酸刻薄，满腹狐疑。受事情左右和驾驭便永远处理不好事情。

迷恋永远是误导者。[3]

在行动中只运用判断力和机智性格的人处理事情必定轻松愉快：他装假，让步，视情况需要任意推迟一切；他可以失误，但从不苦恼，从不悲伤，并做好全面准备重新再干；他在前进中永远掌握行动的自由。相反，在愿望强烈、专横、如醉如痴的人身上必然见到大量不谨慎不公正的表现；他渴望之狂烈必定压倒一切：他行动必然莽撞，如运气不帮大忙，效果必然微乎其微。人

1 根据普鲁塔克回忆录《论放逐》。

2 根据塞涅卡《论即将顺利》。

3 引自斯塔斯。

生哲学要求，在为所受冒犯而惩处对方时需排解怒气[1]：不为削弱复仇，恰恰相反，是为复仇更击中要害，更有分量；因他认为欲达此目的，狂怒碍事。愤怒不仅扰乱思想，而且会自动使惩罚者的手臂疲乏不堪。愤怒之火会减弱并消耗手臂的力量。“仓促乃延误之因”[2]，在仓促中，匆忙本身可以造成绊子，会自阻自停。“快速自阻。”例如，据我平时观察，贪婪之最大障碍是贪婪本身：贪婪之弦绷得越紧越有力，收效越微。通常，大方假面下的贪婪可更快获得财富。

我的朋友，一位极善良的绅士，是某位王子的宫内侍从。[3]他对主人的事过分热心过分关切，头脑的健康竟因此受到扰乱。他的主人私下对我如此这般描绘说：“他把重大事故看成一般事务，面对无法挽回的事故，他又立即下决心加以承受。对别的事也如此，他决定对其采取必要的预防措施之后（他思维敏捷，所以决定快速），却安安稳稳坐等随后可能发生的事。”的确如此，我曾亲眼看见他有此种表现，他在处理重大棘手的事务中，行动和面部表情竟一直显得十分漫不经心，随随便便。我发现他在倒霉时比在走运时更高尚更干练：他认为他的失败比他的胜利更光彩，他的哀伤比他的喜悦更值得自豪。

仔细想想，哪怕在徒劳而又毫无意义的行为里，在下棋、打网球以及类似的行为里，只要陷入一发而不可收拾的狂热欲望中，思想和四肢都会立即变得冒冒失失，杂乱无序：他会着迷，

1　根据塞涅卡《论即将顺利》。

2　引自昆图斯–库提乌斯《亚历山大大帝传》。

3　也许指雅克·德·塞基尔。一五七六年他任纳瓦拉国王宫中侍从，后任宫内总监。

会自我困惑。对输赢处之泰然的人则随时都能主宰自己；他对赌博越愿认输越不热衷，他赌起来就越有利越有把握。

总之，我们让心灵感应的事太多便会妨碍心灵理解和把握事物。有些事只需展现在心灵面前，另一些事则必须和心灵水乳交融。心灵可以看到并感觉到一切事物，但它只能自己丰富自己，只应了解自己亲身感受到的事物，确切地说，即它应占有的事物，它自身的养料。自然规律告诉我们什么是我们确切需要的东西。圣贤告诉我们，没有人天生贫穷，人是否贫穷依他的看法而定，圣贤作如是说之后[1]，便巧妙区分什么是出于自然的欲望，什么是出于妄想的欲望；有尽头的欲望为自然的欲望，一直引诱我们往前跑，使我们找不到尽头的欲望便是我们自己的欲望。财产的贫乏易治，心灵的贫乏治不了。

人如只满足“够”，
我之所有当足量；
而情况既非如此，
再大的财富，怎能满足我的欲望？[2]

苏格拉底见他的城市排场大，拥有大量的钱财、珠宝和贵重家具，他说：“我不欲之物何其多也！”[3]梅特罗多尔每日靠十二盎

1　参见塞涅卡《书简》十六。
2　引自卢西留斯。
3　引自西塞罗《图斯库卢姆谈话录》。

司饮食生活。[1]伊壁鸠鲁吃得更少。梅特罗克勒斯冬日与羊群同眠，夏日眠于教堂的回廊之下。[2]"自然足以供应吾人之需。"[3]克雷安泰斯靠双手生活并引以为豪，说，如他愿意，他还能养活另一个克雷安泰斯。[4]

如果说，人天生为保持人类生存最初确切要求于我们的东西微乎其微（的确，有多微乎其微，人维持生活有多便宜，唯有这样表示方能说得更为明确：如此之微乎其微，因此人正是靠这微乎其微逃脱命运的打击和俘虏的），我们就给自己多一点什么：比如，把我们每个人的习惯和自身状态称作天性，并以此标准确定我们的财产和权利的分配，以此标准互相对待，再扩展我们之所有，再扩展我们的利益，就到此为止吧！我认为到此为止我们便可以得到某种谅解。习惯是人的第二天性，而且并不弱于第一天性。凡我习惯中缺少的东西，我认为那正是我本人缺少的东西。如若有人使我的生活远离我长期生活的状态，我几乎宁愿他夺走我的生命。

我再也无力承受大的变动，再也不能投身新的不寻常的生活方式，哪怕投身进去会提高我的生活质量呢。如今已不是变为另一类人的时候了。我该为此刻可能降临到我身上的什么意外奇遇感到十分遗憾！可惜它没有在我有能力享受的时刻到来。

1　根据塞涅卡的《书简》十八。

2　根据普鲁塔克《愿唯邪恶足以置人类于不幸》。

3　引自塞涅卡《书简》九十。

4　引自第欧根尼·拉尔修《克雷安泰斯生平》。克雷安泰斯（约前 330—约前 232），斯多葛派哲学家。

我如不能享受财产，

财产来之何益？[1]

我也许同样会为家庭内部的某些进展感到可惜。可以说永远不当老实人也比当老实人如此之晚强，没有生命时当然谈不上当一个会生活的人。作为正在离开尘世的人，我会轻易把我学到的谨慎处世之道传授给任何前来的人。这岂不是晚餐之后上芥末！我不需要做好事，因为我做不成任何好事。知识于无生命之人有何用处？馈赠我们礼物，恰好让我们为正当其时却并无礼物而气恼，这是命运之神对我们的侮辱和冷遇。别再做我的向导，我已走不动了。构成精明的因素颇多，唯耐心足矣。你去给肺已坏了的歌手以优美的高音，给幽居于阿拉伯沙漠的隐修士以口才！终结何需技巧：凡事到头必自动结束。我的世俗生活已到尽头，我已心力交瘁；我已全部成为过去，所以应当允许终结来临，并使我的归宿符合这种终结。

我的意思是：教皇新抹掉十天[2]使我的情绪如此之低落，我的确难以适应。我属于以别样方式计算日子的年代。那古老而悠远的习俗在提出要求，召我回去。对此问题我稍有异端思想实属不得已而为之，因为我很难适应新鲜事物，哪怕是起纠正作用的新鲜事物：我的想象力同样气恼，它总提前十天或延后十天扑过来在我耳边咕哝说："教皇颁布此规定涉及还未出生的人。"倘若

1　引自贺拉斯。

2　格列高利十三世教皇于一五八二年命路易·李利奥、彼埃尔·沙龙、克利斯托夫·克拉维尤斯改革历书，将十二月九日推进到十二月二十日。

美好的健康心血来潮般不期然地找到了我，那与其说是让我享受健康，不如说是让我感到懊恼；我已无力让健康在我体内栖身了。时间正离我而去，没有时间就没有一切。哦，我多么不重视世间选举产生的、只给准备谢世之人的高级职位！大家不重视掌握此种职权是否合适，只看掌权的时间该有多短：一上任就在准备离任。

总之，我正在忙于结果我这个人，并不想将其改造成另一个人。长期的习惯已使我的生活方式变成了生活实质，我的社会生活状态也已变为天性。

因此我说，我们当中每个人出于软弱，认为凡在上述标准以内的东西都是自己的东西，这样的人可以得到宽恕。但超过那些极限就只会带来混乱。这是我们能赋予我们权利的最大范围。我们越扩大我们之所需与我们之所有，就越受到命运和患难的冲击而难以自拔。我们欲望的自由度应限制和紧缩在最直接的舒适范围以内[1]；而且欲望不应按直线运动，因为直线的尽头在别处，它应顺圆圈运动，只有如此，欲望的两端经过短暂的转弯才能相靠，并在我们身上结束。不做此种转弯继而回头的行为是错误的、病态的行为，那正是贪婪之人、野心家以及众多别的不由自主直往前赶的人的行为。

大部分职业都称得上是演戏。“全世界都在演戏。”[2]应当像模像样地扮演我们的角色，但应是模仿剧中人物的角色。不必将面

1　参见塞涅卡《论心灵的安宁》。

2　佩特罗尼乌斯语录。蒙田摘自约斯特·利普斯《忠贞》。约斯特·利普斯发挥了蒙田所珍视的这种想法，认为对公众的痛苦必须悲伤有节。

具和外表当成实质，也不必将外来的当作自己的。我们不善于辨别皮肤和衬衣。面部抹粉足矣，何须给内心涂脂抹粉。我见过一些人，他们不仅在形体上，而且在实质上起了变化，有了新的面貌，变成了新的职务中的人。他们一举一动官气十足，深入骨髓，而且把官气一直带进厕所。我无法教会他们区别与他们个人有关的礼貌和与他们的差事、他们的随员或与他们的骡子有关的客套。“他们如此沉醉于他们的飞黄腾达，竟忘了飞黄腾达的性质。”[1] 他们照官职拔高自己的灵魂，使平时的言谈变成官员的夸夸其谈。市长和蒙田永远是两回事，两者之间的区别何止云泥。要成为律师或财政官员，就别低估此类职务中存在的欺诈行为。一个老实人可以不是他职业中存在的道德败坏或蠢行的责任者，但他也不会因此而拒绝从事他的职业：那是他家乡的习俗，而且也有利可图。必须照大家对社会的认识适应社会，而且利用社会。但皇帝的见解应高于他的帝国，他应把帝国看作自身以外的次要事物；而他自己私下则应善于自处并与人推心置腹，有如雅克与彼埃尔，至少对自己心口如一。

我不会陷得很深很全面。当我的意向促使我站在某一边时，我的见解并不受任何强制性义务的影响。在这个国家当今的动乱中，我并未因我个人的利益而否认我们的敌手身上值得赞扬的优点，也不否认我跟随的人身上应当指责的品质。别人对自己这边的一切崇爱备至，而我，我甚至不原谅我见到的我们这边的大部分事情。一部优秀作品不会因为在我的诉讼里为对方辩护而失去

---

1 引自昆图斯-库提乌斯《亚历山大大帝传》。

光彩。除非涉及辩论的症结，我的心情永远处于淡定和洒脱的状态。“除战争需要，我从不记死仇。”[1]我为此自满自足，因为我通常看到的与此相反的做法都站不住脚。“如此人不能顺乎理智，那就让他沉湎于痛苦。”[2]将愤怒和仇恨扩大到超过事情本身（如大多数人之所为），这说明他们愤怒和仇恨的起因在别处，根源也很特殊：有如某人的溃疡病痊愈了，但烧还不退，这显示出发烧还有别的更隐蔽的根由。原来他们的愤怒和仇恨并非出于共同的原因，也不是因为所有的人和国家都受到了损害。他们怨恨的只是这原因在折磨他们个人。这就不难看出他们为什么格外义愤填膺，愤怒到不公正、不近情理的程度。“他们意见一致与其说是为了谴责整体，不如说为了各人批评与自己有关的。”[3]

我希望优势在我们这边，但如不在我们一边，我也不会发火。我坚决赞成最正确的党派，但我不愿意别人特意把我看作其他党派的敌人，并超过一般的情理。我强烈谴责这种有害的判断方式：“他是‘联盟’中人，因为他欣赏德·基斯先生的幽雅风度。”[4]“纳瓦拉国王的活动使他惊叹：他是胡格诺派中人。”“他认为国王的品行中有些方面值得议论：他准有叛逆之心。”我不承认审查官员有权因一本书而将某位有异端思想的人与本世纪最优秀的诗人[5]并列，并查禁这本书。我们在谈论窃贼时难道就不敢

1 拉丁文引语，出处不明。

2 引自西塞罗《图斯库卢姆谈话录》。

3 引自李维《罗马史》。

4 所谈之人为当时稳重的精英如纪尧姆·狄·威尔及巴斯奇叶，他们忠于国王，同时又欣赏吉斯公爵。

5 指泰奥多尔·德·拜泽。

说他的腿长得美？如果她是妓女，难道她也必然是令人憎恶的无耻女人？在比当今更明智的年代，难道大家曾取消昔日授予宗教和公众自由的维护者马尔库斯·曼利乌斯的崇高头衔“卡皮托林努斯”？[1]是否因为他后来追求君主专制有损于国家法律，便压制大家纪念他的慷慨大方、赫赫战功和他因勇敢而获得的军赏？[2]如果人们恨一位律师，第二天他们就会认为这位律师变得毫无口才。我曾在别处谈到宗教热忱曾驱使一些好人犯类似的错误。至于我，我一定会恰如其分地说：“他干那事是作恶，干这事是行善。”

对待预测和凶险事故也如此，人们总希望每个人拿主意时都盲目而呆笨，希望我们的信心和判断别符合实际，而只符合我们凭愿望做出的设想。我倒更容易犯另一个极端的错误，因为我很害怕我的愿望引诱我干坏事，加之我对我希冀的东西又很不相信。在我年少时，我曾亲眼看见百姓轻率得出奇，随便任人操纵自己的信念和希望，以取悦于领袖并为领袖所用，不再计较领袖对他们犯下的大量错误，也不再考虑自己的幻想和梦想，我当时将此视为奇迹。我再也不奇怪为什么阿波罗尼乌斯和穆罕默德[3]的模仿者能煽动和欺骗那些人：那些人的见识和理解力全部被挤压到让位给了狂热。他们的辨别力除了用于对他们有利和加强他们事业的东西，再没有别的选择。我在我们那些狂热党派中首先

1　马尔库斯·曼利乌斯系活跃于公元前四世纪的罗马军政领袖。卡皮托林努斯即卡皮托林山丘的马尔库斯·曼利乌斯。该山丘系罗马著名七山丘之一，其最高处建有朱庇特、朱诺和米纳瓦诸神的庙宇。

2　根据李维《罗马史》。

3　阿波罗尼乌斯·摩罗，演说术教师，西塞罗的老师；穆罕默德为伊斯兰教的创始人。

成立的那一派[1]里确定无疑地察觉到了这一点。另一派在其后诞生，模仿前一派有过之而无不及。我由此看出，此类性质的事与群众的错误难以分开。一桩错误过去，舆论便顺风互相推挤着往前赶，像波涛汹涌一般。谁如持异议，谁如步调不一致，谁就不是团体中人。你想挽救一些正确党派使其不受骗上当，你就是在损害这些党派。我向来与此背道而驰。此道适于头脑不健全的人；对头脑健全者，别种途径不仅更正派，而且更有利于保持勇气和摆脱不利的意外。

上天从未见有什么分歧的严重程度能与恺撒和庞培之间的分歧相比，将来也见不到。我却似乎在这两位优秀人物身上看出了相互之间高贵的节制态度。那是一种唯恐失去荣誉和指挥权的敌对心理，这种心理不会导致他们之间极端的、疯狂的仇恨，这种敌对没有恶意，也不存在相互诋毁。在他们争夺战功最激烈的时刻我也能发现某些残留的敬意和仁爱之心，因此我可以断定，如有可能，他们两人都愿意自己事业成功，而最好不引起同伴的毁灭。马略和塞洛的情况却大相径庭：当心！

不必如此狂热追逐感情和利益。年少时，我曾阻止我的爱情过快的进展，当时我对此做过缜密的思忖；万一爱情逼我不由自主，并诱我一切听其摆布，我会为此感到不悦，因此，如今无论处于何种情况，只要我的心意过分热切，我都照此办理：对我倾心的事我偏反其道而行之，权当我已眼看我这份心意正沉浸酒中昏昏欲醉。我避免内心过分快乐，否则要收心必遭严重损失。

1　指一五七六年成立的天主教联盟，该派是紧接波里尤和平条约之后成立的。

因愚蠢而肤浅看待事物的人总把受害较轻视为幸运而自喜，这是貌似健康的精神麻风，是一种连哲学也绝不蔑视的健康形式。但无论如何将其称作智慧总是没有道理的，而我们却往往如此称呼。古时有人以我即将谈到的方式嘲笑第欧根尼在严冬时节光着身子去抱一个雪雕像以考验自己的耐心。[1] 嘲笑他的人遇见他时，他就处于这种姿势。“你此刻感到很冷吗？”他对第欧根尼说。“一点不冷。”第欧根尼回答。“那么，”那人继续说，“你站在这里是否想干点什么艰难的事以做示范呢？”为了衡量韧性就必须了解痛苦。

凡需要从深度和激烈程度认识不利事变和偶然损失，凡需要衡量品尝不利事变和偶然损失固有的严重性和分量的人，他们最好巧施手段以避免引起事变和损失的根源，并转身避开可能引他进入的通道。戈蒂尤斯国王是如何行事的？[2] 他慷慨买下别人推荐给他的贵重漂亮的餐具，但因餐具格外易碎，他一买过来便立即亲手将其打碎，以便为自己及早除去一个极易向仆人发怒的理由。同样，我也主动避免让我的事务与外部事件混淆不清，而且不谋求我的亲人和我必须深交的朋友接近我的财产，否则容易产生疏远或引起纠纷。从前我喜爱牌和骰子之类冒风险的游戏；我早已不玩了，只因我输了时无论装出多好的脸色，内心里仍然感到不痛快。一个重视信誉的人遇事可能会从心底感到别扭和受了冒犯，但他只要不想把干蠢事作为对自己损失的报偿和安慰，他

1　故事引自普鲁塔克《拉栖第梦人的所谓头面人物》。

2　故事出处同上。戈蒂尤斯系古代意大利西北部利古里亚部落国王。

最好不要参与不稳当的事和有激烈争执的事。我像躲避瘟疫病人一般躲开气质忧郁的人和一触即怒的人；对我不能冷静、毫无激情对待的话题，如果不为职责所逼，我是不会介入的。“宁可不开始，也别中途停止。”[1] 因此，最稳妥的办法是事先做好思想准备。

我明白，有些先贤则殊途行事，他们不怕深深陷入许多事情的要害部分。这类人士对自身的力量很有把握，具备了此种力量之后，他们在各种敌对势力取得胜利之时也能保护自己，他们善于凭毅力同坏事做斗争：

像巨石兀立于万顷波涛，
任狂风与恶浪咆哮，
不惧天空海洋的猛袭威逼，
他巍然屹立毫不动摇。[2]

我们别想赶上或超过他们做出的表率，因为我们达不到他们的高度。他们顽强坚持，眼看国家毁灭也不感到心慌意乱，因为他们的意志已完全受国家主宰。此种态度于我们普通人却过于吃力过分艰难。小加图为此而抛弃了有史以来最为高贵的生命。我们这些小人物应当躲避风暴，躲得越远越好：必须着力预感到打击的来临，而非准备承受打击，必须避开我们抵挡不住的袭击。

1　引自塞涅卡《书简》七十二。
2　引自维吉尔。

芝诺看见他喜爱的青年克列蒙尼岱斯走近他，想坐到他身边，他便突然站了起来。克雷安泰斯问他站起来的原因，“我听说，”他答道，“医生嘱咐让人休息为主，并禁止任何肿块受到刺激。”[1] 苏格拉底不说：别对美的诱惑俯首帖耳，应经受住美的考验，还应努力加以反对。他说：躲开美！跑到对美的视线之外，避免和它相遇，有如避开远远朝你扑过来袭击你的剧毒。[2] 大居鲁士的优秀门生在编造或背诵（依我之见背诵的可能性大于编造）这位皇帝非同寻常的美德时，说他不相信自己有力量经得起他的女俘、著名的绝代美女庞蒂的诱惑，所以委托某个不如他自由的人去看望女俘并守卫她。[3] 圣灵也如此：“别引我们受诱惑。”[4] 在祈祷时，我们不求主别让我们的理智被色欲击溃，而求主别让我们的理智经受考验，别把我们引到我们不得不容忍罪孽接近我们、吸引我们和诱惑我们的状态。让我们恳求上帝保持我们良心的宁静，使我们的良心全面彻底摆脱与邪恶的交往。

人在说他已经克服了报复的狂热或别的什么灾难性的狂热时，他说的往往是符合当前事实的真话，但并不符合过去的事实。他们在向我们谈及此事时，他们错误的起因还正在由他们自己维持着，推进着。请往更远处回溯，请回想那些起因产生的根源：在那里你可以出其不意把那些根源抓个正着。人是否希望自己的错误因为犯的时间早而变得轻微？是否希望从不正确开始

1　引自第欧根尼·拉尔修《芝诺生平》。
2　引自色诺芬尼《可纪念者》。
3　根据色诺芬尼的《居鲁士全书》。
4　引自《马太福音》。

接下去就正确了？

谁像我一样，希望自己的国家好而又不为此患上溃疡病或瘦下来？他看见国家有毁灭的危险或危如累卵会感到很不痛快，但不会怕得浑身麻木。可怜的船舰，风浪和航员在把它拉向怎样相反的目标呀！

> in tam diversa magister,
>
> Ventus et unda trahunt.[1]

谁不像追求不可或缺之物一般向王公张口要求恩宠，他对王公们冷淡的接待和脸色，对他们易变的心性就不会感到格外恼火。谁不溺爱儿女或荣誉爱到鞠躬尽瘁的程度，他在损失了儿女或荣誉之后仍可以生活得十分自在。谁做好事主要为自己满意，他在见到别人低估他的功劳时便不会改变初衷。一丁点儿韧性便可弥补此种麻烦。我运用此法，从而以极便宜的代价弥补了开始时出现的问题，而且我意识到我已避免了许多劳作和困难。我稍做努力便能在我激动伊始时加以遏制，并在考虑的事情已使我不安但尚未主宰我之前放弃此事。不能制止于起跑，便无法制止其奔跑。不能拒之于门外，便不能将其赶出家门。不能战胜开头，便不能战胜结尾。支撑不住动摇，便支撑不住坠落。“因为人一旦脱离理智，狂热便不请自来；软弱很自信，软弱的路越走越

1 引语无从查考，但蒙田在引此句之前已将拉丁文译成法文，即引语之前的句子。

宽，以至于再也找不到隐藏自己的处所。”[1] 我能及时发现前来触摸我，并在我内心飒飒作响的微风，那是暴风雨的征兆：“心灵，在被制服之前很久，便已动摇。”[2]

微风初起在林中飒飒作响
风儿的喃喃低语传到四方
向水手预报风暴即将来到海上。[3]

在一个世纪的烦扰和与我的天性水火不容的卑鄙龌龊的诉讼之后，我曾多少次对自己施以明显的不公正，以避开承受法官们更不公正待遇的风险！“为了避免诉讼，应当尽力而为，也许应比尽力而为做得更多些，因为放弃部分权利不仅值得赞扬，有时甚至大有裨益。”[4] 人若聪明，就应为损失感到高兴与自豪，比如有一天我听见一个大家族子弟天真地向所有人热烈谈论他母亲如何败诉，就像谈他的咳嗽、发烧或别的什么令人厌烦的照料似的。命运曾给我一些恩宠，如我的亲族关系，以及我与享有至高无上威望的人物的交往。我曾真心实意采取措施竭力避免利用此类关系危害别人，而且从不让我的权利超过它准确的价值。总之，我尽量得过且过（但愿说此话别让我倒霉！），因此我还没有经历过起诉，尽管有许多次，如果我同意，人们完全可能以正

1　引自西塞罗《图斯库卢姆谈话录》。
2　此拉丁文引语出处不明，蒙田已将其译成法语。
3　引自维吉尔。
4　引自西塞罗《论责任》。

当理由在我任职期间提出起诉；我也没有遇到过吵架的事。要不了多久我就算长寿了，倒没有遭到过严重冒犯，也没有冒犯过别人，甚至没有听到过骂我的话；这是上天难得的恩泽。

我们的大规模纷争往往由滑稽可笑的动机和原因触发。我们最后一位布戈涅公爵为一大车羊皮引发的纠纷蒙受了什么样倾家荡产的损失！[1]刻嵌印章不是一个国家有史以来经受的最可怕的崩溃的首要原因吗？[2]庞培和恺撒无非是那两位的后代和效法者。[3]我见当代王国内最明智的人士花公款、摆排场，客客气气聚在一起签署条约和协议，而那些条约协议实际上却取决于有权势的夫人闺阁中的闲聊和某些弱女子的癖好。诗人们对此心领神会，他们为了一个苹果，可以把希腊和亚洲置于火海血泊之中。瞧瞧那一位，他为什么带着剑和匕首，去拿他的荣誉和生命碰运气？[4]让他告诉你那场战争的根由，他告诉你时准定脸红，因为原因太无聊了。

一开始，少许思考便可解决问题，然而一旦卷了进去，全部绳索便抽紧了，那就需要花大力气，花的力气大得多，也难得多。不卷进去比摆脱出来容易得多！必须反芦苇之道而行之，芦苇在萌芽之初长出的是一只又长又直的梗，但在此之后它仿佛疲

1　例子引自菲利普·康明的《回忆录》，或引自博丹的《共和国》。后者表达了和蒙田类似的思想。最后一位布戈涅公国国王查理猛士同瑞士人的争端，其起因可能是德·罗蒙主教没收了经过他家领地的瑞士人的一大车羊皮。

2　指塞洛为纪念他对北非努米底亚国王朱古达（前 118—前 105 年在位）的胜利而命人将刻的印章嵌于建筑之上，此举引起马略的嫉妒。故事摘自普鲁塔克的《马略生平》。

3　指庞培和恺撒是塞洛和马略的子孙和效法者。

4　指拉伯雷所著《卡冈都亚无可估量的一生》中可笑的英雄。可以将蒙田的这种思想同拉伯雷关于皮克罗绍尔战争根源的思考做比较。皮克罗绍尔系《卡冈都亚》中的人物，一个可笑的国王。

惫不堪，喘不过气来，它意外长出些节子，又多又密，宛若一个个休止符，这说明它已没有最初的活力和坚韧性了。宁可心平气和而又冷静地开始，把自己正常的呼吸和勇猛的冲劲保持到事情的高潮和善终之时。我们在事情开始阶段对它们进行引导并随意支配它们，然而在此之后，事情一运动便是它们引导和带动我们，我们便只好跟着事情走了。

但这并不说明我已靠这个行为准则摆脱了所有的困难，也不意味我常常毫不费劲便能控制我的狂热。狂热并不一定总能随情势而受到抑制，而且狂热初起时往往十分激烈。尽管如此，从这个行为准则中仍可以节省力气，仍可以获得成果，不过那些因名誉未得改善，便对善行的任何成果都不满意的人们又当别论。事实上，这类行为只和每个人自己有关。你感到更满意了，又不一定更受尊重；因为你在行动之前便有所改进，就会有出成果的希望。不过，不光在这方面，在人生的其他一切职责中，追求荣誉的人所走的道路同注重秩序和理性的人所走的道路都是迥然不同的。

我发现有些人一开始参加竞赛时又冒失又狂热，但在竞跑中途速度却慢了下来。正如普鲁塔克所说，有些人由于羞怯这一严重缺陷既懦弱又容易答应别人提出的一切要求，这种人事后容易食言并自我否定所答应之事。[1] 无独有偶，谁轻易与人争吵，也极易退出争吵。同样一件困难之事既可能阻止我与人争吵，也可能在我激动和震怒时唆使我去与人争吵。这种行为方式很不好：

1　参见普鲁塔克《论羞怯》。

一旦投入，就得往前走，甚至为此送命。“着手干时你可以疲疲沓沓，但接下去就该风风火火干。”[1]比亚斯说。从不明智可以堕落到缺乏勇气，后者更令人难以容忍。

当今诉讼的和议多数是不光彩的，骗人的。当场，大家只求挽回自己的面子，却背弃并否定了自己的真正意图。大家都在粉饰事实真相：谁都明白自己为何那样说，那样说的道理何在，旁听者也明白，我们的朋友也不例外，因为我们希望让朋友意识到我们的优势。否定自己的思想，从虚假中寻找挡箭牌，以求达成和议，这是在牺牲自己坦率的品质和勇敢的名声。为了掩盖我们否认事实的行为，我们便自己否定自己。没有必要看你的言论或行动是否可能得到不同的解释，你今后应当坚持的是你个人真实而诚恳的解释，无论为此要付出什么代价。别人是对你的德操和良心说话，这两个方面是不需要戴假面具的。让我们把那些卑劣手段和权宜之计留到法院去诡辩吧。我见人们天天道歉谢罪以洗刷自己鲁莽的过失，我认为此类道歉和谢罪似乎比鲁莽本身更令人厌恶。宁可再一次触怒对手也不要向对手赔礼道歉，从而自己伤害自己。你因怒不可遏而顶撞了他，而当你恢复冷静和理智后你又去安抚他，讨好他，这一来你进了一步却退了两步。我认为一位绅士推翻前言可耻，而当他推翻前言是被权威所迫而为时，他推翻前言则比他说的任何前言更应遭到谴责。因为对他来说固执比怯懦更易得到宽恕。

狂热易于避免却难于节制。“要他们克制比杀了他们还不容

1　引自第欧根尼·拉尔修《比亚斯生平》。比亚斯是希腊七贤之一。

易。”[1]谁做不到斯多葛式的高贵的镇定，愿他逃进我这百姓式的迟钝的怀抱中来吧。别人从德操出发做的事，我习惯于从气质出发去做。中间区域容纳风暴；事关安宁和幸福，哲人和乡巴佬这两个极端却所见略同。

谁了解事情起因，谁蔑视恐惧之情，
谁傲视无情命运，谁不听贪婪冥河的闹声，
谁就能额手称庆！
谁认识乡间诸神，认识畜牧神、
水泽仙女和森林之神也同样幸运。[2]

万事万物诞生时总是柔弱稚嫩的。对初始之事必须倍加注意，因为小事的危险发现不了，大事的危险便补救不了。在我听任雄心壮志发展时，我会遇到百万种挫折，而且一天比一天更难于克服，相比之下，我更容易克制促使我怀抱壮志的天生癖性：

我有理由害怕抬头
以吸引远处的眼球。[3]

一切公开活动都会遭到各式各样含混的诠释，因为判断它们的人太多了。有人谈论我在市政府里的工作（我也欣然说上几

1　拉丁文引语，出处不明。
2　引自维吉尔。
3　引自贺拉斯。

句，并非因为此工作值得议论，而是为了显示我处理此类事务的概貌），说我从政疲疲沓沓有气无力，他们的说法与表面现象十分接近。我是在试图使我的心灵和思想保持平静。“向来天性宁静，如今年岁使然更加如此。”[1]如果说有时我的心灵和思想脱离此种状态，而让某些尖锐激烈的想法左右，事实上那并非我的本意。不过不应该从我天生的缺乏活力得出证据说那是没有能力（因为缺少关注和缺少见识是两回事），更不应该以此为依据说我对百姓忘恩负义：这里的百姓确曾尽力而为，利用一切可能的办法取悦于我，无论在了解我之前或之后，而且再次给我差事时比初次给我差事时为我做得更多。我希望他们尽可能如意，当然，如果情况允许，我会不惜一切为他们效力。我当时为他们出力，有如今日我为我自己出力。那是优秀的人民，尚武、勇敢，但又能做到服从和守纪律；如果善于引导他们，他们是可以派很好用场的。他们在议论我的职务时也说我政绩平平，并非可圈可点。很不错嘛！我被指责无所事事之时，恰逢几乎所有人都被证实干事过多而获罪之日。

我任起性子来时，行动总是风风火火急不可耐。然而风风火火正是坚韧不拔之大敌。谁愿意按我个人的性格使用我，就请他把需要魄力和独断的事务托付给我。魄力和独断使行为直截了当，而且带有风险性；干这样的事我可以有所作为。如果事情是长期的，既烦琐又费力，既拐弯抹角又要求诡计多端的，最好去找别人。

1　引自西塞罗《论获取官职》。

并非所有重要差事都很困难。如当时确有必要，我是做好思想准备要进一步奋斗的。因为我有能力做得更多，比我现在做的和我喜欢做的事还多。据我所知，我并没有对职责恰如其分要求于我的事不闻不问。我容易疏忽的是野心掺杂进职责并借职责之名行事。此类活动往往为悦人耳目，为投人所好，其结果并非事情本身而是假象令他们满意。那些人听不见声音便以为别人都在酣睡。我的性情和吵闹的性情格格不入。我可以有效制止混乱而自己心情毫不纷乱，也可以惩罚杂乱无章而心情不变。我又何须生气动怒？我可以假借生气动怒掩饰自己。我的性格特征是从不咄咄逼人，淡漠有余而热切不足。我从不指责哪位官员睡觉，只要被他管理之人与他同时睡觉；法律因而处于酣睡状态。至于我，我盛赞不为人注意的、低调的、不声不响的生活，“不卑，不贱，也不骄”[1]。命运就如此要求于我。我出生于默默无闻、平平静静的家庭，那是一个长期以来格外注重正派家风的家庭。

当今人们变得如此浮躁，如此爱出风头，连善良、稳重、平和、平静、甘于寂寞之类的品德都不复存在了。粗糙之物比比皆是，平滑之物却连摸也难以摸到；疾病流行，健康者寥寥无几或不见踪影；与人为善之事寥若晨星，相比之下，与人为恶之事却随处可见。把议会可以办到的事拖到公共场所去办，将头天夜里可以做好的事推到今天中午，朋友可以干得同样出色的事却巴不得自己去干，此类行为皆为名为利而非为善，正如古希腊一些外科医生在木板搭成的台上为病人做手术，使过路人抬眼便能看

1　引自西塞罗《论责任》。

见，以此开展业务招揽更多的顾客。[1]他们认为再好的处理办法也只有靠吹喇叭才能为人所理解。

小手工业者不会犯“野心”的错误，野心勃勃的人所做的努力也与我们的努力毫不相干。有人对青年亚历山大说：“您的父亲将给您留下强大的领域，它易于统治而又平静。”[2]小伙子羡慕他父亲取得的胜利和他治理国家的公正，但他并不愿舒舒服服、与世无争地享受那世界帝国。柏拉图著述里的阿尔西比亚丹斯[3]宁愿在年轻、漂亮、富有、高贵、极有学识时死亡，也不愿停留在他当前的状态。在如此能干自信的人身上，这种病症也许可以得到原宥。而心灵渺小、平庸、低能的人自我陶醉时，以为自己无论正确与否，反正判了一个案子或让城门门卫保持了秩序，便企图扩大自己的名声，这种人越想昂起头来，便越露出自己的臀部。做这点微不足道的好事既无分量也无生命力，一到人的嘴边就烟消云散了，而且只能从一条街传到另一条街。去同你的儿子和仆役大谈特谈你那些好事吧，正如那位古人，在他夸耀自己时身边没有别的听众，也没有别的人了解自己的价值，于是便豁出去对他的贴身女仆大声说：“哦，蓓蕾特，你的男主人多么精明干练呀！”[4]万不得已时你就自己说给自己听吧！正如我认识的一位参议员，他在聚精会神蠢而又蠢地念了一大堆章节之后[5]从参

1　根据普鲁塔克《如何区分讨好者和朋友》。

2　引自普鲁塔克《亚历山大大帝传》。

3　参见柏拉图《第一位阿尔西比亚丹斯》。阿尔西比亚丹斯（约前 452—前 404），雅典的统帅和政治家，苏格拉底的学生。

4　引自普鲁塔克《在修身中如何察觉是否有所改正有所长进》。

5　十六世纪的法学家援引文章时要逐章逐题目逐段地念。拉伯雷曾嘲笑过这种陋习。文中所指参议员可能是贝尔纳·阿尔努尔。

议会抽身去厅里的小便处，只听他一路上认真地嘟嘟哝哝："主啊，荣耀别归于我们，别归于我们，要归在你的名下。"[1]谁如不能让别人替他掏腰包，他就该自己掏腰包。

声誉不会如此贱价出卖。难能可贵的表率行为铸成的声誉是容不得用数不尽的日常微小举动来凑数的。你让人草草修缮一堵墙壁或掏掏阳沟，只要你高兴，大理石尽可以抬高你的头衔，但有判断力的人不是大理石，他是不会这么干的。如果善行并非困难重重，也不具备非凡的特质，这样的善行就不一定都能带来荣光。依斯多葛派中人之见，有些善行甚至不应得到起码的重视。斯多葛派分子也不希望人们对那位出于节欲而摆脱一位有眼屎的老妇的人感到满意。了解阿非利加西庇阿美德的人都不会接受潘诺修斯颂扬他谢绝馈赠的话，因为那样的荣誉并非他所专有，而是他所处的世纪人所共有的。[2]

享福应同自己的福分协调一致；我们就别心比天高巧取豪夺了。享自己的福更为自然，而且享乐的层次越低越牢靠。我们既然不从良心出发拒绝野心，我们起码可以从野心出发拒绝野心。让我们蔑视沽名钓誉吧，此举之低下卑微，足以使我们向各式各样的人乞讨名誉！"市场上能买到的荣光是什么样的荣光？"[3]那是以下流手段并不顾价钱低贱而收买的荣光。如此获得荣誉正是破坏名誉。应学会别对荣华贪多嚼不烂。只有认为有益的善行出色而珍贵的人才该为此类行为而自豪；他们希望行为的价值与他

1 引自《圣经・旧约・诗篇》。

2 据普鲁塔克《论反斯多葛派的共识》。

3 引自西塞罗《论节制》。

们付出的代价名副其实。善行越叫得响，越冲淡我对善行价值的肯定：我怀疑善行的目的为叫得响更胜于善行本身；这样的善行一旦放上货架，便只能卖半价。凡由行动者漫不经心不声不响做出的善行，后来又由某个老实人认定为善行，并将其从无声无臭处推出，使其靠自己增光添彩，这样的善行更具魅力。“至于我，我认为没有卖弄也没有让百姓亲眼看见的事更值得赞扬。”[1]天下最自负的人如是说。

我在职时，只需保留和维持：那都是些不声不响谁也发现不了的活动。革新当然辉煌，但在我们备受折磨而且不得不一味抵抗新事物的今天，革新受到禁止。[2]“不干”往往与“干”同等不俗，但“不干”没有“干”显耀；我个人价值甚微，所以几乎完全属于“不干”之列。总之，在此次出任问题上，时机符合我的心意，为此我心怀感激。难道有谁为了看到医生有活干便希望自己生病？对那些唯愿我们受瘟疫之苦以实践自己医术的医生，难道不应加以鞭笞？我倒从未有过此种并不公正但相当普遍的心性：希望这个城市公事混乱弊病百出以抬高我管理政府的身价，使其更受敬重。我真心实意为了方便而简易地处理市政事务而努力。谁对我处理事务的秩序以及温和宁静感到不满，他起码不能剥夺我的好运赋予我的这些特点。我生就如此：我愿意既走运同时又很审慎，既把我的成绩归功于上帝的恩惠，同时又归功于我参与的活动。我曾雄辩地明确宣布我在管理公众事务时并不

1 引自西塞罗《图斯库卢姆谈话录》。

2 指宗教改革。

灵巧。比不灵巧更糟的是：我并不讨厌这种缺点，而且考虑到我给自己规划的生活方式，我并不想设法纠正这种缺点。在这类活动中我对自己也并不满意，不过我大体上实现了我对自己许下的愿，并且大大超过了我向有关人士许下的愿：因为我乐意使我允诺别人的东西少于我能办到的和我愿意办到的。我深信如此行事，既没有触犯谁，也没有留下仇恨。至于留下遗憾和未满足我自己的希望，我至少明白那并不是我的心愿所在。

> 你要我信赖这恶魔？
> 忽视安详的海面平静的波涛
> 可能隐藏着什么？[1]

1　引自维吉尔《埃涅阿斯纪》歌五。

十一

论跛子

两三年前，在法国一年缩短了十天。[1]那次改革该引出多少变动！真是惊天又动地。然而一切仍原封不动：我的邻人仍然在他们一向认定的准确时间里进行播种、收获，仍然在适当时机做买卖，仍然相信一些日子吉利，另一些日子不吉利。我们在习惯上既没有出什么差错，也不见有什么改善。反正事事处处都显得没有把握，人们的认识既粗浅又模糊、迟钝。有人说，照下面这样规定实行起来可能更为方便：按奥古斯都的做法，在一些年份取消闰年那一天，闰年那一天本来就是引起麻烦和混乱的日子。取消闰年可以一直到正好还清正常年份所欠的日子（这次纠正连这一点也没有做到，我们仍然拖欠了几天）。在将来也可以用同样的办法把欠的日子补回来，可以安排在某些年份的周期之后，让这个非常的日子仍得以取消，因此今后我们的误算就不会超过

1　指格列高利十三世教皇所做的历法改革。

二十四小时。我们只能以年来计算时间，多少世纪以来全世界都是如此运算的！因此，这是一个我们还未能终止的衡量尺度，而这个尺度也使我们天天考虑别的国家计算时间会采取什么样不同的形式，那些形式的用途又如何。有人这么说，天体变老时是否在逐渐缩小，从而使我们几个小时，甚至几天几个月都处在不确定的状态？普鲁塔克说，还在他的年代占星术就未能界定月亮的运行[1]，此为何意？对过去的事做翔实记载，的确给我们带来了方便。

我此刻正在胡思乱想（我经常如此），我在想，人类的理性是怎样一种不受约束而且不明确的工具！我通常看见人们对别人提出的事情乐意刨根问底追溯原委，却不甚乐意研究事情的真相：他们把事情本身搁置一边，却把时间消磨于探索事物的起因。真是滑稽的健谈者（寻根问底者）[2]！了解事情的缘由不能由我们而只能由操纵事情的人进行，因为我们只承受那些事，我们出于天性也可以充分利用那些事，但不能深入事情的根源和实质。[3] 了解酒的基本性能的人并不比我们这些不了解的人更喜欢酒。恰恰相反！在处事之道里掺杂自以为是时，身心都会终止自己处事的公正性，而且使公正性变质。决定、了解和给予都属于管理者、统治者；下属、从属者、初出茅庐者只有可能享有、接受。再谈谈我们的习惯。人们忽略事实，却留心考察后果。他们通常以这样的方式开始：“怎么会有这回事？”也许应当说：“有

1　参见普鲁塔克《罗马诸事的需求》。

2　谐音双关语。法语聊天和原因同音。

3　蒙田曾在《雷蒙·塞邦赞》里发挥了这个思想。

这回事吗？”我们的推理能够编造出一百个别的世界，并追溯出那些世界的起源和结构。推理不需要物质基础；你就任推理随意驰骋吧：它能建筑在空处，也能建筑在实处；可以靠虚幻建造，也可以靠物质建造。

能给轻烟以重量。[1]

我认为几乎处处都应说："没有这回事。"我可以经常这样回答，但我不敢，因为他们嚷嚷说，这是出于智力低下和愚昧的推托之词。于是出于和事佬精神，我往往不得不充当街头卖艺者，而且常常谈一些无聊的、我根本不相信的话题和故事，加之事实上要干脆否定某人宣称的事，又有生硬和咄咄逼人之嫌。尤其对那些很难说服人的事，不肯定自己亲眼见过此事，不举出一些证据供官方解决我们的矛盾，这样的人是少数。出于这种行事习惯，我们便了解千百种从不存在的事情的依据和缘由。人们便对千百个问题发起冲锋，而这些问题的赞成者和反对者都是虚假的。"真假难分，因此贤人不应去灾祸丛生之地冒险。"[2]

真理和谎言面目相同，其穿戴、爱好、举止亦别无二致，我们对之亦不分轩轾。我认为我们不仅不勤于防止自己受骗，而且千方百计鼓励自己上钩。我们愿意被虚妄扰乱思想，因为虚妄符合我们的本质。

1　引自佩尔斯《讽刺诗》第五首。

2　引自西塞罗《论柏拉图学说》。

我见过许多当代奇迹如何产生。尽管那些奇迹一露头就被压了下去，我们仍可以预见，它们如能生存下去，会采取什么样的方式生存。因为只要抓住线头就能随意放线。从无到最微小事物的距离，大于从最微小事物到最庞大事物的距离。首批得知并相信处于原始状态的奇迹的人，会不期然间把那些故事散布开来，而且会从人们的反对中意识到让人信服的困难之所在，于是便以某些伪品竭力堵塞此所在之处。除此之外，我们“靠人类天生有意夸大谣言的本性”[1]又顺理成章地有所顾忌，便犹犹豫豫地把别人不加高额利息，也不加产品增益而借给我们的东西再发放出去。个人的错误首先造成公众的错误，在此之后，公众的错误又造成个人的错误。[2]事情就如此营造起来，充实着，构筑着，传递着。结果，最远的见证人比最近的见证人更了解情况；最后得到消息的人比最早得到消息的人更信以为真。这种进展是自然的，因为不管他是谁，只要他相信了什么，便认为让别人也相信乃是一种善举，而且为此从不怕杜撰虚构，添枝加叶。其程度视他传播神话的需要而定，并以此弥补别人的抵制，抵消他在虚构中设想的缺陷。

我本人对撒谎有特殊的顾忌，而且从不考虑让自己说的话有信誉有权威。不过我发觉在我谈到一些问题时，或出于兴奋，或由于别人抵制，或由于叙述本身的热烈，我总以声音、动作、气势和语言的力量，并以引申和发挥来夸大和增强我的主题，其间

1　引自李维《罗马史》。法国十六世纪编年史充斥着奇人奇事。

2　根据塞涅卡《书简》八十一。

也不乏对原有真实性的损害。然而我这样做是有条件的：对第一个把我引回原题，并要求我讲出直接而不加修饰的真相的人，我会骤然放弃我前面的努力，而把他要求的真相告诉他，不过分，不夸张，不添油加醋。大声说话，言辞激烈（我通常爱如此）往往会导致修辞的夸张。

通常，人在任何情况下也不如在为自己的主张开辟道路时精神集中。普通办法不奏效之处，我们便辅以命令、强制、铁和火。走到这一步是不幸的：在蠢人数量大大超过智者的群体中，真理的最佳试金石竟是大批的信徒。“仿佛没有什么比缺乏判断力更普通的事似的。”[1]“对智慧来说，大批蠢人竟是了不起的权威。”[2]概括自己的判断以反对普遍的见解困难重重。从问题本身出发，最初被说服的都是些头脑简单的人；从他们开始，便可凭数量之大和证据的年代久远推而广之，直到到达有判断力的机灵人。至于我，一旦我不相信其一，便不会相信其一百零一；我并不以年代久远与否来判断主张。

前不久，我们一位因痛风而失去了良好体质和活泼随和性格的王子听了关于一位教士的神奇活动的报告。报告说，那位教士通过言语和手势治愈了各种病症。王子完全信以为真，他经过长途跋涉找到了那位教士。他的悟性使他征服了自己的腿并让腿麻木了几个小时，从而使已经多年不会为他效力的双腿又为他服务了。如果碰运气能积累五六起这样的偶然事件，奇迹就能变成自

1　引自西塞罗《论预言》。

2　引自奥古斯丁《上帝之城》。

然。此后，大家发现这类事情的创造者是那样纯朴，那样与诡计无缘，于是判定他不该受任何惩罚。如果去他们的老窝研究他们之所为，今后人们会照这样处理大多数类似事件。“我们赞赏靠遥远距离骗人的事。”[1] 因此我们的视力往往只能远远地再现奇异的景观，景观一近便消散了。“从来就名不副实。”[2]

毫无意义的开始和毫无价值的原因往往产生如此罕见的主张，这真是奇迹。这一点本身就妨碍人们对那些主张做深入了解。因为人们在探索其原因与有分量的、名副其实的结果时，其真正的主张已不复存在了；真正的主张分量太小，总躲过我们的视线。事实上，这样的探索要求有一位十分能干、认真、洞察入微的调研者，这样的调研者还必须公正客观，毫无先入之见。直到此刻，那些奇迹和特异事件都在我面前隐蔽起来。在这个世界我没有见过比我本人更明显的奇迹和特异之事。习惯和时间会使人顺应一切奇特的事物，但我越自省，越认识自己，我的畸形便越使我吃惊，我自己也越不理解自己。

促进和公布那类事件的主要权利属于命运之神。前天我经过一个村庄，离我家两里尔远。我发现当地还在为刚失灵的一个奇迹激动不已，邻村也被这个奇迹捉弄了好几个月，而且邻近的省份也开始为此沸腾起来了：人们成群结队往这个村子跑，各种身份的人都有。一天夜里，当地一个青年在自己家里装鬼叫闹着玩，他当时一心想着开玩笑，并没有考虑别的细节。这恶作剧比

1　引自塞涅卡《书简》十八。

2　引自昆图斯-库提乌斯《亚历山大大帝传》。

他希望的效果稍好些。为了使他的闹剧扩大范围，他找了一个村姑当合伙人，那村姑既呆傻又笨拙；后来发展成三个人，年龄相同，能耐也一样。于是，他们把家庭布道变成了公开布道，自己藏在教堂的祭坛下边，只在夜间说话，同时禁止一切光亮。最初说的话大都宣扬世界的改变和最后审判日的威胁（因为这个主题的权威性和人们对它的敬畏易于掩护欺诈行为），后来发展为一些幻象和动作，又蠢又滑稽，与少儿游戏同样拙劣。如果命运之神愿意对其稍施恩典，不知那街头杂耍会发展到何种地步？目前那几个可怜虫正在蹲监狱，他们也许会受到对普遍蠢行的惩罚，不知某位法官是否会在他们身上报自己那份蠢行的仇。在这件业已揭露的蠢事里大家算是擦亮了眼睛，但对别的类似性质的、超越我们认识能力的许多事情，我却主张我们坚持自己的判断，无论摒弃抑或接受。

人世间许多恶习，或说得更大胆些，世上所有恶习都产生于有人教育我们要害怕承认自己的无知；产生于我们必须接受我们驳不倒的一切。我们总以教条和命令的方式谈论所有的事。在罗马，诉讼程序要求证人在陈述亲眼看见的事，以及法官凭借他最可靠的学识下达命令时，都要以这样的形式拟文："我认为似乎。"[1]有人把似乎确实的事对我说成可靠无疑的事时，他是在让我憎恨那似乎确实的事。我喜欢下面这些可以减弱并缓和我们提议中的轻率性的字眼："也许"、"在某种情况下"、"某些"、"据说"、"我想"，以及类似的表达方式。如果由我来训练儿童，我

1 引自西塞罗《论柏拉图学说》。该章谈的是诉讼程序问题。

会教他们以调查的方式，而不以解决问题的方式回答问题："该说什么呢？我不明白，可能有这事，真的吗？"让他们在六十岁都能保持学员的行为方式，而不要像他们现在那样十岁就扮演博士的角色。谁想治愈无知，就必须公开承认无知。惊异是一切哲学产生的基础，探索是进步的基础，无知是止境的基础。但事实上，有些无知既强有力又极富内涵，在体面和勇气方面并不亚于学识。构思无知所需的学识，并不少于构思学识所需的学识。

童年时我见过一桩官司，那是图卢兹法院的推事科拉斯[1]在发表的关于两个男人互相替代的奇案的文章里谈到的。我还记得（别的事倒想不起来了），当时科拉斯把被判有罪的人的假冒行为描绘得那样不可思议[2]，那样超乎我们的理解力，也超出这位法官的理解力，所以我认为判他绞刑是非常鲁莽的。我们应当接受宣称"法院对此莫名其妙"之类的判决形式，这样说比古雅典刑庭法官们说得更灵活更坦率，那些刑庭法官在为某件无法弄清的案子而恼火时，便命令有关各方一百年之后再来打官司。[3]

每当一位新作者为与我家毗邻的女巫们[4]的幻象的真实性进行辩护时，女巫们的生命都处于危险之中。必须换脑筋才能适应圣言提供的此类事情的例子[5]（都是十分可信而又无从驳斥的例子），并使其与当代事件相结合（因为我们不明白当代这些事件的起因和缘由）。也许应该由这唯一的强有力的证人对我们说：

1　科拉斯（1513—1573），图卢兹的法学家。

2　科拉斯以巫术解释案子的奇特之处。

3　此故事常被古人今人援引，如拉伯雷等。

4　十六世纪占卜和巫术十分盛行。

5　博丹利用《圣经》的权威以证明巫术的真实性。

“这人的确有，还有那女的，另外那位可没有。”应该相信上帝，这确有道理；但不能相信我们当中某个人，此人对他自己的话都会感到吃惊（如果他神志清醒，他必然感到吃惊），或因他利用上帝之言说别人说过的事情，或因他利用上帝之言来反对他自己。

我很迟钝[1]，我较为注重数量众多和似乎确实的事，这样可以避免古人责难：“人更相信不明白之事。”[2]“人天生渴望相信奥秘。”[3]我知道有人为此而怒不可遏，也有人禁止我表示怀疑，否则我可能遭到恶骂。[4]真是说服人的全新方式！谢天谢地，我个人相信与否并不取决于别人的拳头。让他们去指控说他们的主张是伪主张的人，我只指控他们的主张令人难以相信且过分大胆，我同时也谴责与他们对立的人的断言，在这方面我站在他们一边，但我不像他们那样专横。“介绍其似真而别肯定其真。”[5]谁说话靠虚张声势来发号施令，便显示其讲话论据不足，缺乏说服力。在学究式的口头争论中，尽管他们看上去和对手同样有理，但在得出的实际结论上，对手却大占上风。要杀人就应杀得清清楚楚明明白白[6]，而我们的生活过分现实，过分实际，所以不能为这类超常的、怪诞的偶发之事的做担保。至于巫师们的劣质药品和毒药，我根本不予考虑：那是杀人凶手，而且是最恶劣的凶

1 根据《旅行日记》，蒙田从不放弃打听神奇之事的机会。他还特意办了一场法事，为魔鬼附身的公证人驱魔。但他的好奇并没有使他轻信。

2 拉丁文引语，出处不明。

3 见塔西佗《历史》。

4 指博丹常对不信巫术的人进行攻击，言辞激烈。

5 引自西塞罗《论柏拉图学说》。

6 韦耶也主张不能根据简单的推测便判巫师死刑。他提醒说，巫师的口供往往是谎言。

手。不过，即使是这类情况，也有人说不该只看重那些家伙自己的招供，因为人们有时看见他们自诉杀死了的人仍然健在。

对另一些胡编乱造的指控，我自然会说，一个人无论是否受尊重，只要相信他是人这一点就够了。对他自己都不理解的特异功能的一面，只要他在某件事上被赋予某种超常的力量，他就应当得到信任。这种由上帝高兴赋予我们某些见证人的特权不应受到贬低，也不应轻易传给别人。成千上万这类故事让我听都听腻了："有三个人某天在东边见到过他；有三个人第二天在西边见到过他，在某个钟点，某个地方，穿着如何。"当然，如果我这么说，连我自己也不会相信。两个人撒谎说某人用十二个钟头像风一样从东边走到西边，比我自个儿这么说合乎情理得多，也更像是真的。说我们的理解力随我们不正常的头脑转来转去，比说我们当中某个人被外来的精灵带着骑在扫帚上顺烟囱管道[1]飞得无影无踪也更合乎情理。我们别去寻找外界不熟悉的幻象，我们自己就在不断为家庭和个人的幻象心神不宁。当人们可以不理而且不听有人以正常办法去解释非正常的事物时，我认为他们不信奇迹的举动似乎是可以原谅的。我赞同奥古斯丁[2]的意见，对难以证实而人们如果相信又很危险的事，最好倾向于怀疑而别倾向于肯定。

几年前我路过一位当权亲王的领地，那位亲王出于对我的恩宠，也为了打消我的怀疑，让我在一个特定的地方同他一起看了

1　博丹在他的《魔凭狂》一书中专谈神奇移动的例子。扫帚和烟囱也在许多巫术场面起作用。

2　也许指洛林地区的查理四世。蒙田曾于一五八〇年路过他的国家。

十到十二个这类性质的囚犯，其中一个是老妇人，这老妪丑陋畸形，真称得上地道的巫婆。长期以来她一直是名声在外的行当中人。我看了多种证物，也看了多份不受拘束的忏悔词，以及在那老可怜虫身上说不清道不明、难以觉察的特征。于是我尽兴询问他们，同他们谈话，并尽我可能给他们以最合理的关切；因为我是一个不让先入之见左右判断的人。总之，凭良心讲，我宁肯给他们开铁筷子草[1]而不开毒芹，“我认为他们的案件与其说属于罪行，不如说属于疯狂之举”[2]。对这类病症，司法机关有它特有的矫正办法。

至于一些杰出人士向我提出的那些不同意见和论据（有来自本地的，但往往是来自外地的），我从未感到它们束缚我的手脚，也不认为它们的结论与更可能解决问题的答案水火不容。从经验和事实基础上提出的证据和理由，我还没有彻底处理好，这是千真万确的；因此那些证据和理由还没有终结：我倒经常在解决它们，有如亚历山大解决难题。总之，根据那些证据和理由把人活活烧死，那是在让猜测付出极高昂的代价。人们曾谈到各式各样的关于奇迹的例子，尤其是普雷斯坦修斯，他还谈到过他的父亲[3]，说他昏昏欲睡，打盹时比正式睡觉睡得还沉。他梦见自己是一匹牡马，正给一些士兵当驮重的牲畜。如果说巫师们能想得这样实在，如果说他们的冥想有时可以变为现实，我仍然不认为我

1　此意见可与韦耶的《五魔鬼书》对照，该书在谈到一位宗教裁判所的法官命人烧死一百个女巫时说：“最好用铁筷子草而别用火清除大部分女巫。”

2　引自李维《罗马史》。

3　根据奥古斯丁《上帝之城》。

们的意愿因此就应当掌握在司法机关手里。

我说的一切都是一个既非法官亦非国王顾问的人说的话，我从不认为自己够得上做这类人。[1] 作为普通人，我生来便注定必须服从公众的道理，而且既表现在我的言也表现在我的行上。谁利用我的沉思录去损害最贫乏的律法，或主张，或他村子里的习俗，他就严重伤害了自己，也严重伤害了我。因为我并不保证我讲过的东西十分可靠，而只说那是当时我脑子里闪过的思想，混乱的、不确定的思想。我谈什么都采取闲聊的方式，从不以发表意见的方式做任何讲话，“我不像那些人羞于承认自己不知道一些不知道的事”[2]。我不会冒昧说我是否有权被相信，我在回答抱怨我的谏诤过分尖锐激烈的一位大人物时亦复如是：“我感到您思想上对一方面已有所准备而且全神贯注，我出于力所能及的关心向您建议另一方面，以便弄清楚您的判断，而不是束缚您的判断。上帝支持您的心愿，而且会向您提供选择的机会。”我并没有傲慢到希望用我的见解去引导那么重要的事，我的运气并没有对我的见解加以训练，使其能得出如此强有力、如此高超的结论。不错，我不仅有大量的思想倾向，而且有足够的见解，如果我有儿子，我那些见解必然使他感到厌烦。我还能说些什么呢？除了特别强调说，最真实的意见不一定使人感到最舒服，何况意见的提法不合标准！

说得合适不合适都无关紧要，在意大利，有一条人所共知的

1　蒙田这种谨慎和稳重是很自然的，他从不想替代他与同代的僧俗当权者。

2　引自西塞罗《图斯库卢姆谈话录》。

谚语说，谁没有同跛女人睡过觉，谁就不了解维纳斯无懈可击的美妙。在很久以前命运之神或某个特别的事件就把这句话放到百姓的口中了，它适用于男人也适用于女人。希腊神话中女战神们的王后回答邀她做爱的斯基泰人说："瘸男人干这事干得最好。"[1]在那个女人共和国里，为了避免男人统治，她们把男人从小弄成残疾，砍断他们的手臂、腿和其他肢体，因为这些肢体使男人优越于她们。她们只在这方面使用男人，正如今天我们也在这方面使用她们。我也许应当说，跛女人不均衡的动作会给做爱带来某种全新的快感，并给初次与她做爱的人带来一丝微妙的甜蜜。不过我适才得知，连古代哲学都研究过此问题；哲人说，瘸女人因小腿和大腿残缺而接受不了它们应当吸取的养料，所以大腿之上的生殖器官就更饱满，更肥实，更强壮。或者说，残缺妨碍锻炼，有缺陷的人付出的体力较少，便可全力以赴干维纳斯的游戏。这个理由也可以解释为什么希腊人诋毁纺织女，说她们比别的女人做爱更急迫：因为她们干的是坐着的行当，没有大事锻炼身体。我们何不加以对照进行推理？关于纺织女，我在此也可以说上几句：她们坐着干活引起的扭动会刺激她们，撩拨她们，有如贵妇人刺激她们的阴道口使其抖动。

上述例子岂非有利于我最初说过的话：推理往往先于事实，推理的裁决幅度是那样无边无际，它可以在虚无本身和不存在的基础上进行操作，并做出判断。除了给各种各样的梦任意编造论据，我们的想象力同样易于透过毫无意义的表面现象，接受虚假

1　此句为希腊文。蒙田在埃拉斯姆的《谚语》里找到了这句话。

的印象。因为从前，单凭古人和公众运用那句谚语的权威性，我曾相信，一个女人因身子长得不笔挺可以使我得到更多的快乐，而且以此让人相信她的娴雅。

托尔卡托·塔索在对比法国和意大利时，曾说他注意到这点：我们的腿比意大利贵族的腿细长，他将原因归于我们经常进行骑马活动；苏埃托尼乌斯[1]从这个原因得出完全相反的结论：他反过来说[2]，日耳曼尼库斯[3]连续进行骑马锻炼，却把腿练粗了。没有什么东西比我们的理解力更不稳定更错乱了：那是特拉墨涅斯[4]的那只鞋子，对两只脚都合适。我们的理解力是两面的而且多变，人的脑力本身也是两面的、多变的。“给我一德拉克马[5]。”一个犬儒主义哲学家对安提戈诺斯[6]说。“这不是国王该送的礼物。”安提戈诺斯答道。“那就给我才华。”“这礼物是不该给犬儒主义者的。”

或炎热扩大了更多暗口和通道，
使汁液流进秋苗；
或炎热使土壤变硬，
使它张开的血脉缩紧，

1　在他于一五九五年发表的《韵和散文》中，塔索曾做此对比。

2　根据《加利古拉生平》第三章。

3　奥古斯都皇帝的义子提比略·德鲁苏斯的诨名。

4　故事引自普鲁塔克的《操纵国家大事者的训言》。特拉墨涅斯生于希腊希俄斯岛，系雅典三十暴君之一。曾帮助建立寡头政治，后又坚决反对。最后于公元前四〇四年被处死。

5　德拉克马系希腊货币单位。

6　据普鲁塔克的《论羞怯》。安提戈诺斯（约前263—前221），系马其顿国王腓力五世的监护人，后自称为王。

以避开细雨、烈日和北风刺骨的寒冷。[1]

凡事皆有其反面。[2]

这说明古时克里托马楚[3]为什么说卡涅阿德斯花了非凡的力气，才争得人们同意他发表意见和大胆判断。[4]依我看，卡涅阿德斯那十分旺盛的思考能力，最早起因于反对一些公开宣称自己知识渊博之人，以及反对他们过分傲慢。有人把伊索[5]同另外两个奴隶放在一起出卖。买主在了解第一个奴隶时，问他会干什么，此人为了抬高身价，回答时说得天花乱坠，竟声称自己无所不知；第二个吹嘘自己与第一个同样能干，或更胜一筹。轮到伊索时，买主也问他会干什么。“什么也不会，”伊索回答说，“因为那两位什么都抢先干了：他们什么都会。”因此，在学校的哲学课上出现了这种情况：那些认为人的智力无所不能的人，其自负促使别的人出于恼恨和好胜心而认为人的智慧一无所能。后者把无知推向极端，前者将学识推向极端。其目的是让人无从否认，人在任何地方都没有节制，只有必然性能使其止步，或止步缘于无力走得更远。

1　引自维吉尔。

2　意大利谚语。

3　克里托马楚系公元前一三〇年左右迦太基的柏拉图学派哲学家。

4　根据西塞罗《论柏拉图学说》。

5　根据马克西姆·普拉努德《伊索生平》。普拉努德（1260—约1330）系希腊僧侣，《希腊文选》及《伊索寓言》的编纂者。

十二

论相貌

我们的主张几乎全部有赖于自己的威望和信誉而被采纳。这没有坏处；在如此脆弱的世纪，我们实在没有别的办法，只能靠我们自己进行选择。我们之所以赞同苏格拉底的朋友们给我们留下的苏格拉底的历次讲话，只因我们尊重公众对他的赞誉，而绝非我们对他的讲话有何了解：因为苏格拉底并非为了适用于我们而进行论证推理。倘若此时此刻出现了类似的事，赞赏其讲演者当寥寥无几。

我们只看到他讲话中显得生硬、浮夸、做作的典雅之处。而他讲话里淹没在天真纯朴之中的典雅之处则很容易被我们粗枝大叶的眼光所忽略。那种典雅蕴含着难以觉察的柔美，眼光必须清晰而纯净，才能发现其中的隐秘之光。照我们看，那其中的天真岂非与愚蠢如出一辙，岂非应受责难的品质？苏格拉底的心灵是按自然而普通的运动轨迹活动的。农人如何说啦，妇女如何说啦，他嘴上向来只挂着马车夫、细木工、补鞋匠和泥瓦工。[1]这些都是从人们最普遍、最熟悉的行为中归纳、类推出来的思考和对比，因而人人皆能理解。我们却永远不会从那样卑微的形式中辨认出闪耀在他奇妙观点中的那些高贵而光彩夺目的精华，因为我们认为凡教义不予抬举的一切观点都是平庸的、低下的；我们只注意爱炫耀、喜夸张的富丽言辞。我们的社会是靠卖弄建立起来的：人靠风鼓起来，又靠弹跳操纵，像球一样。苏格拉底从不枉自想得天花乱坠：他的目的在于为我们提供事实和训诫，使之真正而且更直接地适用于我们的生活，

> 保持分寸，注意界限，
> 顺应自然……[2]

他（指小加图）也永远独一无二，同时又与苏格拉底类似[3]，他不靠冲动而靠自己的气质飞升到力量的最高点，或者说得更确切些，他不提升什么，却强压下自己的力量和自己经受的艰辛困苦，使它们回到自己原来的位置受他控制。因为在小加图身上可以清楚看到，他的气度远远超越一般人的气度；从他一生的丰功伟绩和他的去世可以感到他始终骑在自己伟岸的骏马上。苏格拉底却在大地上行走，步履沉着而平常，谈论的都是最有用的话

1　根据柏拉图著《会饮篇》第三七章。

2　引自卢卡努《法萨罗之战》。卢卡努在文中谈的是被恺撒战败的小加图，战败后小加图在乌提克自刎而死。

3　西塞罗在《论责任》里做过同样的论述。

题。无论在面对死亡的时刻，还是在人类生活所能遇到的最艰难的逆境中，他都始终保持着凡人的气度。

幸亏有这样的情况发生：最值得作为典范向世人介绍的人，往往是我们最熟悉的人。历史上两位最睿智的人曾观察并描写过苏格拉底：我们拥有的苏格拉底的这两位见证人对老师的忠诚和他们自身的干练是令人赞叹的。[1]

能理顺一个带孩子气的人纯粹的思想实在是一件了不起的事，不必理顺到没有任何篡改或延伸，他的思想也能在我们身上产生最出色的心灵效应。他并不把心灵描绘得崇高而又丰富，却只描绘心灵的健全，而此种健全又确实处在充满力量而又完美的健康状态。出于这些平凡而又很自然的动机，通过这些寻常而又普通的思想，他不必激动不必兴奋就能树立起不仅最规范，而且是历史上最高尚、最强有力的信仰、行为和道德。是他把在天上浪费时间的人类智慧从天上带回来还给人类，那才是他最正常、最艰辛，也最有益的工作之所在。[2]看看他在法官面前怎样辩护，看看他以什么理由启发自己鼓起勇气面对战争的危险，他以什么样的论据增强自己的韧性来抵抗诽谤、暴虐、死亡，并对付他妻子的赌气！他不借助任何手段，也不依赖什么学识；最单纯的人能从他身上认出自己的才能和力量；不可能后退，也不可能沉沦。他指出人类天性靠自身的力量能做到多少事情，这是他对人类的大贡献。

1　指苏格拉底的学生柏拉图和色诺芬尼。

2　西塞罗曾在《论柏拉图学说》中发扬这一思想。

我们每个人都比自我想象的更为富有，然而别人却训练我们借助和企求外来的财富：他们引导我们习惯使用别人的财富而不使用自己的财富。人在任何方面都不会仅仅满足自己的需要：他在快乐、财富、权力方面总是贪多嚼不烂；他的贪婪是不可能得到节制的。我认为人类求知的欲望也如此，人们总给自己制定一项他实现不了也不需要的庞大的学习计划，认为哪里有知识，那知识就一定有用。“学识过多和所有东西过多一样，都使我们痛苦。”[1] 塔西佗赞扬阿格里高拉[2]的母亲控制她的儿子对知识过分急切的渴求，认为她做得很有道理。以坚定的眼睛观察知识这样的财富，会发现它和人类别的财富一样充满虚荣和属于它的天生的弱点，那是代价不菲的财富。

运用知识比运用其他任何食物或饮料更有风险。因为，对知识以外的所有东西来说，我们可以把我们购得的东西带回家放在容器里。在容器里，我们还可以检验东西的价值，考虑什么时候吃，吃多少。而知识却不一样，我们从一开始便只能将知识往心里装，不能装在别的容器里：我们边买边吞，从市场出来时已经染上了疾病或已经得到了改进。有的知识不但不滋养我们，反而只能妨碍我们，增加我们的负担；还有些知识以治病的名义毒害我们。

我乐意在一些地方看见人们出于虔诚而许愿让自己无知，犹如有些人许愿让自己贞洁、贫穷、受苦。削弱我们爱读书的嗜好

1　引自塞涅卡《书简》一〇六。

2　阿格里高拉（40—93），塔西佗的岳父，曾任罗马执政官及不列颠总督。

也是缩小我们过度的欲望，同样，从心灵上剥夺我们一想到自己有学问便喜不自胜的快感，也是缩小我们过度的欲望。再者，只有让自己智力也贫乏，才算圆满还了让自己贫穷的愿。想生活富裕并不需要知识。苏格拉底教导我们说，知识就在我们身上，他还教给我们如何在自己身上寻找知识，运用知识。一切超越自然科学的自命不凡的知识几乎全是无意义的和多余的。与它为我们服务相比，它不格外增加我们的负担，不格外打扰我们就很不错了。“培养健全心灵并不需要文学。”[1] 文学是我们头脑过分狂热的表现，是让人糊涂的不安分的工具。你聚精会神想想：你一定会在你身上找到抵御死亡的天然论据，那是真实的、最适合为你的需要服务的论据，足以让农民和全体老百姓像哲学家一般死得坚韧。我在未曾阅读《图斯库卢姆城居民》之前，难道会死得不那么轻松？我认为不会。当我处在死亡边缘时，我感到我的舌头变充实了，我的心情则丝毫未变，完全处于纯天然的状态，而且为了应对冲突，已在内心采取了百姓通常采取的措施。与其说书本给我教益，不如说书本促我锻炼。假如知识在尝试让我们以新方法抵御天然麻烦时，与其说它在以自己的论据和敏锐保护我们不受其害，不如说它在我们思想上打上它本身的伟大和重要性的烙印，那又该怎么说？那的确是敏锐，但它以敏锐启发我们，引起我们警惕，往往是白费工夫。你们看看，作者，哪怕是最严谨最聪明的作者，他们围绕一个好主题传布了多少内容浮泛的，细看起来完全站不住脚的东西？那只是些骗人的字面上的诡辩。

---

1 引自塞涅卡《书简》一〇六。

不过，由于那些东西可能骗得有用，我倒不想格外挑剔。在我的书里，此种现象比比皆是，有的通过假借，有的通过模仿。不过，还必须稍做提防，别把仅为雅致的东西称作力量；别把仅为精美的东西称作牢靠，或把仅为美丽的东西称作善良："有些东西品尝起来比喝更惬意。"[1]悦人的东西未必都能养活人。"问题在于心灵而非头脑。"[2]

看见塞涅卡做出努力准备抗拒死亡，看见他在木杆上费力挺住，保持稳定，艰苦卓绝，而且挣扎如此之久，如果他在死亡之际没有英勇顽强地保住自己的名誉，我对他名誉的信任真可能发生动摇。他的激动如此强烈，如此频繁，这说明他本身十分急躁，极易冲动。"伟人说话更平静更从容。"[3]"不可能头脑是一种色调，而心灵是另一种色调。"[4]必须说明，他的过错有损于他。依我看，普鲁塔克的行为方式因为他的桀骜不驯和无拘无束而显得更有魄力，也更有说服力；我不难相信他内心的活动更为自信，更有理性。他们当中，一位更急躁，他会猛然刺激我们，使我们蓦地惊跳起来，这更触动心灵；另一位更冷静，总能持久地使我们得到教益，使我们更自信，更坚强，所以更触动智力。前一位强迫我们判断，后一位说服我们判断。

我也见过一些更受尊敬的读物，它们在描绘它们支持的反肉欲刺激的搏斗时，把肉欲刺激表现得那样厉害，那样强有力而难

1 引自西塞罗《图斯库卢姆谈话录》。
2 引自塞涅卡《书简》三十五。
3 引自塞涅卡《书简》一一五。
4 引自塞涅卡《书简》一一四。

以制服，使得我们这些人类渣滓感到既有必要惊叹肉欲诱惑力的奇异性和闻所未闻的力量，也有必要为那些读物所做的抵抗而惊叹。

我们为什么在获取知识所做的这些努力中不断经受锻炼？让我们往下看看遍布大地的可怜的人们吧！他们在劳作过后只顾低垂着头，既不知道亚里士多德、加图，对榜样、箴言之类的事也一无所知；而大自然每天正是从他们那里得出恒心和坚韧的印象，比我在学校里留心研究的恒心和坚韧更有力，更全面。平时，我们看见他们当中多少人对贫穷表现出蔑视！多少人愿意赴死，多少人过鬼门关既不惊恐，也不悲伤！为我的花园翻地的人今天上午埋葬了他的父亲或他的儿子。那些人给疾病取的名字本身就减轻并缓和了疾病的严酷性：他们管肺痨病叫咳嗽，管痢疾叫腹泻，管胸膜炎叫感冒；他们把疾病说得越轻就越易忍受疾病。只有在病痛已使他们无法进行日常工作时，他们才认为病重了，他们卧床不起只为了等死。“朴素的、可以为所有人理解的道德一旦成为知识，就变得模糊而令人难以捉摸了。”[1]

我写上面那些东西，大约是在我国动乱引起的负担日益加重、令人难以忍受的那几个月，动乱以它全部的重压向我袭来。[2]一方面大敌临门，另一方面是小偷——最坏的敌人：“战斗不靠武器而靠邪恶。”[3]而且我还同时遭受着军事行动带来的各种损失。

---

1 引自塞涅卡《书简》九十五。

2 在一五八五年到一五八六年间，波尔多附近的居耶纳惨遭新教和天主教的军队蹂躏，尤其在围困卡斯蒂翁期间。

3 拉丁文引语，出处不明。

敌人在我左右令人胆寒，
两面都使我危若累卵。[1]

残酷的战争：别的战争在外部进行，而这场自己打自己的战争却由自己的毒液自我腐蚀自我衰亡。这场战争的性质如此之邪恶，破坏力如此之巨大，所以它将与别的一切同归于尽，而战争双方又疯狂互相撕咬和肢解。进行眼下这种战争往往是自我毁灭，而不是因缺乏必需品或敌人的武力而导致毁灭。任何纪律都与战争无缘。战争前来消除暴乱，却使暴乱烽火四起；战争意欲惩戒违抗行为，却做了违抗行为的典范；战争被用以保卫法律，却自行叛乱以反对自己的法律。我们已走到了何等地步？连我们的医药都在传染疾病，

我们的病痛得到救护
救护却使我们中毒。[2]

治疗使病情恶化，加剧。[3]

我们罪恶的疯狂混淆正义非正义，
使我们背离了诸神正确的旨意。[4]

1　引自奥维德。
2　拉丁文引语，出处不明。
3　引自维吉尔。
4　引自卡图鲁斯《特提与蓓蕾祝婚诗》。

在这类流行病初起时，还可以区别健康的人和有病的人，然而一旦疾病久拖不愈（如我们的病症），便会从头到脚蔓延到全身，任何部位都不能幸免于腐烂。因为没有什么空气能像“放纵”那样诱人贪婪地吮吸，那样自我蔓延和渗透。我们的各路军队只好靠外国的纽带联系并维持下去；人们已不可能将法国人组成一支稳定的守纪律的正规军。真是奇耻大辱！我们只有在外来的士兵身上看到纪律。至于我们，我们一向我行我素，不按长官的意愿而按自己的意愿行事：长官对付内部事故多于对付外部事故。指挥官必须亦步亦趋，阿谀逢迎，屈从下属，只有他一个人应该服从；其余的人都自由自在，放荡不羁。我宁愿看见野心里包藏多少卑劣，多少怯懦，宁愿看见野心勃勃的人为达目的而多么下贱，多么奴颜婢膝；但我不乐意看到一些性格温厚、有能力主持正义的人在每天管理和指挥那一片混乱的过程中堕落下去。长期忍受某种状况会形成习惯，习惯产生赞同和模仿。昔日也有众多生性邪恶的人，但并未因此而败坏生性善良宽厚的人。因此，如果我们这样继续下去，一旦我们有幸重新恢复国家的健康，就很难找到可以托付国家健康的人。

至少别妨碍这年轻的英豪
去救援一代危难的同胞。[1]

1　引自维吉尔《农事诗》歌一。维吉尔此诗系针对奥古斯丁而作。蒙田引此诗也许想到了纳瓦拉国王亨利（即后来的法王亨利四世）。一五八四年，安茹公爵去世后，亨利很有可能继承法国王位。

有一句古老的格言，即士兵怕长官超过怕敌人；还有一个令人赞叹的范例：一棵苹果树被圈进了罗马军营的围墙之内，第二天只见罗马军队挪了驻地，并将那株苹果树上味道鲜美的成熟苹果如数留给了苹果树的主人。那么这格言和范例如今都怎样了？[1]我希望我们的年轻人别把时间花在不甚有用的旅行和不太受人尊敬的学习剑术上，而把时间一半用于观看由罗得岛的一位优秀舰长指挥的海战[2]，另一半用于了解土耳其军队的纪律，因为土耳其军队的军纪与我们的军纪大相径庭，而且优越于我们。二者大相径庭之处在于：我们的军队在出征中变得越发放纵，越无所顾忌，而土耳其军队在出征中却越发克制，越有所畏惧。他们对小百姓的侵犯或扒窃如发生在和平时期会受笞刑惩罚，而在战争时期则会掉脑袋；拿一只鸡蛋不付钱，按事先规定要挨五十下棒打；偷别的任何东西，只要不是食品，无论多么不值钱，都会立即受到木桩刑处死或斩首。[3]我在阅读有史以来最残酷的征服者色里姆的生平时，看到在他征服了埃及之后，大马士革城周围那些花团锦簇、果实累累的园林虽没有围墙，一直开着，他的士兵对之却秋毫无犯，为此感到吃惊。

然而一个政府里存在的某种疾患是否应该以战争这样致命的药物进行治疗呢？法奥尼乌斯说，不，哪怕这个国家的统治被某个暴君篡夺也不应该。柏拉图也如此，他也不同意以暴力医治一

1　蒙田在约斯特·利普斯的《政治》里找到此格言，并在瓦莱尔·马克西姆的著作中找到此范例。

2　希腊的罗得岛于一五二二年被土耳其人占领，圣让·德·耶路撒冷骑士团被迫归顺马耳他。“一位优秀舰长”指骑士团一军舰的指挥官。

3　关于土耳其军队纪律的细节，引自纪尧姆·波斯特尔《土耳其人的历史》。

个处于安宁状态的国家的疾病，他也不能接受以引起公民流血和破产的惩罚行动来改善国家。[1]这就确立了一个正派人在那种情况之下的义务，即听其自然，只需祈祷上帝伸出他超凡的手进行干预。柏拉图似乎曾对他的好友狄翁在那种情况下稍有不同的行事方式加以责难。

在这方面我曾是柏拉图主义者，尽管当时我还不知道世界上有一位柏拉图。如果说这样的伟人应当干脆被拒之于我们的基督教社会之外，而他却以他诚实的良知获得了神宠，从而冲破了他那时代公众的蒙昧状态，并深入理解了属于基督教的启蒙思想，我认为那是因为我们不喜欢让一位异教徒来教育我们。[2]不接受只有上帝本身而没有我们协助的救援是多么不虔诚的行为！我经常想，在如此众多插手内战事务的人当中，是否有理解力如此低下的人，低下到我们必须说服这种人相信，他是在以最大的歪曲进行改革，使他的灵魂得救的最明确的原因是我们因此而肯定下地狱，是他在推翻政府、打倒行政官员和取消法律（而上帝却将他置于法律的保护之下），是他在肢解他的祖国母亲，并因此让他昔日的敌人得到甜头，是他使手足之情充满骨肉相残的仇恨，是他求助于恶魔和狂暴，认为如此行事便可对《圣经》的神圣的仁慈和公正有所帮助。野心、贪婪、残忍、复仇心固有的凶猛还嫌不够，我们还必须以正义和虔诚为光荣借口去挑逗它们，煽动它们。能想象世上的事有比这更丑恶的嘴脸吗：恶毒言行不期然

1　参见柏拉图《书简》七。

2　蒙田在此提出了基督诞生之前的圣贤灵魂得救的问题。

成为合法，并且因当权者准许而披上德操的外衣？“没有比以诸神的尊严掩盖罪行的堕落宗教更具欺骗性的事。”[1]柏拉图认为，极端的不公正在于把不公正之事看作公正。[2]

那时，我家乡的百姓广泛遭受的岂止是当时的损失，

整个乡间
是一片混乱。[3]

还有未来的损失。活着的人不得不为此受罪，尚未出生者亦复如是。百姓既遭抢劫，当然也会轮到我遭抢劫，而且一直抢劫到大家未来的希望，因为人们准备长期生活的一切都被一抢而光。[4]

不能夺走或牵走的一切
他们便加以破坏和消灭，
他们罪恶的队伍
让无辜茅屋灰飞烟灭。[5]

城里不安全

1　引自李维《罗马史》。

2　参考柏拉图《理想国》。

3　引自维吉尔。指的是恺撒被暗杀之后爆发的内战。

4　蒙田在本卷《论虚妄》中说道：“我拒绝别人引诱我，把我家变成战争的工具。”由此可见，并非他的城堡被抢劫，而是他家周围一带被抢劫。

5　引自奥维德。

乡村遭劫难。[1]

除了这类打击，我还遭受着别的打击。我遇到的是疾患减轻之后出现的麻烦。谁都可以动手折磨我；吉布林说我是盖尔夫，盖尔夫说我是吉布林[2]；我认识的诗人中有一位就曾这么说，不过我不知道是在什么地方说的。我家所处的位置和邻里之间频繁的来往使我呈现出一种面貌，而我的生活与我的行动又显现出另一种面貌。倒没有因此而遭到有根有据的非难，因为无刺儿可挑：我从不背离法律，谁如果进行过调查，他本人早就会被认为比我还有罪。那都是些暗中流传的说不出口的怀疑，表面上从来看不出有错，无非是嫉妒或无能之辈制造的乱七八糟的大杂烩。我通常爱帮助那些由命运之神散布的反对我的不公正推测，我帮助的方式一向是避免进行自我辩护、辩解和说明。我认为，为良心进行辩护是使良心受到连累。"因为争论削弱明显的事实。"[3]面对别人的指责，我不但不往后退缩，反而迎上前去，而且以嘲讽奚落式的坦白承认为那些指责添油加醋，仿佛人人看我都像我看自己一般清楚；否则就将其看作不屑回答之事，闭口不谈，不予理睬。将我此种态度视为狂妄自信的人，与将我的态度视为无法辩白者之怯懦的人几乎同样怨恨我。尤其是大人物，他们认为不驯服的错误乃是错中之错；他们粗暴对待一切自我认知的，不卑躬

---

1 引自克罗第安。

2 意大利在十二到十五世纪被两个强大的党分裂。一个党拥护历任教皇；另一个党拥护历任日耳曼皇帝。一个党叫吉布林；另一个党叫盖尔夫。他们之间的流血斗争一直延续到一四九四年法国侵入意大利。

3 引自西塞罗《论诸神之原始状态》。

屈膝、不低声下气苦苦哀求的主持正义者。我经常碰撞这样的大柱。反正就我当时的遭遇而言，换一个野心勃勃的人一定会上吊，贪财的人也同样会上吊。

我从不为获取而操心。

> 只要诸神有意
> 让我在有生之年活着为自己，
> 愿我只拥有我目前拥有的，
> 再少些也可以。[1]

然而别人的不公正——或扒窃，或暴力——给我带来的损失，却几乎使我痛苦得像一个受到同样损失的、被悭吝病折磨的守财奴。这种冒犯本身带来的打击比损失严重到无法估量的程度。

各式各样的苦恼成百上千依次向我袭来；那些苦恼一股脑儿袭来，我也许能更轻松地忍受。我已经在考虑，如我的晚年既不快活而又缺吃少穿，在我的朋友当中我能将这样的晚年托付给谁？我把眼睛往各处转来转去进行搜索，最后仍一无所获。要想从极高处直落下来，下面接应的臂膀必须充满牢靠的、强有力而又有运气的爱心：这样充满爱心的臂膀即使有，那也是极为罕见的。总之，我认识到，最可靠的办法是把我本人和我的困苦全部托付给自己。万一我与命运的恩宠无缘，愿我更有力地祈求自己

1 引自贺拉斯。

的恩宠以保护自己，愿我更依恋自己，更注意自己。无论何事人们都喜欢依赖外部的支持以免自己支持自己，然而对善于运用自我支持的人而言，唯自我支持是最可靠、最有力的支持。人们对别处、对未来趋之若鹜，因为还没有人曾实现自我。我终于认识到那些缺陷都是有用的。因为，首先，当理性不足以使坏门生醒悟时，就必须用鞭子抽打加以纠正，犹如我们用火和楔子猛力将扭弯的木头强行整直。我在很早以前就劝诫自己依靠自己，并脱离外来的东西，但我仍然总是把眼睛转到一边：别人的倾慕，大人物的一句好话，别人的好脸色都会引诱我。天知道如今此类玩意是否很稀罕，天知道那一切的含义究竟是什么！我如今还能听见（而且不皱眉头）别人如何引诱我，把我放到显眼的位置，而我的抵抗是那样软弱无力，仿佛我很愿意容忍他们说服我。对性格如此不驯服的人必须施以棒打，而且必须一敲再敲，用木槌狠狠敲打，从而箍紧那只散架又裂开的木桶。

其次，因为那令人烦恼的事件可作为我的一次练习，好让我做好应付更坏之事的思想准备。如命运之神的特殊照顾和我的本性，以及我的生活习惯，使我本来有望属于最后一批被风暴卷走的人，却在偶然间头一批被卷了进去，我就可以及早学会强制我的生活，对生活做出安排，使其适应新的情况。真正的自由在于能依靠自己对付一切。“最强有力的人是能主宰自己的人。”[1]

通常，在太平时期，人们做思想准备无非为应付平静的普通事故。然而在我们三十年来所处的一片混乱之中，所有法国人，

1　引自塞涅卡《书简》九十。

无论个别而言，抑或笼统而言，每时每刻都眼见自己处在倾家荡产的边缘。所以他们必须使自己在内心更坚强，更有魄力。感谢我们的遭遇吧，它使我们生活在一个既非无精打采，也非毫无生气，也非无所事事的世纪：这样的世纪如不靠别的途径闻名天下，必然以其重重灾难闻名于世。

我在史书上还不曾读到其他国家经历过如此的混乱，所以我没有不曾亲临其境的遗憾。同样，有时我很乐意带着好奇心去亲眼观察我们自己集体死亡的值得书写的情景，以及此种死亡的症状和形式。既然我无法推迟这大规模的死亡，我便乐于认命去现场观看并做调查。

因此，让我们尽量设法去察看，甚至不惜捕风捉影或借助戏剧式的无稽之谈去察看这人类命运的悲惨游戏的各种表现。

我们听人叙说那些事情并非毫无怜悯之心，但我们乐意用那些值得怜悯的事件的稀罕之处来唤醒我们的痛苦。不挠便不痒。优秀历史学家像避开死水和死海一般避免平平静静的描述，以便重新回到叛乱和战争年代，他们明白我们在呼唤他们描写那样的年代。我是在我们国家毁灭的过程中度过我的大半生的。我怀疑我是否能老老实实承认我对我一生中为此而失去的安宁和平静多么不感到遗憾。对那些不幸给我个人的打击，我太容易逆来顺受；说到抱怨，我倒认为我被抢走的东西还没有我家内外保全下来的东西多。我们时而逃脱这个灾祸，时而逃脱那个灾祸，这值得安慰；灾祸不停地威胁我们，却在我们周围肆虐。此外，在公众的损失方面，我的爱心分布越广，爱心就越微弱，这的确与下面的话大同小异：“我们只是在公众的灾害波及我们个人利益时才会感受到公众的灾害。”[1]而且我们与生俱来的健康本身也能自动缓解我们可能感到失去健康的懊恼。这里说的只是与继健康而来的疾病相比较的那种健康。我们并非从极高处坠落下来。我认为透着尊严和秩序的掠夺和腐败最难忍受。在安全地带偷窃我们比在树林里偷窃我们更不公正。那是竞相坏死的各个肢体的共同集合体，大多是不会痊愈也不需要痊愈的老溃疡。

因此，这种倾覆与其说使我沮丧，不如说确实使我兴奋，之所以如此全凭我的良心；我的良心不仅安稳而且感到自豪，我看不出我有什么理由埋怨自己。由于上帝向人类降灾不比向人类降福多，我的健康状况在那个时期竟然较平时为佳。正如没有健康的身体我会无所作为，有了健康的身体，世上便罕有我做不到的事。健康使我有办法唤起我全部精神力量并主动迎接伤痛，否则伤痛很可能大大蔓延开去。我感到我的耐力蕴含着某种足以抵抗命运之神的坚毅，不经历大碰撞我是不会失去马鞍的。我作如是说并非为触怒命运之神，致使它给我更猛烈的冲击。我是命运的仆人，我向它伸手求救，为了上帝，愿它适可而止。我是否已感到了它的冲击？当然，我已感到了它的冲击。正如被悲哀压倒而不能自拔的人时不时小试快乐并流露一抹微笑，我也有自控能力使自己心境安详并摆脱恼人的思想，然而我却时不时心血来潮，在我武装起来准备赶走不愉快思想或与之斗争的当儿，突然听任它们前来撕咬。

那些苦恼刚过去，别的更严重的苦恼又接踵而至：在我的住

1　引自李维《罗马史》。

宅内外，我面临的竟是瘟疫，而且是比别种瘟疫更可怕的瘟疫。[1]因为健康的身体易于得重病，只有重病能使强壮的身体屈服。我周围的空气虽然新鲜卫生，而且凭大家的记忆，传染病再邻近，也从未在此站住过脚跟，然而，这样的空气万一自我中毒，便会产生格外严重的后果。

越来越多的老人青年乱葬于各处；
谁也躲不过地狱皇后的残酷。[2]

一看见我的住宅我就感到不寒而栗，但我却不得不忍受家里这种奇怪的现象：宅中一切毫无防范，谁想进去都如入无人之境。我虽一向慷慨好客，却很难为我家找一处避难之地，因为这个家庭已走入歧途，它既让朋友害怕，也让自己害怕，把它安顿在任何地方都遭人厌恶，因为只要家中这一群人里有一个人突然感到指尖发痛，全家就必须挪地方。所有的病都被看作瘟疫，大家并不想花工夫去加以辨别和区分。按医疗原则，凡接近过这种危险的人都得在四十天之内担心染上此病，这最好不过，但胡思乱想也会照它的方式折磨你，让你感到浑身发烧。

如果我不必为别人的痛苦感到难受，如果我不去为那一群结队而行的人当半年可怜巴巴的向导，那些事就不至于十分触动我。因为我自己身上一直带着预防药：那就是决心和忍耐力。我

1　吕尔布所著《波尔多编年史》说，一五八五年，瘟疫由六月一直流行到十二月："在波尔多，直到十二月，瘟疫传染极为严重，总共有一万四千人死于此病。"

2　引自贺拉斯。

没有担惊受怕的困扰，这种疾病最忌讳这样的心境。倘若我是单身一人而又想独自逃命，我一定会逃得更快也更远。我不认为这种死法属于最坏的死法之列：一般来说，此种死法时间较短，死时昏头昏脑，少有痛苦，而且流行病这一点还使死者得到安慰；死亡时不举行仪式，也不服丧，可以免去来人众多的压力。至于周围的人们，逃脱瘟疫者还不到百分之一：

牧人王国荒无人烟，
大片土地猎网空悬。[1]

在这个地方我最大的收益是物质方面的：需要一百个人为我干的活长期搁置下来了。

然而在当时，透过民众的单纯可以看到何等坚强的范例！一般来说，谁都不再操心自己的生活。葡萄挂在葡萄藤上，而葡萄却是此地的主要财富。人人都在毫不在乎地准备着，等待着今晚或明天死亡，他们的面容和声音显得那样无所畏惧，仿佛所有的人都已接受这样死亡的宿命，仿佛此种死亡是普遍的、不可避免的死刑判决。死亡永远如此。然而死亡决心的依据是多么站不住脚！几个钟头的距离，几个钟头的差异，一看见周围不同的人，就会使我们对死亡有不同的想法。瞧瞧我家乡那些人：无论儿童、青年、老人，只因他们会在同一个月内死亡，他们再也不大惊小怪，再也不互相哭丧了。我见过一些人，他们生怕死在后

1　引自维吉尔。

面，好像死在后面会感到可怕的寂寞。我发现他们除了墓地的事，通常都不再操心别的什么：眼见尸横遍野，任凭即将聚拢的牲畜摆布，他们感到无限心酸。（人类想法之差异为何如此之大：被亚历山大征服的民族尼奥利特人把人的尸体扔到森林的最深处让野兽吃掉，他们私下认为那是唯一幸福的墓地。）某某人还很健康便掘起自己的坟墓来了，还有的人活着便躺进坟墓。我家一个干粗活的人在死去的当儿还用手和脚往身上堆泥土[1]：埋进土里不是可以睡得更舒服吗？此种举动之勇敢和伟大，堪与罗马士兵同样的举动媲美：在加纳日之后，人们发现罗马士兵把头伸进他们挖好的洞里，并用自己的手把洞填满，以便在洞里窒息而死。[2]总之，整个民族都现时现刻以唯一的实践方式，被安置在同一个水平线上，在坚决性方面不下于任何深思熟虑的决定。

能鼓舞我们的科学知识大多数是门面多于力量，装饰多于实效。我们抛弃了自然又想学习自然课，因为自然课引导我们既成功又稳妥。不过，自然课教育的痕迹和全靠愚昧的恩惠而保留下来的少许自然的形象，仍旧在这群不开化的粗人的生活里打上了烙印。科学不得不天天利用自然，使之成为科学学子们学习坚韧、善心、宁静的样板。科学学子们知识渊博，却还得模仿自然之拙朴，而且在初涉德操的行动中就必得模仿，这种状况看起来

---

1 布埃斯图俄在他写的《人间戏剧》，安布卢瓦兹·帕雷在他所著的《论瘟疫》里都有类似的描述。布埃斯图俄在谈到一五四六年普罗旺斯爆发的瘟疫时叙述了这样一个故事：一位医生做证说“自己亲眼看见并经历过许多这类事情”。他看见一个女人，便在窗外叫她，想为她的病开药方。他透过窗户见她正在为自己缝尸衣。几个钟头之后，当埋瘟疫病死人的人进入她家时，发现她捧着尚未缝好的尸衣死在地板上。

2 根据李维《罗马史》。加纳日指迦太基将军汉尼拔于公元前二一六年在加纳城战胜罗马人那一天。

实在稀奇；我们虽智慧过人，却要在一生中最重要、最必要的时期向牲畜学习最有用的功课，诸如我们必须怎样生和死，必须怎样爱惜自己的财产，怎样爱护并养育自己的孩子，怎样维护正义这人类弱点的奇特征兆，这种状态看起来也很稀奇；还有，理性任我们随意操纵，而且永远千差万别花样翻新，却给我们留不下大自然的任何明显痕迹，这一点看上去也着实奇特。人对待大自然有如化妆品制造商对待油类[1]：他们给大自然掺进如此之多的外来的论据和推理，使掺了假的大自然变成了千变万化、可以适应每个特定个体的东西，同时也失去了自己的本来面貌和恒定不变的、放之四海而皆准的面貌，于是我们不得不去牲畜那里寻找有关大自然的证据，这样的证据是不会屈从于恩宠、收买和意见分歧的。因为，恩宠、收买和意见分歧本身虽然并不一定准确地合乎自然之道（这千真万确），它们偏离自然之道却微乎其微，因此你总能瞥见这条道路的车辙。正如被人驾驭的马匹，它们虽然又蹦又跳，却跳不出系马缰绳长度的范围，而且永远跟着赶马人的脚步走；犹如展翅飞翔的驯鸟，他们永远摆脱不了链子的束缚。

“考虑考虑流放、酷刑、战争、疾病、沉船事故……”[2]“为了你在灾祸面前别当新兵。”[3]凭好奇心去预见人类全部的不幸，这于我们有何益处？费大力气去准备对付也许根本不会触及我们的麻烦又有何益？“预见痛苦与痛苦本身一样使受过苦的人

---

1 此比喻来自普鲁塔克《论父母对儿女的慈爱》。
2 引自塞涅卡《书简》九十一。
3 引自塞涅卡《书简》一〇七。

痛苦。"[1] 不光捶打能袭击人，连气流和屁也能袭击人。[2] 这样的人或许像最狂躁的发烧病人：你此时此刻就让人抽你的鞭子，原因是你可能命中注定某一天会吃鞭打之苦，这只能是狂躁的发烧病人之所为；还有，从圣约翰节起你便穿上皮袍，原因是你在圣诞节到来时可能需要穿皮袍，这也的确是狂躁的发烧病人之所为。"投身进去体验可能降临的痛苦吧，尤其是极端的痛苦：去痛苦里经受考验！去痛苦里坚定自己的信心！"他们说。恰恰相反！最便当最自然的办法是摆脱这种思想负担。困苦来得还不够早，困苦的实际存在也拖得不够久，因此我们必须在思想上将其扩展、延长，而且在思想上事先与痛苦交融起来并保持这种交融状态。仿佛痛苦折磨我们不会掌握分寸似的！"困苦降临时会把你折磨得够呛。"一位大师这么说。这位大师[3]并不属于什么温和学派，他属于最严厉的学派。"痛苦降临时你也应照顾自己，你最喜欢什么就相信什么吧。总是提前考虑并预防你的噩运，为担心将来而失去现在，只因随时间推移你会经历苦难，你便从现在开始经历苦难，如此行事于你何益？"这就是他的话。科学知识会精确告诉我们痛苦的大小，这就自然而然给了我们有效的帮助，

忧虑使凡人如坐针毡。[4]

---

1 引自塞涅卡的《书简》七十四。

2 参见塞涅卡的《书简》七十四。

3 指塞涅卡。

4 引自维吉尔。

假若部分痛苦既深刻而又不为我们所感，也不为我们所知，那也许是憾事。

可以肯定，就大多数学者而言，准备死亡比忍受死亡之痛苦更折磨人。古时一位判断力极强的作者确实说过这句话："思考痛苦比忍受痛苦更伤人。"[1]

死在即刻的感觉有时会自动鼓励我们迅速下定决心，不再躲避那不能回避的事。从前，人们看见许多古罗马士兵在战斗时斗得胆怯，但随后却勇于接受死亡，他们以喉咙迎向敌人的矛头，邀敌人杀戮。[2]正视即将来临的死亡需要持之以恒的，因而也是不易具备的坚定性。你不善于死就别把死放在心上，大自然会即刻教你该如何死，教得既全面又充分；大自然会为你精确作业，你大可不必自寻烦恼。

凡人，你们枉自设法了解
本不确定的死亡时辰，
与死亡选定的前来的途径。[3]

长期的害怕和担忧
比承受突然而明确的不幸更难受。[4]

---

1 引自坎提利安《演讲法规》。
2 根据塞涅卡《书简》三十。
3 引自普罗佩提乌斯。
4 引自高卢。

我们为操心死而扰乱生，又为操心生而扰乱死。生使我们烦恼，死使我们惊恐。我们做思想准备并非为了反对死亡，死亡是太短暂的事。一刻钟既无结果也无遗憾的苦痛不值得用箴言特别告诫。说实话，我们做思想准备是为了反对为死亡做安排的做法。哲学先吩咐我们眼里时刻要有死亡，要预见死亡，要在死亡到来之前仔细琢磨死亡；在此之后，它才告诉我们死亡的规律和应采取的预防措施，以提防预见死亡和琢磨死亡之举伤害我们。医生之所为正是如此，为了让他们的药品和他们的医术有用武之地，他们不惜把我们抛进病痛里。倘若我们本不善于生活，教我们如何死亡并教我们以与生活本身不同的方式结束生活中的一切便有失公正。倘若我们善于生活，活得宁静而稳定，我们同样会死得宁静而安稳。哲学家们爱怎么夸口就怎么夸口吧。“哲学家一生都在研究死亡。”[1]然而我认为死是生命的尽头，而不是生命的目的；死是生命的终结、生命的顶端，而不是生命的目标。对生命而言，生活才应该是它的目的、它的目标；在生活中做出的合情合理的努力就是自我调整、自我引导、自我容忍。在处世之道的总课题和主要课题所包含的许多必修课里，也有死亡之道这一课。假如我们不以恐惧给死亡之道增加负担，这一课会是最轻松的课题之一。

以实用性和朴素真理判断单纯性课程，这课程并不弱于什么学说从反面向我们鼓吹的课程。不同的人情趣和能力各有不同；必须按照人自身的情况，通过不同的途径引导人们改善自己。

1　引自西塞罗《图斯库卢姆谈话录》。

“无论风暴将我带到什么岸边，我都以主人身份上岸。”[1]我从未见我家周围的农人思考以怎样镇定自信的姿态度过他最后的时刻。大自然教他只在自己死亡那一刻才想到死。比起亚里士多德，他们更从容赴死；死亡对亚里士多德却有双倍的压力，由于死亡本身，也由于他对死亡长期的预见。因此恺撒的意见是，最意想不到的死亡是最幸福、最无心理负担的死亡。“在需要痛苦之前就痛苦的人，在需要痛苦时会更感痛苦。”[2]冥想死亡之所以苦楚，是因为我们的好奇心。我们永远这样自己跟自己过不去，总想超越自然的规定，并向自然的规定发号施令。只有学者才应该在身强力壮之时为这类胡思乱想吃饭不香，一想到死亡的情景就皱眉头。普通人只在死亡袭击他时才需要治疗和安慰，他们对死亡重视的程度，恰恰与他们感觉到的程度相当。我们不是说过吗？俗人的愚钝和不知害怕，使他具有对当前痛苦的忍耐力和对未来不幸事故的极度漫不经心，因为他生性粗拙，反应迟钝，对此类事情不够敏锐，也不会为此而心绪不宁。果真如此，那么为了上帝，我们今后就拜愚蠢为师吧。这正是科学知识许诺我们的最高成果，愚蠢是以极缓慢的方式引导它的门生取得这种成果的。

我们不缺少优秀的教师，他们是自然之单纯的表达者。苏格拉底便是其中之一。因为，就我的记忆所及，他向就他的生死问题展开辩论的法官们讲的话大体上就是这个意思：“我怕，先生们，如果我请求你们别让我死，我会自投罗网，撞到原告起诉书

1　引自贺拉斯《书简》第一卷。
2　引自塞涅卡《书简》九十五。

的矛头上不能自拔。起诉书说我比别人更假充内行，显出我对高于我们和低于我们的事情都有更深一层了解的样子。我明白我既不曾经常与死亡相见，也辨认不出死亡，也不曾见任何人为对我进行死亡教育而去检验死亡的各种性质。害怕死亡的人首先必须是了解死亡的人。至于我，我既不知道死亡为何物，也不知道另外那个世界情况如何。死亡也许是一件无所谓的事，也许是一件令人向往的事。（不过，如果死亡意味着由一个地方移居到另一个地方，倒应该相信，去同众多过世的大人物一起生活，并避免同更多极不公道的腐败法官打交道，定会使生活得到改善。如果死亡意味着生命的消亡，那么，进入宁静的长夜不失为一种改善。我们活着时从未体验过比宁静、深沉、无梦的休息和睡眠更美妙的事。）我向来注意避开我所知道的一切坏事，诸如伤害别人，不服从上司（或人或神）。对我不知道是好是坏的事，我是不会害怕的。假如我去死而将你们留在人世，只有诸神能看出是你们的情况还是我的情况将有所好转。正因为如此，关于我的事你们爱如何决定便如何决定。不过，根据我劝人办公道事、办有益事的处世之道，我要强调，假如你们在我的案子上看得不如我远，那么为了你们的良心，你们最好放了我。只要你们在判决时考虑我过去处理公私事务的活动，考虑我的意愿，考虑众多青老年公民每天从我的讲话中获得的好处，以及我为你们所有人办事的成果，假如你们办事可靠，你们只有安排雅典议院常务会以公费赡养我（因为我穷），你们才能适当减轻你们对我的功劳欠下的义务，因为我经常看见你们以并不充分的理由公费赡养别人……出于习惯，我不曾向你们求告并恳求你们怜悯，你们可别把我这种态度视作固执或对你们的轻蔑。我有朋友和亲人（正如荷马所说，我和别人一样并非从木头和石头中出生），他们都可以带着眼泪和哀伤出面，我还有三个泪流满面的儿女，他们的眼泪也可以得到你们的怜悯。然而，在我这样的年龄，我又以智慧过人闻名于世，从而招致控告，如果我堕落到做出那样卑怯的举动，我就会让我们的城市蒙羞。人家又会怎样评说其余的雅典人呢？我常告诫听过我演说的人别靠无耻行径救自己的命。在我国历次战争期间，在安菲波利，在波提德，在德里，在我待过的其他地方，我其实早就表示了我多么不屑于靠蒙受耻辱保证自己的安全。进一步说，要那样行事，我会促使你们失职，会让你们做出丑事；因为说服你们不应靠我的祈求，而应靠正义提出的正当、充足的理由。你们曾对诸神发誓要照法律行事，现在倒仿佛是我想怀疑你们、指责你们不相信有诸神存在似的。而我自己倒像在承认我应该不信任诸神，因为我怀疑他们的引导，不愿把我自己的事单单托付给他们！事实上我完全相信神的存在，而且我可以肯定，诸神对待此事的态度，将根据此事是否于你们和我都更合适来决定。好人无论活着或死去都没有必要害怕诸神。"[1]

这不是一篇明智而有分寸的辩护词吗？又朴素又自然，其高度令人叹为观止，是一篇真实而坦率的辩护词，合情合理，超过一切同类的辩护词，而且是在怎样迫在眉睫的危险之中讲的呀！苏格拉底宁愿用他这一篇，而不用大演说家利希亚斯为他撰写的那一篇；那篇辩护词尽管在司法风格上精雕细刻，但不配为如此

1　这一段是蒙田受柏拉图的启发对《苏格拉底的辩护词》中一些章节的概括。

高尚的犯人辩护，苏格拉底舍彼而取此，做得合情合理。[1]大家可曾听到从苏格拉底的嘴里发出过哀哀求告的声音？那样高尚的德操，难道会在它表现得淋漓尽致的时刻停顿下来？以他那样丰富倔强的个性，难道他会将保卫自己的事委托给雄辩术？在他受到最酷烈考验的时刻，难道他会放弃装饰他个人谈吐中的真理和天然的诚恳，去用一篇学究式演讲中的修辞和虚构来为自己涂脂抹粉？他不为自己衰弱的生命拖长一年，而去败坏他一贯不可腐蚀的一生和人性如此神圣的形式，也不背叛自己一生的光荣终结即将时留下的不朽记忆，他这样做十分明智，而且符合他的性格。他活了一生，但并不感激自己，而是感激世间的典范，如他以无所作为的卑微方式结束此生，那岂非大众的憾事？

的确，这种面对死亡如此淡定、如此冷静的思考方式，值得后世为自己的荣誉而格外加以珍视：后人的做法也正是如此。命运之神为他的光荣做出的决定，比司法界做出的任何判决都更正确：雅典人对造成他死亡的人恨之入骨，他们像躲避被逐出教会的人一般躲开那些人；那些人摸过的东西都被看作已经污染。在浴室里没有人愿同他们一道洗澡，平时谁也不向他们问好，也没有人同他们来往。后来，他们终因无法忍受公众的仇恨而上吊了。

如果有谁认为，我在谈到苏格拉底演说时，可供我选择的例子本来很多，而我却不恰当地选了上面那部分；如果此人判定苏

1　根据第欧根尼·拉尔修《苏格拉底生平》以及西塞罗《论演说家》。利希亚斯为希腊古代辩护词作家，著有辩护词《为了残疾人》和《反对埃拉托斯特涅斯》等。

格拉底这篇讲演被高估了，高出了普遍的看法，那我可是有意而为的。因为我的判断与众不同，我认为这篇演说在层次和情理方面都远远落后于、远远低于普遍的看法：它以毫不做作的、天真的勇气和幼稚的心安理得再现了天生的、纯粹的原始感受和无知。因为这一点是可信的：我们天生怕痛，但不怕死，不怕死的原因寓于死亡本身。死是人的存在的一部分，是与生一样必不可少的一部分。要知道，死亡对大自然的创造物本身之延续和更迭十分有用、十分有利，而且在这包罗万象的共和国里，与其说死亡有利于丧失和毁灭，不如说死亡有利于出生和增长。既然如此，大自然怎么可能让我们对死亡产生仇恨和憎恶呢？

> 事物的总体便如此更新。[1]

> 一死促千生。[2]

一条生命的消失可以过渡到千条别的生命的诞生。大自然让牲畜铭记它们该如何照料自己，保存自己。牲畜们甚至害怕自己的情况恶化，它们生怕互相冲撞，互相伤害，生怕我们用链拴它们，打它们，这类痛苦的事刺激它们的感官，而且它们全都经历过。然而它们不可能害怕我们宰杀它们，也没有能力想象死亡，也没有能力对可能到来的死亡做出结论。为此人们还说，牲畜忍

1　引自卢克莱修。
2　引自奥维德。

受死亡不仅愉快（马在死亡时多数会嘶鸣；天鹅则歌唱死亡），而且有的牲畜出于需要还会寻死，大象就有过不少这种例子。

此外，苏格拉底做自我辩护时提出论据的方式，不也朴实猛烈得令人赞叹吗？的确，像亚里士多德那样说话，像恺撒那样生活，比像苏格拉底那样说话和生活容易得多。在这篇演说里存在着高级别的完美和最大限度的难度：技巧是无济于事的。可以说我们并没有照这样训练我们的才能。我们既不考验我们的才能，也不认识我们的才能，我们利用别人的才能乔装打扮自己，却把自己的才能束之高阁。

有人可能会说，我在自己的书里只搬来了一大堆外国的花，我提供的属于自己的东西只是捆花的网绳。诚然，我曾向舆论界承认，说这些外来的装饰物适合我，但我的意思并非是那些东西掩盖了我，遮住了我：这与我的初衷恰好相反，我本来只想展现我自己的东西，而且是自己天生的东西。倘若我很自信，无论如何我会全靠自己说话。但本世纪的风云变幻和别人的激励使我不得不如此行事，而且日甚一日引入外来的东西，不顾我个人的初衷和原来的思维方式。倘若这与我并不适宜（我相信如此），那也无妨：总可以对别的什么人有所教益。某人从未看过柏拉图和荷马的作品却引证他们，我也一样，我援引的相当多的语录也并非出于原作。[1] 这不困难，也无须多么能干，因为世间有上千卷书供我写作时参考。此时此刻，我如乐意，尽可以从一打废话连

1　蒙田援引的大师语录许多出自与他同时代的评论家和编纂家的作品，尤其出自约斯特·利普斯著作。

篇的人（这些人的东西我平时是不翻阅的）的作品里引出一些东西用以装饰这篇《论相貌》。只需引用某德国人写的卷首诗，就足以在我的作品里填满引语，我们由此便可欺骗蠢人，以寻求美味可口的光荣。

那些陈词滥调的大杂烩，虽然让那么多人省心省力不做深入研究，却只适用于平庸的课题，只有助于我们自我卖弄知识，而不能引导我们的行为：那真是知识的滑稽成果，苏格拉底曾以此十分有趣地斥责《厄提登篇》[1]。我曾看见有人利用他从未研究过、从未弄懂过的东西写书，作者把研究这样那样课题的事托付给他各种各样的学者朋友，他自己只管对书本做出粗略的计划，最后靠投机取巧，编纂出一捆自己并不熟悉的东西；纸和墨水起码是他的嘛。凭良心说，那只是买书或借书，而不是著书。那是告诉人们，不是人会写书，而是——他们可以对此持怀疑态度——人不会写书。在我居住的城市，一位法院院长夸口说他亲手写的一份判决书上堆积了两百条外来引语。[2]他在大声向每个人做此种宣传时，我感到他似乎在使他得到的恭维黯然失色。依我看，对那样的问题和他那样的人来说，那是小人的吹牛，是荒谬的吹嘘。在我的书里如此众多的外来引语中，我很高兴能在某些地方隐藏某个作者，将他的话做些改变，让它们走样，从而派新的用场。这样做有被人说我不理解引语本意的危险，所以我做了一些特殊的改动，使它们更少外来意味。而另外一些人却炫耀他们的

1　指柏拉图所著《厄提登篇》。

2　埃提安·帕斯基叶同意蒙田对司法辩论乱用引文的批评，见《致洛瓦塞尔先生》，《书信集》。

抄袭行为，而且将其入账，因此他们比我更受法官信任。我们这些大自然的门徒，我们认为创造的荣誉比引证的荣誉更加具有无与伦比的极大优越性。

倘若我愿意谈学术，我可以讲得更早[1]；我可以在更靠近我学生时期的阶段就写作，那时我的智力和记忆力都优于现在；倘若我愿以写作为业，我当然更信任那个年龄的活力，而非如今的活力。进一步讲，我就可能在更有利的时节得到命运通过这部著作赐予我的亲切的厚爱。我的两位熟人，两位知识渊博的大人物，拒绝在四十岁发表作品，而要等到六十岁。依我看，这种做法使他们损失了一半。成熟和血气方刚一样有它的弱点，而且是更坏的弱点。老年人既不适应这种性质的工作，也不适应别的一切工作。谁若想表达自己并不感到难看，也并不迷迷糊糊昏昏欲睡的心情，而又去把自己的衰老付诸印刷，那真是发疯。人在走向衰老时思想是闭塞的、停滞的。我在谈及无知时，说得又庄重又充分，而在谈及知识时却说得既不充分又捉襟见肘；谈知识是附带的、偶然的，谈无知则是特意的、主要的。除了论述微不足道的事，我什么也不论述；除了论述非知识，我不论述任何知识。我选择的写作时间，正是我要描写的我的生命全部展现在我面前的时候：我生命剩下的东西已更接近死亡了。仅就我的死亡而言，在我遇上它时它如若喋喋不休，我离去时自然也会像别的人一样向百姓提出忠告。

苏格拉底所有的高贵品质都堪称完美的典范，但令我扫兴的

1　蒙田近四十岁才开始写作。

是，他的体态和容貌却相形见绌，正如人们所说，他的体态容貌同他的心灵美真可谓判若云泥，而他对美又如此情有独钟，敏感到痴狂的程度。大自然对他太不公平。本来形神一致、形神交融是比别的任何东西都更具真实性的。“灵魂放置于什么样的身体对灵魂至关重要：身体的多种因素可使心灵敏锐，其余的因素则使心灵迟钝。”[1] 西塞罗谈的是反常的丑陋和四肢的畸形，然而我们却把主要表现在脸上的乍一看不讨人喜欢的东西也叫作丑陋，而且不讨人喜欢的原因往往又微不足道，诸如脸色、斑点、粗鲁表情，以及在整齐完好的四肢上出现的某种难以解释清楚的原因。拉波埃提丑陋而心灵极美，他的丑陋就属于这种性质。此种表面的丑陋虽然十分严重，对人的精神状态损害却比较小，而且对评价人起不了可靠的作用。另一种丑陋，其更确切的名称叫畸形，则是更实质性的丑陋，这种丑陋通常对人的打击更为深重。显示脚形的并非光亮的皮鞋，而是鞋形好的鞋。

同样，苏格拉底也谈到自己躯体和面部的丑陋，他说，如果他没有通过受教育纠正他的丑陋，他的丑陋定会在他的心灵上显露无遗。[2] 但我认为，根据他的习惯，他说这话是在开玩笑。如此杰出的心灵从来不是自己单独形成的。

我不可能老说我如何珍视美，美是一种强有力而又对自己有利的优点。[3] 苏格拉底把美称作短期的专横，柏拉图则称其为自

1 引自西塞罗《图斯库卢姆谈话录》。
2 同上。
3 蒙田在出版昆图斯-库提乌斯文集时强调指出，文集中许多章节都谈论人体美。

然赋予的特权。[1]世上没有任何东西的声望超过美的声望。美在人们的交往中占据首要位置；美先声夺人，美以极大的权威和它给人的绝妙印象引诱我们，并影响我们的判断力。弗里内[2]如果不曾解开她的裙袍，以她光艳照人的美丽腐蚀法官，她的诉讼哪怕委托给一位优秀的律师也定会败诉。我认为居鲁士、亚历山大和恺撒这三位世界的主宰在营造他们的伟大事业时也并没有忘记美。西庇阿亦复如是。同一个希腊字包含着美和善。圣灵往往把他认为美的人叫作好人。古代某位诗人写了一首柏拉图认为家喻户晓的歌，这首歌对财产排列的顺序是：健康、美丽和取之有道的财富[3]；我当然支持这样的顺序。亚里士多德说，指挥的权利属于俊美之人，当有些人已接近诸神雕像的俊美时，这些人同样可以享受人们的崇敬。[4]有人问他为什么人们同俊美之人交往更频繁，而且时间更长时，他说："这个问题只应由盲人提出。"[5]大多数哲人以及最伟大的哲人都借助他们的俊美交学费，以获得智慧。

不仅对服侍我的人，对牲畜也一样，我认为他们的美与善十分接近。不过我认为脸部的线条、表情和轮廓有助于推断某些内在的气质和未来的命运，这种情况似乎并不直接，也不单纯属于美和丑的话题，正如香味及清新空气不一定都能保证人的健康，

---

1 根据第欧根尼·拉尔修《亚里士多德生平》。

2 弗里内系古代雅典的美貌才妓，曾自己出资重建被马其顿王亚历山大摧毁了的底比斯城。此段根据坎提利安的《演讲法规》第二卷。

3 参见柏拉图《高尔吉亚篇》。

4 见《政治》第一卷。

5 引自第欧根尼·拉尔修《亚里士多德生平》。

瘟疫流行时节空气的恶浊和臭味也不一定都传染疾病一样。指控女士们的品性与她们的美貌背道而驰的人并不一定都有道理，因为线条并不十分端正的面庞可以有正直忠诚的神气，相反，我有时在美丽的眉目间，却看出令人害怕的、狡诈而且危险的本性。有使人产生好感的相貌存在。在众多得胜的敌人当中，你可能立即选出这一位而不是那一位陌生人进行投降以交付自己的性命；而你做出这样的选择，其实并不一定只考虑了对方的美和丑。

面容是并不牢靠的保证，不过面容仍有某种重要性。倘若我有必要鞭挞恶人，我鞭挞得最猛烈的将是违背和背叛了自然而然显现在他们脸上的诺言的人：我惩罚表面温厚的恶人更为严厉。有些相貌似乎是福相，另一些相貌却显出福薄。我认为有某种技巧可以使人区别温厚相貌和蠢相，区别严厉相貌和粗野相貌，区别恶人和激怒者的相貌，区别倨傲和阴郁，以及诸如此类的近似的面相。有些美人不仅显得傲气，而且乖戾；另一些美人则温柔而且温柔过度，显得淡而无味。通过相貌预测未来的命运，这是我留待解决的课题。

正如我在别处所讲，我是从我出发直截了当引用这句古老格言的：我们追随大自然不会出错；最灵验的格言乃是“顺应自然”。我没有像苏格拉底那样以理性的力量改正我的天生气质，在任何情况下也没有人为地打乱我的癖好。既来之，则安之，我从不与任何事物过不去。我身上的两个主要部分：身体和灵魂相处和睦，十分协调；我乳母的乳汁，谢天谢地，还算健康，也不算浓。

我是否应该顺便说说：我曾见某些本来只在我们之间有用的关

于德操的经院式形象比喻被捧得超过了它的价值，而且在希望和恐惧的强制下充当了格言？我喜欢的德操并非法律和宗教所创造，只由法律和宗教加以完善并赋予权威；它无须帮助便能自动站住脚，它靠自己的根生长，靠普遍的理性传播，并被所有正常的人铭记在心。这种普遍理性使苏格拉底得以纠正自己的不良习惯，使他对人和神变得驯服，使他英勇就义；他如此作为非因他灵魂不死，实因他是必死无疑的人。劝人无须修身养性，只需信仰宗教便能取悦于神的训言对一切政府都具毁灭性，导致损害有余而巧妙敏锐不足。出于习惯，我们看到在虔诚和良知之间存在极大的差异。

无论外貌或谈吐，我都有使人产生好感的地方，

> 我说了些什么？“我有！”
> 我应说“我曾有过”，克列梅斯！[1]

> 唉！如今你在我身上只能看见
> 一个瘦骨嶙峋的人。[2]

这样的外貌同苏格拉底的外貌完全相反。我经常遇到这样的情况：一些与我素不相识的人仅仅因为相信我的仪表和风度，便在他们自己的事务中或在我的事务中表现出对我十二万分的信任；而且在外国我也因此而获得了异乎寻常的优待。下面这两次

1　引自泰伦提乌斯拉丁文喜剧《自责者》第一幕第一场。

2　引自高卢拉丁文戏剧第一场。

经历也许值得我大书特书。

某某人打算搞突然袭击，前来拜访我家和我个人。他的伎俩是只身来到我家门口，坚持要人让他进来。我久闻其名，也有理由信任这样一位邻居和远姻亲。我按待客惯例命人给他开了门。他一进门便显出满脸恐惧；他的坐骑也气喘吁吁，精疲力竭。他对我讲了一番离奇的谎话：他适才在离我家半里尔之处遇上了他的宿敌——一个我认识的人，我甚至听说过他们之间的口角。他声称这仇人对他紧追不舍，只因他是在慌乱中无意间与仇人狭路相逢，他在人数上又居劣势，所以便投奔我家求救。他还宣称自己为随从焦虑万分，认为他们已死亡或已被俘。我一派天真，竟试图好言安慰，并请他下马休息。片刻之后，他手下的四五个兵丁露面，恐惧神态与他无异，也想进我的大门。随后接二连三又来了几批，都是全副武装，武器精良，最后的人数竟达二十五至三十人，而且人人装出被仇人追赶的模样。这其中的奥妙终于引起我的怀疑。我明白我生活在什么样的世纪，也明白我的家可能怎样遭人嫉妒，而我的熟人中遭此类不幸者也不乏其人。何况我发现，我既已开始接待他们，如半途而废会于事毫无补益。于是我干脆听其自然，照一贯的做法命他们进门——而且，事实上我天生不好怀疑，而好宽恕与温厚待人。我待人接物全按常规，除非有十足的证据逼迫我相信，我从不相信人心叵测，人性反常，正如我从不相信魔鬼和奇迹。再说，我既为人，便自然而然乐于依赖命运，并不顾一切投入命运的怀抱。对此，直到此刻我都理直气壮为自己庆幸，而且从不抱怨自己。我认为命运比我自己考虑得更周密，更有利于我的事务。我一生中有些行为可以被人正确称作挑剔行为，有谁愿意也可称作聪明行为，做出此类行为如果三分之一靠我自己，其余三分之二便全靠命运。人不完全听天由命，人对自己的行为抱有难以实现的奢望，这似乎是人类的通病。正因为如此，人的意图才经常受挫。我们过分扩大人类智慧的权利范围，老天对此十分嫉妒，认为这有损于它的权利，所以我们扩大多少，老天便缩小多少。

那些兵丁骑着马停在我的院子里，他们的头领和我都在大厅里。头领一直不愿别人把马牵进马厩，声称他一旦得到所有手下人的消息便立即告退。他眼看自己已能指挥这次行动，而且可以即刻动手……事后他常说（因为他不怕把这事说得天花乱坠），是我的面容和我的大方举止逼使他的拳头背叛了他。他又骑上了马，他的手下人则一味盯着他，看他会示意他们干什么。见他重又出了大门并放弃了自己的优势，他们真是大吃一惊。

还有一次，我把各路军队公开宣布的不知什么停火协定信以为真，便上路旅行，途中路过一个极为危险的地区。那里的人并没有及早风闻我路过当地，于是有三四支马队从各不相同的地点出发追赶我。其中一支在第三天追上了我，十五到二十个蒙面贵族子弟向我猛烈开火，他们身后还跟着一大批马上弓箭手。[1] 我被俘了，投降了。他们把我带进附近一片森林的最茂密处，我被剥夺了坐骑和行李，我的箱子也被翻了个遍，银箱也被抢走；我

1　保尔·波纳丰在他所著《蒙田，人和作品》中认为，那次意外事件正是蒙田在一五八八年二月十六日写给德·马蒂尼翁先生的信中讲述的事：一些天主教神圣联盟分子在维尔布瓦森林袭击并抢劫了他。不过，两个故事的情节不尽相同。袭击他的贵族完全可能是新教徒。

的马匹和马具都分给了新的主子。我和那些人在荆棘丛中为我的赎金问题争论多时。他们对我的赎金要价如此之高，足见他们并不认识我。后来他们开始为我的生死问题激烈争吵起来。的确，过去也曾有过多次类似的、危及我生命的情况发生。

> 正是那时你需要勇气，伊尼，
> 正是那时你必须信心百倍。[1]

我以停战为理由，始终坚持只把他们从我被洗劫一空的行李中获得的价值相当可观的财物留给他们，并没有许诺他们别的赎金。在林中待了两三个小时之后，他们让我骑上一匹绝不会逃走的马，并命十五到二十名火枪兵押送我单独上路；我的仆从则被分散交给别的火枪兵。火枪兵们受命将我们作为俘虏带上不同的大路，而我当时已被带到离那里两三个射程远的地方了。

> 已经哀求过卡斯托里斯及保卢克斯。[2]

他们那边突然发生了意想不到的变化。只见他们的头领重又回到我身边，谈话的口气也温和多了。他开始忧心忡忡去队伍里找寻我那些业已分散的衣物，找到多少就命人还我多少，连银箱也找了回来。他们送我的最好礼物是终于把我的自由还给了我，

1　引自维吉尔。
2　引自卡图鲁斯。

在那一刻，对其余的东西我倒全无所谓。那看不出任何明显动机的全新变化和回心转意的方式，那神奇的幡然悔悟，又发生在那样的时代，又是在深思熟虑的慎重磋商过程中（而且这种深思熟虑的慎重磋商按习惯应变成正义之举，因为我一接触他们就向他们公开招认了我站在哪一边和我走哪条路）发生的，这其中的真实原因我到现在也不知究竟。他们当中最显眼的一位还摘了面具，并把名字告诉了我，他一再对我说，我应该把我的解脱归功于我的相貌，归功于我洒脱的言谈和坚定的语气，我这些特点使我不该遭到那样的不幸。他还要求我在同样的情况下也如此对待他。可能是神出于慈悲，愿意利用这无聊的工具以保全我吧。大慈大悲的神还保佑我在次日没有遭更凶险的埋伏（因为那些人曾明确提醒我有埋伏）。后面谈到的这位还活着，可以讲述这个故事，前面那一位已在不久前被杀死了。

倘若没有我的相貌为我担保，倘若人们从我的眼神和声音里看不出、听不出我的意图的单纯性，我便不可能如此长久不与人发生争吵或遭人侵犯，也不可能无所顾忌想什么就随便乱说什么，也不可能大胆判断事物。此种行为方式可能显得不文明，也不符合我们的习惯，但我却未曾见过任何人认为它具有侮辱性和恶意，也没有人对我的无拘无束感到恼火，只要他听到的是我亲口说出的话。重述的话，正如它会变成另一种声音，会变成另外的意思。因此，我不恨任何人，而且我是那样缺乏冒犯别人的决心，所以只听理智吩咐，我也不会去冒犯谁。在我有机会参加对什么罪行进行判决时，我多半缺席。“我宁愿大家别犯错误，因为我没有足够的勇气惩罚他们。”[1]

据说，有人责备亚里士多德，说他对一个恶人太心慈手软。“事实上，”他说，“我心慈手软是对人而不是对恶。”[2]出于对罪行的憎恶，一般审判都因复仇的要求而情绪激化。仅此一点便减弱了我对审判罪行的热情：憎恶第一次凶杀使我害怕第二次凶杀，仇恨第一次残忍使我仇恨一切模仿残忍的行为。我不过是一个无足轻重的人，人们可以对我运用大家谈论斯巴达王查理卢斯时的原则：“此人不可能善，因为恶人不认为他恶。”[3]或许这样说（因为普鲁塔克对善和恶，有如对别的千百种事物，是以不同的，甚至相反的方式描述的）：“他必定善，因为连恶人都认为他善。”[4]对不满合法行为的人，我不喜欢利用合法行为；同样，对认可非法行为的人，说实话，利用非法行为我也不十分顾忌。

---

1 引自李维《罗马史》。

2 引自第欧根尼·拉尔修《亚里士多德生平》。

3 引自普鲁塔克《论嫉妒和仇恨》。

4 引自普鲁塔克《来库古传》。来库古系活跃于公元前九世纪的人物，据传曾为斯巴达人的法律制定者。

十三

论经验

没有什么渴求比求知更合乎情理。我们对一切通向知识的途径都进行试验。理性推理不足时我们便运用经验，

> 经验凭不同试验产生技术，
> 因为范例可以指明道路。[1]

不过运用经验是缺点更多、更不值得重视的办法；然而真理如此之伟大，所以我们不应轻视指引我们走向真理的任何途径。理性推理的形式多样到我们不知该从何着手，经验形式的多样化也不比理性推理形式逊色。想从事件的相似性中得出结果是靠不住的，因为事件永远各不相同：在事物呈现的图景里，没有一种品质比差异性和多样性更具普遍性。[2] 无论希腊人、拉丁人还是我们，大家都爱举鸡蛋的相似性作为相似性最完美的例子。不过

1 见马尼利乌斯的《天文》。蒙田引自约斯特·利普斯《政治》第一卷。
2 蒙田在许多篇章里都发挥了这一思想。

仍有一些人，尤其是德尔斐[1]这个人，他却辨认出了鸡蛋之间存在的不同标志，所以他从不把此鸡蛋认作彼鸡蛋。此人养了许多鸡，他可以判断鸡蛋是哪只鸡下的。不相似性总会自动进入我们的作品，没有什么艺术能做到完全相似。无论柏罗泽还是别人，谁都不可能把牌的背面精心擦光洗净，让没有赌牌人能在牌过手的刹那间认出别人的牌。相似性做不到的事，差异性却能做到。[2]大自然必定只能创造不相似之物。[3]

不过我并不欣赏那一位[4]的意见，他想用大量的法律让法官们吃现成饭，从而遏抑法官的权力：他不明白，解释法律与制定法律具有同样的自由度和延伸度。法官不仅对法律嗤之以鼻，而且想贬低法院辩论的意义，那些想提醒我们注意《圣经》上说得明明白白的话，从而削弱并终止辩论的人是在开玩笑。因为我们从思想上认为审视别人的意见和表达自己的意见范围同样广阔，正如认为注释现成的与创造新的同样激烈，同样尖锐。大家看得出那位立法者错到了何种程度。因为在法国，我们的法律比世界各国的法律加起来还多，比处理伊壁鸠鲁的微粒世界所需的法律还多，“昔日我们忍受丑闻，如今忍受法律”[5]。然而我们听任法官们谈意见做决定的事层出不穷，使你再也找不出像他们那么广泛那么放肆的自由。我们的立法者选择十万个诉讼特案和诉讼

1 根据西塞罗《论柏拉图学说》第二卷。西塞罗说的是德罗而不是德尔斐。

2 根据普鲁塔克《论嫉妒和仇恨》。

3 根据塞涅卡《书简》一一三。

4 指东罗马皇帝查士丁尼。他颁布了两部法律汇编：《法典》和《学说汇纂》。博丹在他的《共和国》第六卷中也抱怨法律的烦琐。

5 引自塔西佗《编年史》。

事实，并给它们套上十万条法律又有何益？此数字与人类活动的无限差异性全不成比例。我们的构想再成倍增长，也跟不上案例的变化。你再就那个数字增加一百倍，在将要发生的事件里，也不可能有一件同几千个选中并登记在案的案例中的某一件完全吻合，也不可能没有某些情况和差异需要在判决时做不同的考虑。在我们永远变化着的行为里，能与固定的一成不变的法律有关联者极少。最令人企望的法律是数量最少，最简明，也最普通的法律；我甚至认为宁可一点没有，也别拥有我们这么多法律。

大自然赋予我们的法律永远比我们自己制定的法律中肯。诗人们对黄金时代的描绘和眼下再无黄金时代可言的各国的生活状态就是明证。有些国家的人在诉讼中唯一的法官是路经他们山区的第一位旅行者。[1] 别的人则在赶集的日子选出他们当中的一位，此人便立即裁定他们所有的诉讼案件。我们如让最贤明之人依照当时的具体情况，在众目睽睽之下了结我们的案子，不必按先例也无须推论，这有何危险？什么脚穿什么鞋。斐迪南国王派移民去西印度时，明智地规定人们不得把法学学生带去，因为法学就本质而言是一门产生争执和分裂的学问，国王生怕法学学生去了新大陆会使那里诉讼案泛滥。[2] 他同柏拉图一样，认定法学家和

1　根据纪尧姆·布舍《东方人》第九卷："我们读到，西班牙国王斐迪南派佩德拉里亚斯任新发现的西边诸岛的总督时，禁止他任用法律顾问和律师，以防止撒下当地人从未有过的诉讼种子。因为据说在那个新大陆，人们生活中没有文学，没有法官，没有法律，而他们却比我们生活得更合法更公正。此外，在整个东方，诉讼案件都十分稀少，在古查拉，居民只在赶集的日子设立一个施刑机构以保证买卖顺利进行。在费兹王国边界，马格南山的居民抓过往行人裁决案子。"蒙田曾多次公开表示他憎恶诉讼，他确认他活了五十多岁从未打过官司。

2　纪尧姆·布舍所举此例引自博丹的《共和国》第五卷。

医生是国家的有害资源。[1]

我们的普通语言用在别处何等得心应手，为什么用在合同和遗嘱里就变得如此晦涩难懂？为什么无论说什么写什么都善于明确表达思想的人，在合同遗嘱之类的事务里竟做不到不遭怀疑和反驳的表态？原来精于此道的巨匠们对挑拣词句和条文情有独钟，他们再三斟酌各个音节，严格检查行文的起承转合，以致卷入无尽无休的形式和细而又细的划分，弄得自己也晕头转向，结果那些形式和划分全都不符合章程及规定，也得不到明确的理解。“分得细如尘埃的东西都是一片混乱。”[2]可曾见过儿童试图分割并计量水银各部分的准确数量？他们越压水银，越揉水银，越千方百计使其就范，便越触怒那慷慨而又自由自在的金属：水银躲开孩子们的实验，越变越小，越变越分散，分散到无法计数。这里也一样，因为将难以捉摸的烦琐问题分了又分，那是在教人加深怀疑；是让人扩大争执，使争执多样化；是延伸争执，使争执扩散开来。散布问题，然后再把问题剪来裁去，那是使世界纷争迭起，更加变化无定，犹如翻土，翻得越深越细，土越肥沃。“知识制造纷争。”[3]我们已怀疑过乌尔比安[4]的见解，之后，我们又怀疑巴尔托洛和巴尔多[5]之见。我们必须清除数不胜数的意见分歧的痕迹，绝不要以分歧装饰自己，使后代不得安宁。

1　参见柏拉图《理想国》。

2　引自塞涅卡《书简》八十九。

3　引自坎提利安《演讲法规》第十卷。

4　乌尔比安（约170—223），古罗马法学家。

5　蒙田在《雷蒙·塞邦赞》里曾提到过这两位评论家：“我听人说起一位法官，如果遇到的问题是巴尔托洛和巴尔多激烈争论的题目……他就在书页的白边上写下‘友情问题’。”巴尔托洛（1313—1357）系法学教师，巴尔多（1327—1400）是前者的高才生之一。

我不知该怎样说，但出于经验可以认为，对事物做过多的解释会分散真理，将真理分割得七零八落。亚里士多德之所以写作是为了让人领会，倘若他本人都达不到此目的，那么比他逊色的写作者和评论亚里士多德思想的第三者就更达不到。我们着手研究一个课题，然后靠稀释加以扩展；我们可以把一个主题扩展成上千个题目，在将那些题目细分又细分，使其反复增长之后，我们就会跌入伊壁鸠鲁的无限量微粒世界之中。两个人对同一事物的判断从不可能相同，两种见解也不可能完全相似；不仅不同的人看法不同，甚至同一个人在不同的时间看问题也不一样。我通常爱怀疑注疏者不屑一顾的东西。我在平地更常失足，有如我熟悉的马匹往往在平地失蹄。

谁不说注疏加深怀疑和无知？因为众人为之忙碌的人文书籍或圣书，没有一本靠注解消灭了难点。第一百个注疏人把比他注疏时更棘手、更困难重重的书再推给下一个注疏人。[1] 要到什么时候我们才能在我们之间商定：此书注释足矣，已无话可说。此情况在诉讼里更为明显。有人将法律权威赋予无数学者，赋予不可胜数的判决和无休无止的诠释。然而真需要诠释时可曾得出过结果？诠释可曾促进安宁？我们如今是否已比烦冗法律的初期少用律师少用法官了？恰恰相反，我们的理解力正越变越弱，我们在埋葬我们的理解力；从今以后我们只有听凭各种围墙和障碍的摆布，才能重新找回我们的理解力。人识别不出自己思想上天生

1　在十六世纪，书籍的注疏者经常遭到批评，批评最多的人有纪尧姆·彼得、拉伯雷、提拉科和阿尔卡。

的疾患：他们的思想一味东张西望，到处搜寻，不断兜着圈子，不断营造着，一陷进活计便不能自拔，有如桑蚕作茧自缚，在茧中窒息而死。“一只小鼠陷进松脂里。”[1] 人的思想以为自己远远望见了不知什么光明的迹象和假想的真理，然而在往那边跑时，却有众多困难成了拦路虎，其中有障碍，也有自己新的探索，于是便为那光明的迹象和假想的真理而失去理智，而晕头转向。《伊索寓言》中狗的遭遇与此如出一辙。那些狗发现海上漂浮着假想的尸体，但它们接近不了那假象，于是开始喝水，直把通道吸干，狗也就窒息而死了。[2] 克拉特斯谈到赫拉克利图斯的著作时也与此意相符，他说：“那些作品需要擅长游泳的读者。”这样，赫拉克利图斯学说的深度和分量才不至于把读者淹没，并使读者窒息而死。[3] 不是别的，正是我们特有的弱点使我们满足于别人或我们自己在猎取知识中已得到的东西；换一个更精明的人就不会感到满足。总有位子留给后来人，是的，甚至留给我们自己，那是一条可以经过其他地方的道路。求索未有终结时，我们的终结在另一个世界。当我们在思想上感到满足时，那已是智力衰减或厌倦的征兆。高瞻远瞩的人从不自我满足：他永远有所追求，勇往直前，超越自己的力量；他的冲力超过他的实力，他如不前进，不往前挤，不往后靠，不左冲右闯，他便是半拉子机敏之人；他的追求永无尽期，也不成形；他靠惊讶、探索、模棱两可维持自己。这一点阿波罗已有充分的表现，他讲话总是双关的，

1　拉丁谚语。转引自埃拉斯姆《谚语》第二卷。

2　引自普鲁塔克《论反斯多葛派的共识》。

3　据第欧根尼·拉尔修《克拉特斯生平》。

既晦涩难懂，又转弯抹角[1]，不是使我们获得享受，而是使我们白费时间，白费力气。那是一种不规则的精神活动，无休无止，没有指导，也没有目的。活动中新花样层出不穷，连绵不断，一个产生另一个。

君不见流动的小溪，
溪水滚滚，无终无极，
有条不紊，沿着永恒的航道，
互相跟随又互相躲避。
一水推一水，
一水超一水：永远是
水在水中流，
同样的溪，不同的水。[2]

阐明注释比注释更麻烦；以书为主题的书，比别种主题的书更多：我们总是互相诠释。

注释密密麻麻，注释作者多如牛毛。几个世纪以来最主要、最了不起的学问岂非理解学者的学问？理解学者岂非一切研究的共同目的、终极目的？

我们的意见互相嫁接。第一个意见是第二个意见的梗，第二个意见又是第三个意见的梗。我们便这样一级一级爬梯子。由此

1　据普鲁塔克《为什么女预言家皮提亚传神谕不再用诗体？》。皮提亚系古希腊德尔斐城中传阿波罗神预言的女祭司。

2　拉博埃西写给他的未婚妻玛格丽特·德·卡尔的诗歌片段。

而产生如下情况：达顶峰者所获的荣誉，往往高于他的功绩。因为他不过踩在倒数第二人的肩上爬了很小一步。

我将自己撰写的书扩展开来谈论书本本身何其经常！也许何其愚蠢！愚蠢在于，我只因谈论自己才想起我谈论别人的这番话（别人亦如此行事）："他们对自己的作品如此之青睐，这证明他们爱自己的作品爱得心里发颤，证明他们攻击自己的作品态度之粗暴甚至轻蔑，无非是母亲宠爱儿女的一种装腔作势和矫揉造作。"照亚里士多德的说法，他们赏识自己和轻蔑自己往往缘于同样的狂妄自大。[1] 我在此方面为自己辩白有比别人更大的自主权，原因在于我所写的恰恰是我自己和我的著作，有如我写我别的活动；也在于我写作的主题总是回过头来谈论自己。不知是否人人都能接受我的辩白。

我在德国看见，路德听任大家就怀疑他的意见而产生分裂和争执，甚至比他引起的对《圣经》的争执更为激烈。[2] 我们的争论皆为口头争执。我问什么是自然、享乐、限度和替代。问题谈的是字词，也由字词来解决。一块石头，那是一个物体。但有人可能紧追一句："什么是物体？""实体。""实体又是什么？"如此循环往复，最后逼得答问者捧着字典走投无路。人们用一个字替换另一个字，这另一个字往往更陌生。我清楚什么是人，比知道"这是终有一死的动物，是有理性的动物"更清楚。为了消

1　据亚里士多德《尼各马可伦理学》。

2　关于德国新教徒宗教意见的分歧，可以比较《旅行日记》："大家认为，事实上宗教信仰没有特殊性的城市是很少的；在他们奉为领袖的马丁的权威之下，他们也曾发动多次就理解马丁著作意义而进行的争论。"

除我一种怀疑，他们让我抱三种怀疑：那是七头蛇[1]的头。苏格拉底问美诺[2]什么是德操。“有男人的德操，”美诺答道，“女人的德操，有官员的德操和个人的德操，有儿童的德操，老人的德操。”“这太妙了！”苏格拉底大声说，“我们一直在寻找一种德操，现在倒有了一大堆德操。”[3]我们提一个问题，别人却回敬一大堆问题。正如任何事件任何形式都不会与别的事件别的形式完全相同，任何事件与任何形式也不可能完全相异。自然的融合真是巧夺天工。假如我们的相貌没有相同之处，就分辨不出人与禽兽；假如我们的相貌完全相同，就分辨不出此人和彼人。一切事物都靠某种相似性而互相依存；一切范例都有毛病，而从经验中发现事物之间的关系则永远有欠缺、不完善；不过人们仍可以通过某些标记对各种事物进行比较。比如法律便通过或迂回或勉强或转弯抹角的解释，为每件案子效力，并适应每个案件。

既然涉及每个个体特殊义务的、我们已熟悉其内容的伦理性法律很难制定，那么，更难制定管理众多个体的法律就不值得大惊小怪了。请仔细想想统治我们的司法形式：那是人类弱点的真实明证，因为其中的矛盾和错误不胜枚举。我们所认为的司法上的宽和严（宽严情况太多，所以我不知道是否有介于两者之间的东西存在）是同一个身体内的病态部分和不正常的四肢，也是司法本质的病态部分和不正常的四肢。有几个农人适才急匆匆通知我说，他们把一个挨了一百大板的男子留在属于我的一片森林里

1　七头蛇的形象经常出现在十六世纪的作品里。

2　美诺（？—前 333 年），希罗多德雇佣兵的首领。

3　引自普鲁塔克《论朋友之众多》第一章。

了。那人还有呼吸，曾求他们可怜他，给他点水并扶他起来。农人说，他们不敢靠近受伤的人，他们害怕司法人员正好在那个地方碰见他们，所以他们逃走了。正如一些被碰见身边有个被杀者的人的遭遇一样，那些人必定会为此不幸事故而遭灭顶之灾。因为他们没有能力，也没有金钱保护自己的无辜。我能对他们说些什么？可以肯定，人道主义的义务很可能会使他们遭遇不测。

我们业已发现的无辜受罚者有多少（我此间尚不包括法官的错误）？还有多少未被发现的无辜受罚者？下边这件事发生在当代：有几个人因杀人而被判处死刑；即使判决书还没有宣布，起码法官已有了结论，做出了决定。这时，法官们得到邻近的下级法院通知，说他们手头有几名犯人承认那桩杀人案是他们所为，他们的招认具有说服力，而且罪犯还对犯罪事实做了无可辩驳的招供。于是法官们就是否应该中止，并延期执行上述死刑判决进行辩论。大家仔细考虑了重新判决此案以及延期执行原判的后果，认为此项判决在司法上已成过去，法官已无反悔的理由。总之，那几个可怜虫为司法程序而牺牲了。菲利普或别的什么人曾以下面的方式弥补与此相同的荒谬案例：他判一个人向另一个人付大笔罚款，他的判决已宣布了。不久，真相大白，他发现他的判决极不公平。一方面是诉讼的合法权益，另一方面是司法程式的合法权益。他决定维持原判，同时用自己的钱补偿被判罚款人的损失，从而在某种程度上满足了两方面的权益。[1]他遇到的是可以弥补的事故，我讲的那些人却无可挽回地被绞死了。我所见

1 故事引自普鲁塔克《古代国王的著名格言》。

比犯罪更罪恶滔天的判决何其多也！

这一切使我想起古人的见解：有意在总体上办公道事的人，却被迫零零星星办不公道之事；想在大事上主持正义的人，却被迫在小事上不正不义[1]；人类正义是按医疗模式形成的，因此凡有用的都是公正的、诚实的[2]；斯多葛派认为，自然的多数创造物天生悖逆正道；昔兰尼派则认为一切皆非自动公正，公正由习惯及法律形成[3]；按照狄奥多罗斯派的观点，一切扒窃、亵渎行为以及各种各样的淫荡行为，凡圣贤认为有利于已者皆合乎正道。

无可救药。我竟跟阿尔西巴德一样走到了这一步[4]：如果可能，我永远不会出现在一个可能宣判我死刑的人面前，因为在他那里，我自己的名誉和生命取决于我的诉讼代理人的机敏和奔走，而非取决于我自己的无辜！我也许应当冒险去找一个法庭，该法庭既承认我做的好事也承认我做的错事，对这样的法庭我既有所希望也有所畏惧，对一个比不犯错误做得更好的人而言，光未受损失还不够。我们的法庭只对我们伸出一只手，而且是左手。无论什么样的人从法庭出来，都有所损失。

中国的政府管理和技艺与我们从无交流，他们对我们的政府管理和技艺也一无所知，但这个王国在许多方面成效卓著，超过我们的样板。[5]有关这个国家，历史书告诉我，世界有多么宽广，多么丰富多彩，无论古人抑或我们自己对此都很难想象。在中

1　根据普鲁塔克《掌握国家大事者须知》第三十一章。
2　根据普鲁塔克《神圣司法为何常区分惩罚与妖术》。
3　根据第欧根尼·拉尔修《亚里斯提卜生平》。
4　同上。
5　根据冈萨雷斯·德·门多查的《中国历史》而发挥。

国，国王派遣到各省巡视的官员可以惩罚利用职权贪赃枉法的官吏，也可以极慷慨地奖励忠于职守、为官清廉的官吏，而且奖惩都可以超越一般的方式及官员职责规定的范围。出现在巡视大员面前不仅为得到保障，也为获得利益；不仅为得到报酬，也为得到奖励。

谢天谢地，还没有哪位法官以法官身份对我谈及什么诉讼案，无论是我的诉讼案，抑或第三者的诉讼案；无论是刑事诉讼，抑或民事诉讼。也还没有哪个监狱接待过我：甚至没有接待过我进去散步。我在想象中见到过监狱，即使观其外表，那地方也是令人不快的。我对自由情有独钟，倘若有谁禁止我去印度的某个地方，我也会因此而活得不痛快。只要我还能在别处找到自由的天地，我便不会在要求我躲藏起来的地方自暴自弃。上帝！竟有这么些人因与法律发生冲突，便被迫困在王国的某个地区，无权进入主要城市，无权利用公共水道和大路，眼见此情此景我多么难以忍受！只要我为之效力的城市威胁我一个指头，我会立即走开，去寻找另外的城市，寻遍天涯海角也在所不惜。在我国内战烽烟四起的年代，我的一切谨慎措施都力求战争不阻断我四处走动的自由。

法律之所以能靠信任维持，非因法律正确，只因它是法律。这便是法律权威的神秘依据，除此之外再无别的依据。此依据对法律十分有用。法律往往由蠢人制定，仇恨平等因而缺乏公正的人制定法律更为常见，永久的制定者却是些自高自大而又优柔寡断的人。

没有东西比法律的过错更为严重，更为广泛，犯过错也不像法律犯错误那般惯常。谁在他认为法律正确之处服从法律，恰恰在他该服从之处而未服从。我们法国的法律因自身的不规则和畸形，可以说是在为法律的管理和执行中的无序和腐败助一臂之力。既然法律发出的指令如此之糊涂，如此之不稳定，违抗法律的行为以及解释法律、管理法律和遵守法律方面的弊病就可能得到宽恕。无论我们从经验中可能获得什么成果，只要我们不善于利用我们自己的经验（因为自己的经验更亲切，当然就更能引导我们做必须做的事），从外国典范中吸取的经验就很难对我们的制度有所补益。

我研究别的课题不如研究自己多。这就是我的形而上学，这就是我的物理学。

上帝施何计统治世界，管理我们的住所，
月亮从哪里升起，在哪里降落，
她怎样合拢双月牙，每月重圆显婀娜；
指引大海的风从何处刮起，暴风有何威力，
不断形成云雾的水来自哪里。
是否有个日子会摧毁世界的通都大邑。[1]

探索吧，你们，
为研究宇宙而苦恼的人……[2]

1　引自普罗佩提乌斯《哀歌》。

2　引自卢卡努《法萨罗之战》第一诗章。

在具有普遍性的问题上，我在无知中随便听任世上的一般规律左右。我一感知普遍规律就能将它认识清楚。但我的知识不可能让那些规律改道，规律也不可能为我而发生变化。希望普遍规律发生变化是发疯，为此而操心焦虑更是发疯，因为普遍规律对谁都必然是相似的、公开的、共通的。

地方军政首长应当因其善心和干练，无条件并全面地免除我们为他的政府操心。

探索和哲学思辨只能给我们的好奇心提供养料。哲人们要我们重新注意大自然的规律是极有道理的；然而自然规律并不需要十分高深的学问。哲人们篡改自然规律，把自然的面貌描绘得色彩过分浓艳、过分矫揉造作，从而产生了单一主题多种面貌的现象。正如大自然赋予我们双脚用以走路，大自然也赋予我们智慧，使其在生活中引导我们，这种智慧不如哲人创造的智慧那么巧妙，那么强劲，那么夸张，但同样随和，同样有益，在有幸善于天然有序地，即顺乎自然规律地努力工作的人身上，哲人创造的智慧说什么，这种天然智慧都能做得很出色。单纯依靠自然便是最明智地依靠自然。啊！无知和不好奇是供成熟头脑休息的何等柔软安全的长枕啊！

我宁愿通过自己而不愿通过西塞罗了解自己。我认为只要我善于学习，我自身的经验便足以使我变得聪明。谁能回想自己过去如何暴跳如雷，能回想暴怒曾怎样主宰了自己，谁对此种过激感情之丑陋就能认识得比读亚里士多德的书更为清楚，谁也就能更正确地憎恨这种感情。谁能忆起他曾经遭受过的伤害，威胁过他的艰险，以及曾激起他情绪变化的微小原因，谁就能由此而对未来的变化，对认清自己的处境做好思想准备。恺撒的一生对我们的教训，并不比我们自己的一生对我们的教训多；皇帝也罢，百姓也罢，谁在一生中都会遇到人间的各种意外事故，因为人是不能左右意外事故的。我们就听听自己生活说的话吧：我们对自己说的，全是我们最需要的。谁记住了自己多次判断失误，却永远不怀疑自己的判断力，他岂非蠢人？当我通过别人讲的道理而相信了自己意见错误时，我不会注意去记住他对我谈了什么新东西，或我过去不知道的某个特殊之处（这样做收获会很小），而只从总体上记住我的弱点和我智力之不济，这样做我便能得到总体的改善。对待我的别种错误我也如此行事，我体会到此惯例对生活有巨大的用处。我并不把哪件事和哪个人看作使我失足摔倒的石头，却从中记取了随处都应当心自己步履的教训，而且努力对自己的步履加以调整。记住谁说了蠢话或做了蠢事，不过如此而已；还不如记住谁谁无非是蠢人一个，这样的教训具有更广泛更重大的意义。我的记忆力经常出错，甚至在它最有把握时也出错，不过这类错误并未白犯：此时此刻我的记忆力对我赌咒发誓要我信任它也白费力气，我仍然对它摇头表示听不进去。我的记忆提出的证据遭到初次反对就弄得我十分犹豫，我再也不敢在重大事情上相信它了，也不敢在别人陈述的事实上为我的记忆力担保。我因记忆力不佳而为，别人则往往因缺乏诚意而为，倘若不是如此，我定会在事实方面相信别人的陈述比我的陈述更真实。倘若人人都能留心观察主宰他的过激情感赖以产生的环境及其后果，犹如我留心观察曾经主宰过我的激情，他定会看见过激情感如何到来，而且可以略微减轻其来势迅猛的程度。这类激情并不总是冲过来便一把抓住你不放，有危险的预兆，也有不同的阶段。

有如大海上风儿吹起白泡，
海水渐渐上涨，浪涛更高，
从深不可测的海底直冲云霄。[1]

判断力在我身上占据权威性地位，至少它在兢兢业业为此而努力；判断力让我的各种情感按各自的步伐进展，包括仇恨和友情，甚至包括我对自己的恨和爱，它从不为这些感情而变质和腐败。如果说我的判断力无法按自己的意愿改进我身上别的组成因素，它起码不会让自己变质去适应那些因素：我的判断力永远我行我素。

人人提醒自己认识自己，这会产生重大作用，因为那位著名的知识和启蒙之神已经让人将此话钉在他庙宇的门楣上[2]，他很明白这句话包含了他需要规劝我们的一切。柏拉图也说过，智慧无非意味着实行这个嘱咐。在色诺芬尼的作品里，苏格拉底对此还进行了详细核实。[3]只有深入研究了各门知识的人，才能发现其中的难点和晦涩之处。因为必须在一定程度的理解基础上才可能注意到大家不知道的事，只有推门才知道门是关闭的。柏拉图敏锐的观察便来源于此，他认为，知者不必探索，因为他们已知其

1 引自维吉尔。

2 指德尔斐阿波罗神殿上的这句箴言："你自己认识自己吧。"

3 参见《可纪念者》第四卷。

中究竟；不知者亦不必探索，因为要探索就必须知道探索的是些什么。[1]因此，在自知之明这个问题上，人人都感觉良好，既自信又满意，人人都自诩为内行，这个事实说明人人对此都一窍不通，正如在色诺芬尼的作品里苏格拉底对厄提代姆斯所做的训诫。[2]除了自信有自知之明，我个人没有别的什么可以炫耀，我悟出这句格言中的学问如此之深奥，如此之丰富多彩，所以我学习的唯一成果便是深感需要学习的东西还太多。我倾向于谦虚谨慎，对规定的信仰毕恭毕敬，表达主张时永远冷静而有节制，我把这些倾向看成我的偏爱，而且经常意识到这种偏爱，我仇恨咄咄逼人的、讨厌的狂妄自大，这也是我的嗜好，因为这种自大狂只相信自己，是知识和真理的大敌。听听那些人如何发号施令：他们提出的首批愚蠢建议是要求按规格建立宗教和法律。“没有比把论断和决定置于调研和认知之前更可耻的事。”[3]亚里斯塔尔库斯说，在古代，世界仅有七位贤哲；在他的时代世界仅有七个愚人。[4]在当代，我们岂非比他更有理由作如是说？断定和坚持是愚蠢的明显特征。下面这个愚人每天该有一百次摔在地上狗啃泥：瞧他多神气活现，摔了之后还同以往一样自信，一样不通融。你可能会说，摔了以后他的心灵已焕然一新，有了新的理解力，在他身上发生的事犹如在古代大地之子身上发生的事。大地

1 参见柏拉图著《美诺篇》。

2 参见《可纪念者》第四卷。

3 引自西塞罗《论柏拉图学说》第一卷。

4 根据普鲁塔克《论兄弟情谊》第一章。亚里斯塔尔库斯（约前310—前230），古希腊科学家和哲学家。

之子[1]摔倒在地便重新获得了坚强的意志和力量，

> 他一接触大地亲娘，
> 精疲力竭的四肢便重获力量。[2]

这不驯服的顽固不化之人，难道不想重新获得智力以挑起一场新的争吵？我凭我的亲身经验公开宣称，人类有必要无知无识，依我之见，教人无知乃是社会教育最可靠的途径。那些不愿凭我个人的或他们自己的不中用的例子得出自己无知结论的人，可以靠苏格拉底这样一位大师之师的例子对此结论加以确认。哲人安提西尼对他的门生说："喂，你们和我都去听苏格拉底讲话。在他那里我和你们一样是弟子。"他拥护苏格拉底斯多葛派的教义，即德操足以使人的生活美满幸福，不需要补充别的任何东西，"尽管我没有苏格拉底的毅力"[3]，他补充说。

我对自己进行过长期的细心观察，这训练了我，使我评判别人还算中肯，我谈论别的事很少比谈论这个主题更恰当，更值得被人接受。我识别朋友们的状况往往比他们自己认识自己更为准确。我曾以我描述的贴切使某某人大吃一惊，同时也提醒了他注意自己并给他一些规劝。我自幼养成了习惯，总把别人的生活当成镜子以观察自己的生活，因此，我在这方面获得了十分勤勉的气质。一想及此，我便很少放过在我周围出现的于我有用的东

---

1 指巨人安泰。
2 引自卢卡努《法萨罗之战》第四诗章。
3 引自第欧根尼·拉尔修《安提西尼生平》第六卷。

西，例如别人的举止、习性、谈吐。我什么都研究：研究我应当避开的东西，以及我应当仿效的东西。比如我通过朋友们的外部表现可以发现并告诉他们，他们内心有何倾向，这样做不为把千变万化、千差万别的行为，把极多样化、极不连贯的行为规定在一定的范畴、一定的规章里，也不为将我赞同和不赞同的意见明确划进大家熟悉的细目和科组。

然而任何数字都难确定万千种类，
以及它们姓甚名谁。[1]

学者划分他们的思想和表明他们的思想都更为专门，更为详尽。我个人看问题全凭习惯，毫无规则可言，所以我只一般地表达个人的思想，而且是摸索着表达。比如我靠不连贯的句子表达我的思想，就好比在讲一些不能一次讲完，也不能整体讲的东西。在我们这些智力平庸的普通人的心灵里，是不存在连贯性和一致性的。智慧是牢固而完整的建筑，它的每一个构件都各在其位并各有其标志："唯有智慧完全自我禁锢。"[2]我让有知识的人们把事物千变万化的面貌加以归纳，并克服我们的随意性，使千变万化成为井然有序，我不知道他们是否能把这种十分杂乱、零星、偶然性极强的事做到底。我认为很难把我们的活动一个一个连接在一起，不仅如此，我认为分别确定每个活动的主要性质也

1　引自维吉尔。
2　引自西塞罗《论责任》。

很不容易，因为人的活动都有双重性，而且都闪耀着斑驳陆离的光彩。

马其顿国王佩尔瑟的心思不能专注于任何现象，它在各种生活现象之间飘忽不定[1]，这体现了他天马行空般的行为特点，所以他自己不了解自己，别的任何人也都不了解他，大家认为此事十分稀罕，我却认为这特点几乎适合所有的人。别的人且不谈，我曾见过另一位与他同等显赫的大人物，我认为上述结论也许对他更适合：他连一般的稳定都做不到，总因无法猜测的理由从一个极端走到另一个极端；他的任何行为都充满令人吃惊的变数；他没有一种特点能让人理解，因此，如果哪一天有人能构想出关于他的什么，最酷似他的应该是：靠被人认不出来而千方百计让自己成名。

耳朵必须极为灵敏，才能听见别人坦诚评价自己；由于很少人能忍受这种评价而不感到挨蜇般疼痛，冒险当面评价我们的人便对我们表现得格外友好，因为，进行对人有利的刺伤和冒犯，那是爱得正确的表现。我认为评价一个短处超过长处的人是很艰难的。柏拉图吩咐想考察别人心灵的人要具备三种素质：知识、善心、勇气。[2]

一天，有人问我，如果谁竟敢在我上了年纪时利用我为他效力，我认为自己有何用处？

当阳刚之血气使我精力充沛时，

---

1 参见李维《罗马史》。

2 参见柏拉图《高尔吉亚篇》。

当暮年尚未使我两鬓如霜时。[1]

“毫无用处。”我说。我当然还会抱歉说，我不善于做使我受制于人的事。但如果我的老师愿意，我也许会向他说出他的真实情况，并监督他的举止。不是以笼统的学究气的教训方式，我不会那一套（也没有在擅长那一套的人身上见到有什么真正的改进），而是一步一步观察他的行为，随时随地，一件事一件事地亲自监督并加以评判，爽直而又合乎情理，让他看到在众人眼里他是什么样子，同时反对阿谀他的人。倘若我们也像帝王那样不断被阿谀逢迎的恶棍腐蚀，我们当中便没有人在这方面比帝王逊色。连亚历山大那样一位伟人、帝王、哲人都未能幸免于被腐蚀，他又怎么能成为别样的人！我要做到这点，也必须具有足够的忠于事实的勇气，有足够的判断力和自由权。这类效劳是无名无位的；否则会失去效劳的作用和无偿奉献的意味。有一种角色是不能不加区别地属于所有人的，因为连真理本身都没有随时被运用于一切事物的特权：真理无论运用于多么崇高的目的，它的用途都有限。常常发生这样的情况，由于人的本性，你无意间在王公耳边说出了真理，但这不仅毫无结果，而且还会招来损失，使你受到不公正的对待。没有人能说服我相信：神圣的谏诤不可能被错误采纳，或对内容的重视不会让位给对形式的重视。我但愿能看见有一个乐意在谏诤方面认命的人，

1　引自维吉尔。

这人愿意“我就是我”，

再不稀罕别的什么。[1]

此人的出身不好不坏，因为，一方面，认命的人不会害怕触犯主人太深太狠，从而失去晋升的势头；另一方面，他的社会地位原本一般，同各色人等都容易沟通。我希望这个角色只由一个人扮演，因为把这种无拘无束和亲密无间的特权扩大到众多的人会产生有害的大不敬。是的，即使对这独一无二的人，我也要特意要求他保持沉默。

如果一位国王出于自身利益和自我改进的考虑，都容不得朋友的言论自由（而他的朋友所说的话无非刺痛了他的听觉，这些话的其他效果则全由他自己决定），那么这位国王再吹嘘他如何勇敢而坚定地等待碰见某个敌人以便为自己增光添彩，他也是不可信任的。然而，世上没有哪类人比帝王们更加需要真正的不受约束的提醒。帝王们的生活定然尽人皆知，他们有必要使众多观众构成的舆论满意，所以，当大家习惯于对使帝王走入歧途的一切噤若寒蝉时，帝王们便不知不觉卷进了人民对他们的仇恨憎恶情绪之中，而舆论如能使他们察觉和及时改正，他们便有可能避免引起此种仇恨憎恶情绪的因素，避免时也不会牺牲他们的享乐。一般说帝王的宠臣考虑自己比考虑主上多，而且他们对此引以为幸，原因在于，实际上对帝王真心诚意、充满友情的效力者大都如履薄冰，这样的效力不仅需要深厚的友情和坦率，而且需

1 引自马提雅尔。

要勇气。

总之，我在这里胡乱议论的大杂烩，无非是我生活经验的记录，对人的心理健康有着警戒示范作用。至于身体的健康，谁也提供不了比我的经验更有用的经验，我介绍的经验是纯粹的，从未因受花言巧语或舆论影响而变质。一提到医疗，推理便让位给经验，经验便得到了用武之地。提比略说，谁活到二十岁就应知道回答什么对健康不利什么有利，也应善于无医自处。[1]他可能是从苏格拉底那里学来的，苏格拉底劝他的门生最好把自身的健康作为主要的课题进行仔细研究。他还补充说，如果一个注意自己身体锻炼和饮食起居的明白人不如医生懂得什么对他身体好什么不好，这就令人费解。[2]医学吹嘘自己在检验医疗活动方面永远有经验，因此柏拉图的这番话便说得十分在理：要当真正的医生，操此业的人就有必要亲自患过他想治愈的所有疾病，并经历过他应判断的所有事故和病情。[3]如想医治梅毒，自己得先患梅毒，这很正常。就这一点，我真愿意信任这样的医生，因为其余的医生指导我们，就好比坐在桌前用船的模型平平安安划来划去的人绘制大海、礁石和海港。要让他去实地干一干，他便不知道从何着手。他们描述我们的疾病，有如城里人用喇叭喊谁谁丢了马或丢了狗，毛色如何，高矮如何，耳朵如何，可是你把狗或马牵到他面前他却认不出来。

为了上帝，但愿某一天医学能给我正确的、可以感觉到的救

1 根据塔西佗《编年史》和苏埃托尼乌斯《提比略传》。

2 根据色诺芬尼《可纪念者》第四卷。

3 参见柏拉图《理想国》。

助，那时你看看我会怎样真诚地喊出：

> 我总算赞成一门有效的知识了！[1]

所有技艺都许诺可以使人保持身心健康，它们许的是宏愿，倒没有什么技艺许愿多还愿少。但如今在我们当中以此类技艺为业的人，他们让人看到的效果却比从事别种职业的人效果差。最多可以说他们在卖劣质药水[2]，但谈不上是医生。

我的阅历之广，足以使我把我根深蒂固的习惯说得天花乱坠。对想领略其味的人，我已尝试做过斟酒人。就我记忆所及大约有这几条（我的行事方式是根据事物的各种变故而变化的，不过我记下了我最常有的、主宰我至今的行事方式）。无论生病或身体健康，我的行事方式都一样：睡同一张床，起居时间一样，吃同样的食物，喝同样的饮料。什么也不添加，只根据我的体力和胃口增多或减少一些饮食。我的健康在于保证我一贯的状态不被打乱。我是否看见疾病从一边离开了我？如果这时我相信医生，他们一定会让我从另一边离开疾病；那样，在命运和医术的影响下，我会离开我的生活轨道。我只坚信这一点：我多年养成的对待事物的习惯一定不会伤害我。

应让习惯按它的喜好规定我们的生活方式；在这方面习惯可

1　引自贺拉斯。

2　参见普鲁塔克《如何察觉人是否理解德操修养》第八章："与卖劣质药水和草药的人行使医生的权利相比，就不必过分重视那些人行使哲学家的权利了。"

以做到一切：是西尔塞[1]的饮料随意让我们的生活多样化。离我们不远就有不少国家认为害怕夜晚的湿气很可笑，而夜露对我们身体的伤害却十分明显；我们的船夫和农人却又对夜露嗤之以鼻。你让德国人睡床垫他会生病，让意大利人睡羽绒垫，让法国人睡觉没有帐子和炉火，他们也会生病。[2]西班牙人的胃受不了我们那种吃饭方式，我们也受不了瑞士人的喝酒方式。[3]

一个德国人在奥格斯堡攻击我们的壁炉，说壁炉不方便，他提出的论据正是我们平常谴责他们的火炉时使用的论据，因为事实上那种火炉闷热，而且里面燃烧的物质发出一种气味熏得大多数对此不习惯的人感到头晕；我倒不头晕。不过火炉的热均匀稳定，传得普遍，没有闪光，没有烟，没有我们壁炉的烟囱口带进来的那种风，因此，火炉的温暖堪与法国壁炉的温暖媲美。我们为什么不模仿罗马的建筑？据说，古时候火是从罗马人房舍的外部经过屋基送进去的：热气经过嵌在厚墙上的管子送到所有的房间，管道围绕着所有应该供热的地方。这正是我在塞涅卡书里的什么地方看得很清楚的东西。[4]那个德国人听我赞扬他的城市方便、美丽（的确值得赞扬）便开始惋惜我为什么要离开那里；除了他数落的那些不便之处，他同时还提出一个最主要的麻烦，那

---

1 西尔塞是太阳神的女儿，会魔术的女巫。

2 参见《旅行日记》。在日记里，蒙田的秘书谈到逗留德国期间的情况时说："照他的看法，人们抱怨的无非是讲究的人就寝之事，但谁的箱子里带着当地人没见过的床垫和营帐，他们就无可抱怨了。"

3 可以和杜贝莱谈他在瑞士逗留的经历做比较，他说："瑞士有许多泉水，许多美丽的湖泊，许多草场和森林，我却记不起来，他们让我喝酒太多……"

4 引自塞涅卡《书简》九十。古罗马人的暖气在当时已非常完善。人们可以从当地废墟里了解此事，尤其是此前在威日雷山下教皇温泉疗养地附近的盐泉发掘的废墟里，那里的温泉暖气装置还十分完好。

就是别处的壁炉会使我头脑迟钝。他过去曾听见有人抱怨壁炉，便把抱怨同我们这些法国人联系起来，因为他在自己家里无法实际观察我们的壁炉。所有靠烧火得来的温暖都使我身体虚弱头脑迟钝。而欧努斯[1]却说，火是生活中最好的调料。[2]我倒宁愿用别的办法躲避寒冷。

我们害怕桶底的发酸酒，葡萄牙人饮这种酒却其乐融融，认为那是帝王的饮品。总而言之，每个民族都有多种风俗习惯，对别的民族来说，那些风俗习惯岂止陌生，而且难于接受，令人惊奇。

有些民族只认印刷品的见证，只相信上了书的人，认为只有年深日久的真理才可信，对这样的民族我们有何计可施？人把自己的蠢话放上印模时，蠢话就抬高了身价。对这种人说“我读过”就比说“我听说过”分量重得多。而我却同样相信人的嘴说的和人的手写的，我还知道无论说话或写字都可能会没有见识；我尊重当代有如我尊重过去的年代，因此我乐意援引奥卢斯-盖利乌斯[3]或马克罗布[4]的话，也同样乐意援引我朋友的话；我既援引他们写的，也援引我亲眼看见的。正如别人评价德操时认为德操并非越久远越伟大，我认为真理并非越古老越富于智慧。我常说，让我们追随外国的榜样和经院式的范例，那纯属蠢行。那些范例之富于教益，犹如荷马时代和柏拉图时代的范例对当今之富

1　欧努斯系古希腊埃托利亚国王，淹死在河中，此河便取名欧努斯河。

2　引自普鲁塔克《柏拉图问题》第八章。

3　奥卢斯-盖利乌斯系公元二世纪的拉丁博学者。他写的《雅典之夜》是研究古代文化及古代文学的必读书。

4　马克罗布系公元五世纪的拉丁文作家，曾写过评论西塞罗的《西庇阿之梦》的文章。

于教益。我们千方百计以引证为荣却不力求自己说真话，不是吗？仿佛去瓦斯考桑或勃朗廷[1]的店里找论证，比从我们村里发生之事找论证更有说服力似的！或许是因为我们没有头脑就近考察精选并利用我们眼前发生之事迅速做出判断，使其成为范例？原因是，我们如果说我们没有足够的权威使别人相信我们的证据，那是毫无道理的。因为，依我之见，我们如果善于从最寻常、最普遍、最熟悉的事物中得到启示，最伟大的自然奇迹、最出色的范例便可形成，尤其在涉及人类活动的课题时如此。

谈到我这个主题，先把我从书上得来的例子，尤其是亚里士多德谈及阿尔吉安人安特罗尼库斯穿过利比亚的干旱沙丘而不喝水的事放在一边不谈[2]，一位出色完成过多项使命的绅士就曾在我在场时谈到他在盛夏从马德里到里斯本没有喝过水。在他那样的年龄他的身体称得上相当健康，他告诉我，他可以两三个月甚至一年不喝水，这是他生活习惯中唯一的不寻常之处。他能感到口渴，但他让口渴自动过去，他认为口渴是一种易于自我衰减的欲望；他喝水主要出于任性而非需要，或乐趣使然。

还有另一个例子。不久前我会见过一位属于法国最大学者之列而又运气不凡的人，他在一间大厅的角落里学习，大厅四周都挂有壁毯。放肆的仆人们在他四周喧闹如故，他对我宣称（塞涅卡也说过大体相同的话[3]），他是在利用这种喧嚣，仿佛在嘈杂声冲击下，他能在修炼中更好自控和入静，仿佛鼎沸的人声可以

1　瓦斯考桑是当时巴黎的印刷厂主；勃朗廷（1514—1589）生于图卢兹，在安特卫普定居。

2　根据第欧根尼·拉尔修《皮浪生平》第九卷。

3　根据塞涅卡《书简》五十六。

使他的思想在他的内心回响。他是帕多瓦的学生，长期以来，在他居住的地方，在大型旅行马车的轰鸣和广场的喧闹声中学习，所以他不仅培养了自己不在乎吵闹声的习惯，而且还会利用吵闹声为自己的学习服务。阿尔西巴德奇怪苏格拉底如何能忍受他妻子没完没了吵吵嚷嚷的脾气，苏格拉底回答他说："就跟有些人习惯听运水车的轮子惯常的声音一样。"[1] 我恰恰相反，我性情柔弱，极易震惊。当我正在冥思苦想时，连苍蝇最微弱的嗡嗡声都可能引起我极端的烦躁。

塞涅卡在青年时代严格遵循塞斯提乌斯的先例，即不吃可能是被屠宰的动物肉，照他说很乐意坚持了一年不吃这种肉。[2] 但他后来之所以放弃这个戒律，只因不愿被人怀疑自己是在模仿某些新宗教散布的同样的戒律。他同时又按照阿塔卢斯的一条格言生活，坚持不睡软床垫而睡硬床垫直到老年；软床垫使身子往下陷，硬床垫却能使身子挺直。当年的习惯使他认为难于忍受的东西，按如今的习惯我们却视之为柔软舒适。

请看我的粗活工人与我本人过着怎样不同的生活：连斯基泰人和印度人离我的经济能力和生活方式都没有他们离得那么远。记得我曾把一些孩子从乞讨中拉出来让他们为我干活，但他们很快就离开了我，离开了我的厨房和他们的号衣，只为重新过他们原来的生活。后来我发现其中一个孩子离开我之后靠捡垃圾堆中的贻贝当午餐，然而我再请求他，威胁他，都无法使他放弃他在

1　引自第欧根尼·拉尔修《苏格拉底生平》。

2　根据塞涅卡《书简》一〇八。塞斯提乌斯是塞涅卡的朋友，曾于公元前六三年任会计官。

困苦中感到的那份美味和甜蜜。乞丐有乞丐的豪华和享乐，有人说他们也跟富人一样有自己的高级职位和政治等级。这就是习惯的作用。习惯不仅可以使我们适应某种它喜欢的生存方式（不过圣贤说，正因为如此，我们必须立即选定习惯给我们提供的最好的生存方式[1]），而且可以使我们适应变化和变动，这是它最宝贵最有用的课业。我体内最优秀的气质是能屈能伸，从不固执；我有些爱好比别的爱好更个性化，更习以为常，也更使我感到愉快；但我不费吹灰之力便可以抛弃那些爱好，而且反其道行之也易如反掌。年轻人应当善于打乱自己的生活准则以激发自己的活力，并防止活力衰退而变得怯懦。靠规则及纪律维持的生活方式是最愚蠢也最脆弱的生活方式。

他如决定走到第一个里程碑旁，
他选定的时刻都写在占星书上。
如他擦眼睛时眼角发痒，
他得占卜之后再把眼药水点上。[2]

如有年轻人相信我上面的话，他往往不得不矫枉过正，否则初试放纵便会毁了自己；他在与人交谈时会变得惹人厌烦和不快。与老实人水火不相容的习惯是挑剔和坚持某种特殊的行为方式，那种行为方式之所以特殊，是因其不能顺乎自然，机动

1　根据普鲁塔克《论放逐或流放》。
2　引自尤维纳利斯。

灵活。自己无能而让别人干，或不敢做同伴能做的事都很可耻。这种人还是守住自己的厨房好！去别的任何地方他都不合时宜。但军人要如此就更恶劣而令人难以忍受了，正如菲洛皮门所说，军人应习惯于生活的多样性和变化无常。

尽管我已尽量养成自由自在随遇而安的习惯，但出于懒散，我在逐渐衰老的同时仍注重某些特定的生活方式（我的年龄已不允许我再受教育，今后我除了保持原状已不可能怀抱更高远的志向），在一些事情上，习惯不知不觉在我身上打上的烙印已太深，因此我把抛弃习惯叫作过分。不如此我会十分痛苦：白天我肯定睡不着觉；两顿饭之间我不能吃点心，也不能吃早饭，晚饭后时间不够长便不睡觉，必须在足足三小时之后才上床；我只在睡觉之前繁殖后代，而且从不站着做爱；我不能出汗不擦，不能喝白水及纯酒解渴，不能光头待的时间太长，午饭后我从不剪头发。还有，我若不戴手套，我会像不穿衬衫一般感到不舒服；我饭后必须洗脸，起床后也要洗脸；我床上必须有床帐和床顶，跟有别的必需品一样。我用正餐可以不铺桌布，但若照德国方式吃饭，不用白餐巾就太不方便：我比他们更易弄脏餐巾和桌布，意大利人却弄不脏；我很少用勺和叉子。[1]我感到遗憾，人们没有继续紧跟帝王的生活方式：端一次菜就换一次餐巾，换一次盘子。我们知道，勤奋的军人马利尤斯在逐渐衰老时对自己的饮料十分讲

1 蒙田在旅行中极注意用餐的不同方式，尤其是有人用餐不用叉子以及各人用餐具的不同习惯等。当时意大利人用叉子已经很平常了，而在法国用叉子的人却很少见。直到十八世纪，大家同桌吃饭时，都喜欢直接用手在盘里抓而不用叉子叉。

究，喝饮料时也只使用自己专用的高脚杯。[1] 我也自己放任自己，光用一定样式的酒杯，不乐意使用普通的酒杯，也不乐意让普通人侍候我用餐。与发亮的透明材料制造的杯子相比，所有的金属杯子我都不喜欢。但愿我的眼睛也尽量品尝品尝饮料本身！

我把我多种类似的柔弱表现归咎为习惯使然。我也有与生俱来的柔弱之处，比如一天之中吃两顿饱饭必然使我的胃受不了，干脆少吃一顿饭又会使我的肚子里充满气体，使我口干舌燥，食欲猛增。露水长久不散也会损害我的身体。[2] 由于这几年经常整夜都在为战争徭役奔忙，一过凌晨五六点我的胃便开始捣乱，还伴有剧烈的头痛，不呕吐到不了天亮。别人去吃早饭时，我便去睡觉，从那一刻起，我又与以前一样快活了。我在过去老听人说露水从夜里开始蔓延开来。不过，前几年我长期与一位庄园主过从甚密，他却深信露水在太阳偏西时及太阳落山前一两个小时最厉害也最危险，所以他小心避开那时的露水，却并不重视夜里的露水。他向我传递的几乎不是他的看法，而是他的感受。

有关我们健康问题的疑问和探究竟能冲击我们的想象力，并使我们发生变化，对此事实该说些什么？凡突然屈从于此种倾向的人都招来了灭顶之灾。我为好几位绅士感到可怜，他们听信医生的蠢话，年纪轻轻身强体壮便把自己完全禁锢在屋子里。宁愿患感冒也不应借口不习惯而永远不与社交生活打交道[3]，与如此习

1　根据普鲁塔克《应如何抑制愤怒》。

2　《旅行日记》证实蒙田对露水过敏："第二天天亮之前三小时我们便启程了，因为他急于看罗马的路面。他感到露水在清晨跟晚间一样使他的胃难受，或者说，清晨的露水好不了多少。他会一直难受到大白天，尽管夜里天气十分晴朗。"

3　指十六世纪风行的熬夜聊天。

以为常的活动失之交臂。讨厌的知识，它贬低了一天当中最美妙的时刻。我们应当最大限度地保持身心健康。人往往在坚持中变得强壮，而且能在坚持中纠正自己的体质，恺撒就通过蔑视它和破坏它而克服了他的癫痫病。人应当遵循最正常的生活规则，但不应当成为规则的奴隶，除非强制服从某规则（如果确有此种规则）于人有益。

帝王哲人大便，女士们也大便。公众生活当然应该合乎礼法，但我的生活纯属个人，而且默默无闻，所以享有大自然赋予的礼法豁免权；军人和加斯科尼人的素质也缺少含蓄，偏于鲁莽。有鉴于此，对这类行动我要谈如下几点：有必要把大便推迟到夜晚某个事先规定的时刻，要强迫自己养成习惯；要像我过去那样加以控制，而不要像如今我逐渐衰老时这样屈从自己，比如操心大小便必须在特别舒适的地方和特别舒适的便桶上进行；也不要大便的时间太长，懒懒散散从而妨碍别人。话又说回来，要求最脏的例行事务进行得更妥帖更清洁，难道就不可能得到原谅？“人天生是清洁讲究的生物。”[1]在人类所有的生理活动中，我最难忍受的是大便被打断。我见过一些军人为自己肚子的不规则而烦恼；我的肚子和我自己倒从未误过规定的会晤时间，即下床的那一刻——只要没有什么急事或急病打扰我们。

因此，正如我曾说过，我看不出病人除了安安静静继续按他们自幼培养的生活方式生活，还能怎样才能让自己更安全。无论什么样的变动都会惊吓人伤害人。你们去让佩里古人或吕克人相

1　引自塞涅卡《书简》九十二。

信栗子对他们有害，让山民相信奶和奶酪对他们有害吧！那是在命他们过一种全新的，而且与他们一贯的生活方式背道而驰的生活：这样的变化连身强体壮的人都难以忍受。你们去吩咐七十岁的布列塔尼人喝水，去把海员关进一间蒸汽浴室，去禁止巴斯克仆人溜达吧：你们剥夺他们活动的权利，其实就是剥夺他们的空气和阳光。

> 生活的价值竟如此之大？[1]

> 我们被迫放弃自己习惯之日
> 便是延长生命不再为了继续生活之时。
> 那些呼吸的空气引路的阳光被糟践的人，
> 我是否还该把他们看成继续活着的人？[2]

如果说那些开处方的医生没有做别的好事，他们起码做了这件好事：使病人做好了死亡的思想准备，并逐渐破坏以致取消他们的生活习惯。

无论健康或生病，我都习惯于满足折磨我的食欲。我把大权授予我的欲望和癖好。我不喜欢以病治病。我憎恶比疾病更令人烦恼的药物。易患肾绞痛与放弃吃牡蛎的快乐，两者的痛苦无异于半斤八两。疾病从一边刺痛我们，清规戒律从另一边刺痛我

1　拉丁文引语，出处不明。
2　引自高卢。

们。我们既然有机会自己欺骗自己，那就不如快活过后再去冒这个险。天下人向来违背常理，认为天下事凡不困难者皆无用，轻而易举之事皆可疑。幸好我对许多东西的食欲都天生与我的胃的健康协调一致。在我年轻时，火辣辣的刺激性调味汁十分合我的口味；后来我的胃不喜欢此类调味汁了，我的口味紧随其后，也不喜欢了。酒对病人有害，我的嘴憎恶的第一件东西便是酒，而且憎恶之情再也无法克服。我接受得不愉快的东西对我皆有害，而我如饥似渴十分乐意接受的东西绝不会危害我；对曾经使我十分愉快的行动，我从未感到过遗憾。正因为如此，我总让所有的医学格言为我的快乐做大量让步。在我年少时，

> 那时闪闪发光的丘比特在我周围飞舞，
> 他在藏红花色袍子中显得光彩夺目。[1]

我跟别人一样冒失而又放肆地顺从牢牢控制着我的欲望，

> 我不无光荣地战斗了。[2]

不过，虽然战功平平，却相当持久，

> 我确切记得去了那里六次。[3]

1　引自卡图鲁斯《哀歌》。

2　引自贺拉斯《颂歌》。

3　引自奥维德《爱》第三卷。

的确，坦白承认我在多么年轻时首次被爱欲征服，这是不幸也是奇迹。那确实是不期然的遭遇，因为这事发生在有选择自由有理解力的年龄之前很久。我已记不清我经历的如此久远的事了。大家可以把我的境遇和卡尔蒂亚的境遇联系起来，卡尔蒂亚就记不起来她当处女时的情况。[1]

我过早腋下长毛嘴上长胡须，
使母亲大为惊奇。[2]

通常，医生出于实利，会让他的处方顺从病人突如其来的强烈愿望，而且奏效；此种强烈欲望自己也想象不出它会奇特而且糟糕到与人的天性格格不入的程度。再说，满足奇想又是何等重要！依我之见，这种满足奇想的能力关系重大，至少比其他能力重要得多。损害最严重也最常见的毛病乃是一想到它就让人受不了的毛病。我从多方面喜爱西班牙人常说的这句话："愿上帝保佑我抵御我自己。"在我生病时不曾有什么欲望足以使我感受到欲望满足时的高兴心情，我为此颇感遗憾。如真有，医药是很难让我放弃这种欲望的。我在健康时也有过同样的经历：我再也看不出有多大的希望和欲求。衰弱到连希望的能力也不具备，这也太可怜了。

医术并非事事处处有把握，有把握到我们无论做什么都没有

1 参考佩特罗尼乌斯回忆录《论她的童贞》。
2 引自马提雅尔《警句诗集》。

自主权的地步；医术随气候、随月份改变，也随法奈尔[1]和埃斯卡拉[2]改变。如果你的医生认为你睡觉、喝酒或吃什么食品不合适，你别管他：我还要为你找出些别的他不同意的东西呢。医疗论据和医疗见解的分歧表现在各个方面。我见过一个倒霉的病人，他为了治病渴得晕厥过去，后来，另一名医生却嘲笑他，说那种疗法十分有害；那疗法岂非狠狠利用了他的痛苦！前不久石料业死了一个患肾结石的男人，他曾利用过分节制饮食的办法治病。他的同伴们说，禁食反而把他煎熬干了，禁食还在他的肾脏里焙烧结石。

我发觉，如果我在伤痛和生病时说话，这与我的生活无序一样刺激我，伤害我。出声说话消耗精力，使我疲惫不堪，因为我说话嗓音高，而且很用劲；所以每逢我同大人物交谈举足轻重的事情时，我往往敦请他们注意提醒我说话小声些。下面这个小故事值得我谈点离题的话：某个希腊学校里有一个人说话声音很高，跟我一样。一次，司仪命人去请他说话小声些，他回答说："他愿意给我什么声调我就用什么声调说话。"那人反驳他说，他讲话用什么声调应由听话人的耳朵来决定。[3]那人言之有理，但必须这样理解他的话："你说话要看你和听话者之间谈的是什么话题。"原因在于，倘若那人的建议意味着"对方听得见就够了"或"由对方决定你的声调"，我认为他的建议就言之无理了。声调和嗓子的动作在一定程度上表达并让人知道我之所想，所以应

1　法奈尔（1497—1558），法王亨利二世的医生，一五四二年曾出版《生理学》。

2　埃斯卡拉（1484—1588），意大利医学教授。

3　引自普鲁塔克《论多言》，可参见第欧根尼·拉尔修《卡内阿德生平》。

由我自己支配它们，从而使人理解我自己。有教育人的声音，有阿谀奉承的声音，也有训斥人的声音。我愿意我的声音不仅能被对方听见，而且最好能震动他，能对他产生穿透力。我责备仆人时声音又尖又刺耳，他如果走过来对我说“主人，小声点，我听得很清楚”，那才有趣呢。“有一种嗓音很受听，不是音域宽，而是音色嘹亮。”[1]说话一半为说话人，一半为听话人。听话人应看说话人一开始用何种语调，再决定如何接受。正如玩网球，接球人的步伐和准备都取决于他看见发球人如何动作，发球的方式如何。[2]

经验还告诉我，我们往往失之于急躁。疾病有它的寿命，它的界限，有它自身的疾病和它的健康。

疾病结构是按动物结构的样板形成的。疾病一产生，其命运就有限，存活的日子也有限；谁试图在疾病进行当中强迫它迅猛缩短其寿命，谁就是在延长疾病，使疾病增长，非但不能使疾病缓和下来，反而扰乱了疾病的生灭过程。我同意克兰托尔的意见，不要冒冒失失顽固反对疾病，也不要软弱到屈服于疾病，应根据疾病的状况和我们自身的状况，听任其自生自灭。[3]应当给疾病以通道：我发现疾病在我身上停留的时间较短，因为我不去管它们。对人们认为最严重的顽症，我照样让其中几种在我身上自然衰亡，不用谁帮助，不求助于医术，甚至不顾医规。我们最好让自然干点事：自然比我们更明白它该做什么。“但某某人因

1 引自坎提利安《演讲法规》。

2 此比喻引自普鲁塔克的《应如何听》。

3 柏拉图的对话集《蒂迈尼篇》中也表达了同样的思想。

此而亡故了。”“你不因这种病死亡，也会因另一种病死亡。”多少人屁股后头跟三个医生照样病故！先例是含糊的镜子，是笼统的、可以做各种不同解释的镜子。如果哪位医生为你开的药给你快感，你可以接受；总算是立竿见影的好事嘛。如果药品又好吃又开胃，我何必去特意留心它的名称和颜色。享乐是主要的获利之一。

我曾让感冒、风湿肿痛、腹泻、心跳、偏头痛以及其他偶发性疾病在我身上自我衰老、自然消亡；我刚习惯于容忍它们，便找不到它们的踪迹了。以勇敢祛病，不如以礼貌祛病。应当柔顺地忍受我们本身状态的规律。无论有何种医药，我们注定要变老，要衰弱，要生病。这是墨西哥人给孩子们上的第一课：婴儿从母亲肚子里呱呱坠地时，大人便这样向他们致意："孩子，你到世上是为了忍受；忍受吧，受苦吧，别吭声。"

抱怨某人遭到人人都会遭到的事是不公正的，"如果只不公平地强制你一个人，你可以发怒"[1]。瞧瞧，一位老人请求上帝让他保持身体健壮，精力充沛，即是说请上帝让他返老还童。

荒唐的人，你为何以无谓誓言枉表心愿？[2]

那岂非发疯？他的身体状况根本承受不了返老还童。痛风、肾结石、消化不良是年高的征候，正如炎热和风雨是长途旅行的

1　引自塞涅卡《书简》九十一。
2　引自奥维德。

征候。柏拉图不相信医神埃斯科拉庇俄斯会劳神去预言，说可以通过特定食谱使生命在一个衰弱痴呆的人身上延续下去，因为这样的人于国家于他的职业已毫无用处，也不可能生出健壮的儿女。他认为这样的操心背离神的公正和谨慎，因为神应引导世间一切事物各司其职。[1]“那位老先生，大势已去了：人家不会让你恢复青春，最多给你上上石膏，好歹支撑你把你的苦难延长几个钟头。”

犹如想支撑即将坍塌的建筑，
却反向搁放支柱，
到那天，房屋散了架，
支柱同建筑一起倒塌。[2]

应学会忍受不可避免的事。我们的生活犹如世界的和声，由互相对立的东西架构而成，它具有不同的声调，愉快的，粗粝的，高而尖的，低而缓的，柔和的，强烈的。[3]音乐家如只喜欢其中一部分声音，他想告诉大家什么？他必须善于普遍利用所有的声音，并将其混合使用。我们也一样，也应善于混合利用在我们生活中共存的好事和坏事。我们的生存少不了这种混合，而且此部分和彼部分同等必要。试图反抗天然的必然性，那是重蹈忒

1 参见柏拉图《理想国》。
2 引自高卢拉丁文诗作。
3 此比喻引自普鲁塔克《论心灵的安宁》。

息丰[1]干傻事的覆辙，此人用脚踢他骑的骡子来跟骡子斗。

我很少因为自我感觉的衰弱去投医，因为医生任意支配别人时显得高人一等：他们以他们做出的诊断，粗暴对待你的耳朵。从前，他们发现我因患疾病而体质虚弱，于是用他们盛气凌人的红胖脸和医学教条对我的病进行侮辱性治疗，忽而威胁我说我会疼痛难忍，忽而威胁我说我离死期不远了。我既没有垂头丧气，也没有手足无措，只是感觉到受了冒犯和骚扰。如果说我的判断力并未因此而改变和混乱，它起码受到了阻挠：他们毕竟使我乱了方寸，产生了思想斗争。

我尽量小心对待我的记忆，如有可能，我会让我的记忆摆脱一切烦扰和争执。必须支持记忆，迎合记忆，能欺骗便加以欺骗。我的头脑很适合干这种事：它具有各式各样似是而非的理由；倘若我的头脑劝我干什么都能说服我，它定能有效地支持我。

你愿意我举个例子吗？我的头脑告诉我，我得肾结石对我有好处；像我这样年纪的人必须容忍某种固定肢体的东西（我已到了身体各部分都开始衰退并且不听使唤的时候了；这是普遍的必然，结石岂非为我创造了奇迹？我为此而付了对衰老欠下的酬金，而且不可能付得更便宜了）；我的头脑还告诉我，有结石做伴可以使我得到安慰，因为结石是我这样年纪的人最常见的病（到处都能见到结石病患者，而且属于这个群体于我是件体面的

1　忒息丰系雅典人，他曾于公元前三三八年建议授予出钱修复雅典长墙的德摩斯梯尼金冠，从而被控违反法律。雄辩家德摩斯梯尼的辩护词使他免于受罚。蒙田在此使用了阿米奥在他的译著《如何抑制愤怒》中使用的措辞。

事，因为此病更乐意缠住贵人：此种病本质上是高贵的、有尊严的）；结石病患者中很少有人能像我一样，花如此便宜的代价便摆脱了病痛：他们得为建立令人烦恼的饮食制度大伤脑筋，还得每天服用讨厌的药水，而我脱离病痛却全凭好运：因为我只饮用了两三次普通的白头蓟汤[1]和土耳其草药水[2]，饮此汤药还是为了报答女士们的好意，她们对我的亲切照顾超过了我病情的严重程度，她们把自己的药汤分给了我一半，这种药汤不难喝，作用也似乎不大。贵人们得为他们向医神埃斯科拉庇俄斯许下的千百种愿而还愿，还得付给医生千百个埃居，因为他们靠医神和医生得以让肾里的大量沙砾顺畅流出去，我却靠自然的优待而经常接受这种东西。在一般的聚会中我从不因此病而举止失当，而且我可以坚持十个小时不小便，跟别人的时间一样长。“从前你不了解这种病时，”我的头脑说，“你非常害怕这种病，因为那些急躁的人又哭喊又绝望，从而加重了病情，他们让你产生了对此病的恐惧感。此病打击的是你身体里作恶最多的那些部分；可见你是个有良心的人。

“不该得的病，我们有权抱怨它。[3]

“瞧，这病就这样惩罚你：同别的疾病相比，它相当缓和，它像父亲一般在照顾你。瞧，它还迟迟不发作：它只在你一生中

1　白头蓟俗称刺芹或百头炭，可以制成利尿汤剂。
2　土耳其草即脱肠草，可利尿。
3　引自奥维德。

再也派不了用场的、没有生育能力的时期骚扰你，占有一席之地，而在你青年时期，它像有协议似的让位给了你的放纵生活和玩乐。人们对此病的恐惧和对此病患者的怜悯倒成了你虚荣的理由；如果说你的判断力摆脱了这种倾向，从而纠正了你炫耀自己的想法，你的朋友们却还能从中认出你性格中的某些痕迹。听人这样谈论你自己是很愉快的：'瞧他多坚强，真有忍耐力。'大家眼看你苦斗着，脸色发白又变红，浑身哆嗦，呕吐，甚至吐血，还见你痛苦得痉挛，抽搐得歪了脸，有时还落下大滴的眼泪，你的尿有时变得很稠，发黑，吓人；有时你的尿被密密麻麻的带刺小石子堵住，小石头刺伤你，毫不留情地擦破你阴茎颈的皮，可是你仍能继续同在场的人交谈，并让他们感到你举止正常，还能不时对你请来的人开开玩笑，使聚会不冷场，用说话缓解你的疼痛，从而减轻你的痛苦。

"你还记得昔日那些自讨苦吃的人吗？他们为保持自己的德操完美，并使德操受到锻炼，而渴求生病。你就权当大自然引导你、推动你进入这光荣的、你从没有自愿进去过的学校吧。如果你对我说，你患的这种疾病是危险而且致命的，又有哪种疾病不是如此？排除一些疾病于致命疾病行列之外，说这些病不会直接导致死亡，那是医药的骗术。如果他们说，那些疾病导致意外死亡或很容易滑向导致死亡之路，那有什么关系？你死，并非因为你生病，而是因为你活着。[1]死神不必借助疾病就很容易杀死你，何况疾病还使有些人远离死亡，因为那些人比他们自己感觉

1 参见塞涅卡的《书简》七十八。

的活得长。而且正如还存在一些于健康有利的、具有医疗效能的创伤，有些疾病也具有此种效能。肾结石往往与你本人同样富有生命力；有些人的肾结石从孩提时代一直延续到耄耋之年，如肾结石病没有与结石不辞而别，结石帮助他们会更长久。你损害肾结石比肾结石损害你更经常，即使它向你展示即将来临的死亡的形象，这于高龄之人岂非为促他思考死亡问题而做的好事？更严重的是，你已没有理由治愈自己了。无论如何，那都是你们共同的必然命运在召唤你。你仔细看看它怎样灵巧而又和缓地让你对生活感到厌倦，让你弃绝尘寰：它不像你见过的别种老年病那样专横地束缚你，强制你，也不让你像其他老人那样毫无松动地感到衰弱和痛楚，而只不时地提醒你，训练你，其间还让你有很长的休息，仿佛在教你如何随意思考和复习它上的课，从而做到正确判断，并以正派人的姿态做出决定。它还向你介绍你的全面状况，好的方面和坏的方面，告诉你一天当中生活有时轻松，有时难以忍受。如果说你没有紧紧拥抱死神，起码你可以一个月触摸一次死神的手心。这样做你还可以期望它哪一天抓住你时不至于先威胁你；而且，既然你平时常常被引到休憩之处，你又相信自己还在通常的大限之内，你还渴望某天早晨有人突然发现你正带着你的信仰跨过河去。[1] 人不必抱怨与健康忠实共享一生时光的疾病。”

我感谢命运，它往往用同类的武器袭击我；它用这类武器通过实践磨砺我，训练我，使我能坚强地抵御它们，并养成习惯。

1　指阿克隆河，即神话中的地狱之河，人一生只能跨过一次。此处指死亡。

我大略知道今后我会在什么疾病上了结我的一生。我天生记忆力不佳，我便用纸磨炼记忆，我的病一出现什么新症状，我立即将它记录下来。因为我可以说已经历了各式各样的病灶，所以此时此刻如有什么严重的意外威胁我，我便翻一翻这些小型合格证书[1]。这些证书虽然毫不连贯，有如西比琳的神谕[2]一般晦涩难懂，我却能从我过去的经验里找到一些有利的预后征兆，从而使自己得到安慰。这种习惯也有利于我对未来希望更为殷切，因为这样的排石已年深日久，可以认定自然力不会再改变这种进行方式，也不会出现比我感受过的更坏的事故了。再说，这种病本身的状态同我的急性子也很合拍。当肾结石慢吞吞袭击我时，我反倒害怕了，因为这一来时间会拖得很长。不过肾结石毕竟有极猛烈极放纵的时候，它会过分折腾我一天或两天。我的肾脏在前三十年并没有出过毛病，此后的另一个三十年情况就起了变化。坏事好事都有定时，也许这意外变故也快到头了。年龄减弱了我胃里的温热，我的消化能力因而不如过去完好，于是便把未能消化的东西运送到我的肾脏里。[3]在肌体的另外一个周期的运转中，我肾脏的热为什么不能像胃中之热一般被减弱，从而使肾脏无力石化我的黏液？为什么身体的净化活动不能自动取道别处？年龄显然已使某些伤风感冒在我身上枯竭了，为结石提供原料的排泄物为何不能枯竭？

在极度疼痛之后靠排石而以闪电般速度重睹健康之光，如同

1　即疾病记录。在《旅行日记》里详细记载了许多症状。

2　根据维吉尔的作品，女预言家西比琳把她的神谕写在树叶上。

3　安布洛伊斯·帕雷在《论结石》里也这样说。

突如其来的严重肾绞痛之后的轻松感一般的感觉是何其美妙，何其自在，何其圆满！世上可曾有与此种突然变化同样甜蜜的事？在剧痛中有什么能与骤然缓解的快乐相抗衡？健康与疾病原是近邻，我甚至可以在二者共同粉墨登场时辨认出它们，它们着手竞赛，大有顶牛到底、对抗到底之势，只有战胜疾病之后的健康才是倍加完美的健康！正如斯多葛主义者所说，引进邪恶有用，那是为了提高德操的身价，是为了给德操助一臂之力[1]，我们可以更有根据、更谨慎地推断，大自然让我们痛苦是为快感和无痛状态增光，是为二者效力。人们取下苏格拉底的铁镣之后，他有一种由沉重脚镣引起的痒痒之后产生的愉悦感，于是，他高兴地思考了疼痛和快感之间的紧密联系，认为这两者是由一种必然的关系连在一起的，所以两者互相跟随，互相产生。于是，他向善良的伊索惊呼，说他应该根据这个考虑构想出一则美丽的寓言。[2]

我所见过的别种疾病的最糟情况是，疾病发作本身并没有疾病的预后严重：病人需要一年时间才能恢复，而且恢复之后依然孱弱，并无比恐惧。脱险的偶然性太多，脱险的程度也太不一样，所以，永远不算完；在你可以脱掉礼帽、脱掉无边圆帽并可以出去享用空气，享受酒和你的妻子以及甜瓜之前，你不犯新病那才怪呢。我的病有这种特权：它一下子便消失得无影无踪，而其他的病总留有某些痕迹和损伤，使肌体容易遭到新的疾病打击：因为各种疾病会互相支持。有一类疾病可以得到宽恕，它们

1　根据普鲁塔克《论反斯多葛学派的共识》。

2　根据柏拉图《斐多篇》。

满足于在我们身上占有一席之地，不去扩展地盘，也不引起后遗症；而另一类疾病在经过我们身体时还给我们带来实惠，所以这类疾病是彬彬有礼、和蔼可亲的。我得了肾结石之后便免除了别的病痛，而且似乎比从前病得还少，我后来再也没有发过高烧。我敢断言，是我常犯的极严重的呕吐使我的身体得到了清理，另一方面，我的厌食和极严格的不进食也消解了我身上不好的体液，而肌体又在去除结石时去除了多余的有害之物。不要对我说我这样的医疗代价太昂贵，因为，对那些往往使我们因无法忍受其凶猛和讨厌而致死亡的难闻的药水、烧灼剂、切开手术、出汗、排脓、禁食以及其他众多的治疗形式，又该说些什么？因此，我一犯肾绞痛就将此当作医药；我一停止肾绞痛就将此当作持久而全面的解脱。

下面是疾病对我的又一特殊恩宠：病痛几乎都自个儿在一边发作，并不妨碍我的活动；或者说，我如果不活动，那只能怪我缺乏勇气。疾病发作时，我骑马也能坚持十个钟头。不过忍忍痛而已，并不需要别样的饮食制度：你可以照样玩，照常吃饭，你可以跑，可以做这做那，只要你做得到；在那种情况下，你行为放纵与其说对你有害，不如说对你有利。把这一切告诉出天花的人，告诉痛风病人，告诉疝气病患者！别的疾病要求病人必做之事更为广泛，也更妨碍我们的活动，会把我们的生活秩序全部打乱，而且要求我们在考虑全部生活状态时把它们考虑进去。而肾结石只刺激表皮，却听任你支配你的智力、你的意志、你的舌头、你的手和脚；与其说它使你昏昏沉沉，不如说它使你头脑清醒。高烧使心灵震动，癫痫使心灵惊得发呆，剧烈的偏头痛则使心灵解体，总之，所有伤及整体和身体最要害部位的疾病都使人的心灵受到震撼。肾结石不攻击心灵，如果心灵感觉情况不妙，那是心灵自己的错！是心灵自己背叛自己，自暴自弃，自我消沉。只有傻子才会相信在我们肾脏里焙烧得如此之硬、如此之厚的物体会被药水化掉；因此，只要结石松动了，就只需给它一条通道，让它从通道出去。

我还注意到了肾结石特殊的好处：此病不用人去多做猜测。我们因此而免去了思想混乱，别的病却因人们对病因、病状的性质和病的发展没有明确的认识而使人陷入思想混乱，这样的心情纷乱会使人痛苦不堪。我们不需要看病，不需要医生诊断：我们的感觉可以告诉我们那是什么病，病灶在哪里。

以上论断既牢靠又不牢靠，有如西塞罗对待他的老年病[1]。根据这一论断，我试着麻醉并逗弄我的想象力，给我想象力的创伤涂点润滑油。如果明天创伤恶化，明天我们再给它们以别的脱身之计。

为了证实我适才所讲的真实性，下面是此后出现的新情况：我最轻微的活动都引起了肾出血！那又怎样呢？我照旧运动，照旧跟着我的狗群飞跑，像青年一般精力充沛，毫无节制。我甚至感到我已战胜了如此重大的意外病痛，如今我无非感到这个部位有点隐隐发沉并在逐渐衰变而已。是某个大石子在挤压我的肾脏，消耗我肾脏中的养料，而我逐渐排出的则是我的生命，在排除过程中也感到些许合乎情理的温馨，仿佛在排除多余而又碍事

1　根据西塞罗《论暮年》。

的废物。那么我是否已感到有什么东西可能正在崩溃？你别以为我会去浪费时间检验我的脉搏和尿液，以得出什么讨厌的预报；我能相当及时地感觉到我的病，绝不会因恐惧症而延长生病的时间。谁害怕受苦，便已经在为他的害怕本身受苦了。再说，参与解释大自然深层次活力和大自然内部进程的人们之多疑和无知，以及他们凭技艺做出的伪预测，都会使我们认识到大自然内部包含着无限的不为人知的潜能。大自然给人类的指望和对人类的威胁，都有着极大的不确定性、多样性和模糊性。除了衰老这接近死亡的不容置疑的征兆，在其他所有人生灾难里我都很少看到有什么预示未来的迹象足以使我们据以建立我们的预言。

我判断自己只根据自己的真实感受，而不根据别人的推论。我既然只希望我在这件事情上善于耐心等待，别人的推论有何用处？你是否愿意知道我为此获得了多少好处？你只需看看那些行事准则与我不同的人，那些一切依赖各种人的说服和劝导的人就够了：他们为自己的胡思乱想何等苦恼，而实际上身体并未折磨他们！因为我自感安全，而且从不受危险健康事故的束缚，我多次乐意把我身上刚出现的疾病通报医生。我轻轻松松忍受了他们做出的可怕结论，同时更加感谢上帝的恩惠，也更清楚地了解了医术的虚妄。

除了积极性和警觉性，再没有什么需要叮嘱青年的东西了。生命在于运动。我行动伊始总感吃力，故而遇事多迂缓，如起床、上床、用餐。我的清晨始于七时，上午用于管理事务，十一时之前不用正餐，只在下午六时之后用晚餐。昔日我将发烧和生病统统归咎于睡眠太长引起的迟钝及昏沉感，总为自己在清晨重新入睡而后悔。柏拉图认为睡过头比喝酒过头更有害。[1]我喜欢睡硬床并独自就寝，甚至不与妻子同眠，这是皇家的派头；我睡觉时总要戴帽子，穿睡衣。我不许下人用长柄暖床炉暖床，然而进入老年之后，必要时我却用毛毯暖脚和肚子。有些人吹毛求疵，指责大西庇阿是瞌睡虫[2]，依我看，那些人指责他是因他这个唯一无懈可击的人激怒了他们，此外再没有别的原因。如果说我对待生活的态度有些古怪，那主要表现在睡觉问题上，不过在一般情况下我都会让步，像对待其他事情一样尽量适应必要性。睡眠占我生活中很大一部分时间，而且在我现在的年龄，我仍然一觉睡八九个钟头。我正在有效地从这懒惰的癖好里抽身，而且效果越来越明显；我已感到有些变化，不过这是花三天工夫才感觉到的。我未曾见过谁在必要时比我睡得少，也没有谁比我锻炼更有恒，或感到这差役的压力更小些。我的身体经得起稳定的动作，但经不起剧烈的、突如其来的动作。此后我开始放弃使我出汗的剧烈锻炼：因为我在活动暖和之前，四肢已颇感疲劳。我可以整天保持站立姿势，而且对散步从不感到厌倦；然而从童年起我出门便专爱以骑马代步；如果步行，我的臀部会弄上泥浆；另一方面，小个子的人在街上步行时当然容易受到冲撞，被人用肘推来推去，因为他们仪容不佳。无论躺着或坐着休息，我都喜欢把双腿抬得跟座位一般高，或者比座位更高。

任何职业都不如当军人有趣；从军本身很高尚（因为英勇乃

1 参见柏拉图《法律篇》以及第欧根尼·拉尔修《柏拉图》。

2 根据普鲁塔克《掌管国家大事者须知》。

是最刚烈、最高贵、最豪迈的德操），从军的动机也很高尚；任何事业的用处都不如保卫国家的安宁和强大更正确，更具普遍意义。与众多高贵、年轻、积极的男人相处使你快乐，你通常能见到如此众多的悲壮场面，还有毫无清规戒律的自由交往，毫无客套的男子汉生活方式，千变万化的丰富活动，永远鼓舞你并燃烧你的耳朵和心灵的战争音乐威武雄壮的和声，以及操练的荣光和艰辛，这些都让你愉悦，虽然柏拉图对操练的艰辛如此之不重视，以至于在他的《理想国》里他竟让妇女和儿童参与其中。[1]你鼓励自己充当什么角色，冒什么特殊的风险都取决于你如何判断它们的光荣和重要性。充当志愿兵，你可以看到生命本身在那里被利用是非常合乎情理的，

我认为，在战斗中阵亡何等荣光。[2]

害怕与广大群众共同赴汤蹈火，不敢做各色人等都敢做的事，这是软弱卑劣到无以复加的人之所为。军队使儿童都感到放心。倘若别人在学问和优雅风度，在力量和财产方面超过你，你可以归于外部的原因，然而在心灵坚强方面不如别人，你只能怪罪你自己。死于床上比死于战争更平庸，更痛苦难熬；发烧和重伤风与遭火枪射击同样痛楚，同样致命。谁善于勇敢承受普通生活中的事故，他不必鼓足勇气便能成为战士。

1 参见柏拉图《理想国》。
2 引自维吉尔。

我亲爱的卢齐利乌斯，生活就是战斗。[1]

我不记得我身上曾有过疥疤，然而搔痒却是大自然对人类最美妙的奖赏之一，而且易如反掌。但随之而来的惩罚也快得令人烦恼。我搔得最多的是耳朵，我的耳朵内部随季节变化而发痒。

我出生时可以说全部官能完好无缺，几至无瑕。我的胃好而且使我常感舒适，我的头亦如此，即使发烧我也往往能保持头脑清醒，我口中的气味也无问题。我超过五十岁大关刚六年，有些国家规定五十岁为人一生的准确终结年限不无道理，所以那些国家不允许任何人活过这个年限。而我却清清楚楚有返老还童的迹象，尽管为期不长也并非经常，但其间健康犹存，且不乏青春烦恼。我谈的并非活力与欢乐，要求活力与欢乐超过极限永远与我同在毫无道理：

今后我已再无力气
为等候情妇而顶风冒雨。[2]

我的面容很快便暴露了我，还有我的眼睛也是；我身体的一切变化都从这两处开始，而且显得比实际变化更为严重；往往在我的朋友已对我露出怜悯之情时，我还找不出怜悯的原因。我的镜子并不让我吃惊，在我年轻时我就不止一次从镜子里看出一种

1　见塞涅卡《致卢齐利乌斯》。
2　引自贺拉斯《颂歌》。

说不清道不明的脸色和身姿，以及并非大病引起的不祥征兆，医生找不出这种外部变化的内部原因，便将其归咎于我的思想和使我内部逐渐衰弱的某种隐秘的情欲：他们错了。倘若我的身体能像我的心灵一般听命于我，我的身心都必定活得更为自在。我当时心境不仅毫不混乱，而且春风得意，因为它处在最正常的状态，这一半体现了我心灵的素质，一半体现了我内心的抱负：

> 我思想的疾病不损害我的身体。[1]

我认为他稳重的性情曾多次扶持了他垮下去的身体：因为他经常衰弱而沮丧。他的性情即使与诙谐无缘，起码处于恬静安详的状态。我曾发烧达四五个月之久，而且每四天反复一次，我的脸被烧得变了相，但我的思想不仅保持安宁，而且快快活活。一旦疼痛消失，光虚弱和疲惫是不会使我感到悲哀的。我见过多种一提起就令人毛骨悚然的身体缺陷，但比起我惯常看见的千百种精神痛苦和不安，我倒更害怕后者。我打定主意不再奔跑，慢慢挪步足够了；我也并不为我身体的自然衰弱而抱怨，

> 谁在阿尔卑斯山见到
> 甲状腺肿患者会吃惊？[2]

1　引自奥维德。

2　引自尤维纳利斯。

也不为我不如橡树长寿结实而惋惜。我对自己的思维活动毫无怨言：在我一生中很少有什么想法能终止我的睡眠，除非那些想法与性欲有关，但性欲让我惊醒，却并不使我感到忧伤。我不常做梦；即使做梦也是梦到由有趣的思想引起的离奇古怪的东西和异想天开的事物，这样的梦荒唐胜于悲哀。我认为梦的确是我们平时爱好的忠实表达者，但要把梦境连贯起来并加以理解却需要技巧。

> 人在睡梦里重见他们在生活中操心的事物，重温他们醒时之所思、所虑、所睹、所为，这不必大惊小怪。[1]

柏拉图进一步说，从梦中得出对未来的预见性教益，那是智慧的职责。[2] 对这一点我无话可谈，除非谈苏格拉底、色诺芬尼、亚里士多德讲述的这方面的非凡经历，这几位可是无懈可击的权威人士。[3]《历史》说，大西洋岸边的人从不做梦，他们也不吃死了的东西[4]，我补充说，这也许是他们为什么不做梦的原因。原来毕达哥拉斯就曾命人为有意做梦而配制某些食品。[5] 我的梦很温和，身体没有动来动去的现象，也不说梦话。我见过好多同时代的人做梦时激动得不可思议。哲学家德翁常梦游，佩利克莱斯的

---

1 引自罗马悲剧作家兼诗人阿克西乌斯（约前170—前85）的悲剧《布鲁图》。

2 根据柏拉图对话集《蒂迈尼篇》。

3 根据西塞罗《论感悟》。

4 根据希罗多德《历史》。

5 根据西塞罗《论感悟》。

仆人还在房屋的瓦片上和屋顶上梦游。[1]

我在饭桌上从不挑食，上什么吃什么，我爱吃离我最近的东西，不乐意为换口味而动来动去。摆的菜和上菜次数太多跟别的东西太拥挤一样使我不快，我只问津其中随便几样菜。我讨厌法沃利努斯的主张，他认为在宴席上有必要偷偷撤下大家吃得津津有味的菜肴，再换上一盘新的菜肴；他还认为如不能让客人饱餐各种飞禽的尾巴，那顿晚餐便不足挂齿；他还说，吃啄食无花果的莺这一样菜就值得吃个精光。[2]我平时爱吃盐腌的菜肴，然而我更喜欢吃无盐面包。于是我家的面包师傅便无视家乡的习惯而不给我上别种面包。在我童年，大人纠正我的主要毛病是我拒不接受我的同龄人最喜欢吃的东西：糖块、果酱、糕点。我的家庭教师就曾同我厌恶清淡菜肴的习惯做过斗争，他认为不吃清淡菜肴也是一种挑剔行为，挑剔纯粹是对口味的一种苛求形式，无论在哪里实行都如此。谁取消儿童对麸皮面包和肥肉的某种特殊而又固执的爱好，那就无异于取消他的甜食。有些人在山鹑面前怀念牛肉和火腿，而且为此又难受又痛苦。他们这么做很容易：那是挑剔了又挑剔。见寻常吃惯了的东西便觉无味，那是酷爱奢侈逸乐者的口味，“为此，在厌恶财富中奢侈成了儿戏”[3]。不喜欢吃别人喜爱的东西，特别讲究自己进食的方式，这都是毛病的本质之所在：

1　佩利克莱斯（前499—前429），雅典国务活动家。此故事引自第欧根尼·拉尔修《皮浪生平》。

2　蒙田错把法沃利努斯在《阿提喀之夜》中所抨击的主张当成法沃利努斯自己的主张了。

3　引自塞涅卡《书简》十八。

如果你害怕吃普通菜盘中的随便什么蔬菜。[1]

也确有与这种毛病不同的态度，即宁可强迫自己将愿望适应更易到手的东西。不过勉强本身也是毛病。从前，我把一位亲戚称作娇气的人，因为他在我们经历的战争苦境里竟不习惯睡我们的床，也不习惯脱衣服睡觉。

如果我有男性子孙，我很乐意他们有我的运气。上帝给了我一位好父亲，他在我这里得到的只是我对他的慈祥的感激之情，当然，他的慈祥在本质上十分刚毅。是他把我从我的摇篮直接送到他亲戚居住的穷乡僻壤，让我在哺乳期间一直待在那个村子里，甚至超过了哺乳期，从而训练我适应最底层、最普通的生活方式："调整好肚子便得到大部分自由。"你们别自己操持，更别让你们的妻子操持哺育孩子的事；让他们按老百姓的天然惯例随便得到培养；照习俗训练他们节俭、刻苦：使他们从艰难中走下来，而别朝艰难走上去。我父亲在思想上还有另外的抱负，他有志于培养我同百姓，同需要我们帮助的阶层中的人们相结合，他认为我应当坚持把眼光移向对我伸出双臂的人，而不移向见我便转过身去的人。这层原因也说明在我出生时他为什么把我送给处境最不佳的人，让他们做我的教父教母，那是为了让我感激他们，依恋他们。

他的抱负全没有落空：我自然而然偏爱小人物，这样做或为了更荣耀，或为天然的同情心所驱使，这种同情心在我身上是非

1　引自贺拉斯。

常强烈的。在连年战争中，我谴责的一方如果十分昌盛，他们会受到我更为猛烈的谴责；当我看见这一方苦难重重备受煎熬时，他们或许能促使我与他们和解。[1] 我由衷钦佩斯巴达两国王的女儿和妻子什洛妮的卓越表现。[2] 在举城上下一片混乱中，当她的丈夫克雷昂布洛图斯国王占了她父亲利奥尼达斯国王的上风时，她做了好女儿，她在父亲流放时遭受的苦难中站在父亲一边反对了胜利者。那么，时来运转了又如何？她也同命运一起转换了感情，她又勇敢地站到了丈夫一边，丈夫落魄到哪里，她便跟他到哪里。她似乎别无选择，只能倒向最需要她的人一边，在这一边她可以更充分表现自己的仁爱之心。我主动按照弗拉米尼乌斯的榜样行事[3]，因为他特别关注需要他帮助的人，却不愿听命于可能为他做好事的人；但我从不学习皮勒斯的先例，因为他专门在大人物面前卑躬屈膝，在小人物面前却趾高气扬。[4]

用餐时间过长使我感到难受而且对我有害，或许因为我在孩提时代已习惯于此，当时我举止欠佳，在桌边待多久便吃多久。不过，在我家里，尽管用餐时间并不算长，我仍乐于效法奥古斯都，在大家入座一会之后再入座，但我并不仿效他提前退席。[5] 相反，我喜欢饭后很久再离席休息，而且爱听别人谈天说地，只是自己并不参与，因为酒足饭饱之后说话使我倍感疲劳，而且有伤我的健康，这就跟我认为饭前练练吵闹和争论有益身体而且十

1 阿曼戈博士认为此话指蒙田在圣巴特罗缪日之后对新教徒的同情表示。

2 根据普鲁塔克《阿齐斯与克雷奥迈纳传》。

3 根据普鲁塔克《弗拉米尼乌斯生平》。

4 根据普鲁塔克《皮勒斯生平》。皮勒斯（前 319—前 272 年在位），希腊埃皮鲁斯国王。

5 根据苏埃通《奥古斯都生平》。

分有趣是一个道理。古希腊人和古罗马人的行为方式比我们明智，假如没有别的非常之事分心，他们会把好几个钟头和夜里最好的那段时间用在膳食上；吃东西是他们生活中压倒一切的活动，他们吃着，喝着，全不像我们干什么事都那么匆忙[1]；他们还把这种朴素的快乐延伸下去，花费更多的闲暇时间，在饭桌上互相贡献各种各样有用而愉快的话题，从而得到更大的收获。

该关心我的人不费吹灰之力，便能让我避开他们认为对我有害的东西，因为就那一类食物而言，我从不吃我没有看见的东西，也不觉得缺少那些东西，但谁想就摆上桌的东西对我进行说教，劝我别吃，他准定白费时间。因此，我一想节食就必须离开吃晚饭的人到一边去，而且命人只给我摆上一顿有节制的小吃，不多不少，因为我一上餐桌便会忘记我的决心。

当我命人改变某些肉菜的烹调方法时，下人们便明白那意味着我食欲不振，不会去动那些肉菜。别的肉类即使经得住烹调，我也只喜欢煮得很嫩的，我喜欢吃腐制的肉，其中多数变了味乃至很难闻。一般来说只有硬东西使我讨厌（对饮食的其他特质，我同一位熟人一样随和而且宽容），所以我跟一般人的脾性不一样，我有时觉得有的鱼过分新鲜，鱼肉也太硬。这并非我的牙齿的过错，我的牙齿一向极佳，到此时此刻它们才开始受到年龄的威胁。我在儿时便已学会用毛巾擦牙，早晨起床和饭前饭后都要擦洗一遍。

1　请与《旅行日记》比较。蒙田谈到他在巴尔逗留时的情景说："最简单的饭也得吃三四个钟头，上菜的时间就这么长；事实上他们吃饭远不像我们吃饭那么匆忙，他们那样吃饭也对健康更有益。"

上帝施恩，让一些人从小处逐渐失去生机：这才是老年的唯一好处。死得越晚，越缺少生机，也越少受苦，这样的死只杀死半个人或四分之一个人。我刚掉了一颗牙，不痛，也不费劲：这颗牙的自然生存期业已到头。[1] 我身上的这一部分和其他许多部分已经死亡，剩下的部分也处于半死亡状态，这是全身最有活力的部分，在我年富力强时它们处在第一线。我就如此这般消失着，逃避着"我"。按照我的智力，意欲感觉这年深日久的衰落猛然到来是何等愚蠢，衰落岂是一鼓作气完成的！我并不抱此愿望。

事实上在想到死亡时，我得到的主要安慰在于我的死可能属于正常的自然死亡；从此以后，在死亡问题上我要求或希望得到命运的任何恩宠都只能是不合理的。人人都在私下里相信古人的生命犹如古人的身材，比今人长。然而古代的梭伦活到极限也不过七十岁。[2] 我在无论哪方面都珍爱"中庸之道好"这句古训，我认为中等价值是最完美的价值。既然如此，像我这样的人岂会追求长得可怕的不正常的晚年？一切违背自然进程的事物都可能不合时宜，而按自然规律进展的事物则应该永远令人愉快。"凡顺乎自然之事都应归入好事之列。"[3] 柏拉图说："因此，我认为，凡创伤和疾病引起的死亡都叫暴死，而引领我们走向死亡的衰老在不知不觉之间夺走我们的生命，这是一切死亡中最轻松者，有

---

1 蒙田在《旅行日记》里抱怨牙痛使他在吕克逗留期间大受其苦。

2 根据希罗多德《历史》。

3 引自西塞罗《论暮年》。

时还十分美妙。”[1]“青年丧生为暴死，老人死亡为寿终。”

到处都有死亡渗透在我们生活之中，而且与生活融为一体：衰退可以先期而至，甚至可以穿插于我们的成长过程之中。我保存了我在二十五岁和三十五岁时请人画的肖像，我将这两幅肖像同我现在的肖像做比较：好多次我都看不出这就是我！我当前的形象与我过去的形象相距之远，会超过我当前的形象与我死亡时的形象之间的距离！过分烦扰人的天生体质，烦扰到我们的天生体质被迫在我们面前让步，听凭我们的行为能力摆布，我们的眼睛、牙齿、腿和其余一切的功能则由乞讨来的外部援助摆布，烦扰到它在厌烦之余不愿再跟随我们，让我们回到医术的股掌之间忍气吞声，这就叫滥用天生体质。

除甜瓜之外，我不特别爱吃凉拌生菜和水果。我父亲非常讨厌各种调味汁：我却什么调味汁都喜欢。吃得过饱使我颇感不适，但就食物的性质而言，我还不十分明确了解什么饮食对我有害，这正如我没有去注意月圆、月落以及春天和秋天。我们身上有些部位的运转不是固定的，而且不为我们所知；比如辣根菜，我一开始觉得它好吃，后来觉得难吃，现在又再次认为好吃了。对许多东西我都能感到我的胃和味觉在发生变化：我最初爱喝白葡萄酒，后来变成淡红葡萄酒，再后来又由淡红葡萄酒变成了白葡萄酒。我馋鱼，我在斋戒日照样吃荤，在禁食日照常宴请宾客；我相信有人说过的话：最好消化的是肉食。在吃鱼的日子我吃肉有顾忌，同样，吃肉的日子我的口味便不愿意鱼肉混吃：我

1　引自柏拉图《蒂迈尼篇》。

觉得鱼和肉的区别太大了。[1]

我自青年时代有时就逃饭：或为刺激翌日的胃口（伊壁鸠鲁禁食或吃素是为了让他在没有丰餐美食时也有食欲[2]；与他相反，我是为了训练我的食欲，使其更充分利用丰餐美食，使享受丰餐美食的时刻更轻松愉快）；或为保持我的精力，使其为某些体力或脑力活动服务，因为我的胃胀会同时残酷地波及我的体力和脑力的运转，我尤其厌恶健康活泼的仙女与矮小的不消化的嗝气神愚蠢的结合，后者打出的嗝满是矮神体液的气味；或为治愈我的胃病；或因我没有合意的同桌用餐人，因为，又像这位伊壁鸠鲁，我常说，看自己吃什么还不如看同谁一道吃，我赞同齐伦在没有得知同桌吃饭的人是谁之前不答应参加佩利扬德尔的宴会的做法。[3]对我来说，只有摆脱群体之后烹调才香，调味汁才开胃。

我认为细嚼慢咽而且少食多餐更有益健康。不过我强调吃饭必须有胃口和饥饿感：我绝无兴趣按医药处方每天慢条斯理吃三四顿粗茶淡饭。如我今天早饭胃口好，谁能保证我今晚吃饭胃口同样好？让我们——尤其是老人——把握住最早光顾我们的时机！万宝通历可以让年鉴作者去写，也可以让医生去写。我身体健康的最大好处就是乐得痛快：我们应坚持享受出现得最早也最熟悉的乐趣。我向来避免长期和连续不断的禁食。谁希望某种习惯对他有利，就应避免连续不断保持此种习惯；否则我们会在习

1　蒙田在途经因斯布鲁克时，在《旅行日记》里记下了这段话："无论我们走到哪里，当地人都习惯给我们上有鱼的肉，但在吃鱼的日子却不在鱼中加肉，至少对我们是如此。"

2　根据塞涅卡《书简》十八。

3　同上。

惯里僵化，我们的精力会在习惯里沉睡过去；半年之后，你会让你的胃在禁食中上瘾，结果你禁食的结果只能表现为失去你以别种方法无损害使用胃部的自由。

无论冬夏，也无论大腿小腿，我都只穿一双长丝袜。为了治疗感冒，我有意让我的头保持温暖，我保持腹部温暖是为了我的肾结石病；我的病用不了几天就养成了习惯，于是便对我平常的防范措施嗤之以鼻。我从戴头饰变成戴帽子，从戴无边软帽变成戴双层有边礼帽。我的紧身上衣的填料已经只起装饰作用：不添上一张野兔皮或秃鹫皮，不加戴一顶无边圆帽也无妨。你就这样循序渐进吧，你会走得飞快。我不会再做什么，假如我敢，我还乐意否定我在这方面一开始所做的一切。你是否遇到了新的麻烦？那么这种改进对你便失去了作用；那你应当另辟蹊径。有些人听凭强制性的饮食制度束缚自己，并强迫自己迷信这种制度，从而毁了自己的健康：他们需要的是别的饮食制度，别的之后还需要别的，永无止境。

像古人一样，不吃午饭而在回家休息的时刻美餐一顿又不打乱一天的日程，这于我们的工作和娱乐更为便利：我昔日便如此安排。后来，经验让我反其道而行之，为了健康宁可吃午饭，人在清醒时消化更好。

无论健康时或生病时我都不易口渴，我经常嘴干但并不口渴；我一般都在想喝时才喝酒，而且只在用餐时想喝，在用餐快要结束时喝。作为普通人，我喝得不算少，在夏天和在享用佳肴时我都会喝酒，但从不超过奥古斯都饮酒的限量（奥古斯都一天只喝三杯，不多不少）[1]，而且为了不违背德摩克里图斯的规则（他规定不要停留在四的数字上，因为四是一个不吉利的数字）[2]，我还在必要时悄悄增到五杯，大约十二法国品脱，因为我喜欢用小酒杯，而且喜欢一饮而尽，这是别人认为不妥，避而不做的事。[3]我经常在酒里掺一半水，有时加三分之一水。我在家时，家人在我饮用前两三个小时便在饮料贮藏室里把水酒掺好，我父亲的医生曾命我父亲养成这种习惯，医生自己也有这个老习惯。有人说，雅典人的国王克拉那尤斯是酒掺水这个后人惯用的方法的发明人[4]；不管辩论有用无用，我见有人的确为此而进行过辩论。我认为青少年在满十六岁或十八岁之后再饮酒较为合适，也较有益于健康。最常采用的也最普通的生活方式乃是最美好的生活方式：我认为在这方面一切特殊的生活方式似乎都应该回避，我不喜欢德国人喝酒掺水，同样，我也不喜欢法国人喝净酒。[5]在此类事情上，公众的习惯就是规矩。

我害怕空气不流通，还像躲避致命危险一般逃避气味（在我家，我首先急于补救的地方是壁炉和厕所，这是老房子普遍而令人难以忍受的弊病）。战争引起的诸多困难中就有厚而又厚的灰

---

1 根据苏埃通《奥古斯都生平》。

2 蒙田在伊拉斯谟的《格言集》里看到这个规则。《格言集》中引用的是古代罗马作家普林尼的格言，但此格言错把古希腊雅典逍遥派哲学家德墨特里乌斯写成了德摩克里图斯，后者为古希腊著名哲学家，唯物主义哲学的代表。

3 蒙田在旅行中发现，国家不同，酒杯的大小也迥异，在德国，酒杯“大得过分”，在佛罗伦萨则“小得出奇”。

4 是克拉那尤斯还是他的继任人安菲克提翁发明了此法？雅典那尤斯倾向于后者。见雅典那尤斯作品卷二。

5 可以参照《旅行日记》中这个看法：“他们上菜与我们上菜大相径庭。他们喝酒从不掺水，而且可以认为他们有道理，因为他们的酒非常淡；我们的绅士们觉得那些酒比加斯科尼的掺过很多水的酒还没有酒劲。”

尘，在酷热天，厚厚的尘土从早到晚把人埋在下面。我呼吸向来顺畅，感冒大多不损害我的肺部，也不会引起咳嗽。

夏季的炎热比冬季的严寒对我更不利，因为，炎热带来的不适比寒冷带来的不适更难治愈，阳光直射到头部还会引起中暑。除此之外，我的眼睛还受不了任何强光的刺激；在这样的时刻我不会坐在又热又亮的炉火对面吃午饭。在我习惯于读书的时刻，我总把一块玻璃平放在书上以减弱纸的白色，这样做我感到格外轻松。时至今日我尚未用眼镜，看得与从前一样远，我的眼力与众人的眼力无异。其实，日暮时分我已开始感到视力模糊，看书也有些吃力；此时此刻，尤其在夜里，阅读活动始终让我的眼睛感到疲劳。这是勉强能感受到的倒退的一步。我还会倒退另一步，从第二步到第三步，从第三步到第四步，但退得如此之缓慢，我恐怕得成为地道的盲人之后才会感觉到视力的退化和衰老。掌管生死的女神在拧我们生命之绳时做得太巧妙了。同样，我很难痛快承认我的听力正变得迟钝，你们会看到，我失去了一半听力时还会怪罪对我说话的人声音太大。必须让心灵集中注意力，以使它感觉到生命在怎样流逝。

我走路快速而且步履坚实；我若让我的思想和我的身体同时停下来，不知是思想还是身体更感吃力？能够在讲道的过程中一直逼我集中精力聆听的传道者的确是我的朋友。在举行仪式的地方，人人都聚精会神，我见女士们的眼神显得那么专注，我却从来不能坚持到底，因为我无法阻挡我身上的某个部位动来动去；我即使在那里坐着，也一定坐不安稳。正如哲人赫里西普斯的贴身女仆说她的主人醉在腿上[1]（因为他处于无论什么姿势都习惯把腿动来动去，她说此话时正值别人喝酒已经醉了，而她的主人却没有感到任何变化），大家也可以说我从小就荒唐在脚上，或说我的脚像有水银，我把脚放在任何地方它们都会动来动去，稳定不下来。

用餐如饿鹰扑食很不合乎礼仪，除了有害健康，也影响吃的乐趣，我就是如此：我吃饭太快，经常咬痛舌头，有时还咬痛手指。第欧根尼遇见一个孩子以这种方式吃饭，便扇了他的家庭教师一记耳光。[2]在罗马有人讲授如何使咀嚼雅观，有如讲授如何使走路姿势优雅。[3]我那样用餐便失去了边吃边聊的闲暇，只要话题适当，谈话有趣而简短，这种边吃边聊正是给饭桌增加温馨风趣的绝好佐料。

我们的各种乐趣互相之间有嫉妒也有羡慕：它们互相冲撞，互相妨碍。阿尔西巴德是一位享用美餐的行家里手，他吃饭时就不要音乐，他认为音乐会破坏闲聊的乐趣。他根据柏拉图提供的理由认为，叫乐师和唱歌的人为宴会助兴乃是普通百姓的习惯，因为普通百姓缺乏高雅的谈吐，也不常进行愉快的交谈，而风雅人士却善于在宴会中谈天说地，共享乐趣。[4]

瓦罗对宴会提出这样的要求：聚会之人必须仪表堂堂，谈吐儒雅，既不寡言，也不饶舌；宴会地点和食品必须清洁、讲究；

1　根据第欧根尼·拉尔修《赫里西普斯生平》。赫里西普斯系出生于小亚细亚的公元前三世纪中叶的斯多葛派哲学家。

2　根据普鲁塔克《德操可教可学》。

3　根据塞涅卡《书简》十五。

4　根据柏拉图《普罗塔哥拉篇》。

天气必须晴朗。高品位的设宴款待是经过精心策划的、给人以愉快享受的欢聚：伟大的军事领导人和伟大的哲学家都不曾拒绝运用这样的款待方式，并精通其中之道。在我的记忆里我还能想起三次这样的聚会，幸运的是，在我风华正茂的不同时期我都能重温它们主要的美妙之处，因为每一位参加宴会的人都能根据自己身心的优良素质，把自己的突出风采献给宴会。我目前的状况却已把我排除在这样的宴会之外了。

我个人向来平凡无华，我很反感旨在使我们轻视和敌视体育的非人道的智慧。我认为不情愿享受天然乐趣与过分关注天然乐趣都不正确。薛西斯是一个蠢人，他已经沉溺于声色犬马之中，竟还去悬赏征集别样的享乐方式。[1] 然而人若摒弃大自然已为他找到的乐趣，其愚蠢也不下于薛西斯。没有必要追求享乐，也不必逃避享乐，需要的是接受乐趣。我大大方方接受乐趣，比别人更心甘情愿，但我更倾向于天然爱好。我们不必夸大享乐的无益，这一点已表现得淋漓尽致了。为此应该感谢我们的病态思想——这令人扫兴的东西，它使我们憎恶人的享乐，犹如憎恶病态思想本身：无论对待自己或对待它接受的东西，病态思想都做得不是过分便是不足，过分或不足则取决于它贪得无厌、飘忽不定、东摇西摆的本质。

器皿有污垢，

---

1 薛西斯是波斯国王，曾在反对希腊的海战中被打败，他于公元前四八六至公元前四六五年在位。此段根据西塞罗《图斯库卢姆谈话录》。

倒入的一切都变馊。[1]

我本人一向自诩擅长精心博采生活中之种种乐趣，然而当我对那些乐趣进行仔细审视时，从中得到的却几乎只是一阵风。可是，怎么，我们自己无论从哪方面看不都是一阵风吗？风比我们还聪明些，它喜欢飒飒作响，摇曳动荡，它对自己的作用心满意足，从不寄希望于稳定和牢固；稳定、牢固不是风的品质。

有些人说，纯精神的欢乐与精神痛苦一样都最为重要，两者的重要程度与克里托拉尤斯的天平[2]所显示的好有一比。这并不奇怪：因为精神可以随心所欲地营造欢乐和痛苦，而且可以对欢乐和痛苦大手大脚地进行剪裁。这类显著例子天天屡见不鲜，也许还令人向往。而我，我性格复杂，大大咧咧，我不能紧咬住这唯一的极纯粹的精神目标不放，否则我便不能听任自己尽情享受现时的乐趣；按人性的一般规律，这种乐趣在精神上是肉体乐趣，而在肉体上又是精神乐趣。昔兰尼学派哲学家却坚持认为，肉体的欢乐和肉体的痛苦都更为强烈，因为它们都具有双重性，也因为它们都更正常。[3]

正如亚里士多德所说，有些人出于可怕的愚蠢，竟对肉体快乐表示憎恶。[4]我认识的一些人出于野心便如此行事。他们为何

1　引自贺拉斯。

2　根据西塞罗《图斯库卢姆谈话录》中的回忆。克里托拉尤斯（雅典逍遥派哲学家，公元前155年雅典驻罗马使节）曾把世俗财产和精神财产分别放在一架天平两端的盘上，他肯定说，精神财产重得连土地和大海都不能使两端重新平衡。

3　根据第欧根尼·拉尔修《亚里斯提卜生平》。

4　根据《尼各马可伦理学》。

不放弃呼吸？他们为何不光靠自己本身的资源生活？他们为何不因阳光免费，又无须他们发明，又不花他们力气而拒绝利用阳光？但愿战神、科学神或商业神，把这些人支撑在空中，让他们看不到文艺女神、谷神和酒神！[1]他们爬在妻子身上岂不要设法化圆为方！在我们全身心集中于吃饭时，我不喜欢谁来命我们想入非非。我并不主张把思想固定在饭桌上，也不主张思想沉溺在吃饭里，但我愿意吃饭时思想集中，思想入座而非躺下。亚里斯提卜只保护身体，仿佛我们没有灵魂[2]；芝诺则只管灵魂，仿佛我们没有身体。这两位都有毛病。有人说，毕达哥拉斯的哲学全在于静修，而苏格拉底的哲学则全在于道德和行为，柏拉图在二者之间找到了折中之道。[3]他们作如是说纯为骗人；真正的折中之道属于苏格拉底，与其说柏拉图毕达哥拉斯化，不如说他苏格拉底化，这样谈柏拉图更合适。

我跳舞时就跳舞，睡觉时就睡觉；即使在一片美丽的果园里单独散步，如我的思想有片刻为外界发生的情况走了神，我也会在另外片刻把思想引回散步，引回果园，引回静谧的温馨里，引回我身上。大自然像母亲一般遵循这个原则，她为我们的需要而安排我们活动时同样会赋予我们快感，她不仅以道理鼓励我们从事那些活动，而且让我们自己有活动的欲求：破坏她的规则是不公正的。

---

1 蒙田把给人类提供精神和物质财富的文艺女神、谷神和酒神与战神、科学神或商业神对立起来。

2 根据西塞罗《论柏拉图学说》。

3 根据奥古斯丁的见解，见《上帝之城》。

当我看见恺撒和亚历山大在工作最紧张的时刻还充分享受天然的，因而也是必要的合情合理的快乐时，我不说那是在使精神松懈，我说那是在使精神更加坚强，因为他们是在以魄力和勇气强迫他们的剧烈活动和勤奋思考服从于生活的常规。倘若他们认为天然乐趣是他们的日常活动，而剧烈活动与勤奋思考是非凡的工作，他们当为智者。

我们则是极愚蠢之人："他游手好闲度过了一生。"我们这样说。"我今天什么事都没有做。""怎么，你们难道没有生活？生活不仅是最基本的活动，而且是你们最杰出的活动。""假如当初让我掌管真正的大事，我一定早已显示出我的本事了。""你会思考并掌管你的生活吗？如会，你已经做了一切事情中最大的事。"

大自然想显示自己并着手工作，她并不需要先提升自己，她在各个层面都可以同样显示自己，隐蔽也罢，公开也罢。我们的使命是架构我们的习惯而非架构书本，是使我们行为变得有序和平静，而非赢得战役的胜利和各省的地盘。我们最伟大最光荣的杰作是生活得当。其他一切事情如统治、攒钱、建设，最多只能算作附属和辅助活动。我很高兴在阅读中看见一位将军在他即将进攻的城墙突破口下聚精会神、自由自在同友人欢宴，聊天。布鲁图在天地共谋反对他本人和反对罗马的自由之际，还在夜间巡视之余偷闲安安稳稳读书，并批注波吕比乌斯的历史著作长达几个小时。[1]浅薄之人埋头于沉重的烦琐事务，不知如何从中完全

1　故事出自普鲁塔克《布鲁图生平》。在希腊古城法萨罗进行的一次战役前夕，布鲁图还忙着为波吕比乌斯的历史著作编写注疏集。

摆脱出来，他们不善于拿得起放得下：

啊，常与我分忧共苦的战友，
今日，你们当以酒驱愁，
明日，我们同去无际的大海遨游。[1]

或出于玩笑，或严肃认真，“神学酒，索邦酒”[2]竟演变成为名言，还有索邦学子宴；我认为这些学生都有理由吃得舒服吃得开心，因为他们把整个上午都认真有效地用于学校的作业了。在饭桌上意识到自己合理安排了此前的时间，那是吃饭时美妙而合适的调味品。先贤便如此生活。大加图和小加图专心致志于德操修养的精神使人无法模仿，也令人惊叹，他们的严峻脾性有时会发展到不合时宜的程度；但就是他们也曾软弱地屈服于人间烟火的规律，屈服于爱神和酒神的法则并从中得到快乐；他们遵循的是他们各自教派的教诲，那些训诫要求先贤成为享受人生正常快乐同时恪尽人生职责的完美行家。“愿有心灵智慧的人也具有灵敏的味觉。”[3]

思想放松行为随和，这种品质似乎同样使豁达大度气贯长虹的伟人受到尊敬，并与他们的气质相得益彰。[4]伊巴密浓达与他

1 引自贺拉斯。

2 “神学酒”是学生常用的名言。在伊拉斯谟的《格言集》和亨利·埃斯提纳的《希罗多德辩护词》中曾引用过。

3 引自西塞罗《论责任》。

4 蒙田在一五九〇年一月十八日写给法王亨利四世的信中称赞国王善于对琐细之事发生兴趣。

城中的青年打成一片，与他们一道跳舞、唱歌、吹奏乐器，而且与他们同甘共苦；他并不认为这一切与他的赫赫战功带来的荣誉和他改善自身习惯取得的圆满成效格格不入。[1] 大西庇阿[2] 是一位值得人们尊为天降神人的大人物，在他完成的众多丰功伟绩中，使他最受崇敬爱戴的莫过于他悠闲自在，像稚童一般在海边拾捡贝壳[3]，以及他与莱利乌斯[4] 一道沿海岸比赛奔跑拾物；如天气不佳，他们便饶有兴味地写剧本再现下层人民最粗俗的活动；还有，西庇阿满脑子装着汉尼拔和阿非利加西庇阿卓越的伟业，还去西西里访问学校并常听哲学课，直到自己有相当的辩才足以反击怀有盲目野心的罗马的敌人。苏格拉底最引人注目的事迹是他在耄耋之年竟能腾出时间让人教会他跳舞和演奏乐器，并因此认为自己善用了那段时间。[5]

希腊军队全部在场时，苏格拉底竟一天一夜站在那里出神，整个心思沉浸在突如其来的某种深邃思想里。[6] 他在众多英勇士兵当中第一个跑去救援被敌人攻击得难以支持的阿尔西巴德，用自己的身体掩护他，并动用强大武器解除了他的压力。当三十僭主命他们的手下押解特拉墨涅斯赴死时，苏格拉底在同他一样被可耻的一幕激怒了的雅典人中，第一个站出来救援特拉墨涅斯[7]，

1　根据史学家高内利乌斯·内勃斯《伊巴密浓达生平》。

2　可能指西庇阿·埃米利亚乌斯（小）而非大西庇阿（阿非利加）。

3　西塞罗曾谈及小西庇阿在加埃特海岸拾贝壳玩。

4　莱利乌斯系公元前二世纪的罗马政治家、军人、作家。

5　根据色诺芬尼《宴会》。

6　根据柏拉图《会饮篇》。阿尔西巴德讲述苏格拉底在军队的功绩以及他如何以他的神秘主义和他的坚忍使其他士兵吃惊。

7　特拉墨涅斯系伯罗奔尼撒战争之后由三十僭主组成的寡头政权中较为温和的一位。

尽管当时跟随他的总共只有两个人，他的大胆举动只是在特拉墨涅斯本人责备他时才算罢休。他在他所挚爱的美人一再找他的情况下，必要时也可以严格保持节制。[1]在提洛岛战役中，他把从马上翻倒在地的色诺芬尼扶起来，从而救了色诺芬尼一命。[2]他不间断地奔赴沙场，经常赤脚履冰，无论冬夏都穿同一件袍子，他的工作毅力为同伴中之冠，无论赴宴或平日用餐他都吃同样的饮食。他忍受饥饿、贫穷，忍受儿女的不恭和妻子的恶意中伤，同时还忍受诽谤、僭主的暴政、牢狱、铁镣和投毒，而且脸色不变，二十七年如一日。正是这同一个人，出于礼貌，为饮酒最多的人举杯祝福；此外，他还是一位常胜的军人。这样一位伟人却从不拒绝与儿童一道玩榛子游戏和骑木马，而且玩得十分开心，因为哲理告诉我们，一切活动皆与圣贤相称并为圣贤增光。我们有理由将这位伟人当作至善至美的榜样加以介绍，而且应当永远乐此不疲。完美纯正的生活范例原本寥若晨星，而一些人却天天向我们推荐愚蠢的蹩脚货，这种货色充当一次教训都觉勉强，不仅不能纠正我们的思想行为，反倒会拉我们的后腿，使我们腐化，做这种推荐是在损害我们的教育。

大众有误：从道路两端开始走路比从中间走路容易得多，因为路的尽头既是界线也是向导，中间的路却又宽又毫无遮拦；行事取法服从手段比服从自然容易得多，但服从手段不光明磊落，不值得推崇。心灵伟大旨在善于自我定位，善于自我控制，却未

1 根据柏拉图《会饮篇》。

2 引自第欧根尼 · 拉尔修《苏格拉底生平》。接下去的描述根据《会饮篇》。

必旨在自我提高和前进。心灵认定一切恰到好处之物为伟大，而它的提高则在于它喜爱平常之物超过喜爱突出之物。[1]最美好最合法之事莫过于正正派派做好一个体面的人，最艰难之学识莫过于懂得自自然然过好这一生，人最凶险的病症是轻视个人的存在。人若希望心灵脱离躯体，如有可能，他应趁身体不适竭尽所能勇敢而为，使心灵摆脱传染；否则会适得其反，心灵会帮助肉体，支持肉体，甚至乐于参加肉体惯常的享乐，与肉体一起沉湎于享乐；如心灵更为明智，它也可能让享乐有所节制，以免一不留神灵肉一齐陷入痛苦之中。纵欲乃享乐之大患，节欲不危害享乐却调剂享乐。欧多克索斯[2]确立了节欲的至善原则，他的朋友们先大大提高享乐的身价，随后通过节欲而恰到好处地享受最美妙的乐趣，在他们身上节欲表现为非凡的典范。我命我的心灵以同样冷静的眼光看待痛苦和欢乐（“心灵在欢乐中心花怒放，与在痛苦中心灰意冷同样该受到谴责”[3]），并同样坚定不移，但如对此随便，对彼就必然严厉，随便或严厉皆取决于欢乐与痛苦所产生的结果；压制或扩大欢乐和痛苦都必须谨慎。正确看待得，必然导致正确看待失。一方面，痛苦在初起阶段具有某种不可避免性；另一方面，享乐在结尾阶段却具有某种可避免过度的性质。柏拉图将二者结合起来，硬说与痛苦斗同与毫无节制过分诱人的享乐斗皆为勇敢者的本分。[4]那是两眼泉，或城市，或人，

1 从塞涅卡的《书简》三十九演绎发挥。
2 根据第欧根尼·拉尔修《欧多克索斯生平》。
3 引自西塞罗《图斯库卢姆谈话录》。
4 根据柏拉图《斐多篇》。

或牲畜，谁在需要汲水的时刻，在合适的地方汲了他需要分量的泉水都是幸福的。城市汲水出于医疗目的和必要性，所以更精打细算；人汲水出于口渴，但不应喝到陶醉的程度。孩童的首批感觉是痛、乐、爱、恨；到了有理性的年龄，如痛、乐、爱、恨都符合理性，那就是德操。[1]

我有我个人的词汇：天气不佳令人烦恼时，我“消磨”时间，天气晴朗时，我不愿“消磨”时间，却停下来一再品尝时间。必须跑着“消磨”坏的，遇好时光则需停下来。“消遣”和“消磨时间”这几个普普通通的词表现了“聪明人”习以为常的行为，他们认为没有更好的办法利用自己的生命，而只能这样度过一生：那就是不声不响过生活，是逃避生活，消磨生活，闪开生活，只要一息尚存，就得无视生活，躲避生活有如躲避令人厌恶的可鄙薄之物。然而我了解的生命却与之大相径庭，我认为生命值得珍视而又好处多多，甚至在生命的衰退期，如我当前面对的情况，大自然也赋予我们的生命如此多的机遇和特质，因此，如果生活困扰我们，如果我们的生命在白白流逝，我们只能抱怨自己。“愚昧之人一生毫无欢乐，他一生动荡不安，只求来世。”[2]不过我却有意调整我的行为，使我不至于为失去生命而惋惜，我认为生命在本质上是必然陨灭的，而非因生活折磨人，令人难以忍受。只有乐于生活的人最不反感死亡。有人享用生命节俭而又慎重，我享用生命却双倍于别人，因为衡量享用生命的程度取决于我们在一

1　根据柏拉图《法律篇》。

2　引自塞涅卡《书简》十五。

生中做了多少努力。尤其在此刻，我意识到我的生命已十分短暂，所以我愿加重生命的分量以延伸生命，我愿以只争朝夕的速度阻止生命飞速流逝，以利用生命的力度弥补生命的来去匆匆。把握生活的时间愈加苦短，我愈有必要使生命更深沉更充实。

别人感受到如意和成功的乐趣，我也感受到同样的乐趣，但这不应是过眼烟云式的感受。因此必须探讨这种乐趣，品味并反复思考这种乐趣，从而对给予我们乐趣的人表示恰当的感激。有些人享受其他乐趣同享受睡觉的乐趣别无二致，即享受了却并不了解那些乐趣的内涵。从前，为了不让睡眠懵懵懂懂溜过去，我认为睡眠被打扰是件好事，我可以隐隐约约看见睡眠当中的情景。我仔细寻思何谓满意，从不浮皮潦草，而是深入探寻个中的味道，我迫使自己的理智去获取满意，因为我的理智已变得抑郁而且对满意颇感厌倦。我是否处在某种平静状态了？是否已有某种肌肤的快感在刺激我？我从不让这种感官快乐欺骗我，我将心灵投入这类快乐之中，这样做不为使心灵在快乐中受到约束，而为使心灵在其中感到惬意；不为心灵在其中迷失方向，只为心灵在其中感到自己的存在。我动用心灵，是让心灵自己沉浸在此种幸福状态之中，让它掂量幸福，给幸福估价，并扩展幸福。心灵会给良心估价，会估算其他内在欲求得到满足在多大程度上欠了上帝的债；会估算身体状况正常并能有序而恰当地享受身体愉悦的功能在多大程度上欠了上帝的债；会估算上帝是否乐于用这种功能补偿他出于公道而使我们承受的痛苦。心灵还会衡量，做到无论看到哪里，周围的天空都很宁静，这有怎样的好处；做到没有欲望，没有恐惧或怀疑扰乱它的生存空间，有怎样的好处；做到无论过去、现在或将来都没有使它痛苦不堪的困难，这有怎样的好处！做这样的考虑必须十分重视我个人的状态与其他不同状态之间的比较。因此，我想起了在千姿百态的人群当中那些因噩运或因自身的错误而六神无主、心神烦乱的人；还有，离我更近的，那些接受好运却漫不经心、无精打采的人们。那都是些地地道道消磨时间的人，他们放过现在，放过他们业已拥有的，而屈从于他们的期望，他们追求的是想象摆在他们前方招引他们的影子和虚幻图景，据说，

> 酷似追随死亡飞来飞去的幽灵，或在睡眠中愚弄我们的梦景。[1]

人们越追逐那些影子和虚幻的图景，那些影子和虚幻的图景便逃得越快，跑得越久。他们为追逐而追逐，结果仍是追逐，有如亚历山大大帝说他辛苦工作的目的就是工作。

> 若还有事要做，
> 便认为什么也不曾做。[2]

至于我，上帝喜欢给我什么样的生活，我就热爱什么样的生活。我并不表示希望失去吃喝的需要，我认为人希望生活有

1　引自维吉尔。
2　引自卢卡努。

双倍的吃喝需求即使是错误也值得原谅（“圣贤热切寻求天然财富”[1]）；我也不希望大家只吃点伪劣药品维持生命，尽管埃皮梅尼德斯曾依靠伪劣药品剥夺食欲并维持生命[2]；也不希望大家靠那一指粗的东西或尾根部呆头呆脑生产儿女，恰恰相反——恕我冒昧——我宁愿大家靠那一指粗的东西或尾根部颇为快意地生产儿女，也不希望肉体全无性欲和性冲动。抱怨是令人不快的，也是极不公道的。我以感激的心情由衷接受大自然为我做的安排，我为此感到满意和喜悦。拒绝这位伟大而万能的供给者的馈赠，或废弃之、歪曲之，这都是在伤害伟大的馈赠者。他善而又善，所为者皆善。“一切顺应自然的东西都值得敬重。”[3]

在所有哲学主张里我乐意选择最实在的，即最富人情味、最适合我们的：我的见解与我的性格和行为相一致，既是低调的，也是朴实的。我认为，当哲学张牙舞爪教训我们，说出这番话时，哲学就太幼稚了：让神圣的同世俗的结合，让有理性的同无理性的，严厉的同仁慈的，老实的和不老实的结合，那是粗暴的联姻；还有，肉体快感是兽性的，不值得圣贤品尝：圣贤从年轻美貌的妻子身上能获得的唯一乐趣，是像穿靴专为有效骑马行路一般有意识照章行事的乐趣。但愿这种哲学的信徒们在奸污他们的妻子时，其专横、劲儿和精液不比那些哲学教训的专横和劲儿大！哲学家的导师，也是我们的导师苏格拉底可没有说过那样的话。苏格拉底高度评价肉体的快乐——他应当这样，然而他更赏

1 引自塞涅卡《书简》一一九。

2 根据普鲁塔克《七贤宴》及第欧根尼·拉尔修《埃皮梅尼德斯生平》。

3 引自西塞罗《论责任》。

识精神的乐趣，精神乐趣更强有力，更稳定，更便当，更丰富多彩，更有尊严。不过精神乐趣并非他唯一的乐趣（他并不那么缺乏现实感），精神乐趣无非是他领先的乐趣而已。对他来说，节欲对肉体享乐起缓和作用，并不与这样的乐趣为敌。

大自然是一位温和的向导，但他的温和不超过他的谨慎和正确。“必须深入了解事物的天然状态，并准确认识天然状态要求的东西。”[1] 我到处搜寻天然状态的踪迹：因为我们把天然状态的踪迹同人为的痕迹混同起来了；“按天然状态生活”这个逍遥派确立的经院式的至善原则因此而变得难以界定和说明；与之相近的斯多葛派确立的至善原则，即赞同天然状态的原则亦复如是。认为有些行为因为很有必要所以并不高尚的观点岂非谬误？因此谁也无法消除我头脑里的这个观念：快乐与必要性相得益彰；一位古人[2] 曾说，诸神永远与必要性相投合。我们何苦去肢解分离接合得如此紧密、如此天衣无缝的组织？相反，我们应当通过它们相辅相成的作用，经常将它们重新连接起来。愿精神激活笨重的肉体，愿肉体阻止精神的轻率并使精神稳定下来。“谁称赞灵魂为至善而谴责肉体为恶，他必定在肉欲里珍爱灵魂，并在肉欲里逃避肉体，因为他判断的依据是人的虚妄而非神的真理。”[3] 在上帝对我们的馈赠里，没有一样东西不值得我们关心；甚至为一根毫毛我们都应当感谢上帝。对人来说，按人本身的状况引导人并非敷衍塞责的差事：这差事是明确的，天然的，也是首要的，造物

1　引自西塞罗《论责任》。

2　指古希腊抒情诗人西摩尼德斯，柏拉图在《法律篇》中曾谈及他的观点。

3　引自奥古斯丁《上帝之城》。

主把这差事交给我们时态度极为认真，极为严厉。只有权威能影响普通理解力的人，而且用外国语言表达这影响力更有分量。“谁能否认，蠢行的特性在于做当做之事疲沓又违心，在于将肉体推向一边，又将心灵推向另一边，并在最反向的动作之间无所适从？”[1]

那么，为了解情况，你抽一天去让此人谈谈他如何用脑子胡思乱想消磨时间，谈谈他如何为此而茶饭不思，并后悔把时间花在了吃饭上；你会发现，你饭桌上所有的菜没有一盘像此人美滋滋的心灵交谈那么乏味；你会发现，他的空话和他的愿望还不如你的炖肉。连阿基米德都为之欣喜若狂时[2]，他那一套又算什么？我在此并不想谈及那些可尊敬的伟人，也不想把他们同我们这群吵吵嚷嚷的人，同为我们解闷的想入非非的思想混同起来。那些伟人已靠虔信宗教的热忱对神圣事物进行坚韧不拔的认真思考，从而使灵魂得到升华；他们出于热切强烈的期望而集中精力享用永恒的食粮，即基督徒一切愿望的终结目的和终点，永恒不移、永不腐朽的唯一欢乐，因此他们不屑于迷恋我们拥有的不足挂齿的、不稳定的、杂乱的舒适起居，但他们又很容易屈从自己的肉体而去操心短暂的声色犬马之类的食粮。有天赋之人方能进行此种练习。说句悄悄话，我一直能看到两者之间存在的一拍即合的离奇关系：一边是超级天神的思想，一边是地层之下的行为。

伊索，这位伟人，看见他的老师一边散步一边小便，说道：

1　引自塞涅卡《书简》七十四。

2　指阿基米德在洗澡时为发现定律而欣喜若狂。

“这么着，我们就该在跑步时大便了？”爱惜时间吧，我们还有许多时间被闲置和不当使用。我们的智力如果不在身体所必须的有限时间之内摆脱身体的影响，便不可能有别的足够时间干工作。

哲人们想站到自身之外并避开人类。那是发疯：他们不仅不能转变成天使，还会变成畜生；不仅不会变得高大，还会完全堕落。我害怕这种超常的脾性，有如害怕高不可攀的去处。在苏格拉底一生中，除了他的恍惚和调皮，我什么都能理解；在柏拉图身上，没有任何东西能像促使大家称他为神的理性那么富于人情味。在我们的知识中，我认为升华到最高层次的知识似乎最通俗最浅显。我认为在亚历山大一生中，最不值得一提、最乏味的东西是他希望永垂不朽的胡思乱想。[1] 菲洛塔斯[2] 回答亚历山大的问话时，以开玩笑的口吻刺痛他；他在写给亚历山大的一封信中曾表示自己与皇帝一道为朱庇特·哈蒙[3] 的神谕而欢欣鼓舞，因为神谕将亚历山大列为诸神之一：“我很高兴你被如此器重，然而我也有理由怜悯那些必须同一个人一道生活并服从这个人的人们，因为这个人已超越了人的尺度而且还不满足于此。”“只要你服从诸神，全世界便都是你的臣民。”[4]

雅典人为纪念庞培进入他们的城市而写的恳切铭文符合我的主张：

1 根据昆图斯-库提乌斯《亚历山大大帝传》。蒙田曾多次嘲笑神化亚历山大大帝的做法。

2 菲洛塔斯是亚历山大的骑兵队长。

3 朱庇特·哈蒙为利比亚人的主神，希腊人将其视为朱庇特。

4 见贺拉斯的《颂歌》。蒙田是从约斯特·利普斯的《反对逻辑学家》中援引此诗句的。

因为你自认是人
所以你同样是神。[1]

善于享受自己的生命，这可以说是神一般的尽善尽美。我们寻觅别的生存方式，因为我们不懂得怎样利用我们自身的生存方式；我们走出家门，因为我们不知道外边天气如何。同样，我们踩高跷是白费力气，因为在高跷上也得靠自己的腿走路。坐上世界最高的宝座也只能靠自己的屁股。

依我看，最美好的人生是向合情合理的普通样板看齐的人生，这样的人生有序，但无奇迹，也不荒唐。老年却需要更多一些体贴。我们可以把老年托付给保护健康和智慧的神灵[2]，但这种智慧应该愉快而又合群：

拉托娜之子，
允我享受我之所有时很健康，
恳请你，维持我智能完好，
别让我为暮年羞愧难当，
别让我在晚年把诗兴丢光。[3]

1 故事援引自普鲁塔克《庞培传》，由阿米奥译成法文。"庞培在出雅典城时，看见两张歌颂他的招贴，一张贴在城门内边，铭文说：因为你自认是人所以你同样是神。另一张贴在城门外边，铭文说：我们一直等待你，我们见到了你。我们热爱你，相见的是我们和你。"

2 指阿波罗。

3 原文为拉丁语。拉托娜是阿波罗的母亲。

附录

蒙田生平年表

1533	2 月 18 日，米歇尔·德·蒙田在蒙田城堡诞生，是家里的第三个孩子，出生后被送到邻村奶养。

*

1535—1539	蒙田被交给一位不懂法语、精通拉丁语的德国医生，教他拉丁语。

*

1536	蒙田的父亲被任命为波尔多副市长。

*

1539—1546	蒙田在波尔多的居耶纳中学就读。

*

1544	弗朗索瓦兹·德·拉夏塞涅诞生，她后来成为蒙田的妻子。

*

1554—1556	蒙田的父亲任波尔多市长。

1554　蒙田被任命为佩里格间接税最高法院的推事。

*

1557　蒙田进入波尔多最高法院工作。

*

1558　蒙田结识拉博埃西，两人成为莫逆之交，直至1563年8月拉博埃西逝世。

*

1559　蒙田陪同弗朗索瓦二世国王巡视巴黎。

*

1561　蒙田被波尔多最高法院派往巴黎，以解决居耶纳省的宗教叛乱，历时一年半。

*

1562　蒙田在巴黎最高法院宣誓效忠天主教。

*

1565　9月，蒙田与波尔多一位议员的女儿弗朗索瓦兹·德·拉夏塞涅结婚。婚姻给他带来了一笔可观的财产和六个女儿，只有一个存活。

*

1568　蒙田父亲去世，他继承父亲的名字和地产。

*

1569　蒙田在巴黎出版雷蒙·塞邦的《自然神学》的译本。

*

1570　蒙田卖掉波尔多最高法院顾问的官职，前往巴黎出版他的挚友拉博埃西的拉丁语诗、法语诗和一些翻译作品。

*

1571 蒙田三十八岁，因厌倦官场生活而退隐归家，过起“自由、安宁和闲暇”的乡绅生活。从此开始撰写《随笔集》。

*

1572—1574 法国国内战争。国王的三支军队向新教徒进军。蒙田同居耶纳省的天主教贵族们加入其中一支军队。

*

1574 拉博埃西的《甘愿受奴役》被编入卡尔文派的一本小册子而出版。

*

1577 纳瓦拉国王封蒙田为侍臣。

*

1578 蒙田患肾结石症，此病伴随他终生。

*

1579 《随笔集》第一卷编完。开始撰写第二卷。

*

1580 3月1日，《随笔集》分两卷出版。蒙田去瑞士、意大利治病。在罗马谒见教皇，《随笔集》得到教廷承认。在巴黎，蒙田把他的书赠送给亨利三世，深得后者好评。

*

1581 蒙田被授予“罗马市民”称号。是年，蒙田当选为波尔多市长，任期两年。

*

1582 《随笔集》第一、二卷经过修改和增补后再版。

*

1583 蒙田第二次当选波尔多市长，任期两年。为促使法兰西国王和纳瓦拉国王和解从中斡旋。

*

1585 瘟疫蔓延波尔多，蒙田被迫离开他的城堡。

*

1586—1587 撰写《随笔集》第三卷的十三篇文章。

*

1587 《随笔集》第三卷在巴黎出版。

*

1588 《随笔集》第一、二、三卷的第四版问世。第一、二卷共进行了六百处增补。是年，蒙田认识德·古内小姐。她对蒙田本人和他的著作深表敬佩。从此双方开始往来，德·古内小姐成了蒙田的“干女儿”。

*

1589—1592 蒙田为《随笔集》新版做准备。该新版进行了一千多处增补，其中四分之一涉及他的生活、爱好、习惯和思想。从他开始写《随笔集》的二十年来，他的书越来越带有他个人生活和坦白胸怀的色彩。蒙田写作《随笔集》是在向世人暴露自己的思想，他在写书的同时也塑造了自己。

*

1590　蒙田写给亨利四世一封文笔优美的书信，这好像是他政治生命的遗嘱。

*

1592　9 月 13 日，蒙田逝世。留下一本用来出第五版的《随笔集》手稿，蒙田在书页空白处增加了许多内容。

*

1595　蒙田的干女儿德·古内小姐将蒙田留下的《随笔集》新版整理出版。

（潘丽珍　编译）